KB093478

름의 나라』가 출간되었고, 이후 『신이 되기는 어렵다』(1964) 『월요일은 토요일에 시작된다』(1964) 등 대표작들을 내놓으며 전성기를 맞았다.

젊은 시절 형제는 소련의 이념에 긍정적인 공산주의자들이었다. 그러나 차츰 혁명과 소련 체제에 의구심을 가졌고, 1968년 '프라하의 봄'을 목도하면서 소련 이념에 대한 환상을 잃는다. 그즈음의 작품은 검열과 비평가들의 혹평에 시달렸다. 이 같은 상황에 굴복해 글쓰기를 중단하는 것을 패배라 여긴 그들은 의도적으로 중립적이며 비정치적인 작품을 계속해서 써 나갔지만, 그조차 검열에서 자유롭지 않았다.

초기 작품에서는 기술과 문명의 진보가 초래한 도덕성 및 인간성 상실, 역사 앞에서의 개인의 책임이라는 철학적 문제를 탐구했고 후기로 갈수록 소비에트 관료제도 고발, 전체주의 사회에 대한 비판과 풍자에 더불어 통제와 감시로 고통받는 인간의 위기의식을 다양하게 제기했다.

스트루가츠키 형제의 작품은 발표될 때마다 큰 반향을 일으켰다. 『노변의 피크닉』(1972)은 안드레이 타르콥스키에 의해 영화 〈잠입자〉(1979)로 만들어졌다. 알렉산드르 소쿠로프는 『세상이 끝날 때까지 아직 10억 년』(1976)을 토대로 영화 〈일식의 날〉(1988)을 촬영했다. 그리고리 크로마노프가 작업한 소비에트 에스토니아의 영화 〈죽은 등산가의 호텔〉(1979)은 1980년 트리에스테 국제SF영화제에서 은상을 수상했다. 그 외에도 여러 작품이 영화화되었다. 형제의 작품은 33개국 42개 언어로 번역되어 있다.

죽은
등산가의
호텔

О Т Е Л Ь
«У ПОГИБШЕГО
АЛЬПИНИСТА»

죽은
등산가의
호텔

아 르 카 디
스트루가츠키

·

보 리 스
스트루가츠키

이 경 아　옮 김

현대문학

차례

죽은 등산가의 호텔

일러두기

1. 이 책은 2019년 아스트출판사에서 발행된 Отель《*У Погибшего Альпиниста*》 /Otel' "*U Pogibshego Al'pinista*"를 번역한 것이다.

2. 작가들의 의도를 존중하여 원문에서 대문자로만 이루어진 어구는 고딕체로 표시했다.

3. 「해제」 원문의 이탤릭체는 볼드체로 표시했다.

4. 이 책의 주는 모두 옮긴이 주이다.

О Т Е Л Ь
«У ПОГИБШЕГО
АЛЬПИНИСТА»

'전해지는 바에 따르면 빈기 관구 뮤르시 외곽에 비행 물체가 출현했으며, 그곳에서 황록색 피부에 다리가 세 개, 눈이 여덟 개 달린 인간 형상의 존재가 내렸다. 스캔들에 목마른 삼류 언론은 앞다투어 그들이 우주에서 온 존재라고 보도했다……'

(신문 발췌)

제1장

나는 차를 세우고 나와 짙은 색안경을 벗었다. 내가 도착한 곳은 모든 풍경이 즈구트가 말한 그대로였다. 호텔은 2층 건물로 녹색이 가미된 노란색으로 칠해졌고 정문으로 올라가는 계단 위에 걸린 칙칙한 간판에는 이렇게 적혀 있었다. '죽은 등산가'. 정문 계단 옆으로 쌓인 눈 무더기에는 구멍이 숭숭 나 있고 온갖 색상의 스키가 꽂혀 있었다. 세어 보니 모두 일곱 벌이었는데, 그중 하나에는 스키부츠 한 짝이 걸려 있었다. 처마 아래로 표면이 구불구불하고 색이 탁한 데다 사람 팔만큼 굵직한 고드름이 줄줄이 달려 있다. 1층 가장 오른쪽 창문에서 밖을 내다보는 누군가의 창백한 얼굴이 나타나나 싶더니 이내 정문이 열리고 눈부실 정도로 반짝이는 나일론 셔츠 위로 붉은색 가죽조끼를 입은 다부진 체격의 대머리 남자가 계단으로 나왔다. 그 남자는 둔중한 걸음걸이로 느릿느릿 다가오더니 내 앞에서 멈춰 섰다. 얼굴이 투박하고 불콰했으며 목은 레슬링 선수처럼 굵었다. 그는 나를 보지 않았다. 울적한 느낌의 시선은 나를 스쳐 지나 어딘가를 향해 있었고 슬픔에 찬 기색이 역력했다. 의심의 여지 없이 이 남자가 이 호텔은 물론이고 주위의 골짜기와 병목고개의 소유주인 알레크 스네바르였다.

"저곳에서……" 그가 유난히 낮고 깊은 목소리로 말문을 열었다. "바로 저곳에서 그 일이 일어났습니다." 그가 손을 들어 그곳을 가리켰다. 손에는 코르크스크루가 쥐어 있었다. "저 정상에서……"

나는 돌아서서 눈을 가늘게 뜨고는 서쪽으로부터 골짜기를 에워싸고 있는 깎아지른 듯한 무시무시한 청회색 암벽과 희끗한 혀처럼 쌓인 눈, 푸르른 하늘의 표면에 또렷이 그려 놓은 톱니처럼 깔쭉깔쭉한 산 정상을 바라보았다.

"카라비너가 끊어진 겁니다." 아까처럼 목이 꽉 잠긴 듯한 목소리로 주인장이 이어 말했다. "그 사람은 죽음을 향해 수직으로 200미터를 추락했죠. 암벽의 표면이 매끈해 붙잡을 만한 것이 아무것도 없었습니다. 비명을 질렀을 겁니다. 아무도 그 소리를 못 들었지만요. 어쩌면 기도를 했을 겁니다. 그 기도는 오직 신만이 들으셨겠죠. 다음 순간 그는 비탈로 떨어졌습니다. 우리는 이곳에서 산사태 소리를 들었습니다. 잠에서 깨어난 야수의 포효, 굶주림에 날뛰는 포효였죠. 그가 단단해진 눈 4만 2천 톤을 몰고 땅을 때렸을 때 지축이 흔들렸습니다……"

"그 사람은 무슨 이유로 저곳으로 갔습니까?" 나는 무시무시한 수직 절벽을 응시하며 물었다.

"잠시 지난날을 되돌아보아야겠군요." 주인장은 이렇게 말을 하며 고개를 갸웃한 채 코르크스크루를 쥔 주먹을 머리카락이 없어 훤한 이마에 갖다 대었다.

모든 것이 즈구트가 말해 준 그대로였다. 다만 어디에도 개가 보이지 않았지만, 정문 계단 근처와 스키 주변에 쌓인 눈을 보니 녀석의 명함인 발자국이 수없이 찍혀 있었다. 나는 자동차로 몸을 집어넣고 술병이 몇 병 든 바구니를 꺼냈다.

"즈구트 경위가 안부를 전했습니다." 내 말에 회상에 푹 잠겨 있던 주인장이 불쑥 거기서 빠져나왔다.

"정도 많지!" 그는 생기를 되찾고 아주 평범한 목소리로 말했다. "그 사람은 요즘 어떻게 지냅니까?"

"그럭저럭 잘 지냅니다." 나는 그에게 바구니를 내밀며 대답했다.

"역시 그 사람은 여기 벽난롯가에서 보낸 저녁들을 잊지 않았군요."

"그 친구는 그 이야기밖에 안 합니다." 나는 이렇게 대답하며 다시 자동차로 몸을 돌렸다. 그러자 주인장이 내 손을 잡았다.

"한 발자국도 움직이지 마세요!" 그가 단호하게 말했다. "그건 카이사의 일입니다. 카이사!" 그가 크게 소리쳤다.

정문 계단으로 개 한 마리가 뛰어나왔다. 하얀 몸통에 황갈색 얼룩무늬가 찍힌 근사한 세인트버나드로, 송아지만 한 키에 힘이 좋아 보였다. 내가 알기로, 호텔의 객실에 만들어 놓은 박물관에 전시되어 있는 사소한 소지품들을 제외하면 이 개가 죽은 등산가가 남기고 간 전부였다. 나는 여자 이름으로 불리는 이 수캐*가 어떻게 짐을 꺼내는지 지켜봐도 상관없었지만 주인장이 나를 잡은 손에 힘을 주며 호텔로 이끌었다.

막 불이 꺼진 벽난로의 따스한 향이 감돌고 광택제로 흐릿하게 윤을 낸 현대적인 키 작은 테이블들이 있는 침침한 홀을 지나 왼편의 복도로 접어들자 주인장이 '사무실'이라는 명판이 달린 문을 어깨로 밀었다. 나는 그가 권한 편안한 의자에 앉았고 쩽그랑거리고 출렁거리던 바구니도 사무실 구석에 자리를 잡았다. 마침내 주인장이 책상 위에 놓인 육중한 숙박계를 활짝 펼쳤다.

"우선 제 소개를 하겠습니다." 그는 손톱으로 펜의 끄트머리를 긁어내는 데 집중한 채 말했다. "알레크 스네바르, 이 호텔의 주인이고 엔지니어지요. 병목고개 입구에 서 있는 풍차들은 물론 보셨겠죠?"

"그게 풍차였나요……?"

"네. 풍력발전기들이죠. 제가 직접 그것들을 설계하고 짓기까지 했습니다. 바로 이 손으로요."

"그러신가요……" 내가 웅얼거리듯 말했다.

"그렇다니까요. 직접 했죠. 그리고 그게 다가 아닙니다……"

"이거 어디로 가져가요?" 내 등 뒤로 이렇게 묻는 날카로운 여자 목소리가 들렸다.

나는 뒤를 돌아보았다. 문가에는 스물다섯 살가량의 통통하고 땅딸막한 체격에 혈색이 좋고 미간이 넓은 푸른 두 눈을 활짝 뜬 아가씨가 내 가방을 들고 서 있었다.

"이 아가씨가 카이사입니다." 주인장이 내게 말했다. "카이사! 이분이 우리에게 즈구트 씨의 안부 인사를 전해 주셨다. 즈구트 씨 기억하지, 카이사? 넌 분명 기억할 거야."

그 말을 듣자마자 카이사의 두 볼이 전보다 더 붉게 상기되었다. 그녀는 어깨를 으쓱하며 손으로 얼굴을 가렸다.

"기억할 겁니다." 내게 주인이 말했다. "이제 기억이 났나 보군요…… 자, 어디 보자…… 손님 방은 4호실입니다. 우리 호텔에서 제일 좋은 방이죠. 카이사, 이 짐을 가져다 놓으렴. 저…… 저……"

"글렙스키입니다." 내가 말했다.

* 카이사는 핀란드에서 흔한 여성의 이름이다.

"글렙스키 씨의 짐을 4호실로 가지고 가…… 놀랄 정도로 멍청하답니다." 카이사가 자리를 뜨자 주인장은 어째서인지 자랑스러워하는 기색으로 내게 말했다. "어찌 보면 정말 대단해요…… 자, 글렙스키 씨?" 그가 뭔가를 기대하듯 나를 바라보았다.

"페테르 글렙스키." 내가 이름을 밝혔다. "경위입니다. 휴가 중이죠. 기간은 2주. 혼자 왔습니다."

주인장은 내가 불러 준 인적 사항을 삐뚤빼뚤한 글씨체로 큼직큼직하게 빠짐없이 기록하기 시작했다. 그가 숙박계를 작성하는 동안 발톱으로 리놀륨 바닥을 사각사각 긁는 소리를 내며 세인트버나드가 사무실로 들어왔다. 개는 내 쪽으로 시선을 돌리고 눈을 찡긋하더니 흡사 장작더미가 무너지는 듯한 요란한 소리를 내며 금고 옆 바닥에 엎드린 후 앞발에 얼굴을 올려놓았다.

"이 녀석은 렐입니다." 주인장이 만년필의 뚜껑을 빙빙 돌리며 말했다. "퍽 영리하죠. 유럽어를 세 가지나 이해하거든요. 벼룩은 없지만 털이 빠집니다."

렐이 한숨을 푹 쉬더니 얼굴을 다른 발로 옮겼다.

"가실까요." 주인장이 자리에서 일어서며 말했다. "제가 객실로 안내해 드리겠습니다."

우리는 다시 홀을 가로지른 후 계단을 오르기 시작했다.

"저녁은 6시에 먹습니다." 주인장이 설명했다. "하지만 간단한 요기는 언제든지 하실 수 있고, 가벼운 음료도 언제든지 드실 수 있습니다. 밤 10시에 가벼운 야식이 나가고요. 춤을 추거나 당구나 카드놀이를 하거나 벽난롯가에서 이야기도 나누실 수 있습니다."

우리는 2층 복도에 도착해 왼쪽으로 틀었다. 주인장이 첫 번째 방문 앞에서 걸음을 멈췄다.

"여깁니다." 그가 처음처럼 나지막한 탁한 음성으로 말했다. "들어가시죠."

그가 내 앞에서 문을 열어 주자 나는 들어갔다.

"절대 잊지 못할 그 끔찍했던 날 이후로……" 그는 이렇게 이야기를 시작하더니 불쑥 말을 멈추었다.

그 방은 어딘지 음울해 보이기는 해도 나쁘지 않았다. 셰이드 커튼*이 반쯤 쳐져 있고 침대 위에는 영문 모를 등산용 지팡이가 놓여 있었다. 갓 피운 담배 냄새가 났다. 방 한가운데 놓인 의자 등에 누군가의 방수 재킷이 걸쳐져 있고 의자 옆으로 신문이 나뒹굴고 있었다.

"흠……" 나는 어리둥절했다. "이 방에는 투숙객이 이미 있는 것 같은데요."

주인장은 좀처럼 입을 열지 않았다. 그의 시선은 책상

* 부드러운 천 패널로 된, 블라인드처럼 위에서 아래로 치고 여는 커튼.

에 꽂혀 있었다. 책상에는 물부리가 곧은 파이프가 놓여 있는 커다란 청동 재떨이 외에는 특별한 물건이 없었다. 담배는 '던힐' 같았다. 파이프에서 연기가 올라왔다.

"있습니다……" 마침내 주인장이 말문을 열었다. "그럴 수도 있지 않을까요……? 뭐, 안 될 것도 없죠."

나는 대꾸할 말이 떠오르지 않아 그가 말을 잇기를 잠자코 기다렸다. 내 짐은 어디에도 보이지 않았다. 대신 한구석에 호텔의 꼬리표가 잔뜩 붙은 격자무늬의 여행용 손가방이 있었다. 내 가방이 아니었다.

"이 방은," 주인장이 딱딱한 목소리로 말을 이었다. "벌써 6년 동안, 절대 잊지 못할 그 끔찍했던 날 이후로 모든 것이 그 사람이 자신의 마지막 등반에 나서기 전 두고 간 그대로입니다……"

나는 담배 연기가 올라오는 파이프를 의심스러운 눈초리로 바라보았다.

"그렇습니다!" 주인장은 도전에 응하듯 대답했다. "이 것은 그의 파이프입니다. 여기 이건 그의 재킷이고요. 그리고 저것은 그의 등산지팡이죠. '지팡이를 챙겨 가세요.' 제가 그날 아침 이렇게 권했습니다. '그곳에 영원히 머무르고 싶지 않으시다면요!' 저는 불길한 예감에 등골이 오싹해져 소리를 쳤죠. '푸르쿠아 파?' 그 사람은 제게 프랑스어로 대꾸했습니다. 저는 지금까지 그 말이 무슨 뜻인지 모릅니다……"

"'안 될 것도 없죠'라는 뜻입니다." 내가 알려 주었다.

주인장이 침통하게 고개를 끄덕였다.

"그런 뜻이리라 짐작했습니다…… 그리고 저기 저게 그의 가방이죠. 경찰이 그의 소지품을 뒤지지 못하게 했습니다……"

"그리고 이건 그의 신문이군요." 내가 말했다. 어제 일자 《뮈르일보》란 것이 똑똑히 보였다.

"아닙니다." 주인장이 말했다. "당연히 신문은 그 사람 것이 아니죠."

"저도 그런 것 같은 인상을 받았습니다." 내가 맞장구를 쳤다.

"신문은 당연히 그가 읽던 것이 아닙니다." 주인장이 되풀이했다. "그리고 당연하게도 파이프도 이 방에서 그 사람이 아니라 다른 사람이 피웠고요."

나는 고인의 기억을 존중하는 마음이 부족하다는 요지의 말을 중얼중얼 늘어놓았다.

"아닙니다." 그가 생각에 잠겨 말했다. "이 문제는 보기보다 더 복잡합니다. 훨씬 더 복잡하죠, 글렙스키 씨. 하지만 이 이야기는 나중에 하도록 하죠. 방으로 가시죠."

그런데 우리가 그 객실을 나서기 전, 주인장은 세면실을 슬쩍 들여다보고 벽장의 작은 문을 열었다 다시 닫더니 창으로 가 두 손바닥으로 커튼을 툭툭 두드렸다. 침대 아래도 꼭 확인해 보고 싶은 눈치였지만 꾹 참는 것 같았다. 우리는 복도로 나왔다.

"즈구트 경위가 말하기를," 잠시 입을 다물었던 주인장이 다시 말문을 열었다. "자신은 전문 분야가 소위 말하는 금고털이라고 하더군요. 혹시 비밀이 아니라면, 손님은 전문 분야가 무엇이신지요?"

그가 내 앞의 4호실 문을 활짝 열었다.

"지루한 분야죠." 내가 대답했다. "공직자 범죄, 횡령, 사기, 국채 위조……"

나는 방을 보는 순간 마음에 들었다. 객실 곳곳이 윤이 날 정도로 깔끔하고 공기도 쾌적했으며 책상에는 먼지 한 톨 없을뿐더러 깨끗하게 닦은 유리창 밖으로 눈 덮인 골짜기와 연보랏빛 산이 펼쳐져 있었다.

"안타깝군요." 주인장이 말했다.

"무슨 말씀이신지?" 나는 영문을 몰라 이렇게 물으며 침실로 눈을 돌렸다. 그곳에서는 카이사가 여전히 객실을 준비하는 중이었다. 그녀는 내 가방을 열어서 꼼꼼하게 내용물 정리를 마친 후였다. 지금은 베개를 쳐서 부풀리고 있었다.

"아니, 안타까울 일이 전혀 없겠군요." 주인이 말했다. "이미 잘 아는 것보다 미지의 것이 얼마나 더 흥미진진한

지, 글렙스키 씨는 모를 리 없으시겠죠? 미지의 것은 상상력에 불을 지피고, 혈관을 따라 피가 더 빠르게 돌게 하고, 놀라운 환상을 낳고, 약속하고, 유혹합니다. 미지의 것은 한밤의 칠흑 같은 심연 속에서 반짝이는 작은 불꽃과 비슷하죠. 하지만 일단 아는 것이 되어 버리면 밋밋하고 단조로워지고 무미건조한 일상이라는 배경과 구별이 안 될 정도로 그 안으로 스며들어 버리죠."

"스네바르 씨, 당신은 시인이시군요." 나는 더욱 영문을 몰라 이렇게 대꾸했다. 카이사를 보니 즈구트의 말이 비로소 이해되었다. 볼이 토실토실하고 통통한 아가씨는 침대를 배경으로 유난히 유혹적으로 보였다. 그녀에게는 뭔지 몰라도 아직도 정체가 밝혀지지 않은 것, 미지의 것이 있었다……

"자, 이곳이 앞으로 지내실 집입니다." 주인장이 말했다. "여장을 풀고, 푹 쉬고, 하고 싶은 일을 맘껏 하세요. 스키와 왁스, 필요한 장비는 아래층에 구비되어 있으니 필요하면 제게 직접 요청하세요. 저녁은 6시에 준비됩니다. 혹시 지금 바로 요기하거나 가벼운 음료로 기운을 차리고 싶으시면, 아 그러니까 알코올음료 말입니다. 카이사에게 말씀하세요. 환영합니다."

마침내 그가 방을 떠났다.

카이사는 상상할 수 없을 정도의 완벽함을 추구하며

여전히 침대를 정리하고 있었다. 나는 담배를 한 대 꺼내 피우며 창가로 갔다. 나는 혼자였다. 은혜로운 하늘, 자애로우신 하느님, 마침내 저는 혼자가 되었습니다! 물론 나도 안다. 이런 말을 입에 담거나 심지어 머릿속에 떠올리는 것만으로도 그리 바람직하지 않은 행동이라는 사실을 말이다. 하지만 요즘은 단 일주일만이라도, 단 며칠만이라도, 단 몇 시간만이라도 혼자 되기가 그만큼 어렵다! 물론 나도 내 아이들을 사랑하고 내 아내를 사랑하며 내 친지들에게 단 한 점의 악감정도 없다. 내 친구들과 지인들은 대부분 예의를 알고 함께 있으면 즐거운 사람들이다. 하지만 매일 매시간 그들이 서로서로 교대를 하듯 내 주위를 어슬렁거릴 때면, 이런 번잡함을 끝내고 모두에게서 벗어나 어딘가에서 두문불출하며 혼자가 될 가능성은 눈곱은 고사하고 전혀 없다…… 내가 직접 읽은 건 아니지만 내 아들은 현대에 들어 인간의 가장 큰 재앙이 고독과 소외라고 주장한다. 나는 모르겠다. 과연 그런지 의심이 든다. 이 모든 것이 시적인 허구이거나, 내가 그만큼 운이 나쁜 사람일지도 모른다. 어느 쪽이건 2주 동안의 고독과 소외는 마침 내게 꼭 필요한 것이다. 내가 꼭 처리해야만 하는 일은 없고 오로지 내가 하고 싶은 일만 하며 지낼 수 있도록 말이다. 누군가 내 코앞으로 들이밀었기 때문이 아니라 내가 피우고 싶어서 피우는 담배 한 개비. 내가 피우지 않는다면, 마담 젤

츠가 담배 연기를 못 견뎌 하기 때문이 아니라 내가 피우기 싫기 때문에 피우지 않는 담배 한 개비…… 불을 활활 피운 벽난롯가에 앉아 마시는 브랜디 한 잔, 상상만으로도 흐뭇하다. 이렇게 보내는 시간은 정말 나쁘지 않을 것이다. 대체로 이곳에서 나쁘지 않은 시간을 보낼 것 같다. 그렇게만 되면 흡족할 것이다. 혼자만의 시간이 있고, 스키에 올라타 반짝이는 눈밭을 질주하여 골짜기를 지나 연보랏빛 산으로 갈 수 있는 비교적 늙지도 않고 여전히 건강한 내 몸이 있으니 나는 괜찮을 것이다. 그러니 이곳에서 보내는 시간은 더할 나위 없이 좋을 것이다……

"뭘 좀 가져다드릴까요?" 카이사가 물었다. "좋아하시는 걸로?"

나는 카이사를 바라보았다. 그러자 그녀는 다시 어깨를 으쓱하며 손으로 얼굴을 가렸다. 그녀는 몸에 딱 달라붙는 알록달록한 원피스를 입고 자그마한 레이스 앞치마를 둘렀는데, 원피스는 앞쪽도 뒤쪽도 잔뜩 부풀려져 있었다. 두 손은 아무것도 끼지 않고 통통했으며 훤히 드러난 통통한 목에는 커다란 나무 구슬을 엮어 만든 목걸이가 걸려 있었다. 그녀는 신발의 앞코를 살짝 안쪽으로 모은 채 서 있었다. 카이사는 내가 아는 그 누구와도 비슷하지 않았고 그 사실 또한 좋았다.

"지금 여기엔 누가 있나요?" 내가 물었다.

"어디요?"

"여기. 이 호텔."

"호텔요? 우리 호텔? 네, 손님들이 있죠……"

"어떤 사람들이죠?"

"음, 누구냐고요? 모제스 씨와 아내분이 머무르고 있어요. 1호실과 2호실요. 3호실도 써요. 그 방에서 지내지는 않지만요. 그리고 따님도 있는 것 같아요. 잘 모르겠지만. 어쨌든 굉장한 미인이에요. 지나가는 사람들의 눈길을 사로잡을 정도죠……"

"그리고?" 나는 그녀를 조금 부추겨 볼 생각으로 이렇게 말했다.

"시모네 씨도 있어요. 저기 맞은편 객실요. 과학자죠. 당구실에서 죽치고 있고 벽을 타고 다녀요. 경박하지만 음울해요. 심리적으로 말이죠." 카이사는 다시 얼굴을 붉히며 어깨를 으쓱했다.

"그리고 또 누가 있죠?" 내가 물었다.

"듀 바른스토크르 씨요. 서커스에서 최면술 묘기를 해요……"

"바른스토크르? 그 바른스토크르?"

"몰라요, 아마 그럴 거예요. 최면술사…… 그리고 브륜……"

"브륜? 그 사람은 또 누구죠?"

"헐렁한 바지 차림으로 오토바이를 타고 다니죠. 이쪽도 경박하지만, 훨씬 젊은 축이에요."

"그렇군." 내가 말했다. "이 사람들이 다인가요?"

"또 있어요. 얼마 전에 도착한 것 같아요. 그 사람은 그냥 있어요…… 가만히 서 있는 거예요. 잠을 자지도, 먹지도 않고, 그냥 가만히 있죠……"

"무슨 말인지 모르겠군." 내가 솔직히 말했다.

"아무도 몰라요. 그냥 서 있기만 하거든요. 그리고 신문을 읽죠. 얼마 전에 듀 바른스토크르 씨의 실내용 슬리퍼를 슬쩍했고요. 안 찾아본 곳이 없을 정도로 찾아다녔는데 슬리퍼는 흔적도 없이 사라졌지 뭐예요. 그런데 그 사람이 박물관에 가져가서 거기에 뒀더라고요. 또 늘 흔적을 남겨요……"

"무슨 흔적?" 나는 그녀가 무슨 말을 하는지 꼭 알아듣고 싶었다.

"축축한 발자국. 그걸 남기며 복도를 걸어 다녀요. 그리고 제게 자꾸 전화를 걸어요. 이 방에서 걸었다가 저 방에서 걸었다가. 막상 가 보면 그곳에는 아무도 없고 말이에요."

"이제 됐어요." 내가 한숨을 내쉬며 말했다. "무슨 말을 하는지 통 모르겠네요, 카이사. 그리고 음식은 필요 없어요. 그보다 먼저 씻어야겠어요."

나는 먼지 한 톨 없이 깨끗한 재떨이에 담배를 눌러 끈 후 속옷을 가지러 침실로 향했다. 나는 괜히 가져왔다는 생각을 설핏 하며 머리맡에 놓인 작은 테이블에 책을 몇 권 올려놓았다. 그리고 구두를 벗어 던진 후 헐렁한 슬리퍼에 발을 집어넣고 목욕 수건을 챙겨서 샤워장으로 향했다. 카이사는 이미 가고 없었고 책상 위의 재떨이는 또다시 먼지 한 톨 없이 반짝거리고 있었다. 복도는 텅 비어 있는데, 어디선가 당구공들이 딱딱 부딪치는 소리가 들려왔다. 심리적인 면에서 음울하지만 경박한 투숙객이 여가를 즐기는 중이 분명했다. 이름이 뭐랬더라…… 시모네던가.

샤워장 문은 층계참*에 있었는데, 하필 잠겨 있었다. 나는 선뜻 마음을 정하지 못한 채 조심스럽게 플라스틱 손잡이를 돌리며 잠시 그곳에 서 있었다. 누군가 육중한 발걸음으로 느긋하게 복도를 걸어왔다. 1층 샤워장으로 내려가도 괜찮겠다는 생각이 들었다. 군이 내려가지 않아도 상관은 없었다. 먼저 스키를 타고 한바탕 달리는 것도 괜찮지 않을까. 나는 갈팡질팡하며 지붕으로 나가는 통로가 분명할 목제 계단을 뚫어져라 바라보았다. 지붕으로 올라가 풍경을 감상하는 것도 좋을 것 같은데. 이곳에서 보는 일출과 일몰은 형용할 수 없을 정도로 아름답다고들 하지 않는가. 그나저나 샤워장을 잠가 놓다니 이 호텔은 일을 어떻게 하는 거야. 혹시 먼저 들어간 사람이 있나? 조용한 것을 보면 그건 아닌데…… 나는 다시 한번 손잡이를 잡아당겨 보았다. 뭐, 됐어. 샤워는 이따 하자. 그럴 짬이 날 것이다. 나는 발길을 돌려 내 방으로 돌아갔다.

어딘지 방이 방금 전과 달라져 있었다. 나는 그 사실을 대번에 알아차렸다. 그리고 다음 순간 어떤 변화인지 깨달았다. 파이프 담배 냄새가 났다. 그것도 객실 박물관에서 나던 것과 똑같은 냄새였다. 나는 얼른 재떨이로 눈을 돌렸다. 거기에 연기가 올라오는 파이프는 없었다. 대신 담배 찌꺼기가 섞인 담뱃재가 소복이 쌓여 있었다. 가만히 서 있는다, 이 말이 떠올랐다. 마시지도 먹지도 않고, 흔적만 남긴다……

그때 바로 옆에서 누군가 천천히 입을 크게 벌리며 하품을 했다. 침실에서 세인트버나드 렐이 발톱으로 바닥을 긁는 소리를 내며 느릿느릿 나오더니 나를 보고 싱긋 웃으면서 몸을 쭉 뻗었다.

"아하, 네가 여기서 담배를 피운 거냐?" 내가 물었다.

렐은 눈을 찡긋하더니 고개를 흔들었다. 파리를 몰아내기라도 하듯이.

* 계단 중간에 설치하는 공간으로 방향 전환이나 위험 방지, 피난, 휴식 등의 목적이 있다.

제2장

눈에 남은 자국들로 보건대 호텔 투숙객 중 누군가가 벌써 스키를 타고 걸어 보려고 한 모양이었다. 그 사람은 발을 뗄 때마다 넘어지면서 50미터가량을 걸어간 후 되돌아왔는데, 올 때는 무릎걸음을 치듯 주저앉으며 스키와 폴을 안아 끌고 가다가 떨어트리고 다시 주웠다가 다시 떨어트리기를 반복했다. 눈밭에 난 이 애처로운 하늘빛 흉터 같고 수레바퀴 자국 같은 흔적 위로 아직 서리라는 저주는 내려앉지 않은 듯했다. 그곳을 제외한 나머지 골짜기를 뒤덮은 눈밭은 새로 풀을 빳빳하게 먹인 이불 홑청처럼 아무 흔적도 없이 깨끗했다.

나는 스키가 잘 고정되었는지 확인하려고 제자리에서 몇 번 뛰어 본 후 함성을 지르면서 태양을 향해 달리기 시작하여 환한 햇살과 벅차오르는 가슴에 눈을 가늘게 뜨며 점점 속도를 올렸다. 숨을 내쉴 때마다 내 속에서 담배 연기 자욱한 사무실들과 곰팡내 나는 서류들, 눈물 바람의 피의자들과 불평만 늘어놓는 상관들에 대한 지겨움을 뱉어 내고 음울한 정치적 논쟁들과 고리타분한 농담들, 아내의 자잘한 잔소리, 젊은 세대의 불평이 불러낸 비애를 몰아냈다…… 우울하고 지저분한 거리들과 타르 냄새가 코를 찌르는 복도들, 파괴된 탱크처럼 흉측한 금고의 텅 빈 내부, 식당의 빛바랜 하늘색 벽지, 침실의 빛바랜 분홍색 벽지, 잉크가 튄 아이 방의 누르께한 벽지들을 토해 냈다…… 숨을 내쉴 때마다 관료적이고, 고결하고, 늘 광이 나는 단추를 달고 불쾌할 정도로 법을 준수하는 남자이자 다정한 남편, 모범적인 아버지, 사람 좋아하는 동료, 정 깊은 친척의 얼굴로부터 자유로워진 채 모든 것이 저 멀리 있다는 사실에 기뻐했다. 동시에 그 모든 것이 되돌아오지 못할 정도로 멀리 가 버리고, 앞으로 모든 것이 가볍고 경쾌하고 수정처럼 청결해지기를, 이 변화가 열정적이고 흥겹고 젊은이 같은 속도로 이루어지기를 희망하며 달렸다. 이곳에 온 일이 얼마나 잘한 결정인지…… 훌륭해, 즈구트, 자네 덕분이야, 즈구트, 고마워 즈구트. 자네가 신문을 하면서 체포한 '금고털이범들'의 면상을 후려갈긴다는 이야기는 있지만 말이야…… 나는 여전히 건강하고, 유연하고, 강인하다. 그러니 이럴 수 있을 것 같다. 이상적인 직선을 따라, 이상적인 직선을 10만 킬로미터나 줄곧 달릴 수 있을 것 같다. 아니면 이런 것도 할 수 있으리라. 1톤이나 되는 눈을 사방에

흩뿌리며 오른쪽으로 급회전을, 왼쪽으로 급회전을 할 수 있으리라…… 사실 나는 그 빌어먹을 집을 산 후 3년째 스키를 타지 못했다. 우리는 대관절 어쩌자고 그런 짓을 했을까. 노후를 위한 집을 장만하다니. 노후를 위해 평생 일을 해야 하지 않는가…… 아, 빌어먹을 것들, 나는 지금 이런 생각을 하고 싶지 않다. 빌어먹을 노후여, 빌어먹을 집이여, 빌어먹을 너, 준법정신이 투철한 관료 페테르, 페테르 글렙스키, 네게 신의 가호가 있기를……

이윽고 스키를 타자마자 찾아온 환희의 파도가 잦아들며 문득 정신을 차리니 나는 머리부터 발끝까지 눈가루를 뒤집어써서 온몸이 젖은 채 숨을 헐떡이면서 길가에 서 있었다. 환희의 파도가 얼마나 순식간에 사그라지는지 놀라울 따름이었다. 사람은 몇 시간이고 며칠이고 자책하고, 스스로에게 상처를 주고 귀찮게 하고 따분해할 수 있는데, 어째서 환희는 훌쩍 왔다가 이렇듯 어색함과 축축한 등, 스쳐 지나간 흥분으로 벌벌 떠는 근육만을 남긴 채 훌쩍 떠나 버리는 걸까. 어느새 바람에 두 귀가 먹먹했다…… 장갑을 벗고 새끼손가락을 귀에 넣어 빙빙 돌리는데, 느닷없이 바로 옆에서 경비행기가 착륙을 하는 것 같은 굉음이 울렸다. 서둘러 고글을 닦자마자 그 굉음의 주인공이 순식간에 내 곁을 지나갔다. 그것의 정체는 경비행기가 아니라 폭력범들과 강도들, 살인자들을 모두 합친 것보다 더 많은 삶을

망치고 벽을 부수는 거대한 신형 오토바이였다. 오토바이가 지나가며 내게 눈 더미를 뒤집어씌우는 바람에 고글이 다시 눈 범벅이 되었다. 하지만 나는 용케 구부정하고 여윈 형체와 펄럭거리는 검은 머리카락, 널빤지처럼 나부끼는 빨간 머플러의 끝부분을 알아볼 수 있었다. 헬멧을 쓰지 않고 달리다니 벌금 50크론과 한 달간의 면허정지군. 자동적으로 이런 생각이 떠올랐다…… 정작 나는 번호판도 제대로 못 봤다. 번호판은커녕 호텔은 물론이고 골짜기의 반도 볼 수 없었다. 눈구름이 하늘까지 솟아올랐기 때문이다. 아, 나와 무슨 상관이람! 나는 스키 폴에 의지해 오토바이의 뒤를 쫓아서 호텔로 난 길을 따라 달리기 시작했다.

호텔에 도착해 보니 오토바이는 정문 계단 앞에 세워져 있었다. 그 옆으로 팔뚝까지 덮는 거대한 가죽 장갑이 눈밭에 널브러져 있었다. 나는 눈 더미에 스키를 찔러 넣고 몸에서 눈을 털어 낸 후 다시 오토바이를 보았다. 이다지도 야만스러운 기계가 왜 필요할까. 다음 해에는 이곳이 '죽은 바이커' 호텔로 불리게 될지도 모르겠다. 그때도 주인장은 막 도착한 투숙객의 손을 잡아끌고는 무너진 담벼락을 가리키며 이렇게 말하리라. '여기입니다. 그 사람은 이곳과 시속 120마일로 충돌한 후 건물을 뚫고 나갔습니다. 뒤로 432장의 벽돌이 날리면서 주방을 향해 돌진할 때 지축이 흔들렸죠……' 나는 광고로 쓸 만한 이야기라고 생각하며 계단을 올랐다. 내 방에 도착하면 연기가 피어오르는 파이프를 입에 문 해골이 1리터에 3크론인 광대버섯주를 앞에 두고 테이블에 앉아 있겠지.

홀의 한가운데에 유난히 키가 크고 등이 몹시 구부정한 남자가 발끝까지 내려오는 검은색 연미복 차림으로 서 있었다. 뒷짐을 지고 선 남자는 하늘색 의자에 품위 있게 편안히 앉아 있는, 성별을 알 수 없는 야위고 움직임이 나긋나긋해 보이는 누군가에게 엄하게 나무라는 투로 무슨 말을 하는 중이었다. 그 존재는 얼굴이 작고 안색이 창백했는데, 그마저도 커다란 색안경으로 반이나 가려졌고 헝클어진 덥수룩한 검은 머리카락과 털실이 북슬북슬한 붉은색 머플러가 눈에 들어왔다.

내가 문을 닫고 들어가자 길쭉한 남자가 입을 다물고 나를 돌아보았다. 그는 나비넥타이를 맸고 아래로 축 늘어진 귀족적인 양쪽 볼살과 그에 못지않게 귀족적인 보기 드문 코를 한 고매한 용모의 소유자였다. 그런 코를 한 사람은 이 세상에 오직 한 명뿐이므로 그는 그 유명인이 아닌 다른 사람일 리 없었다. 그는 주저하는 듯 나를 잠시 살펴보더니 입술을 닭 꽁무니처럼 꾹 다문 채 희고 좁은 손바닥을 뻗으며 나를 향해 다가왔다.

"듀 바른스토크르입니다." 그가 노래를 하듯 말했다. "안녕하십니까."

"혹시 그 듀 바른스토크르 씨입니까?" 나는 그의 손을 쥐며 진심에서 우러나온 존경심을 담아 물었다.

"그렇소, 선생. 그렇소이다." 그가 대답했다. "성함이 어떻게 되시는지요?"

나는 우리 경찰 관료답지 않은 바보 같은 어색함을 느끼면서 자기소개를 했다. 그도 그럴 것이 한눈에 척 봐도 그는 소득을 은폐하지 않을 리 없으며 세금 신고서를 애매하게 작성할 것이 뻔했기 때문이다.

"정말 아름답군요!" 느닷없이 듀 바른스토크르가 내 옷깃을 잡으며 노래하듯 말했다. "이걸 어디서 찾으셨습니까? 브륜, 얼마나 아름다운지 너도 한번 보렴!"

그의 손가락 사이에는 푸른색 제비꽃이 끼워져 있었다. 제비꽃 향기도 풍겼다. 나는 이런 상황을 좋아하지 않지만 억지로 박수를 쳤다. 안락의자에 앉아 있던 사람은 조그만 입을 쩌억 벌려 하품을 하며 한쪽 다리를 의자의 팔걸이에 척 걸쳤다.

"소매에서 뺐잖아요." 그가 저음의 쉰 목소리로 말했다. "시시껄렁한 트릭이에요, 삼촌."

"소매에서 뺐다고!" 듀 바른스토크르가 풀이 죽어 반복했다. "아니야, 브륜. 그런 건 너무 기초적인 트릭이잖니. 네 말대로 정말 시시껄렁할 거야. 시시한 데다 글렙스키 씨처럼 대단한 분에게 어울리지 않겠지."

그가 제비꽃을 활짝 펼친 손바닥에 내려놓고 눈썹을 추켜세우고는 가만히 바라보는데 꽃이 획 사라졌다. 나는 입을 가리고 머리를 절레절레 흔들었다. 말이 나오지 않았다.

"스키를 몹시 능숙하게 타시더군요, 글렙스키 씨." 듀 바른스토크르가 불쑥 말했다. "창문으로 당신을 봤습니다. 진심으로 즐겁게 봤다는 말씀을 드려야겠군요."

"과찬이십니다." 내가 웅얼거렸다. "예전에 좀 탔죠……"

"삼촌." 안락의자에 깊숙이 앉아 있던 바이커가 느닷없이 듀 바른스토크르를 불렀다. "차라리 담배나 만들어주세요."

듀 바른스토크르는 뭔가가 퍼뜩 생각난 것 같았다.

"아차!" 그가 말했다. "소개가 늦었군요, 글렙스키 씨. 이 아이는 브륜입니다. 이미 고인이 된 소중한 내 형제의 유일한 혈육이죠…… 브륜, 애야!"

그 '아이'는 내키지 않는 티를 내며 의자에서 일어나 우리에게 다가왔다. 머리카락이 풍성하고 여성스러웠다. 아니, 엄밀히 말해 여성스럽다기보다 요즘 젊은이풍이라는 표현이 더 어울렸다. 스판 바지를 입은 두 다리는 가늘어서 남자아이의 다리 같았다. 아니, 어쩌면 날씬한 아가씨의 다리일지도 몰랐다. 재킷은 제 치수보다 세 배나 컸다.

한마디로, 듀 바른스토크르가 이미 고인이 된 소중한 형제의 혈육이 남자인지 여자인지 확실히 말해 주었으면 속이 후련했을 텐데. 그 아이는 무심하게 분홍빛 입술로 미소를 지으며 거센 바람에 난 생채기들로 거칠해진 손을 내밀었다.

"우리 때문에 많이 놀라셨죠?" 그가 쉰 목소리로 물었다. "아까 길에서……"

"우리라고?" 내가 되물었다.

"오, 우리가 아니죠, 당연히. 부케팔로스 말이에요. 부케팔로스가 그런 짓을 잘하거든요. 이분 고글을 눈 범벅으로 만들어 버렸어요." 그가 제 삼촌에게 말했다.

"지금 이야기하는 부케팔로스는," 듀 바른스토크르가 친절하게 설명해 주었다. "알렉산더 대왕이 타던 전설의 명마가 아닙니다. 방금 이야기한 부케팔로스는 지난 2년 동안 서서히 내 목숨을 갉아먹다가 종국에는 나를 무덤으로 몰아넣을 것만 같은 흉측하고 위험천만한 오토바이죠."

"담배는요." 브륜이 상기시켰다.

듀 바른스토크르는 마음이 답답한 듯 고개를 흔들며 무기력하게 양팔을 벌렸다. 그가 다시 손을 모으자 손가락 사이로 나타난 담배에서 연기가 피어올랐다. 그가 담배를 조카에게 건넸다. 브륜은 담배를 한 모금 빨더니 변덕스럽게 툴툴거렸다.

"또 필터 담배야……"

"한바탕 달리고 왔으니 씻고 싶으시겠지요." 듀 바른 스토크르가 말했다. "곧 저녁 시간입니다……"

"네, 그렇습니다." 내가 말했다. "그럼, 실례하겠습니다."

나는 이 두 사람에게서 벗어날 수 있어 후련했다. 그 자리가 영 불편했다. 마음의 준비도 없이 덜컥 마주치지 않았는가. 무릇 무대에 선 유명한 마술사의 공연을 보는 것은 즐겁지만, 사적인 시간을 보내는 유명한 마술사와 만나는 일은 별개의 문제다. 나는 서둘러 인사를 한 후 내 방이 있는 층까지 한 번에 세 칸씩 계단을 뛰어올랐다.

복도는 아까와 마찬가지로 텅 비어 있었고, 아까처럼 어딘지 좀 떨어진 곳에서 당구공이 달그락거리는 소리가 들렸다. 빌어먹을 샤워장도 아까처럼 잠겨 있었다. 나는 내 방에서 대충 세수를 하고 옷을 갈아입은 후 담배를 챙겨 소파에 털썩 쓰러지듯 누웠다. 기분 좋은 피로가 나를 덮쳤고 꾸벅꾸벅 졸기 시작했다. 몇 분을 졸았을까. 누군가가 낸 쇳소리와 으스스한 느낌의 흐느끼는 듯한 박장대소에 나는 퍼뜩 잠에서 깼다. 나는 소스라치게 놀랐다. 그 순간 누군가 문을 두드렸고 고양이가 우는 듯한 카이사의 목소리가 들렸다. "식사하세요!" 나는 알겠다, 지금 가겠다 같은 말을 대답으로 한 후 소파에서 다리를 내려 더듬더듬 실내화를 찾았다. "식사하세요!" 멀리서 이 소리가 들리더니 잠시 후 "식사하세요!"라는 소리가 또 들렸다. 그리고 또다시 쇳소리와 으스스한 웃음소리가 짧게 이어졌다. 심지어 녹슨 쇠사슬이 덜거덕거리는 소리마저 나는 것 같았다.

나는 거울 앞에 서서 머리를 빗고 이런저런 표정을 지어 보았다. 이를테면 순진하게 친절한 관심을 보이는 표정이라든지 전문직 종사자다운 강직하고 침착한 모습, 열린 마음으로 누구와도 친분을 맺으려 어색하게 미소를 짓는 모습 등을 말이다. 하지만 어느 표정도 내게 어울리지 않는 듯했다. 그래서 더 이상 스스로를 괴롭히지 않고 브륜을 위해 주머니에 담배를 집어넣고 복도로 나갔다. 방을 나선 순간 나는 그대로 얼어붙었다.

맞은편 객실의 문이 활짝 열려 있었다. 그 문의 위쪽에 웬 젊은 남자가 양 발꿈치를 한쪽 문틀에 대고 등을 다른 쪽 문틀에 댄 채 붕 떠 있었다. 어느 모로 봐도 부자연스러운 자세였지만, 정작 당사자는 몹시 편안한 모양이었다. 그는 위에서 나를 내려다보더니 누르께한 기다란 치아를 드러내며 군인식 경례를 붙였다.

"안녕하십니까." 잠시 멍해 있다가 내가 말했다. "도와드릴까요?"

그러자 그 청년은 고양이처럼 바닥으로 사뿐히 뛰어내리더니 계속 경례를 한 채 내 앞에서 차렷 자세를 취했다.

"안녕하십니까, 경위님." 그가 말했다. "제 소개를 하겠습니다. 저는 인공두뇌부대 소속의 시몬 시모네 대위입니다."

"편히 쉬어." 내가 이렇게 말한 후 우리는 악수를 나누었다.

"사실 저는 물리학자입니다." 그가 내게 말했다. "하지만 '인공두뇌부대 소속'이라고 하면 '보병'이라는 소개만큼 근사하게 들리지 않습니까. 재미있어지죠." 그러더니 느닷없이 방금 전 들었던 흐느끼는 듯한 끔찍한 웃음을 터트렸는데, 눅눅한 지하실과 지워지지 않는 핏자국이 보이고 해골을 결박하고 있는 녹슨 쇠사슬 소리가 들리는 듯했다.

"그 위에서 뭘 하고 있었습니까?" 내가 멍하니 물었다.

"훈련을 하고 있었죠." 그가 대답했다. "사실 저는 등산가거든요."

"죽은?" 나는 농담이랍시고 대꾸했다가 그 즉시 후회했다. 시모네가 또다시 저승에서 웃는 듯한 웃음소리를 내게 퍼부었기 때문이다.

"나쁘지 않아요. 시작으로 나쁘지 않네요." 그가 눈가를 닦으며 말했다. "저는 아직 살아 있습니다. 암벽등반을 하려고 여기까지 왔는데 좀처럼 가지 못하고 있을 뿐이죠. 사방이 눈이잖아요. 그래서 이렇게 뭉틀이며 벽을 타고 있습니다……" 시몬이 갑자기 입을 다물더니 내 팔짱을 꼈다. "솔직히 말씀드리면," 그가 말문을 열었다. "이곳에는 재충전을 위해서 왔습니다. 과로했거든요. '미다스' 프로젝트라고 들어 보셨습니까? 철저하게 기밀로 유지되고 있죠. 휴가도 없이 꼬박 4년을 매달렸어요. 그랬더니 결국 의사들이 감각을 만족시킬 치료 과정을 처방해 주더라고요." 그가 다시 웃음을 터트렸지만 우리는 어느새 식당에 도착해 있었다. 그는 나를 남겨 두고 서둘러 식탁으로 갔다. 식탁에는 이미 간단한 음식이 차려져 있었다. "어서 따라오세요, 경위님." 그가 뛰면서 소리쳤다. "서두르세요. 안 그러면 '죽은 이'의 친지들이 캐비아를 몽땅 먹어 버릴 겁니다……"

식당은 창문이 다섯 개나 달린 널찍한 곳이었다. 그 가운데 스무 명이 앉을 수 있는 거대한 타원형 식탁이 놓여 있었다. 세월의 더께로 거무튀튀해진 호사스러운 식탁은 은제 잔들과 수많은 거울, 알록달록한 병들로 반짝였다. 식탁보는 빳빳하게 풀을 먹였고 그릇은 아름다운 도자기 세트였으며 커틀러리는 고상한 흑금 상감이 된 은제였다. 하지만 이렇게 격식을 차린 듯해도 음식을 먹는 절차는 몹시 민주적인 듯했다. 전채용 작은 식탁에는 이미 음식이 차려져 있었는데, 먼저 온 순서대로 음식을 먹었다. 그보다 좀 더 작은 다른 식탁에 카이사가 채소 수프와 맑은 수프가 담긴 커다란 도기를 내려놓았다. 이 식탁에서는 각자 먹고 싶은 수프를 직접 담아 가는 방식이었다. 기분 전환을 하고 싶은 사람들을 위해 주류 코너도 마련되어 있었다. 그곳에는 브랜디에서 아이리시 진, 맥주, 담금주(에델바이스 꽃잎으로 담근 술이라고 즈구트가 힘주어 말했다) 등이 준비되어 있었다.

식탁에는 듀 바른스토크르와 그의 죽은 형제의 혈육이 벌써 와 있었다. 듀 바른스토크르는 맑은 수프를 은제 숟가락으로 우아하게 저으며 나무라는 눈빛으로 조카를 곁눈질했다. 그도 그럴 것이 브륜은 식탁을 팔꿈치로 짚은 채 채소 수프를 허겁지겁 먹고 있었던 것이다.

상석에는 눈이 부신 기묘한 미모를 소유한 처음 보는 부인이 앉아 있었다. 나이는 스물 같기도 하고 마흔 같기도 했다. 까무잡잡하면서도 푸르스름한 어깨는 선이 곱고, 기다란 목은 우아했으며, 재색 속눈썹이 길게 난 커다란 눈은 반쯤 감겨 있었고, 높이 틀어 올린 머리는 값비싼 티아라로 장식되어 있었다. 여자는 모제스 부인이 틀림없었다. 그녀는 분명 이렇게 소박한 식사 자리에 어울리지 않았다. 나는 모제스 부인과 같은 여자를 상류사회 잡지에 실린 사진이나 유명 배우들이 출연하는 영화에서밖에 보지 못했다.

주인장이 작은 쟁반을 든 채 식탁을 빙 둘러서 내게 다가왔다. 그 쟁반에 파란색 담금주가 담긴 크리스털 세공 잔이 놓여 있었는데, 어딘지 으스스해 보였다.

"전화戰禍의 세례를 받으시죠!"* 주인이 다가오며 이

렇게 말했다. "좀 더 자극적인 안주로 고르세요."

　나는 그 말대로 했다. 접시에 먼저 올리브와 캐비아를 담았다. 그리고 주인장을 한 번 보고는 오이 피클을 담았다. 그러고 나서 담금주를 힐끔 본 후 캐비아에 레몬 반쪽의 즙을 짰다. 모두의 시선이 나를 향해 있었다. 나는 술잔을 잡고 숨을 훅 내쉰 후(곰팡내 나는 사무실들과 복도들을 또 한 번 내뱉었다) 술을 입으로 털어 넣었다. 몸서리가 쳐졌다. 모두의 시선이 나를 향해 있었으므로 나는 머릿속으로만 몸서리를 치고 겉으로는 오이 피클을 한 입 베어 물었다. 주인장이 흡족해하며 툴툴거리는 소리를 냈다. 시모네도 같은 소리를 냈다. 모제스 부인이 크리스털이 울리는 듯한 청량한 목소리로 말했다. "어머나! 정말 남자다우시군요." 나는 미소를 지었다. 그리고 참외만 한 피클이 없다는 사실을 몹시 애석해하며 남은 피클을 한입에 넣었다. "화끈하네!" 브륜이 호쾌하게 소리쳤다.

　"모제스 부인!" 주인장이 불렀다. "글렙스키 경위님을 소개해 드리겠습니다."

　식탁의 상석에 앉아 있던 잿빛 탑이 살짝 휘청거리며 일어나면서 더없이 아름다운 속눈썹을 내리깔았다.

　"글렙스키 씨!" 주인장이 말했다. "모제스 부인입니다."

* 전투에 처음으로 참가했다는 뜻.

나는 고개를 숙여 절을 했다. 마음 같아서는 기꺼이 몸을 반으로 접어 절을 하고 싶었지만 배가 부글거려 차마 그럴 수 없었다. 하지만 모제스 부인이 미소를 짓는 모습에 내 마음은 어느새 가벼워졌다. 나는 점잖게 고개를 돌리고 먹고 있던 전채 요리를 다 먹고 수프를 가지러 갔다. 주인장은 바른스토크르와 그의 조카 맞은편에 내 자리를 배정했다. 결국 안타깝게도 내 오른쪽으로 너무 먼 곳에 모제스 부인이 앉았고, 안타깝게도 내 왼쪽으로 너무 가깝게 언제라도 고약한 웃음소리를 터트릴 준비가 된 음울하면서도 경박한 시모네가 앉았다.

식사 중 대화는 주인장이 주도했다. 사람들은 불가사의한 미지의 것, 더 정확히 말하자면 최근 호텔에서 일어나는 기이한 일들에 대해 이야기를 나누었다. 사람들은 이 호텔의 신참인 내게 시시콜콜한 것까지 모두 들려주었다. 뒤 바른스토크르는 실제로 이틀 전 자신의 실내화가 사라졌고 저녁 무렵에야 객실 박물관에서 발견되었다고 확신했다. 시모네는 껄껄 웃으면서 누군가 전문서적이 압도적으로 많은 그의 책을 이것저것 읽고 있으며 메모를 달아 놓는데, 문법이 압도적으로 엉망진창이라고 말했다. 주인장은 흡족해하며 오늘 본 연기가 피어오르는 파이프와 신문에 대해 들려준 후 누군가 밤마다 호텔을 배회하는 게 분명하다고 덧붙였다. 그는 누군가 돌아다니는 기척을 자신의 두 귀로 똑똑히 들었으며 한번은 정문에서 홀을 지나 계단으로 미끄러지듯 움직이는 하얀 형체를 목격한 적도 있다고 했다. 모제스 부인은 스스럼없는 태도로 주인장의 말을 기꺼이 확인해 주면서 어젯밤에는 누군가 창으로 그녀를 몰래 훔쳐보더라고 덧붙였다. 듀 바른스토크르조차 누군가 돌아다닌다는 주장에 동의했지만, 우리의 충실한 카이사일 것이라 생각한다며 적어도 자신은 그렇게 여긴다고 했다. 그러자 주인장은 그런 일은 절대 있을 수 없다고 못을 박았다. 한편 시몬 시모네는 자신이 밤마다 죽은 듯이 깊이 잠들기 때문에 그런 소리는 전혀 듣지 못했다고 주장했다. 그러나 밤에 누가 자신의 스키부츠를 신고 돌아다닌 듯이 축축하게 젖어 있는 것을 두 번이나 알아차린 적이 있다고 했다. 나도 그 즐거운 분위기에 끼어 보려고 재떨이와 세인트버나드에 대한 이야기를 들려주었다. 그러자 브륜이 쉰 목소리로 그곳에 모인 모든 사람에게 들리도록 말하기를, 자신은 이런 시시껄렁한 짓거리에 대체로 아무런 반감도 없으며 속임수 장난에 익숙하지만 모르는 사람이 자신의 침대에 누워 있는 것만은 절대 참을 수 없다고 했다. 이 말을 하며 색안경으로 난폭하게 나를 겨누는지라, 나는 오늘 이 호텔에 도착해서 천만다행이다 싶었다.

사람들은 흥겹고도 오싹한 분위기에 휩싸였지만, 물리학자가 그런 분위기를 단숨에 날려 버렸다.

"어느 이등 대위가 낯선 도시에 도착했습니다." 그가 이야기를 시작했다. "호텔에 여장을 풀고 사장을 불러 달라고 했죠……"

느닷없이 그가 말문을 닫고 주위를 둘러보았다.

"실례합니다." 그가 말했다. "숙녀분이 계신 자리에서 계속해도 될지." 그는 이렇게 말하며 모제스 부인을 향해 고개를 까닥했다. "그리고 젊…… 젊은이도 있고." 그가 브륜을 바라보았다. "음……, 음……"

"아, 시시껄렁한 농담이군." 브륜이 무시하는 기색을 숨기지 않으며 쏘아붙였다. "'모든 것이 훌륭하군요. 하지만 반반으로 못 나눕니다.' 이거죠?"

"맞아요!" 시모네가 탄성을 지르며 껄껄 웃었다.

"반반으로 나눈다고요?" 모제스 부인이 미소를 지으며 되물었다.

"못 나눈다고요!" 브륜이 발끈하며 바로잡아 주었다.

"아하, 못 나눈다고요?" 모제스 부인이 깜짝 놀라 되물었다. "그런데 뭘 못 나눈다는 거죠?"

브륜이 입을 벌렸지만 듀 바른스토크르가 눈에 띌 듯 말 듯 어떤 동작을 하자 어느새 그 입에 빨간 사과가 나타났고 브륜은 그 사과를 먹음직스럽게 베어 물었다.

"따지고 보면 놀라운 일은 우리 호텔에서만 일어나는 게 아닙니다." 듀 바른스토크르가 말했다. "그런 예라면 미확인비행물체를 생각해 봐도 충분하지 않을까요……"

브륜이 요란한 소리를 내며 의자를 밀면서 일어섰다. 그리고 사과를 우적우적 먹으며 문으로 향했다. 왜 저러는지! 문득 호리호리하고 나긋나긋한 브륜의 몸매에서 젊고 매력적인 아가씨의 자태가 언뜻 보였다. 그 자태를 보며 발끈한 마음을 누그러트리자마자 아가씨는 온데간데없이 사라지고 그 자리에 몹시 무례하게 건들거리는 십 대 불량배가 나타났다. 해변에서 벼룩을 키우고 공중화장실에서 마약을 하는 치들 중에서 흔히 볼 수 있는 녀석 말이다. 나는 내내 빌어먹을 저 인간이 남자인지 여자인지 누구에게 물어보면 좋을지 고민했다. 하지만 듀 바른스토크르는 나지막한 목소리로 계속 이런 이야기를 했다.

"……여러분, 조르다노 브루노*가 헛되이 화형을 당했군요. 우주에 사는 생명체는 인간이 다가 아닙니다. 문제는 온 우주에 흩어져 있을 지성의 밀도죠. 시모네 씨, 내가 실수를 한다면 바로잡아 주세요. 여러 과학자들의 추정에 따르면, 우리 은하에만 생명체가 살고 있을 수 있는 태양계가 100만 개에 달한다고 합니다. 내가 수학자라면, 여러분,

---

* 1548~1600 이탈리아의 사상가이자 철학자. 근대 합리론의 시원적 개념을 제시한 인물로 알려져 있다. '우주는 무한히 퍼져 있고 태양은 그중 하나의 항성에 불과하며 밤하늘에 떠오르는 별들도 모두 태양과 같은 종류의 항성이다'라는 무한우주론을 주장하여 이단 혐의로 화형 당했다.

이런 데이터를 바탕으로 모종의 존재가 과학적인 측면에서 우리 지구에 관심을 기울일 확률만이라도 따져 보았을 겁니다……"

아무리 생각해도 듀 바른스토크르에게 직접 물어보기는 어쩐지 껄끄러웠다. 게다가 어쩌면 그도 전혀 모를 것 같았다. 어떻게 그가 알겠는가. '얘야, 얘야'가 입버릇인데…… 점잖은 주인장은 브륜의 성별이야 아무래도 상관이 없을 것이다. 카이사는 멍청하다. 시모네에게 물어봤다가는 저승에서 열린 연회를 또 한 번 견뎌야 할 것이다…… 그나저나 나는 왜 이러는 걸까? 그 일이 나와 무슨 상관인가…? 음식을 더 먹을까……? 분명 카이사는 멍청하다. 하지만 두말할 나위 없이 요리에는 정통하다……

"……동의하시겠지요." 듀 바른스토크르가 말했다. "외부의 눈이 우주의 심연을 통해 우리의 정든 별을 주의 깊고 부지런하게 연구한다는 생각, 그런 생각은 그 자체로 상상력을 자극하기도 하죠……"

"계산을 해 보니," 시모네가 끼어들었다. "그들이 사람이 살고 있는 태양계와 그렇지 않은 태양계를 구별할 수 있고 오직 사람이 사는 곳만 관찰한다면, 그 확률은 마이너스 e의 마이너스 1승입니다."

"그런가요?" 모제스 부인이 놀라움을 노골적으로 드러내지 않은 채 시모네에게 기쁨의 미소를 보내며 물었다.

시모네는 흡사 집 지키는 개가 짖듯이 껄껄 웃었다. 그는 심지어 앉은 채 몸을 꼼지락거리기까지 했다. 그의 두 눈마저 촉촉해졌다.

"그걸 숫자로 바꾸면 어떻게 되죠?" 듀 바른스토크르가 질문을 할 기회를 엿보다가 물었다.

"약 3분의 2 정도 됩니다." 시모네가 눈가를 훔치며 대답했다.

"그렇다면 엄청난 확률이군요!" 듀 바른스토크르가 열띤 표정으로 대꾸했다. "우리 지구가 거의 관찰 대상이 확실하다는 의미로 이해할 수 있겠네요!"

바로 그때 내 뒤에 있는 식당 문을 누가 어깨로 세게 치는 것처럼 쾅 하고 부딪는 소리가 났다.

"당기세요!" 주인장이 소리쳤다. "당기시라고요!"

내가 돌아보았고, 그와 동시에 문이 활짝 열렸다. 문가에 놀라운 인물이 나타났다. 얼굴은 불도그를 똑 닮았으며 중세풍의 겉옷을 조잡하게 흉내 낸 것 같고 길이가 무릎까지 내려오는 연어색 겉옷을 입은 육중한 체구의 중년 남자가 서 있었다. 그 옷 아래로 황금색 띠로 장식된 장군의 제복 바지가 보였다. 그는 한 손은 뒷짐을 지고 다른 손으로 길쭉한 금속제 잔을 쥐고 있었다.

"올가!" 그가 탁한 눈동자로 앞을 바라보며 으르렁거리듯 말했다. "수프!"

잠시 소동이 벌어졌다. 모제스 부인이 그녀에게 어울리지 않게 허둥대며 수프가 놓여 있는 작은 식탁으로 달려갔고 주인장은 식탁에서 일어나 분부만 내려 달라는 의미의 손짓을 했다. 시모네는 껄껄 웃지 않으려고 서둘러 감자를 입에 쑤셔 넣고 눈을 부릅떴다. 모제스 씨일 수밖에 없는 그 인물은 의기양양하게 두 뺨을 부르르 떨며 자신의 잔을 모제스 부인의 맞은편 자리로 가져가다가 하마터면 그 자리를 비껴갈 뻔하며 앉았다.

"여러분, 지금 눈이 옵니다." 그가 알렸다. 그는 완전히 취해 있었다. 모제스 부인이 앞에 수프를 내려놓자, 그는 엄한 눈빛으로 수프 그릇을 보더니 잔을 홀짝거렸다. "무슨 이야기를 하고들 있었소?" 그가 물었다.

"방금 전까지 우리는 우주에서 방문객이 찾아올 가능성에 대해서 이야기를 나누던 중이었지요." 듀 바른스토크르가 유쾌하게 미소를 지으며 대답했다.

"그게 무슨 말이오?" 모제스 씨가 잔 위로 대단히 의심스러운 눈빛을 한 채 듀 바른스토크르를 보며 물었다. "당신에게 그런 소리를 들을 줄은 몰랐소만, 바른…… 바를…… 듀!"

"오, 순전히 이론상으로 그렇다는 거죠." 듀 바른스토크르가 가벼운 어조로 대꾸했다. "시모네 씨가 우리에게 확률을 계산해 주셨습니다……"

"엉터리 같은 소리." 모제스 씨가 말했다. "헛소리. 수학은 애초에 과학이 아니지…… 그런데 이 사람은 누구요?" 그가 나를 향해 오른쪽 눈을 부릅뜨며 물었다. 눈동자가 탁하고 건강하지 않아 보였다.

"소개해 드리겠습니다." 주인장이 허겁지겁 말했다. "모제스 씨, 이분은 글렙스키 경위님입니다. 글렙스키 씨, 모제스 씨입니다."

"경위라……" 모제스가 툴툴거리듯 말했다. "위조 서류들, 가짜 여권들…… 글렙스키 씨, 당신은 내 여권이 위조가 아니라는 점을 명심하시오. 기억력은 좋소이까?"

"문제는 없습니다." 내가 말했다.

"그렇다면 잊지 마시오." 그가 다시 엄격한 눈빛으로 수프 그릇을 보더니 잔을 홀짝였다. "오늘 수프는 맛이 좋군." 그가 말했다. "올가, 이거 치우고 고기를 가져와. 그런데 왜 다들 입을 꾹 다물고 계시오? 계속하시오, 계속해요. 들어 볼 테니."

"고기라고 하시니," 시모네가 말문을 열었다. "어느 식도락가가 레스토랑에 가 필레 요리를 주문했습니다……"

"필레, 좋지!" 모제스가 한 손으로 구운 고기를 자르려고 애를 쓰며 마음에 든다는 듯 말했다. 하지만 다른 손에 들고 있는 잔은 좀처럼 놓지 않았다.

"웨이터가 주문을 받았습니다." 시모네가 이야기를 이

어 갔다. "이 식도락가는 좋아하는 음식이 나오기를 기다리며 무용수들의 공연을 구경했습니다……"

"재미있군." 모제스 씨가 불쑥 말했다. "지금까지는 아주 재밌어. 소금을 적게 쳤어, 올가, 소금을 줘. 그래서?"

시모네가 동요했다.

"실례합니다." 그가 우물쭈물하며 말했다. "갑자기 불안해서 견딜 수가 없군요……"

"그렇군. 불안한 기분." 모제스 씨가 흡족한 듯 한마디 했다. "그래서 어떻게 되었소?"

"그게 끝입니다." 시모네가 권태롭게 대답하더니 의자 등에 몸을 기댔다.

모제스가 그를 빤히 바라보았다.

"뭐라고? 끝이라고?" 그가 분통을 터트리며 말했다. "그래서 필레는 나왔소?"

"음…… 사실…… 아닙니다." 시모네가 말했다.

"어처구니가 없군." 모제스가 말했다. "지배인을 불렀어야지." 그는 불쾌한 티를 내며 접시를 밀어냈다. "드물게 불쾌한 이야기를 들려주었군, 시모네."

"그런 것 같네요." 시모네가 핏기가 사라진 얼굴로 미소를 지으며 대답했다.

모제스가 잔을 홀짝이더니 주인장을 바라보았다.

"스네바르." 그가 주인장을 불렀다. "실내화를 훔쳐 가는 불한당은 잡았소……? 경위, 여기 당신이 해결해야 할 사건이 있소. 쉬면서 이 사건을 조사해 보시오. 어차피 여기서는 할 일 없이 빈둥거릴 테니. 웬 불한당이 실내화를 훔쳐 가고 창문으로 방 안을 훔쳐보고 있소."

나는 꼭 조사하겠다고 말하고 싶었지만, 그 순간 브륨이 식당 창문 바로 아래에서 오토바이에 시동을 걸었다. 식당의 창문이 죄다 흔들렸고 이야기를 나누기가 쉽지 않았다. 모두 음식을 먹는 데만 열중했고 듀 바른스토크르는 활짝 편 손바닥을 가슴에 대고 오른쪽으로, 왼쪽으로 무언의 사과를 건넸다. 잠시 후 견디기 힘들 정도로 부케팔로스의 엔진 소리가 요란해지자, 창문 밖으로 눈가루가 구름처럼 날리나 싶더니 이윽고 굉음이 맹렬한 속도로 멀어지면서 들릴 듯 말 듯 윙윙 소리로 잦아들었다.

"꼭 나이아가라 폭포 같네요." 모제스 부인이 크리스털 같은 목소리로 말했다.

"로켓 발사장 같죠!" 시모네가 반박했다. "야만스러운 기계라니까요."

카이사가 발끝으로 걸어 모제스 씨에게 가더니 그의 앞에 파인애플 시럽이 담긴 병을 내려놓았다. 모제스는 기분 좋은 눈빛으로 시럽 병을 물끄러미 바라보고는 잔을 홀짝였다.

"경위." 그가 나를 불렀다. "그 절도에 대해서 어떻게 생각하시오?"

"이 호텔에 있는 사람들 중 누군가가 벌인 장난이라고 생각합니다." 내가 대답했다.

"묘한 생각이군." 모제스가 동의하지 않는다는 투로 말했다.

"절대 그렇지 않습니다." 내가 반박했다. "첫째, 이곳에서 벌어진 사건에는 장난질 외에 다른 의도는 없습니다. 둘째, 개가 이곳에 제 식구만 있는 듯이 행동하더군요."

"오, 그렇군요!" 주인장이 쉰 목소리로 말했다. "당연히 이 호텔에는 외부인이 없죠. 하지만 그 남자는 렐에게 단순히 아는 사람이 아닙니다. 그 남자는 렐에게 신이었죠!"

모제스가 그를 빤히 바라보았다.

"그 남자가 누구요?" 그가 딱딱한 어조로 물었다.

"그 남자. 죽은 사람 말입니다."

"흥미롭기도 해라!" 모제스 부인이 재잘거리듯 말했다.

"말도 안 되는 소리 그만하시오." 모제스가 주인장에게 말했다. "누가 이런 짓을 저지르고 있는지 안다면 그자에게 그만하라고 충고해 주시오. 강력하게 충고하란 말이오! 아시겠소?" 그가 술에 취한 눈빛으로 주위를 둘러보았다. "안 그러면 나도 장난질을 시작할 테니!" 그가 고래고래 소리를 질렀다.

침묵이 내려앉았다. 내가 보기에 모두 모제스 씨가 장난질을 시작하면 이 상황이 어떻게 끝날지 상상해 보는 것 같았다. 다른 사람들은 어떨지 몰라도 나로서는 보기 드물게 음울한 그림이 그려졌다. 모제스는 잊지 않고 잔을 홀짝거리며 우리를 한 명씩 바라보았다. 그가 어떤 사람이며 이곳에서 무엇을 하고 있는지 짐작조차 되지 않았다. 무슨 연유로 그는 우스꽝스러운 상의를 입고 있는 걸까? (설마 벌써 장난질을 시작했나?) 잔에는 무엇이 들어 있을까? 그리고 내 눈앞에서 잔을 입으로 가져간 횟수만 해도 백 번가량인 데다 그때마다 꿀꺽꿀꺽 들이켰는데, 어째서 잔이 내내 그득 차 있는 느낌일까?

이윽고 모제스 부인이 식사를 그만두고 붉은 입술에 냅킨을 갖다 대더니, 천장을 바라보며 말했다.

"아, 아름다운 저녁노을을 내가 얼마나 좋아하는지! 마치 색채의 연회 같아요."

나는 느닷없이 혼자 있고 싶은 강한 욕망에 사로잡혔다. 나는 자리에서 일어나 강한 어조로 말했다.

"여러분, 감사합니다. 야식 시간에 뵙죠."

제3장

"그분이 어떤 사람인지 도무지 모르겠어요." 주인장이 불빛에 잔을 비춰 보며 말했다. "숙박계에는 개인적인 용무로 여행 중인 상인이라고 기입했더군요. 하지만 상인은 아닙니다. 실성한 연금술사, 마법사, 발명가…… 뭐든 가능하지만 상인만은 절대 아니에요."

우리는 벽난롯가에 앉아 있었다. 석탄이 활활 타올랐고, 안락의자는 낡았지만 튼튼하고 믿음직했다. 레몬을 넣은 포트와인은 뜨거웠고 향기로웠다. 살짝 어두컴컴한 실내는 안락하고, 아름답고, 흡사 가정집 같았다. 밖에는 눈보라가 휘몰아치기 시작했고 굴뚝을 타고 윙윙거리는 바람 소리가 들렸다. 호텔은 고요했고, 가끔 저 멀리 무덤에서 들리듯 흐느끼는 것 같은 웃음소리와 함께 총성처럼 당구공이 딱 하고 부딪치는 소리가 폭발하듯 들렸다. 카이사가 정리 중인 주방에서는 냄비들이 달그락거렸다.

"상인들은 대개 인색하거든요." 주인장이 생각에 잠긴

채 말을 이었다. "그런데 모제스 씨는 인색하지 않아요. 절대로 말이죠. '한 가지 여쭤봐도 될까요?' 제가 이렇게 물었죠. '어떤 분의 추천으로 우리 호텔을 찾아 주셨습니까?' 대답 대신 그분은 지갑에서 100크론 지폐 한 장을 척 꺼내더니 라이터로 불을 붙이고 그걸로 다시 담배에 불을 붙이지 않겠습니까? 그리고 제 얼굴에 연기를 뿜으면서 이렇게 대답하더군요. '나는 모제스 나으리요. 알베르트 모제스! 모제스는 추천이 필요 없소. 모제스는 어딜 가든 제집처럼 지내지.' 어떻게 생각하십니까?"

나는 잠시 생각에 잠겼다.

"제가 아는 위조지폐범이 있는데, 그 작자는 신분증을 요구받을 때면 꼭 그렇게 행동하더군요." 내가 대답했다.

"그건 아닙니다." 주인장이 만족스러운 듯 대답했다. "그분의 돈은 위조지폐가 아니거든요."

"그렇다면 정신 나간 백만장자군요."

"그분이 백만장자라는 사실은 확실해요." 그가 말했다. "그런데 그는 어떤 사람일까요? 개인적인 용무로 여행을 한다…… 이 골짜기에 여행하러 오는 사람은 없어요. 이곳에서는 스키를 타고 이동하거나 절벽을 타야 합니다. 여기는 막다른 곳이거든요. 이곳에서는 어디로도 길이 없어요."

나는 드러눕듯 안락의자에 편히 기대 두 다리를 꼬았

다. 그런 식으로 앉아 있으니 유난히 편안했기에 나는 그 어느 때보다 진지한 표정을 하고 모제스 씨가 어떤 사람인지 곰곰이 생각하기 시작했다.

"그렇군요." 내가 말했다. "막다른 골목. 그나저나 이 막다른 골목에서 저명하신 듀 바른스토크르 씨는 무엇을 하며 지냅니까?"

"오, 듀 바른스토크르 씨는 모제스 씨와는 완전히 다른 경우죠. 그분은 벌써 13년째 매년 이곳을 찾아오시거든요. 그분이 처음에 이곳을 찾으셨을 때만 해도 이 호텔은 평범하게 '샬라시'*라고 불렸어요. 듀 바른스토크르 씨는 제가 담근 술을 몹시 좋아하시죠. 그런데 모제스 씨는 늘 거나하게 취해 계시지만 머무르는 동안 제게서 술을 받아 간 적이 한 번도 없어요."

나는 '흠' 소리를 내며 와인을 한 모금 마셨다.

"발명가일 겁니다." 주인장이 힘주어 말했다. "발명가 아니면 마법사겠죠."

"스네바르 씨, 마법을 믿으십니까?"

"괜찮으면 알레크로 불러 주세요. 그냥 알레크요."

나는 잔을 들어 알레크를 위해 한 모금 또 마셨다.

"그렇다면 나도 페테르로 부르시면 됩니다." 내가 말했다.

주인장이 기분 좋게 고개를 끄덕이더니 페테르를 위

해 술을 한 모금 마셨다.

"내가 마법사를 믿느냐고요?" 그가 되물었다. "나는 상상할 수 있는 모든 것을 믿습니다, 페테르. 마법사들, 하느님, 악마, 유령…… UFO…… 인간의 뇌가 그것들을 만들어 낼 수 있다면 이 세상 어딘가에 그것들이 존재한다는 뜻 아닐까요. 그게 아니라면 인간의 뇌가 어떻게 그런 것들을 만들어 낼 수 있었겠습니까?"

"당신은 철학자군요, 알레크."

"그래요, 페테르. 나는 철학자지요. 나는 시인이자 철학자이자 엔지니어입니다. 혹시 내가 만든 영구기관들을 보셨습니까?"

"아뇨. 작동합니까?"

"가끔요. 작동을 자주 멈춰야 하죠. 부품이 너무 빨리 마모되거든요…… 카이사!" 그가 느닷없이 고함을 질러 나는 화들짝 놀랐다. "경위님에게 뜨거운 포트와인을 한 잔 더 가져다드려!"

세인트버나드가 들어오더니 우리를 킁킁거리고는 벽난로의 불길을 미심쩍게 바라보다가 벽으로 가서 요란하게 털썩 엎드렸다.

"렐." 주인장이 말했다. "가끔 저 녀석이 부러워요. 녀

* 러시아어로 움막, 오두막이라는 뜻.

석은 밤마다 복도를 돌아다니며 많은 것을, 아주 많은 것을 보고 듣거든요. 렐은 할 수만 있다면 들려줄 이야기가 많을 거예요. 물론 들려주고 싶어 한다면 말이죠."

그때 카이사가 방으로 들어왔는데, 얼굴이 붉게 상기되었고 살짝 흥분한 기색이 느껴졌다. 그녀는 내 앞에 포트와인 잔을 내려놓고 무릎을 굽혀 인사를 하더니 히히 웃으며 자리를 떴다.

"통통하니 귀여운 아가씨군." 나는 저도 모르게 불쑥 중얼거렸다. 벌써 술이 석 잔째인 탓도 있었다. 주인장이 사람 좋게 웃음을 터트렸다.

"거부할 수 없는 매력이 있기는 하죠." 그가 인정했다. "심지어 듀 바른스토크르 씨도 참지 못하고 어제 그녀의 엉덩이를 꼬집었지 뭡니까. 우리의 물리학자도 예외가 아니고요……"

"그 물리학자는 모제스 부인에게 푹 빠진 것 같던데요." 내가 반박했다.

"모제스 부인이라……" 주인장이 생각에 잠겨 중얼거렸다. "그런데 말이죠, 페테르. 내게는 그녀가 유부녀도 아닐뿐더러 모제스는 더욱 아니라고 짐작한 다분히 신빙성 있는 근거가 있어요."

나는 아무런 반박도 하지 않았다. 무슨 말을 하겠는가.

"혹시 눈치채셨나요." 그가 말을 이었다. "그녀가 카이사보다 훨씬 더 멍청하다는 사실을 말입니다. 게다가……"
그가 목소리를 낮추었다. "모제스가 그녀에게 폭력을 휘두르는 것 같아요."

나는 몸을 부르르 떨었다.

"뭐라고요? 폭력을 휘둘러요?"

"보아하니 채찍 같더군요. 모제스에게 채찍이 있거든요. 사냥용 긴 채찍. 그걸 보자마자 이런 의문이 들더군요. 대체 모제스 씨에게 왜 사냥용 채찍이 필요할까? 경위님은 대답을 아시겠습니까?"

"글쎄요, 알레크……" 내가 말꼬리를 흐렸다.

"분명 내 짐작대로일 거라 고집하는 건 아니에요." 주인장이 말했다. "아무것도 고집하지 않아요. 애초에 모제스 씨에 대해 이야기를 꺼낸 쪽도 경위님이고요. 나라면 절대 모제스 씨에 대한 이야기를 먼저 꺼내지 않을 거예요. 차라리 우리의 위대한 물리학자에 대해 이야기를 하겠죠."

"그러시죠." 내가 동의했다. "위대한 물리학자에 대해 이야기하죠."

"그 사람이 우리 호텔에 머무르는 게 벌써 세 번째인가 네 번째죠." 주인장이 말했다. "게다가 올 때마다 더 위대해져 있어요."

"잠깐만요." 내가 말했다. "대체 누구 이야기를 하시는 건가요?"

"시모네 씨죠, 누구겠습니까. 설마 이 이름을 한 번도 못 들어 보신 건가요?"

"못 들었는데요." 내가 대답했다. "서류 위조에 연루된 적이라도 있는 사람인가요?"

주인장이 나를 나무라는 눈빛으로 바라보았다.

"과학계의 국가적인 영웅을 몰라서야 쓰겠습니까." 그가 엄하게 말했다.

"진지하게 하시는 말씀인가요?" 내가 물었다.

"진지하고말고요."

"그 음울하고 경박한 남자가 과학계의 국가적인 영웅이라고요?"

주인장이 고개를 끄덕였다.

"그렇다니까요." 그가 대답했다. "이해해요…… 당연히 첫인상은 품행으로 결정되고 품성이든 나머지는 그다음이니까요…… 따지고 보면 경위님 생각이 옳아요. 내게 시모네 씨는, 개인으로서 휴가를 즐길 때 보여 주는 행동과 연구자로서 인류에 있어서의 그의 의의 사이에 존재하는 극명한 차이에 대해 생각할 거리를 끊임없이 주는 원천이니까요."

"흠……" 내가 생각에 잠겨 소리를 냈다. 이 이야기는 채찍보다 더 황당했다.

"믿지 않으시는군요." 그가 말했다. "그러면 이 이야기를 해 드리죠……"

그런데 그가 입을 다물었고 나는 벽난로 방에서 누군가의 기척을 느꼈다. 고개를 돌려 기척이 느껴진 곳을 힐끔 보았다. 그곳에는 듀 바른스토크르 씨의 죽은 형제가 남긴 유일한 혈육이 와 있었다. 그 젊은이는 아무런 기척도 내지 않고 다가와서는 렐 옆에 웅크리고 앉아 렐의 머리를 쓰다듬어 주었다. 뜨겁게 달아오른 석탄의 빨간 열기가 커다란 색안경을 환하게 비추었다. 그는 유난히 쓸쓸하고, 모두에게 잊힌 듯하고, 자그마하게 보였다. 그에게서 땀과 좋은 향수, 휘발유 냄새가 살며시 났다.

"눈보라가 얼마나 무시무시한지 몰라요……" 브륜이 가느다란 목소리로 불평하듯 말했다.

"브륜." 내가 그를 불렀다. "이봐. 그 흉물스러운 색안경 좀 잠시 벗어 보겠나."

"왜요?" 브륜이 불평하듯 되물었다.

'그러게, 왜일까?' 나는 이 의문의 해답을 잠시 고민한 후 대답했다.

"자네 얼굴이 궁금해서."

"그걸 봐서 뭐 하게요." 브륜은 이렇게 대꾸하더니 한숨을 푹 쉬고 이렇게 청했다. "담배나 한 개비 줘요."

역시 이 젊은이는 여성이었다. 아주 예쁘장하게 생긴 여성 말이다. 그리고 몹시 고독하기도 했다. 그 나이에 벌써부터 고독하다니 가엾기도 하지. 나는 브륜에게 담뱃갑을 내밀었고 라이터를 켰다. 무슨 말이라도 하고 싶었지만 할 말이 떠오르지 않았다. 역시 브륜은 여자였다. 담배조차 아가씨처럼 피웠다. 초조한 듯 담배를 얕게 빨았던 것이다.

"실은 겁이 나요." 브륜이 말했다. "누군가 내 방 손잡이를 만지작거렸어요."

"이런, 이런." 내가 대꾸했다. "자네 삼촌이셨겠지."

"아니에요." 브륜이 반박했다. "삼촌은 주무시고 계세요. 바닥에 책을 떨어트리고 입을 떡 벌리고 누워 계시다고요. 문득 삼촌이 돌아가신 것 같았어요……"

"브랜디 한 산 줄까요, 브륜?" 주인장이 쉰 목소리로 물었다. "이런 밤에는 브랜디 한 잔 정도 마셔도 괜찮을 거예요, 브륜."

"괜찮아요." 브륜은 이렇게 말하며 어깨를 으쓱했다. "두 분은 여기 더 계실 건가요?"

나는 이 애처로운 목소리를 더 이상 듣고 있을 힘이 없었다.

"젠장, 알레크." 내가 말했다. "당신은 이 호텔의 주인입니까? 아닙니까? 카이사에게 이 가여운 아가씨와 함께 밤을 보내라고 왜 지시하지 않는 겁니까?"

"흠……" 주인장이 미심쩍은 듯 말했다. 어쩐지 브륜이 낄낄거리는 소리가 들리는 것 같았다.

"그 생각 괜찮네요." 브륜이 생기를 띠며 대답했다. "카이사야말로 지금 꼭 필요한 사람이에요. 카이사든 함께 밤을 보낼 다른 것이든 말이에요."

나는 당황해서 잔을 다 비웠고 갑자기 브륜은 벽난로로 정확하게 침을 뱉더니 담배꽁초를 던졌다.

"자동차." 브륜이 걸걸한 낮은 목소리로 말했다. "안 들려요?"

주인장이 벌떡 일어나더니 모피 조끼를 집어 들고 문으로 향했다. 나도 얼른 그를 따라나섰다.

호텔 앞마당에는 대단한 눈보라가 휘몰아치고 있었다. 정문 계단 앞에 커다란 검은색 자동차가 한 대 서 있었고 그 옆으로 전조등 불빛 속에서 사람들이 손을 흔들며 소리를 질러 대고 있었다.

"20크론!" 누군가 가성으로 소리쳤다. "20크론, 그 아래로는 어림도 없어요! 악마나 물어 가라지, 이봐요 당신, 오면서 길 상태 못 봤어요?"

"그 20크론이면 당신과 당신의 고물 차까지 다 살 수 있을 거야!" 상대도 쇳소리로 쏘아붙였다.

주인장이 계단을 뛰어 내려갔다.

"여러분!" 그의 우렁찬 목소리가 쩌렁쩌렁 울렸다. "별일도 아닌데 그만하시죠!"

"20크론! 여기서 돌아가는 길도 생각해야죠!"

"15크론. 그 이상은 한 푼도 안 돼! 날강도 같으니라고! 차 번호나 말해, 적어 놓을 테니."

"여러분! 여러분!"

나는 추워져서 얼른 벽난로 방으로 돌아왔다. 방에는 개고 브륜이고 코빼기도 보이지 않았다. 문득 서글퍼졌다. 나는 잔을 들고 뷔페로 향했다. 가는 길에 홀에서 잠시 머물렀다. 정문이 활짝 열리면서 문가에 눈을 뒤집어쓴 거대한 체구의 남자가 짐 가방을 들고 나타났기 때문이다. 그 남자는 '브르르르' 같은 소리를 내며 몸을 요란하게 흔들었다. 눈을 털어 내자 머리 색깔이 옅고 볼이 상기된 바이킹이 나타났다. 얼굴은 물기로 번들거렸고 눈썹에는 눈가루가 하얀 솜털처럼 남아 있었다. 나를 본 남자는 가지런하고 하얀 치아를 드러내며 살짝 미소를 짓더니 듣기 좋은 바리톤 음성으로 자기소개를 했다.

"올라프 안드바라포르스입니다. 편하게 올라프라고 부르세요."

나도 내 소개를 했다. 문이 다시 활짝 열리고 주인장이 여행용 가방 두 개를 들고 들어왔고 뒤이어 눈만 내놓은 채 온몸을 감싼 자그마한 남자가 호텔로 들어왔다. 그도 올라프처럼 온통 눈을 뒤집어쓴 채 씩씩거렸다.

"빌어먹을 날강도 같은 놈!" 뒤따라온 남자가 버럭 화를 냈다. "15크론으로 합의를 봤다고. 그러니까 1인당 7크론 반이잖아. 어째서 20을 내야 하느냐고? 이 도시는 법도 없는 무법천지인가? 젠장할, 그놈을 경찰서로 끌고 가고야 말겠어!"

"여러분, 여러분……!" 주인장이 진정시키려 했다. "별 일 아니니 진정하세요…… 두 분 이리로 오시죠, 왼쪽으로 요…… 여러분!"

덩치가 작은 남자는 얻어맞아 피투성이가 된 면상과 경찰에 대해 계속 떠들면서 사무실로 따라 들어갔고, 바이 킹 올라프는 나지막하게 한마디 했다. "구두쇠구먼……" 그러더니 자신을 맞이하러 온 군중을 기대하기라도 한 듯 한 모습으로 주위를 둘러보기 시작했다.

"아까 그 사람은 누굽니까?" 내가 물었다.

"모릅니다. 택시를 같이 타고 왔을 뿐입니다. 다른 사 람이 없었거든요."

올라프는 내 어깨 너머를 바라보며 입을 다물었다. 나 는 뒤를 돌아보았다. 그곳에는 특별히 시선을 끄는 것은 없 었다. 다만, 벽난로 방과 모제스 부부가 머무르고 있는 객 실 복도의 입구에 쳐 놓은 두툼한 커튼이 살짝 흔들렸다. 아마도 외풍 탓이겠지.

제4장

아침이 되자 눈보라가 잦아들었다. 동틀 무렵에 일어나 보니 다른 사람들은 여전히 잠에 빠져 있었다. 나는 포트와인 석 잔 탓에 좀처럼 가시지 않는 숙취를 쫓아 보려고 속옷 차림으로 호텔 밖으로 뛰어나가 갓 쌓인 보송보송한 눈을 온몸에 문지르며 "으어" 소리를 질러 댔다. 동쪽의 산줄기 위로 해가 살짝 얼굴을 내밀자 호텔의 푸르스름한 긴 그림자가 늘어나며 골짜기를 지나갔다. 그때 2층 오른쪽에서 세 번째 창문이 활짝 열려 있는 모습이 눈에 들어왔다. 누군지 한밤에도 건강에 좋은 산속 공기를 마시고 싶었나 보다.

나는 방으로 돌아가 옷을 입고 문을 열쇠로 잠근 후 계단을 훌쩍훌쩍 뛰어내려 뷔페로 갔다. 얼굴이 붉게 달아오르고 흥분한 기색의 카이사가 벌써 주방의 뜨거운 불가에서 바삐 요리를 하며 땀을 뻘뻘 흘리고 있었다. 그녀가 내게 코코아 한 잔과 샌드위치를 가져다주었다. 나는 뷔페 앞에 서서 주인장이 자신의 작업장에서 흥얼거리는 노래를 슬쩍슬쩍 들으며 카이사가 내온 음식을 다 먹었다. 아무와도 마주치지 않으면 좋겠다고 생각했다. 누구와 함께 보내기에는 너무 상쾌한 아침이었다…… 그렇게 이 아침에 대해, 청명한 하늘에 대해, 황금 같은 태양에 대해, 폭신하게 눈 덮인 인적 없는 골짜기에 대해 생각하다 보니 나 자신이 지난밤 눈썹까지 외투로 꽁꽁 싸매고 와 단돈 5크론 때문에 소란을 피웠던 자그마한 남자처럼 구두쇠가 된 기분이 들었다. (이름은 힌쿠스, 미성년자 전문 상담원으로 병가 중이었다.) 그리고 결국 나는 내가 옷의 단추를 채우는 모습을 선한 눈빛으로 무심하게 주시하는 렐을 제외하면 그 누구와도 마주치지 않았고 아침도, 청명한 하늘도, 황금빛 태양도, 포근하게 흰 눈으로 덮인 골짜기도 전부 독차지할 수 있었다.

강까지 왕복 10킬로미터가 약간 넘는 거리를 스키로 달린 후 요기를 하려고 돌아오니 호텔은 이미 부산스러웠다. 모두 밖으로 나와 해를 쬐는 중이었다. 브륜은 제 오토바이로 밤새 쌓인 눈을 파헤치고 사방으로 날리게 하며 구경꾼들에게 즐거움을 주고 있었다. 브륜과 오토바이 모두에서 김이 피어올랐다. 외투를 벗은 미성년자 상담원은 억세고 뾰족한 얼굴에 서른다섯 살 정도 되어 보이는 남자로, 호텔에서 좀처럼 멀어지지 않은 채 함성을 지르면서 스키로 숫자 8을 그리며 달렸다. 듀 바른스토크르는 스키를 신었는데, 믿을 수 없을 정도로 키가 크고 지친 눈사람처럼 온몸이 눈투성이었다. 한편 바이킹 올라프는 스키를 신고 춤을 추고 있었다. 그가 정말 스키를 잘 탄다는 사실을 깨닫자 어쩐지 속이 상했다. 평평한 지붕 위에서는 우아한 모피 망토 차림의 모제스 부인과 어제와 같은 상의를 입고 어김없이 한 손에 잔을 든 모제스 씨, 주인장이 이 모든 광경을 지켜보고 있었으며 주인장은 그 두 사람에게 무슨 이야기를 건네는 중이었다. 나는 눈으로 시모네 씨의 모습을 찾았다. 위대한 물리학자도 이곳 어딘가에 있을 터였다. 호텔에서 3킬로미터가량 떨어진 곳에서 개가 짖으며 흐느끼는 듯한 웃음소리가 들렸기 때문이다. 역시 그는 이곳에 있었다. 그는 표면이 매끈한 전신주 꼭대기에 매달려 있다가 내게 인사를 건넸다.

모두들 나를 반갑게 맞아 주었다. 듀 바른스토크르는 내 실력에 필적하는 경쟁자가 나타났다고 말했고 모제스 부인은 지붕 위에서 은송이 울리는 듯한 맑은 목소리로 올라프 씨가 남성미 넘치는 신처럼 근사하다고 말했다. 그녀의 칭찬이 내 가슴을 쿡쿡 찔렀다. 그 바람에 나는 두 번 생각 않고 바보 같은 짓을 저지르고 말았다. 오늘은 의심의 여지 없이 매너도 없고 도덕심도 없는 야성의 천사 같은 남자로 보이는 브륀이, 스키를 탄 채 오토바이에 매달려 가는 경주를 제안했을 때 나는 운명과 바이킹에 도전장을 던지며 밧줄을 냉큼 잡았다.

몇십 년 전에도 나는 이런 경주를 한 적이 있었다. 하지만 그 당시는 기술 수준이 부케팔로스 같은 오토바이를 생산할 정도로 발전하지도 않았고 나 또한 더 강했다. 간단히 말하자면, 나는 약 3분 후 호텔의 정문 계단으로 돌아와 있었다. 내 상태가 영 심상치 않아 보인 모양이었다. 왜냐하면 모제스 부인이 기겁한 표정으로 몸을 문질러 줘야 하는 게 아닌지 물었고, 모제스 씨는 불평이라도 하듯 저 사람에게 따끔하게 혼을 내 주라고 조언했으며 주인장은 순식간에 아래층으로 내려와 걱정스러운 듯 내 겨드랑이를 부축하면서 기적을 일으키는 담금주를 마셔야 한다고 했다. '향긋하고, 진하고, 통증을 물리치고, 정신적 균형을 회복시켜 주는' 담금주라나. 시모네는 전신주 꼭대기에서 야유를 보내듯 꺽꺽 소리를 냈으며, 듀 바른스토크르는 연신 사과하면서 활짝 편 손바닥을 가슴을 대었고 상담원 힌쿠스는 다가와 분주하게 서성거리고 고개를 돌리면서 사람들에게 내 뼈가 부러졌는지, "저 사람을 어디로 후송해야 하느냐"며 묻고 다녔다.

사람들은 나를 흔들어 보고, 여기저기 만져 보고, 마사지를 해 주고, 얼굴을 닦아 주고, 옷깃 아래로 들어간 눈을 털어 주고, 헬멧을 찾아다니더니 올라프 안드바라포르스가 밧줄을 움켜쥐자 새로운 구경거리를 즐기기 위해 나를 버리고 다 가 버렸다. 정말 대단한 볼거리였다. 모두에게 버림받고 잊힌 나는 아직 훌훌 털고 일어나지도 못했는데, 변덕스러운 사람들은 이미 새로운 우상의 등장을 환영하고 있었다. 하지만 알다시피 운명의 여신은 누가 백설 같은 피부의 눈의 신인지, 누가 늙다리 경찰인지에 무심하다. 어느새 정문 앞 계단으로 돌아온 바이킹이 승리의 달콤함에 취해 그림처럼 근사한 모습으로 스키 폴에 기대서 모제스 부인에게 눈부신 미소를 던지고 있을 때 운명의 여신이 운명의 수레바퀴를 살짝 돌렸다. 세인트버나드 렐이 무심하게 승리자에게 다가가 그의 냄새를 꼼꼼하게 맡더니 아무도 예상치 못한 순간 간결하고 정확한 동작으로 스키 부츠를 향해 한쪽 다리를 번쩍 들었다. 그 이상은 나는 기대도 하지 않았다.

모제스 부인의 비명에 이어 버럭 화를 내는 사람들의 목소리가 와글와글 쏟아졌다. 그러나 나는 호텔로 들어갔다. 나는 생겨 먹기를 남이 잘되면 배가 아픈 사람이 아니라 정의를 사랑할 뿐이다. 만사에 말이다.

뷔페에서 카이사에게 어쩌다 보니 호텔의 샤워장이 1층 것만 운영된다는 사실을 스무고개를 하듯 간신히 알아내고 서둘러 속옷과 수건을 챙겨 그곳으로 갔지만, 서두른 보람도 없이 선수를 빼앗기고 말았다. 샤워장은 이미 누군가 사용 중으로, 문 뒤에서 물줄기 소리와 가사를 알아들을 수 없는 노랫소리가 들렸다. 문 앞에는 시모네가 수건을 어깨에 걸친 채 서 있었다. 나는 그 뒤에 섰고 내 뒤에는 어느새 듀 바른스토크르가 와서 섰다. 우리는 담배를 피웠다. 숨이 넘어갈 정도로 껄껄 웃던 시모네가 주위를 둘러보며 딸이 셋인 과부 집에 눌러앉은 홀아비에 대한 농담을 시작하려고 했다. 천만다행으로 모제스 부인이 오더니 자신의 남편이자 주인인 모제스 씨가 지나가지 않았는지 우리에게 물었다. 듀 바른스토크르가 이런, 아니요 정도의 대답을 정중하고 장황하게 늘어놓았다. 시모네는 입술을 핥으며 모제스 부인을 께느른한 눈빛으로 뚫어져라 바라보았다. 나는 샤워장에서 새어 나오는 목소리를 유의해서 들은 후 모제스 씨가 지금 씻고 있는 중일지 모르겠다고 말했다. 모제스 부인은 내 추측을 전혀 믿지 않는 눈치였다. 모제스 부인은 미소를 지으며 고개를 가로젓더니 루 드 샤넬에 있는 저택에는 욕조가 두 개인데, 하나는 금이고 다른 하나는 아마도 백금인 것 같다고 말해 주었다. 이 이야기에 무슨 대꾸를 해야 할지 머리를 굴리는 동안 부인은 다른 곳을 찾으러 가 보겠다고 했다. 그러자 시모네가 그녀와 함께 가 보겠다고 나서는 바람에 그곳에는 나와 듀 바른스토크르 두 사람만 남았다. 듀 바른스토크르는 목소리를 낮추더니 세인트버나드 렐과 안드바라포르스 씨 사이에 있었던 유감스러운 장면을 보았는지 물었다. 나는 "아니요, 못 봤습니다만"이라고 대답하며 소박한 만족감을 음미했다. 그러자 듀 바른스토크르가 그 상황을 상세하게 묘사하더니 내가 양손을 맞잡고 안타깝다는 듯 혀를 끌끌 차자 사람 좋은 주인장이 개가 제멋대로 날뛰도록 방치한다고 덧붙이며 바로 그저께도 렐이 차고에서 모제스 부인에게 똑같은 짓을 했다고 알려 주었다. 나는 다시 한번 두 손을 맞잡고 혀를 끌끌 찼는데, 이번에는 진심에서 우러난 행동이었다. 바로 그때 힌쿠스가 우리에게 다가와 돈은 두 사람분처럼 받으면서 멀쩡한 샤워장이 하나밖에 없다며 다짜고짜 짜증을 내기 시작했다.

듀 바른스토크르가 그를 능숙하게 진정시켰다. 그는 수건 아래에서 수탉처럼 생긴 막대 사탕 두 개를 꺼냈다. 힌쿠스의 입은 순식간에 조용해졌고 심지어 표정까지 바뀌었다. 그는 사탕을 받아 들더니 입에 얼른 집어넣었고 이내 충격과 불신에 찬 표정으로 위대한 마술사를 빤히 바라보았다. 불쌍한 사람. 자신의 마술이 불러온 반응이 몹시 마음에 든 듀 바른스토크르 씨는 자릿수가 큰 수의 곱셈과 나눗셈을 암산으로 해서 우리를 즐겁게 해 주었다.

샤워장에서는 여전히 물소리가 들렸고 이제 흥얼거리는 소리 대신 알아들을 수 없는 웅얼거리는 소리가 새어 나왔다. 위층에서 무거운 발걸음을 내디디며 모제스 씨와 버릇없는 개에게 망신을 당한 오늘의 우상 올라프가 손을 잡고 나란히 내려왔다. 계단을 다 내려오자 두 사람은 제 갈 길을 갔다. 모제스 씨는 걷는 내내 잔을 홀짝이며 커튼을 지나 자신의 거처로 돌아갔다. 한편 바이킹은 별다른 말 없이 우리 뒤에 섰다. 나는 시계를 보았다. 우리가 기다린 시간은 10분도 넘었다.

호텔 정문이 활짝 열렸다. 브륜이 휘발유와 향수, 땀 냄새만을 남긴 채 조금도 지체하지 않고 소리도 없이 후다닥 뛰어서 2층으로 올라갔다. 바로 그때 주방에서 주인장과 카이사의 목소리가 들린다는 사실에 생각이 미친 순간, 나는 처음으로 기묘한 의구심에 휩싸였다. 나는 선뜻 들어가지 못한 채 샤워장의 문을 빤히 바라보았다.

"오래 기다리셨나요?" 올라프가 물었다.

"네, 한참 전부터요." 듀 바른스토크르가 대답했다.

힌쿠스가 느닷없이 알아들을 수 없는 말을 웅얼거리더니 어깨로 올라프를 툭 치고 홀로 가 버렸다.

"잠깐만요." 내가 말했다. "혹시 오늘 아침에 누가 또 도착했습니까?"

"이분들뿐이었습니다만." 듀 바른스토크르가 대답했다. "안드바라포르스 씨와 어…… 음…… 방금까지 여기에 함께 있었던 자그마한 남자분 말입니다……"

"우리는 어젯밤에 도착했죠." 올라프가 바로잡았다.

나도 두 사람이 언제 도착했는지 잘 알았다. 순간 뜨거운 물줄기 아래서 노래를 흥얼거리며 겨드랑이를 씻는 해골의 모습이 머릿속을 스치고 지나갔다. 나는 버럭 화를 내며 문을 밀었다. 역시 문이 훌렁 열렸다. 역시 그곳에는 아무도 없었다. 뜨거운 물이 콸콸 쏟아지는 가운데 김이 무럭무럭 올라오고 있고 벽의 고리에는 모두가 아는 '죽은 등산가'의 방수 점퍼가 걸려 있고 그 아래 떡갈나무 의자에는 낡은 트랜지스터라디오가 중얼거리고 휘파람을 불고 있었다.

"크 디아블!"* 듀 바른스토크르가 소리쳤다. "주인장! 이리 좀 와 봐요!"

소란이 벌어졌다. 육중한 발소리를 내며 주인장이 달려왔다. 마치 땅에서 솟아오른 것처럼 시모네도 나타났다. 브륜은 담배를 아랫입술로 축 늘어트린 채 난간 너머로 몸을 쑥 내밀었다. 홀 쪽에서는 힌쿠스가 미심쩍은 눈초리로 우리 쪽을 바라보았다.

"말도 안 되는 상황이에요!" 듀 바른스토크르가 흥분하며 소리쳤다. "우리는 이곳에 서서 최소 15분간 기다렸어요. 그렇지요, 경위님?"

"내 침대에 누가 또 누워 있었어요." 위에서 브륜이 알렸다. "그리고 수건이 전부 축축해요."

시모네의 눈이 짓궂게 반짝거렸다.

"여러분, 여러분……" 주인장이 사람들을 진정시키는 몸짓을 하며 말했다. 그는 허둥지둥 샤워장으로 들어가서 제일 먼저 물을 잠갔다. 다음으로 고리에서 점퍼를 내리고 라디오를 챙긴 후 우리 쪽으로 돌아섰다. 그는 의기양양한 표정을 하고 있었다. "여러분!" 그가 쉰 목소리로 말했다. "제 말은 모두 사실입니다. 이것이 그 남자의 라디오입니다, 여러분. 그리고 이것이 그 남자의 점퍼죠."

"아, 대체 누구……" 올라프가 조용하게 말을 시작했다.

"그 남자죠. 죽은 남자."

"나는 누구 순서인지 물어보려던 참인데요?" 아까와 마찬가지로 차분하게 올라프가 말했다.

나는 말없이 주인장에게서 물러나 샤워장으로 들어가자마자 문을 잠갔다. 옷을 벗으며 순서는 정확히 말해서 내가 아니라 시모네라는 사실이 떠올랐지만 양심의 가책은 전혀 느껴지지 않았다. 어쩌면 이런 촌극을 꾸민 장본인이 그일지 모른다고 심술궂게 생각했다. 줄을 좀 더 서 있으라지. 과학계의 국가적인 영웅. 쓸데없이 물을 얼마나 낭비한 거람…… 그랬다, 이런 악당들은 잡아야 한다. 그리고 합당한 벌을 내려야 한다. 내게 그런 장난은 통하지 않는다는

* que diable. 프랑스어로 '아니 대체' 정도의 의미이다.

사실을 네놈들에게 보여 주마……

샤워를 마치고 나오자 사람들은 홀에서 방금 일어난 일에 대해 설왕설래하는 중이었다. 역시나 새로운 이야기는 나오지 않아 나는 더 이상 그곳에 머무르지 않았다. 계단을 오를 때 여전히 난간에서 몸을 쑥 내밀고 있는 브륜을 지나갔다. "미친 호텔이에요!" 브륜이 도전적인 태도로 내게 말했다. 나는 묵묵히 곧장 내 방으로 돌아갔다.

몸을 씻고 기분 좋게 피로한 덕에 마음속에 피어오른 악의도 완전히 사그라들었다. 나는 안락의자를 창가로 옮긴 후 가장 두껍고 가장 진지한 책을 한 권 집어 들고 앉아서 다리를 테이블 가장자리로 척 걸쳤다. 나는 첫 번째 페이지에서 꾸벅꾸벅 졸기 시작했는데, 잠에서 깨니 한 시간 반 정도 흐른 것 같았다. 태양이 제법 높이 떠 있고 호텔의 그림자가 내 창문 바로 아래로 뻗어 있었기 때문이다. 그림자를 보니 지붕에 누군가 앉아 있었다. 나는 잠결에 분명히 위대한 물리학자 시모네가 이쪽 배관에서 저쪽 배관으로 훌쩍훌쩍 뛰어다니고 온 골짜기를 향해 깍깍 웃고 있는 거라고 생각했다. 나는 또다시 까무룩 잠들었다가 얼마 후 책이 바닥으로 툭 떨어지는 소리에 소스라치게 놀라며 완전히 잠에서 깼다. 이제 지붕 위에는 두 사람의 형체가 선명하게 보였다. 한 사람은 앉아 있었고 다른 사람은 그 사람 앞에 서 있었다. 나는 두 사람이 일광욕 중이라고 생각하며 세수를 하러 갔다. 세수를 하는데 기운을 차리기 위해 커피를 한 잔 마시는 것도 나쁘지 않겠다는 생각이 들었다. 그리고 뭘 좀 가볍게 먹어도 좋을 것 같았다. 나는 담배에 불을 붙이고 복도로 나갔다. 어느새 오후 3시 무렵이었다.

층계참에서 힌쿠스와 마주쳤다. 그는 지붕으로 나가는 계단을 내려오는 중이었는데 행색이 이상했다. 상체는 알몸이고 피부는 땀으로 번들거리는데 안색은 핏기가 없이 퍼렇게 질려 있었다. 그리고 눈을 부릅뜬 채 옷가지를 가슴에 꼭 안고 있었다.

나를 보자마자 그는 몸을 부들부들 떨며 멈춰 섰다.

"일광욕을 하셨습니까?" 내가 예의상 물었다. "거기서 너무 태우지 마세요. 몸이 안 좋아 보이시는데."

나는 그런 말로 투숙객에 대한 배려심을 보여 준 후 대답을 기다리지 않고 얼른 아래로 내려갔다. 힌쿠스가 뒤를 따라 계단을 내려왔다.

"뭘 좀 마시고 싶어졌어요." 그가 살짝 쉰 목소리로 말했다.

"더우신가요?" 나는 뒤를 돌아보지도 않은 채 물었다.

"아, 네…… 좀 후텁지근하네요."

"조심하세요." 내가 말했다. "3월 산속의 태양은 사악하니까요."

"아, 별거 아닙니다…… 뭘 좀 마시면 괜찮을 거예요."

우리는 홀로 내려갔다.

"옷부터 챙겨 입으시는 게 좋겠군요." 내가 충고했다. "저기서 모제스 부인이 불쑥 나타날 수도 있으니까요……"

"그렇겠군요." 그가 말했다. "지당하신 말씀입니다. 완전히 잊고 있었어요."

그는 우뚝 멈춰 서서 서둘러 셔츠와 재킷을 입기 시작했다. 나는 식당으로 들어가 카이사에게 차가운 로스트비프 한 접시와 빵, 커피를 받았다. 어느새 옷을 다 입고 혈색도 조금 돌아온 힌쿠스가 내가 있는 뷔페로 오더니 뭐든 더 독한 것을 달라고 했다.

"그곳에 시모네도 있었습니까?" 내가 물었다. 문득 당구를 치며 시간을 보내자는 생각이 들었다.

"어디요?" 힌쿠스는 술이 가득 찬 잔을 입으로 조심스럽게 가져가며 말했다.

"지붕 위요."

힌쿠스가 손을 덜덜 떠는 바람에 브랜디가 그의 손가락을 타고 흘러내렸다. 그는 서둘러 술을 털어 넣은 후 콩콩거리듯 공기를 들이마시고 손바닥으로 입가를 문지르며 말했다.

"아뇨, 그곳에 다른 사람은 없었는데요."

나는 깜짝 놀라 그를 바라보았다. 그는 입술을 굳게 다물고 두 번째 잔을 채웠다.

"이상하군요." 내가 말했다. "나는 영락없이 시모네가 거기 지붕에 있는 줄 알았거든요."

"다음에 또 그런 느낌이 들면 성호를 그으시죠." 그는 퉁명스럽게 대꾸한 후 잔을 비웠다. 그리고 다시 한 잔을 가득 따랐다.

"무슨 일 있었습니까?" 내가 물었다.

그는 잠시 말없이 가득 찬 술잔을 지그시 바라보았다.

"그러니까," 그가 마침내 말문을 열었다. "불쾌한 일이 있었죠. 살다 보면 불쾌한 일도 생기고 그러잖아요?"

"네, 그럼요." 내가 말했다. "주제넘었다면 사과하죠."

그는 세 번째 잔도 단숨에 들이켜더니 불쑥 이렇게 말했다.

"혹시 말입니다. 경위님은 지붕에서 일광욕할 생각 없으십니까?"

"말씀은 고맙지만 사양하죠." 내가 대답했다. "너무 탈까 봐 무서워요. 피부가 예민하거든요."

"그럼 일광욕은 전혀 하지 않으시나요?"

"그렇습니다."

그는 생각에 잠기더니 술병을 들고는 뚜껑을 돌려 잠갔다.

"그 위는 공기가 참 좋더군요." 그가 말했다. "그리고 전망도 훌륭하죠. 골짜기 전경이 손바닥처럼 훤히 보이니까요. 웅장한 산들도 멋있어요……"

"가서 당구나 칩시다." 내가 권했다. "당구 치십니까?"

그는 어딘지 병색이 도는 작은 두 눈으로 내 얼굴을 처음으로 똑바로 바라보았다.

"아니요." 그가 말했다. "저는 차라리 신선한 공기를 마시겠습니다."

잠시 후 그는 다시 술병의 뚜껑을 돌려 열더니 네 번째 잔을 채웠다. 나는 로스트비프를 말끔히 먹어 치우고, 커피를 다 마신 후 식당을 나설 채비를 했다. 힌쿠스는 자신의 브랜디를 멍하니 바라보았다.

"지붕에서 떨어지지 않도록 주의하십쇼." 내가 그에게 말했다.

그는 비틀린 미소를 지을 뿐 아무 대답도 하지 않았다. 나는 다시 2층으로 올라갔다. 공이 부딪치는 소리가 들리지 않았기에 먼저 시모네의 방문을 두드렸다. 아무도 대답하지 않았다. 옆방에서 무슨 말을 하는지 알아들을 수 없는 목소리가 새어 나왔다. 그래서 그곳을 노크했다. 시모네는 그곳에도 없었다. 대신 듀 바른스토크르와 올라프가 테이블에 둘러앉아 카드를 치고 있었다. 테이블의 중앙에는 꾸깃꾸깃한 지폐 한 뭉치가 놓여 있었다. 듀 바른스토크르는 나를 보더니 과장된 몸짓과 큰 소리로 반겼다.

"들어오세요, 어서요, 경위님! 올라프 씨, 당연히 경위님을 이 자리로 청하시겠지요?"

"물론입니다." 올라프는 카드에서 눈을 떼지 않은 채 대답했다. "기꺼이." 그러더니 스페이드를 외쳤다.

나는 실례를 구하고 문을 닫았다. 이 괴상한 웃음가는 대체 어디로 사라졌을까? 그의 모습도 보이지 않고, 무엇보다 놀랍게도 웃음소리조차 들리지 않았다. 그나저나 그가 어디에 있건 나와 무슨 상관인가? 혼자 당구나 쳐야겠다. 어차피 그가 있으나 없으나 별 차이도 없다. 오히려 더 즐거울 것이다. 나는 당구실로 발길을 옮기다가 심장이 살짝 내려앉았다. 화려한 드레스 자락을 손가락 두 개로 살짝 잡은 채 지붕으로 나가는 계단을 내려오는 모제스 부인과 마주쳤기 때문이다. 나를 보자 그녀는 넋을 잃을 만큼 아름다운 미소를 지었다.

"부인도 일광욕을 하셨습니까?" 나는 당황한 나머지 불쑥 물었다.

"일광욕요? 내가요? 묘한 생각을 하시네요." 부인이 층계참을 가로질러 내게 다가왔다. "정말 이상한 생각을 다 하시는군요, 경위님!"

"제발 저를 경위라고 부르지 마십쇼." 내가 부탁했다. "직장에서도 그 소리를 지긋지긋하게 들었는데…… 이제 부인마저……"

"나는 경찰을 정말, 정말 좋아해요." 모제스 부인이 아름다운 눈으로 나를 흘겨보며 말했다. "경찰은 영웅이자 용맹한 사람들이잖아요…… 당신도 용감하시죠, 그렇죠?"

어쩌다 보니 나는 부인에게 손을 내밀었고 그녀를 당구실로 안내하게 되었다. 그녀의 손은 하얗고, 단단하고, 놀랄 정도로 차가웠다.

"부인." 내가 말했다. "몸이 완전히 얼었군요……"

"전혀요, 경위님." 그녀는 이렇게 대답하자마자 말실수를 깨달은 눈치였다. "죄송해요. 그러면 이제 뭐라고 불러 드려야 할까요?"

"그냥 페테르는 어떨까요?" 내가 말했다.

"그러면 되겠어요. 내게도 페테르라는 친구가 있었죠. 폰 고테스크네흐트 남작. 혹시 모르시나요……? 그런데 내가 당신을 페테르라고 부르면 당신은 나를 올가라고 부르셔야 해요. 혹시 모제스가 들으면 어쩌죠?"

"그러려니 하겠죠." 내가 중얼거렸다. 나는 그녀의 환상적인 어깨와 귀족적인 분위기의 목덜미, 고귀한 옆모습을 곁눈질로 보며 열기와 한기 속을 번갈아 오갔다. 그녀는 아둔한 사람이라는 생각이 열에 들뜬 머릿속을 스치고 지나갔다. 그래서 뭐? 그러면 어떤가. 그런 사람이 어디 한둘인가!

우리는 식당을 지나 당구실로 들어갔다. 그곳에 시모네가 있었다. 무슨 이유에서인지 그는 깊지는 않지만 폭이 넓은 벽장에 들어가 있었다. 얼굴은 붉게 상기되었고 머리카락이 마구 헝클어져 있었다.

"시몬!" 모제스 부인이 양손으로 두 볼을 감싸며 소리쳤다. "왜 그러고 있어요?"

시모네는 대답으로 괴성을 지르더니 양손과 양발로 벽장의 가장자리를 지탱하며 벽을 기어올랐다.

"세상에, 그러다가 죽어요!" 모제스 부인이 소리쳤다.

"그 말대로입니다, 시모네." 내가 성가셔하며 말했다. "그런 바보 같은 짓은 그만둬요! 안 그러면 목이 부러질 테니."

그러나 이 경박한 악당은 죽을 생각도 제 목을 부러트릴 작정도 아니었다. 그는 천장까지 올라가더니 그곳에 매달렸다. 점점 더 피가 쏠려 얼굴이 벌겋게 되자 유연하게 훌쩍 뛰어내리고 나서 우리에게 인사를 건넸다. 모제스 부인이 박수를 쳤다.

"당신은 기적 같은 분이군요, 시몬." 그녀가 말했다. "꼭 파리 같아요!"

"어떻습니까, 경위님." 시모네가 숨을 헐떡이며 말했다. "아름다운 숙녀분을 차지할 명예를 걸고 한판 붙어 보시죠?" 그가 큐를 잡더니 펜싱을 하듯 휘둘렀다. "글렙스키 경위님, 제가 도전하죠. 도전을 받아 주세요!"

그 말과 동시에 그가 당구대로 몸을 돌렸다. 그러고는

제대로 겨냥하지도 않은 채 큐를 휘두르자 요란한 소리를 내며 8번 공이 당구대를 가로질러 구석의 구멍으로 쏙 들어갔고 그것을 본 나는 눈앞이 캄캄해졌다. 하지만 물러설 곳이 없었다. 나는 뚱한 표정으로 큐를 들었다.

"승부를 내 보세요, 신사분들. 승부를요." 모제스 부인이 말했다. "아름다운 숙녀는 승리자를 위한 상을 남겨 둘게요." 그녀가 당구대 중앙으로 레이스 손수건을 홀쩍 던졌다. "그런데 나는 가 봐야 해요. 나의 모제스가 안절부절못하고 있을까 봐 걱정이거든요." 그녀는 우리에게 키스를 후 불어 날린 후 그곳을 떠났다.

"빌어먹게 매력적인 여자예요." 시모네가 말했다. "혼을 쏙 빼놓는다니까요." 그는 큐로 손수건을 들어 올리더니 레이스에 코를 박고 눈을 굴렸다. "매력적이야! 경위님도 별 소득이 없으신 것 같은데요?"

"당신이 내 발목을 더 잡는다면 그렇게 되겠죠." 나는 당구공을 전부 삼각 틀에 넣으며 뚱하니 대꾸했다. "대체 누가 당신에게 당구실에서 노닥거리라고 한 겁니까?"

"경위님은 대체 왜 부인을 이곳으로 데리고 오셨습니까, 미련하기는." 시모네가 맞받아쳤다.

"내 방으로 데리고 갈 수는 없지 않습니까……" 내가 통명스럽게 받아쳤다.

"못 하겠다면 애초에 시작도 하지 마세요." 시모네가

내게 충고했다. "그리고 공은 평평하게 놓으세요. 지금 당구의 명인과 함께 치시는 겁니다…… 자 됐군요. 뭘 할까요? 런던 게임?"

"아니. 더 단순한 걸로 합시다."

"더 단순한 거라면 더 단순한 걸로 해야겠죠." 시모네가 동의했다.

그는 레이스 손수건을 창틀에 단정하게 내려놓고 고개를 살짝 기울인 채 창밖의 어딘가 옆쪽을 잠시 살피더니 당구대로 돌아왔다.

"한니발 장군이 칸나에에서 로마인들에게 무슨 짓을 했는지 기억하십니까?"

"자자, 샛길로 빠지지 맙시다." 내가 재촉했다. "시작하세요."

"지금부터 제가 기억을 되살려 드리죠." 시모네가 장담했다. 그는 우아한 몸짓으로 큐를 움직여 흰 공을 굴려 멈춘 후 잘 겨냥해 공 하나를 포켓에 쳐 넣었다. 다음으로 그는 공 하나를 더 포켓으로 빠트려 피라미드를 허물었다. 그다음으로 그는 내가 포켓에서 그가 집어넣은 공들을 꺼낼 틈도 주지 않고 공 두 개를 연속으로 쳤고 마침내 실수를 했다.

"경위님에게 행운이 찾아왔군요." 그가 큐에 초크를 문지르며 말했다. "명예 회복을 해 보십시오."

나는 당구대를 빙 둘러 가며 더 쉬운 공을 골랐다.

"저기 보십시오." 시모네가 말했다. 그는 다시 창가에 서서 창밖으로 옆쪽을 바라보았다. "어떤 멍청이가 지붕에 앉아 있군요…… 죄송합니다. 멍청이가 둘이군요. 한 명은 서 있어요. 저 사람을 굴뚝으로 잘못 봤어요. 저의 장기가 누군가의 승부욕을 자극했나 보네요."

"그 사람은 힌쿠스예요." 내가 공을 치기 위해 더 편한 자세를 잡으며 웅얼거리듯 말했다.

"힌쿠스라면 덩치가 작고 잠시도 쉬지 않고 불평불만을 쏟아 내던 사람이군요." 시모네가 말했다. "어리석은 사람 같으니라고. 그리고 올라프, 그래 그 사람도 대단하더군요. 혹시 보셨는지 모르겠지만, 카이사에게 치근덕거리더라고요. 그것도 냄비가 부글부글 끓고 프라이팬에서 오믈렛이 익어 가는 주방 한가운데서 말입니다…… 장담하건대, 그자는 고대 코눙그*의 진짜 후손일 겁니다, 글렙스키 경위님."

마침내 나는 공을 쳤다. 그리고 빗맞혔다. 전혀 어렵시 않은 공이었는데도 빗맞히고 말았다. 이렇게 망신스러울 수가. 나는 큐의 끝부분을 보며 상태를 살폈다.

"보지 마세요. 보실 필요가 없습니다." 시모네가 당구대로 돌아오며 말했다. "경위님은 변명의 여지가 없군요."

"어떻게 치실 겁니까?" 나는 주저하듯 그를 뒤따라가

며 물었다.

"양쪽 사이드에서 중앙으로 치려고 합니다." 시모네가 순진한 표정으로 말했다.

나는 끙 소리를 내며 그 모습을 보지 않으려고 창가로 다가갔다. 시모네가 공을 쳤다. 그리고 다시 한 번 더 쳤다. 강하게 딱, 딱 소리가 났다. 또다시 공을 때리는 소리가 나더니 그가 말했다.

"아이쿠. 경위님, 치십쇼."

앉아 있는 사람의 그림자가 머리를 뒤로 젖히고 병을 쥔 손을 들어 올렸다. 그 그림자는 힌쿠스가 분명했다. 그는 술을 한 모금 마시고는 서 있는 사람에게 그 병을 건넬 것이다. 그런데, 서 있는 사람은 누구지······?

"경위님 치실 겁니까? 말 겁니까?" 시모네가 물었다. "거기 무슨 일이 있습니까?"

"힌쿠스가 고주망태가 되고 있군요." 내가 말했다. "저러다가 오늘 지붕에서 떨어지겠어요."

힌쿠스는 술을 꿀걱꿀걱 들이켜더니 원래 자세로 돌아갔다. 그는 서 있는 사람에게 술을 권하지 않았다. 그런데 저 사람은 누굴까? 어쩌면 브륜일지 몰랐다······ 그건 그렇고 브륜이 저 남자와 무슨 이야기를 나눌 수 있을지 궁

---

* '최고 지배자'를 일컫는 고대 노르드어.

금했다. 나는 당구대로 돌아가 더 쉽게 칠 수 있는 공을 노렸지만 또 빗나가고 말았다.

"경위님은 당구에 관한 코리올리*의 회고록을 읽어 보셨습니까?" 시모네가 물었다.

"아뇨." 내가 음울하게 대답했다. "그럴 생각도 없고요."

"저는 읽었습니다." 시모네가 말했다. 그는 두 번의 공격으로 게임을 끝내고는 마침내 그 끔찍한 웃음을 터트렸다. 나는 큐를 당구대에 가로질러 내려놓았다.

"적수가 남아나지 않겠군요, 시모네." 내가 씁쓸하게 말했다. "이제 숙녀가 하사한 그 상에 혼자 실컷 코를 풀 수 있겠어요."

시모네가 부인의 손수건을 집어 들더니 의기양양하게 가슴 주머니에 집어넣었다.

"기분이 아주 좋네요." 그가 말했다. "이제 우리는 뭘 할까요?"

나는 잠시 생각에 잠겼다.

"나는 면도를 하러 갈 겁니다. 곧 저녁 시간이니까요."

"그러면 저는요?" 시모네가 되물었다.

"혼자 당구라도 치시면 되겠네요." 내가 권했다. "아니면 올라프의 방에 가 보세요. 쌈짓돈이 있으신가요? 그렇다면 두 팔 벌려서 환영해 줄 겁니다."

"아." 시모네가 말했다. "벌써 했어요."

"벌써라뇨?"

"올라프에게 200크론을 잃었거든요. 기계처럼 한 치의 오차도 없이 카드를 치더군요. 오히려 흥미가 떨어질 정도였죠. 그래서 바른스토크르를 데려가 그와 카드를 치게 했어요. 마술사의 명예를 걸고 그에게 본때를 보여 주라고요……"

우리는 복도로 나갔다. 그곳에서 듀 바른스토크르가 아끼던 죽은 형제의 혈육과 딱 마주쳤다. 브륜은 우리의 길을 가로막고는 불룩 튀어나온 검은색 고글을 번쩍이며 뻔뻔하게 담배를 요구했다.

"힌쿠스는 뭘 하고 있던가?" 내가 담뱃갑을 내밀며 물었다. "고주망태가 되었겠지?"

"힌쿠스? 아, 그 사람……" 브륜이 담배를 피우더니 입술을 동그랗게 말아 연기를 내뿜었다. "취할 만큼 취하지는 않았나 봐요. 한 병 다 마시고 한 병 더 시작했으니까요."

"그렇군." 내가 말했다. "벌써 두 병째라니……"

"여기서 뭘 하고 있어요?" 브륜이 물었다.

---

* 귀스타브 가스파르 코리올리(1792~1843). 프랑스의 물리학자이자 토목공학자. 토목 기술의 이론적 연구를 바탕으로 역학의 기초 원리를 추구했으며, 물체가 회전운동을 할 때에는 특수한 힘인 코리올리 힘이 생긴다는 것을 제창했다.

"그쪽도 힌쿠스와 술을 마셨습니까?" 시모네가 흥미를 드러내며 물었다.

브륜이 경멸하듯 콧방귀를 뀌었다.

"그럴 리가! 그 사람은 내가 있는 줄도 몰랐을걸요. 거기에 카이사가 있었거든요……"

문득 이 젊은이가 남자인지 여자인지 마침내 밝혀낼 때가 찾아왔다는 생각이 들었다. 그래서 나는 서서히 그물을 치기 시작했다.

"그러니까 뷔페에 있었군?" 내가 비위를 맞추는 듯 물었다.

"그런데요. 그게 뭐 어때서요? 경찰이 금지하기라도 했나요?"

"경찰은 자네가 그곳에서 무엇을 했는지 궁금할 뿐이야."

"그리고 과학계도." 시모네가 덧붙였다. 아마 그도 같은 생각을 한 것 같았다.

"커피도 경찰의 허락을 받고 마셔야 합니까?" 브륜이 물었다.

"설마." 내가 대답했다. "그리고 그곳에서 또 뭘 했나?"

드디어 때가 왔다…… 드디어 이 아가씨는…… 아니 브륜은 말하리라. '뭘 좀 먹었어요'라는 동사를 여성형 아니면 남성형으로 말하리라. 제아무리 브륜이라도 중성형으로 대답할 수는 없겠지.*

"별거 없더라고요." 브륜이 쌀쌀맞게 대답했다. "커피와 크림을 바른 피로시키**. 뷔페엔 그게 다였어요."

"저녁 먹기 전에 단 걸 먹으면 몸에 안 좋은데." 시모네가 나무라듯 말했다. 그는 분명 실망했다. 나도 그랬다.

"벌건 대낮에 술독에 빠지다니, 그런 건 내게 맞지 않아요." 브륜이 승리를 거머쥐며 이렇게 끝맺었다. "여러분의 힌쿠스나 실컷 마시라고 하시죠."

"그러지." 내가 중얼거렸다. "나는 면도하러 갑니다."

"혹시 질문이 더 있으신가요?" 브륜이 내 등에 대고 물었다.

"없어, 편히 쉬게나." 내가 말했다.

문이 쾅 열렸고 브륜이 제 방으로 들어갔다.

"저는 내려가서 간단히 요기를 해야겠군요." 시모네가 층계참을 지나다가 멈춰 서며 말했다. "같이 가시죠, 경위님. 저녁까지 아직 한 시간 넘게 남았으니……"

"그곳에서 당신이 무엇에 냉큼 다가갈지 뻔히 보이네

* 러시아어 동사의 과거형은 주어의 성별에 맞춰서 여성, 남성, 중성으로 변화한다. 브륜은 현재형으로 말하거나 자신을 주어로 하지 않는 방법을 동원해 자신의 말에서 성별이 드러나는 상황을 교묘히 피한다. 그래서 글렙스키는 어떻게든 브륜이 과거형으로 말하도록 질문을 던진 것이다.
** 채소와 고기, 소시지 등으로 속을 채워 굽거나 튀긴 러시아 전통 빵.

요." 내가 말했다. "혼자 가세요. 나는 가정적인 사람이에
요. 카이사에게는 관심 없어요."

시모네가 껄껄 웃으며 말했다.

"경위님이 가정적인 분이라니 하는 말인데, 아까 그
젊은이의 성별을 가르쳐 주실 수 있나요? 알쏭달쏭하더군
요."

"카이사나 찾아보세요." 내가 말했다. "이 수수께끼는
경찰에게 맡기시고요…… 그보다 샤워장에 장난을 쳤는지
털어놓으시죠."

"그런 짓은 생각조차 해 본 적 없는데요." 시모네가 부
인했다. "궁금하신가요? 그건 아마 주인장의 자작극일 겁
니다."

나는 어깨를 으쓱했고 우리는 그대로 헤어졌다. 시모
네는 장화 소리를 절벅절벅 내며 계단을 내려갔고, 나는 내
방으로 향했다. 내가 객실 박물관을 막 지나는 순간 그곳에
서 요란한 소리가 나더니 뭔가가 쾅 하고 떨어졌고 유리가
와장창 깨어지는 소리가 뒤를 잇더니 불만스러운 듯 툴툴
거리는 소리까지 들렸다. 나는 1초도 주저하지 않고 방문
을 열고 안으로 뛰어들었다가 하마터면 모제스 씨를 넘어
트릴 뻔했다. 모제스 씨는 한 손으로는 양탄자의 가장자리
를 높이 들고 다른 손으로는 언제나 놓지 않는 잔을 든 채
쓰러져 있는 침대 옆 작은 탁자와 산산조각이 난 꽃병 조각

들을 혐오스러운 듯 바라보고 있었다.

"저주받은 소굴." 그는 나를 보자 쉰 목소리로 말했다. "더러운 굴 같으니라고."

"여기서 뭘 하시는 겁니까?" 내가 버럭 화를 내며 물었다.

모제스 씨도 덩달아 분통을 터트렸다.

"내가 여기서 뭘 하느냐고?" 그는 이렇게 소리치며 온 힘을 다해 양탄자를 홱 끌어당겼다. 그 탓에 그 자신도 하마터면 균형을 잃을 뻔하면서 안락의자를 넘어트렸다. "나는 파렴치한을 찾고 있소. 이 호텔을 배회하고, 점잖은 사람들의 물건을 훔치고, 밤마다 복도를 돌아다니며 내 아내의 방을 창문으로 들여다보는 놈 말이오! 이 호텔에 경찰이 있는데 내가 왜 이런 짓까지 해야 하는 거요?"

그가 양탄자를 집어던지고 내게로 돌아섰다. 그의 기세에 나는 저도 모르게 뒷걸음질을 쳤다.

"내가 보상금이라도 걸어야 하는 거요?" 그는 분노를 점점 더 거세게 분출하며 말을 이었다. "보상금이라도 안 내걸면 빌어먹을 경찰이 손끝 하나 안 움직이잖소! 좋소, 걸겠소. 얼마가 필요하시오, 경위? 500? 1,000? 이렇게 합시다. 누구든 잃어버린 내 금시계를 찾아주는 사람에게는 1,500크론을 주겠소! 2,000크론!"

"시계를 잃어버리셨습니까?" 나는 눈썹을 찌푸리며

물었다.

"그렇소!"

"시계가 없어진 사실은 언제 아셨습니까?"

"방금 전이오!"

시답잖은 장난은 끝났다. 금시계 절도는 펠트 실내화 절도나 샤워장 유령극과는 차원이 다르다.

"그 시계를 언제 마지막으로 보셨습니까?"

"오늘 아침 일찍."

"그 시계는 평소에 어디에 보관하십니까?"

"나는 시계를 보관하지 않소! 시계를 보지! 그 시계는 내 책상 위에 있었소."

나는 잠시 생각을 했다.

"이렇게 하시면 어떨까요." 나는 마침내 말문을 열었다. "일단 도난 신고서를 작성하십시오. 그러면 제가 경찰을 부르겠습니다."

모제스가 나를 똑바로 바라보았다. 잠시 동안 우리는 아무 말도 하지 않았다. 이윽고 그가 잔을 홀짝이더니 말했다.

"대관절 도난 신고서와 경찰에 당신이 무슨 볼일이 있소? 나는 내 이름이 쓰레기 같은 신문에 오르내리는 걸 절대 원치 않소. 왜 직접 이 사건을 맡으려 하지 않는 거요? 보상금까지 걸지 않았소. 선금을 원하시오?"

"저는 이 사건에 개입할 입장이 아닙니다." 내가 어깨를 으쓱하며 그의 제안을 물리쳤다. "저는 사립 탐정이 아니라 공무원입니다. 지켜야 하는 윤리 규정이 있고 그 외에도……"

"됐소." 그가 느닷없이 말했다. "좀 생각해 보지……" 그가 잠시 입을 다물었다. "어쩌면 그냥 나타날지도 모르지. 이번에도 바보 같은 장난이면 좋겠소. 하지만 내일까지 시계를 못 찾으면 아침에 당신에게 그 신고서인지 뭔지를 쓰지."

우리는 그렇게 하기로 했다. 그 후 모제스는 자신의 방으로 돌아갔고 나도 내 방으로 갔다.

모제스가 자신의 방에서 생각지도 못한 상황과 맞닥뜨렸을지 나는 모른다. 그런데 내 방에는 그런 상황이 차고 넘치도록 벌어져 있었다. 우선 방문에 이렇게 적힌 종이가 비스듬히 걸려 있었다. '나는 "문화"라는 말을 들으면 내 경찰을 부른다.' 나는 보자마자 종이를 문에서 잡아 뜯었다. 하지만 그것은 시작에 불과했다. 내 방의 테이블에는 누군가가 병에서 그대로 쏟아부은 아라비아 검*이 이미 굳어 있었고 빈 병은 방바닥에 나뒹굴고 있었다. 그런데 말라붙

＊ 아카시아 수액을 굳혀 만든 천연 검의 일종으로 식용 가능한 접착제로 쓰였다.

은 검 웅덩이 한가운데에 종이 한 장이 올려져 있었다. 뭔가가 적혀 있었다. 말도 안 되는 내용의 투서였다. 그 종이에는 삐뚤빼뚤한 대문자로 이렇게 적혀 있었다. '위험천만한 악당이자 미치광이에 사디스트이며 범죄의 세계에서 필린*이란 별명으로 악명 높은 자가 힌쿠스라는 이름으로 현재 이 호텔에 묵고 있다는 사실을 글렙스키 경위님에게 알립니다. 그는 무장하고 있으며 이 호텔의 투숙객들 가운데 한 명의 목숨을 위협하고 있습니다. 경위님, 필요한 조치를 취해 주시기를 강력히 요청하는 바입니다.'

나는 어찌나 황당하고 화가 머리끝까지 났는지, 그 글을 두 번이나 읽고 나서야 내용이 제대로 머릿속에 들어왔다. 나는 담배를 한 대 피우며 방 안을 둘러보았다. 물론 눈에 띄는 흔적은 어디에도 없었다. 나는 문에서 뜯어내 마구 구겨 버린 종이를 펴서 투서의 필체와 비교했다. 문에 붙어 있던 종이의 글씨도 대문자에 삐뚤빼뚤했지만 필기구는 연필이었다. 그 문구를 살펴보자 의문은 모두 풀렸다. 브륜의 소행이었다. 이쪽은 단순한 장난이었다. 프랑스인들이 소르본 대학 같은 곳에서 아무 데나 휘갈겨 놓는 바보 같은 글귀의 하나였다. 반면 투서는 상황이 훨씬 더 심각했다. 단순히 장난을 치려는 사람이라면 편지를 문 밑으로 밀어 넣거나, 열쇠 구멍에 꽂아 놓거나, 테이블에 올리고 재떨이처럼 무거운 물건으로 눌러 놓거나 할 것이다. 바보 같은 장난을 하겠다고 저렇게 좋은 테이블을 엉망으로 만들려면 적어도 어마어마한 머저리나 야만인은 되어야 할 것이다. 이 호텔에 머저리라면 부족하지 않다. 그것은 사실이다…… 하지만 이런 짓을 할 정도로 머저리들은 아니다. 나는 한 번 더 그 투서를 읽고 담배를 한껏 빨아들인 후 창가로 다가갔다. 이봐, 나는 휴가를 온 거야. 그렇게 기다리던 자유를 만끽할 시간이라고…… 이런 생각이 문득 들었다.

태양은 어느새 낮게 걸렸고 호텔의 그림자가 100미터는 꼬박 채울 정도로 뻗어 있었다. 지붕에는 머리를 뒤로 젖히고 병을 빨고 있는 위험천만한 악당이자 미치광이에 사디스트인 힌쿠스 씨가 아직도 빈둥거리고 있었다. 그는 혼자였다.

---

* 러시아어로 '수리부엉이'라는 뜻.

제5장

나는 힌쿠스의 방문 앞에 멈춰 서서 조심스럽게 주위를 둘러보았다. 복도는 평소처럼 텅 비어 있었다. 당구실에서는 공들이 딱딱거리는 소리가 새어 나왔다. 시모네는 그곳에 있었다. 듀 바른스토크르는 여전히 올라프의 방에서 올라프의 주머니를 탈탈 터는 중이었다. 브륜은 오토바이를 손보고 있었다. 모제스 부부는 자신들의 방에 있었다. 힌쿠스는 지붕에 앉아 있었다. 5분 전 그는 뷔페로 내려와서 술을 한 병 더 챙기고는 방으로 돌아가 외투를 껴입었다. 그의 행동으로 미루어 적어도 저녁을 먹을 때까지 신선한 공기를 마실 작정인 것 같았다. 그래서 나는 그의 방문 앞에서 주인장의 사무실에서 슬쩍해 온 열쇠 뭉치의 열쇠들을 하나씩 열쇠 구멍에 끼워 보면서 공무 수행을 준비 중이었다. 물론 나에게는 영장도 없이 남의 방에 들어가 그곳을 수색하거나 심지어 살펴보기만 할 권리조차 없었다. 하지만 이 일은 꼭 해야만 할 것 같았다. 안 그러면 두 발 뻗고 잠을 잘 수 없을뿐더러 아예 이곳에서 제대로 지낼 수도 없을 것 같았다.

다섯 번째인가 여섯 번째 열쇠가 부드럽게 찰칵 소리를 내자 나는 방으로 미끄러지듯 들어갔다. 나는 스파이 영화의 주인공들이 하는 대로 똑같이 했다. 다른 방법은 알지 못했다. 태양은 어느새 산등성이 뒤로 넘어갔지만 방 안은 꽤 환했다. 그곳은 전체적으로 사람이 지낸 흔적이 없었다. 침대에는 누워서 생기는 구김도 없고, 재떨이는 깨끗하게 비워져 있었다. 방 한가운데에 여행 가방 두 개가 있었다. 아무리 봐도 여행객이 2주가량 지낼 예정인 방으로는 느껴지지 않았다.

좀 더 무거운 쪽의 가방을 먼저 열어 내용물을 본 순간 내 경계심은 더욱 강해졌다. 그것은 전형적인 가짜 여행 가방이었기 때문이다. 넝마와 찢어진 수건들과 베갯잇, 책 한 꾸러미 등 마구잡이로 골라 넣은 것들이었다. 힌쿠스가 손에 잡히는 대로 이 가방에 집어넣은 게 분명했다. 진짜 짐은 두 번째 가방에 있었다. 이 가방에는 속옷 세 벌과 잠옷, 화장품 케이스, 만년필 세트, 돈 뭉치, 손수건 스물네 장이 들어 있었다. 돈은 꽤 많은 액수로 내가 소지한 것보다 많았다. 그 외에 그리 크지 않은 은제 휴대용 술통이 있었는데 비었으며, 검은 색안경이 든 통과 외국어로 된 라벨이 붙은 가득 차 있는 술병이 하나 있었다. 그런데 속옷을 들추니 가방 바닥에 정교한 문자반이 달린 묵직한 금시계와 작은 여성용 브라우닝 권총 한 자루가 있었다.

나는 바닥에 앉아 밖에서 들리는 소리에 귀를 기울였다. 아직 주위는 고요했지만 곰곰이 생각할 만한 여유는 별로 없었다. 먼저 시계부터 살폈다. 뚜껑에는 복잡한 모노그램이 조각되어 있었다. 금은 진짜 순금으로 붉은빛이 돌고, 시계의 문자반은 별자리로 장식되어 있었다. 모제스 씨가 잃어버린 시계가 틀림없었다. 다음으로 권총을 살펴보았다. 손잡이는 자개로 장식되었고, 총신은 니켈도금이었으며, 0.25구경으로 육탄전에서 쓰이는 장난감 같은 무기로, 엄밀히 말해 무기라고도 할 수 없었다…… 이 모든 것이 엉터리 같고 황당무계했다. 갱들은 이런 쓸데없는 것으로 곤란한 상황을 초래하지 않는다. 평소대로라면 그들은 시계를 훔치지 않는다. 특히 이렇게 오래되고 육중한 것들은 손대지 않는다. 무엇보다 악명을 떨치고 있는 진짜 악당이 훔칠 만한 물건이 아니다. 게다가 호텔에서, 그것도 도착한 날 절도라니 그 자리에서 삽입 위험까지 있지 않는가.

좋아…… 신속하게 핵심을 정리해 보자. 힌쿠스가 위험한 악당에 미치광이 사디스트라는 증거는 어디에도 없으며 어떻게든 힌쿠스에게 그런 누명을 씌우고 싶어 하는 사람이 있다는 증거는 얼마든지 있다. 그렇다면 이 가짜 가방은 뭘까……? 좋아, 이 문제는 나중에 생각해 보자. 이 시계와 권총을 어떻게 한담? 이 물건들을 압수하고 힌쿠스가 도둑이라면(악당까지는 아닐지라도), 그는 아무 처벌도 받지 않고 빠져나갈 것이다…… 누군가 이 물건들을 그의 짐에 몰래 넣어 둔 거라면…… 젠장, 머리가 돌아가지 않는다…… 경험이 부족하다. 내게도 에르퀼 푸아로 같은 경험이 있다면…… 시계와 권총을 압수한다고 쳐도 어디에다 두지? 몸에 지니고 다니나? 그랬다가는 도둑으로 몰릴 텐데…… 물론 내 방에 숨길 수도 없다……

나는 다시 귀를 기울였다. 식당에서 그릇이 달그락거리는 소리가 났다. 카이사가 벌써 음식을 차리는 중이었다. 누군가 문 앞을 지나가는 발소리가 들렸다. 시모네의 목소리가 카랑카랑하게 울렸다. "경위님은 어디에 있지? 어디에 있을까, 그 용자는?" 카이사의 날카로운 목소리가 귀를 찌르자, 소름 끼치는 웃음소리가 층을 뒤흔들었다. 이곳을 빠져나가야 할 때였다.

결국 나는 뾰족한 수를 떠올리지도 못한 채 서둘러 탄창을 비우고 총알을 주머니에 집어넣은 후 시계와 권총을 다시 가방의 바닥에 되돌려 놓았다. 내가 방에서 뛰어나가 열쇠를 돌리자마자 복도의 반대편 끝에서 듀 바른스토크르가 나타났다. 그는 내게 귀족적인 옆모습이 향하도록 선 채 올라프일 게 분명한 누군가에게 말을 했다.

"대체 무슨 말을 하는 겁니까? 이 듀 바른스토크르가

언제 재대결을 거절했다는 거죠? 오늘이라도 언제든지 편할 때 말씀하세요! 혹시 밤 10시는 어떠실지……"

　나는 자연스러운 자세를 취했다(그러니까 이쑤시개를 꺼내서 이를 쑤시기 시작했다). 듀 바른스토크르는 돌아섰다가 내가 보이자 손을 흔들어 인사를 했다.

　"경위님!" 그가 나를 불렀다. "승리, 영광 그리고 부! 듀 바른스토크르가 늘 거머쥐는 것이죠."

　나는 그에게 다가갔다. 우리는 그의 방문 앞에서 만났다.

　"올라프를 알거지로 만드셨군요?" 내가 물었다.

　"그랬지요!" 그가 흐뭇하게 미소를 지으며 말했다. "우리의 친구 올라프는 너무 기계적이더군요. 기계처럼 카드를 쳐요. 상상력이라고는 조금도 없어요. 지루하기까지 했죠…… 잠깐만요, 이게 뭐죠?" 그가 내 상의의 가슴 주머니에서 트럼프 카드 한 장을 솜씨 좋게 끄집어냈다. "바로 이 하트 에이스로 가여운 올라프를 결정적으로 끝장냈죠……"

　가여운 올라프가 제 방에서 나왔다. 얼굴이 발갛게 상기되어 있고 거구지만 발걸음은 가벼운 올라프는 우리를 지나치다가 사람 좋은 미소와 함께 툴툴거리듯 말했다. "식사를 하기 전에 뭘 좀 마셔야겠어요……" 듀 바른스토크르도 미소를 지으며 눈으로 그를 좇더니 말 그대로 뭔가가 퍼뜩 떠오른 듯 내 옷소매를 움켜쥐었다.

"생각이 났으니 말인데, 경위님. 친애하는 우리의 고인이 또 무슨 장난을 했는지 아시나요? 잠시 내 방에 들렀다 가세요……"

그가 나를 자신의 방으로 잡아끌더니 안락의자에 앉히고 담배를 권했다.

"그걸 어디다 뒀더라?" 그는 이렇게 중얼거리며 주머니마다 뒤졌다. "아하! 여기 있군. 오늘 내가 뭘 받았는지 한번 보시죠." 그가 구겨진 종이 뭉치를 건넸다.

또 쪽지인가. 거기엔 맞춤법이 틀린 삐뚤삐뚤한 대문자로 이렇게 적혀 있었다. '우리는 당신을 찾아냈소. 나는 당신에게 총을 거누고 있소. 그러니 도망칠 생각은 마시오. 어리석은 짓을 할 생각도 말고. 나는 경고 없이 쏘아 버리겠소. F.'

나는 담배를 꽉 문 채 그 쪽지를 두 번이나 읽었다. 그리고 한 번 더 읽었다.

"대단하지 않습니까?" 듀 바른스토크르가 거울 앞에서 옷매무새를 가다듬으며 말했다. "심지어 서명까지 있어요. 죽은 등산가의 이름이 뭔지 주인에게 물어봐야겠어요……"

"이건 어떻게 받으셨습니까?"

"카드를 치는 동안 누군가 올라프의 방에 집어넣고 갔

습니다. 그때 올라프는 마침 뷔페 테이블로 술을 가지러 갔고 나는 앉아서 담배를 피우고 있었거든요. 문을 노크하는 소리가 나기에 내가 대답했죠. '네, 들어오세요.' 하지만 아무도 들어오지 않더군요. 그래서 놀랐는데 그때 문가에 떨어져 있는 종이가 눈에 들어오더군요. 문 아래로 그걸 밀어넣은 게 분명해요."

"당연히 복도를 살폈고, 당연히 아무도 못 보셨겠죠." 내가 말했다.

"음, 내가 안락의자에서 일어나서 나가기까지 시간이 한참 걸렸죠." 듀 바른스토크르가 말했다. "이제 가실까요. 솔직히 말해서 지금 몹시 허기지거든요."

나는 쪽지를 주머니에 집어넣었다. 우리는 식당으로 발길을 옮겼고 그 길에 브륜을 만나 함께 갔지만 그에게 손을 씻도록 설득하지는 못했다.

"걱정거리가 있어 보이네요, 경위님." 식당에 거의 도착했을 즈음 듀 바른스토크르가 불쑥 말했다.

나는 그의 노회한 맑은 눈을 가만히 들여다보았다. 문득 그가 이 쪽지 소동을 일으킨 장본인일지 모른다는 생각이 뇌리를 스쳤다. 순간 서늘한 광기에 사로잡힌 나는 발을 쾅쾅 구르며 소리 지르고 싶었다. '나를 귀찮게 하지 마시오! 평온하게 스키나 타게 내버려 두란 말이오!' 물론 나는 참았다.

우리는 식당으로 들어갔다. 벌써 모두 모인 듯했다. 모제스 부인이 모제스 씨의 식사 시중을 들고, 시모네와 올라프는 전채가 준비된 식탁에서 서성이고, 주인장은 담금주를 따르고 있었다. 듀 바른스토크르와 브륜은 자신의 자리로 향했고, 나는 남자 투숙객들에게 다가가 어울렸다. 시모네는 올라프에게 불길한 목소리로 에델바이스 술이 인간의 장기에 미치는 영향에 대해 일장 연설을 속삭이고 있었다. 백혈병과 황달, 십이지장암 같은 용어들이 튀어나왔다. 올라프는 온후하게 놀라며 캐비아를 먹었다. 그때 카이사가 들어와 주인장에게 무슨 이야기를 하기 시작했다.

"오고 싶지 않대요. 이렇게 말했어요. 전부 다 모이지 않으면 가지 않을 거야. 모두 모이면 그때 내려가지. 이렇게요…… 그리고 빈 병이 두 개 있었고요……"

"가서 그 손님에게 모두 모였다고 전해." 주인장이 말했다.

"제 말을 믿지 않는걸요. 모두 다 모였다고 벌써 말했죠. 그런데 제 말을……"

"누가 말이오?" 모제스 씨가 불쑥 물었다.

"힌쿠스 씨 이야기입니다." 주인장이 대답했다. "아직도 지붕에 올라가 있는데 아무래도……"

"지붕 위에 있다니 무슨 말이에요!" 브륜이 쉰 목소리로 말했다. "그 사람은 저기 있잖아요, 힌쿠스!" 그러더니 젊은이는 피클이 꽂힌 포크로 올라프를 가리켰다.

"애야, 너는 착각을 하고 있구나." 듀 바른스토크르가 상냥하게 말했다. 올라프가 사람 좋게 환히 웃으며 인사했다. "안녕하세요. 올라프 안드바라포르스입니다. 올라프라고 부르세요."

"그러면 그때 저 사람은 왜……?" 피클이 꽂힌 포크가 나를 향했다.

"여러분, 여러분!" 주인장이 끼어들었다. "싸우지 마세요. 별일 아닙니다. 힌쿠스 씨가 이 호텔에서 투숙객 모두에게 보장하고 있는 자유를 만끽하며 지금 지붕에 있습니다. 카이사가 그분을 이리로 네리고 올 겁니다."

"안 올 거예요." 카이사가 투덜대기 시작했다.

"무슨 상관이오, 스네바르!" 모제스가 말했다. "오기 싫으면 추운 데서 노닥거리라고 해요."

"존경하는 모제스 씨." 주인장이 점잖게 말했다. "저는 지금 그 어느 때보다 여러분이 한자리에 모여 계시기를 바라고 있습니다. 존경하는 손님들에게 알릴 매우 기쁜 소식이 있거든요. 카이사, 어서!"

"오려고 하지 않는다니까요……"

나는 전채 접시를 식탁에 내려놓았다.

"잠깐만요." 내가 말했다. "내가 가서 데려오지요."

식당을 나서는데, 시모네의 말소리가 귀에 들어왔다.

"옳습니다! 경찰이 제 일을 하게 하세요." 뒤이어 묘지에서
나 울릴 법한 웃음소리가 새어 나오더니 그 소리는 지붕으
로 나가는 계단으로 가는 내내 나를 따라왔다.

계단을 올라가 조잡한 나무 문을 밀고 나가니 그곳에
는 사람들이 앉을 수 있도록 벽을 따라 좁은 벤치들을 설치
해 놓은 둥글고 자그마한 유리 정자가 있었다. 그곳은 춥고
눈과 먼지가 뒤섞인 기묘한 냄새가 났다. 기다란 접이식 의
자가 접힌 채 산처럼 쌓여 있었다. 밖으로 나가는 널빤지
문이 약간 열려 있었다.

평평한 지붕에는 눈이 층층이 두껍게 쌓여 있었는데,
정자 주위의 눈은 밟혀 다져져 있고 멀리 기울어진 안테나
까지 좁은 길이 생겨 있었다. 그 길의 끝에 외투로 온몸을
감싼 힌쿠스가 접이식 의자에 앉아 미동도 않고 있었다. 그
는 왼손으로 병을 무릎에 꼭 대고 있고, 오른손은 따뜻하게
데우는 중인지 품에 넣어 보이지 않았다. 그의 얼굴도 잘
보이지 않았다. 외투의 깃과 모피 모자의 테에 대부분 가려
져 주위를 경계하는 듯한 두 눈만이 그 틈새에서 번득였다.
말 그대로 타란툴라가 은신처에서 바깥의 기색을 살피는
것 같았다.

"어서 갑시다, 힌쿠스." 내가 말했다. "모두 모였어요."

"모두요?" 그가 쉰 목소리로 물었다.

나는 연신 입김을 뿜어내며 그에게 다가갔고, 양손을

주머니에 넣었다.

"한 사람도 빠짐없이 다 모였어요. 당신을 기다리고 있어요."

"그러니까 모두……" 힌쿠스가 반복했다.

나는 고개를 끄덕이고 주위를 둘러보았다. 태양이 산 너머로 자취를 감추었고 협곡에 쌓인 눈이 연한 보랏빛으로 반짝였으며 점점 어두워지는 하늘에는 창백한 달이 떠 있었다.

곁눈으로 보니 힌쿠스가 나를 유심히 살피는 기색이었다.

"왜 저를 기다립니까?" 그가 물었다. "그냥 먹으면 되는데…… 왜 쓸데없이 사람을 성가시게 해요?"

"주인장이 우리를 깜짝 놀래 주고 싶은가 봐요. 그래서 우리가 다 모여 있어야 하는 거죠."

"깜짝 놀래 준다……" 힌쿠스는 이렇게 말하더니 기침을 했다. "저는 결핵을 앓고 있습니다." 그가 불쑥 말했다. "의사들이 늘 신선한 공기를 마시라고 하더군요…… 그리고 살이 검은 닭고기를 먹고요." 그가 이렇게 덧붙인 후 입을 다물었다.

나는 그가 안됐다는 생각이 들었다.

"맙소사." 나는 진심으로 말했다. "정말 유감입니다. 그래도 저녁은 먹어야죠……"

"그래야죠, 당연히." 그가 이렇게 말하며 자리에서 일어났다. "식사를 하고 이곳으로 다시 돌아오면 되니까." 그는 술병을 눈에 꽂았다. "어떻게 생각하세요. 의사들이 거짓말을 한 걸까요? 아닐까요? 신선한 공기 말입니다……"

"거짓말을 한 것 같지는 않군요." 내가 말했다. 나는 낮에 계단에서 내려오는 그의 안색이 얼마나 창백하고 시퍼렇게 질려 있었는지 떠올라서 물었다. "그런데 왜 그렇게 보드카를 들이켜는 겁니까? 몸이 그런 상태면 무척 해로울 텐데요."

"에휴!" 그가 작은 소리로 탄식했다. "보드카가 없으면 제가 뭘 할 수 있겠습니까?" 그가 입을 다물었다. 우리는 계단을 내려갔다. "저는 보드카가 없으면 안 됩니다." 그가 단호하게 말했다. "끔찍해요. 보드카가 없으면 전 미쳐 버릴 겁니다."

"진정해요, 힌쿠스." 내가 말했다. "요즘은 결핵도 완치될 수 있어요. 당신은 19세기에 사는 게 아니에요."

"네, 그렇겠죠." 그가 힘없이 맞장구를 쳤다. 우리는 복도로 접어들었다. 식당에서 식기가 달그락거리는 소리와 사람들의 목소리가 웅웅 새어 나왔다. "먼저 가세요. 저는 외투를 벗어 두고 따라가겠습니다." 그가 자신의 방문 앞에 서며 내게 말했다.

나는 고개를 끄덕인 후 식당으로 들어갔다.

"피의자는 어디에 있습니까?" 시모네의 목소리가 크게 들렸다.

"제가 말했잖아요. 안 올 거라고……" 카이사가 투덜댔다.

"아무 문제 없습니다." 내가 말했다. "곧 올 겁니다."

나는 내 자리에 앉았다. 그러나 이곳의 규칙이 떠올라 벌떡 일어나서 수프를 가지러 갔다. 듀 바른스토크르가 숫자의 마법에 대해 뭔가를 이야기했다. 모제스 부인이 감탄했다. 시모네는 간간이 껄껄 웃었다. "그만하시오, 바르들…… 듀브르……" 모제스가 말했다. "그런 말은 전부 중세의 헛소리니까." 내가 수프를 뜨는데, 식당으로 힌쿠스가 들어왔다. 그를 보니 입술이 부들부들 떨리고 안색도 다시 창백하고 퍼렇게 질려 있었다. 모두들 한목소리로 그를 반기며 인사를 건넸다. 하지만 그는 다급하게 눈으로 식탁을 훑더니 나와 올라프 사이에 있는 자신의 자리로 우물쭈물하며 다가왔다.

"안 됩니다. 안 돼요!" 주인장이 담금주가 든 잔을 들고 그에게 달려가며 소리쳤다. "전화의 세례를 받으셔야죠!"

힌쿠스가 우뚝 서서 술잔을 보더니 뭐라고 했다. 하지만 그 소리는 사람들이 모두 떠드는 소리에 묻혀 들리지 않았다.

"안 됩니다. 안 돼요!" 주인장이 반박했다. "이것보다 더 좋은 약은 없어요. 모든 슬픔을 없애 주거든요. 말하자면 만병통치약이죠. 자, 드세요!"

힌쿠스는 더 이상 버티지 않았다. 그는 한입에 술을 털어 넣고 잔을 쟁반에 내려놓은 후 자리에 앉았다.

"아, 정말 남자다워요!" 모제스 부인이 청량한 목소리로 한껏 상기되어 말했다. "여러분, 이분이야말로 진짜 사나이예요!"

나는 내 자리로 돌아와 저녁을 먹기 시작했다. 힌쿠스는 전채 식탁으로는 가지 않고 구운 고기 몇 점만 접시에 담을 뿐이었다. 그는 아까보다 상태가 훨씬 좋아 보였고 뭔가를 골똘하게 생각하는 듯했다. 나는 듀 바른스토크르가 늘어놓는 헛소리를 듣기 시작했다. 바로 그때 주인장이 나이프로 접시 가장자리를 쩽쩽 두드렸다.

"여러분!" 그가 의기양양하게 소리쳤다. "잠시 저를 주목해 주세요! 마침내 우리 모두 여기 모였으니 여러분에게 기쁜 소식을 전하려고 합니다. 손님들의 수많은 바람에 부응하여 우리 호텔은 오늘 밤 '봄맞이' 축하 연회를 열기로 결정했습니다. 저녁 시간은 끝나지 않을 겁니다! 춤과 포도주, 카드, 즐거운 대화가 여러분을 기다리고 있습니다!"

시모네가 뼈가 앙상한 두 손을 맞부딪쳤다. 모제스 부인도 박수를 쳤다. 모두 흥겨워했으며 그렇게 무뚝뚝한 모제스 씨조차 잔의 내용물을 꿀꺽 마시더니 쉰 목소리로 말했다. "카드라. 그럭저럭 괜찮군……" 한편 브륜은 포크로 식탁을 두드리더니 내게 혀를 쏙 내밀었다. 분홍색의 작은 혀가 몹시 귀여웠다. 이런 소란과 흥겨움이 절정에 달했을 때 힌쿠스가 불쑥 내게 몸을 기울이더니 귀에 대고 소곤거렸다.

"경위님, 제 말 좀 들어 주세요. 경찰이시라면서요…… 뭘 어쩌면 좋을지. 방금 짐에서 뭘 챙겨 오려고 제 방에 다녀왔습니다…… 약을 가지러 갔죠. 식사 전에 무슨 물약을 먹으라고 했거든요…… 거기에…… 원래 따뜻한 겨울옷과 모피 조끼, 양말 같은 게 있었습니다…… 그런데 제 옷가지가 싹 사라졌어요. 대신 넝마 같은 게 들어 있디고요. 누구 건지 모를 찢어진 시트며…… 책이며……"

나는 조심스럽게 숟가락을 식탁에 내려놓고 그를 바라보았다. 그는 눈을 부릅뜨고 있었는데 오른쪽 눈꺼풀이 파르르 떨렸고 눈에는 공포가 깃들어 있었다. 거물급 악당. 미치광이이자 사디스트.

"음, 알겠습니다." 내가 잇새로 조용히 말했다. "그런데 내게 뭘 원하십니까?"

그는 갑자기 기가 팍 죽더니 목을 움츠렸다.

"음, 글쎄요…… 아무것도요…… 저는 그저 이것도 그 장난인지 아닌지 가늠이 되지 않을 뿐입니다. 혹시라도 도둑맞은 거라면 경위님이 계시지 않습니까…… 어쩌면 단순한 장난일지도 모르고. 어떻게 생각하십니까?"

"음, 힌쿠스." 내가 시선을 돌렸다가 다시 수프를 먹으며 말했다. "생각해 보세요. 여기 사람들은 모두 장난을 칩니다. 그 일도 장난이라고 생각하세요, 힌쿠스."

제6장

파티 계획이 성공을 거둬 나는 적잖이 놀랐다. 모두 삽시간에 설렁설렁 식사를 끝내더니 힌쿠스를 제외하면 아무도 식당을 떠나지 않았다. 힌쿠스는 실례를 구하는 말을 웅얼거리고는 산속의 산소로 폐를 씻어 내기 위해 지붕으로 되돌아갔다. 나는 양심의 가책 비슷한 감정을 느끼며 그를 눈으로 배웅했다. 나는 다시 그의 방으로 들어가 가방에서 저주받은 시계를 꺼내야 한다는 생각마저 했다. 장난은 장난일 뿐이지만 힌쿠스는 이 시계 때문에 심각한 문제에 휘말릴 수도 있다. 그에게는 불상사가 충분하다는 생각이 들었다. 나도 이곳에서 불상사라면 충분했고 이런 장난과 내가 저지른 어리석은 일들도 지긋지긋했다…… 술이나 마시자. 이렇게 생각해 버리자 마음이 한결 가벼워졌다. 나는 눈으로 식탁을 훑고 작은 잔을 큰 잔으로 바꾸었다. 그일들이 나와 무슨 상관이 있단 말인가? 나는 휴가 중이다. 애초에 나는 경찰도 아니다. 숙박계에 뭐라고 썼건 무슨 상관인가…… 사실 나는 은퇴한 체육 선생이다…… 아니다, 정말 궁금하다면 나는 영업 사원이다. 중고 세면대를 판다. 변기도…… 그 순간 힌쿠스가 아무리 청소년 상담원이지만 명색이 상담원인데 사용하는 어휘가 몹시 빈약하다는 생각이 퍼뜩 들었다. 그러나 나는 그 생각을 이내 머릿속에서 몰아내고, 무슨 말을 하는지 제대로 듣지는 못했지만 분명 자신의 예리한 지성을 떠벌리고 있을 시모네와 함께 신나게 껄껄 웃어 댔다. 나는 브랜디 반 잔을 단숨에 들이마시고 다시 따랐다. 머릿속에서 시끄러운 소리가 울렸다.

사람들 사이에 흥이 오르기 시작했다. 카이사는 아직 씻어야 할 그릇을 다 모으지 못했고, 모제스 씨와 듀 바른 스토크르는 서로를 초대하는 몸짓을 하더니 식당 한구석에 느닷없이 나타난 녹색 펠트를 깐 카드 테이블로 다가갔다. 주인장은 귀가 멀 정도로 음악을 크게 틀었다. 올라프와 시모네가 동시에 모제스 부인에게 돌진했다. 그녀가 구애자들 가운데 결국 한 명을 고르지 못했기 때문에 세 사람이 함께 춤을 추기 시작했다. 브륜이 또 내게 혀를 내밀었다. 좋아! 나는 식탁에서 빠져나와 최대한 똑바로 걸으려고 애를 쓰며 그 불한당 양…… 아니 불한당 군에게 술병과 잔을 들고 갔다. 지금이 아니면 기회는 영원히 오지 않을 것이라고 생각했다. 이 수사가 시계와 자질구레한 잡동사니의 절도 수사보다 훨씬 더 흥미진진하다. 아니 나는 장사

꾼이다. 기적적으로 훌륭하게 잘 남아 있는 세면대를 사고
파는……

"춤추실까요, 마드무아젤?" 내가 브륜의 바로 옆에 놓
인 의자에 털썩 앉으며 말했다.

"마님, 나는 춤을 안 춰요." 브륜이 나른하게 대답했다.
"헛소리 그만하고 담배나 줘요."

나는 그에게 담배를 주고 브랜디를 단숨에 들이켠 후
브륜에게 그의 행동(행동 말이다!)은 비도덕적이라고, 그래
서는 안 된다고 훈계를 하기 시작했다. 언젠가 내가 시간이
나면 채찍으로 때려 줄 수도 있다고 했다. 또 공공장소에
서 적당하지 않은 옷을 입은 죄목으로 기소하겠다고 엄포
를 놓았다. 구호를 쓴 벽보를 붙여 놓다니 불량하다고 꾸짖
기도 했다. 그것도 방문에 붙이다니. 충격적이고 선동적이
다…… 선동적이라고! 나는 점잖은 장사꾼이다. 그러므로
누구도 그런 행동을 하도록 용납하지 않는다…… 그때 재
미있는 생각이 떠올랐다. 나는 흐뭇한 웃음을 지으며 경찰
에 자네를 고발하겠다고 으름장을 놓았다. 내가 자네에게
권해 줄 수도 있어…… 아니, 변기는 아니야. 그건 식사 자
리에서 꺼내기 적당하지 않잖아…… 그것보다…… 훌륭한
세면대가 있어. 온갖 일이 있었지만 놀랍도록 멀쩡하게 남
아 있는 것으로 권해 주지. '파벨부레'사의 것으로. 괜찮지
않은가?

브륜은 어찌 들으면 꽉 잠기고 낮은 소년 같은 목소리
이고 또 어떻게 들으면 저음이지만 부드러운 아가씨의 목
소리로 꽤 똑똑하게 쏘아붙였다. 나는 머리가 뱅뱅 돌더니
어느새 동시에 두 사람과 이야기를 하는 기분이 들었다. 어
떨 때는 비행의 길로 들어선 버르장머리 없는 소년이 불쑥
튀어나와 연신 내 브랜디를 홀짝거렸고 그 행동에 대해 경
찰의 일원이자 경험 많은 영업 사원, 직급이 높은 사람으로
서 내가 책임을 져야만 한다는 생각을 하게 했다. 어떨 때
는 하느님 맙소사, 내 마누라와 조금도 닮지 않았고, 어느
새 내게 결코 아버지와 같은 감정이 아닌 좀 더 은근한 감
정을 불러일으키는 매혹적이고 자극적인 아가씨가 되기도
했다. 나는 번번이 내 말을 끊고 들어오는 소년 브륜의 입
을 막으며 결혼이란 스스로 도덕적 책임을 진 두 마음이 자
발적으로 맺은 동맹이라는 내 견해를 아가씨 브륜에게 떠
들어 댔다. 그리고 더 이상 자전거든, 오토바이든 안 된다
고 엄하게 덧붙였다. 지금 당장 그렇게 약속하자. 내 마누
라는 그런 것들을 절대 못 견딜 거야…… 우리는 약속을 했
고 술을 마셨다. 처음에는 소년과 마셨다가 나중에는 아가
씨이자 내 약혼녀와 말이다. 빌어먹을, 성인인 아가씨가 훌
륭한 코냑을 약간 마시면 좀 어떤가? 내게는 약간 논란의
여지가 있어 보이는 이 생각을, 일말의 저항감을 느끼며 세
번이나 곱씹은 후에야 나는 의자에 편히 기대앉아서 주위

를 둘러보았다.

모든 것이 훌륭했다. 법도, 도덕적인 규칙도 어느 하나 무너지지 않았다. 아무도 벽보를 붙이지 않았고, 투서와 경고장을 쓰지도 않았고, 시계를 훔치지 않았다. 음악이 쾅쾅 울렸다. 듀 바른스토크르와 모제스, 주인장이 판돈의 제한을 두지 않고 서틴을 하고 있었다. 모제스 부인은 시모네와 완전히 현대적인 춤을 전속력으로 추고 있었고 카이사는 그릇을 치우는 중이었다. 접시들, 포크들 그리고 올라프들이 그녀 주위를 맴돌았다. 식탁 위의 그릇은 전부 움직이고 있었다. 나는 도망치는 술병을 간신히 움켜쥐다가 바지에 술을 쏟아 버렸다.

"브륜." 내가 따뜻하게 불렀다. "신경 쓰지 마. 전부 다 바보 같은 장난들이니까. 금시계니 이불 커버니······" 그때 문득 새로운 생각이 떠올랐다. "이봐, 총각." 내가 불렀다. "내게 권총 쏘는 법을 배우지 않겠나?"

"나는 총각이 아니에요." 아가씨가 침울하게 말했다. "우리는 약혼한 사이잖아요."

"그럼 더 좋지!" 나는 더 신이 나서 말했다. "내게 마침 여성용 브라우닝이 한 자루 있거든······"

한동안 우리는 권총과 결혼반지에 대해 이야기를 나눴다. 어째서인지 염력에 대한 이야기도 했다. 어느 순간 내게 의심이 싹텄다.

"안 돼!" 내가 단호하게 말했다. "그렇게는 동의할 수 없어. 먼저 안경을 벗어 봐. 물건을 살 때도 잘 보고 사야 하잖아."

그 말은 실수였다. 아가씨는 모욕감을 느끼고 어딘가로 자취를 감추었고, 소년이 남아 버릇없이 굴기 시작했다. 마침 모제스 부인이 다가와 내게 춤을 청해서 나는 기꺼이 그 청을 받아들였다. 1분 후 나는 자신이 머저리였고, 이제 오로지 모제스 부인과 맺어지는 것이 내 운명이라는 확고한 믿음이 생겼다. 나의 올가와 말이다. 그녀의 두 손은 요정처럼 나긋나긋했으며 피부는 어디에도 거친 구석이 없이 보드라웠다. 그녀는 내가 입을 맞추게 양손을 내어 주었다. 게다가 그녀의 두 눈은 너무나 아름답고 안경 따위는 쓰지 않았기에 언제라도 잘 들여다볼 수 있었다. 그녀에게서는 매혹적인 향기가 났다. 무엇보다 그녀에게는 말을 하지 못하게 막는 거칠고 버릇없는 젊은이인 남자 형제가 없었다. 대신 음울하면서 경박한 위대한 물리학자인 시모네가 내내 주위를 맴돌았지만 그 정도는 참고 견딜 만했다. 어쨌든 그는 모제스 부인의 형제가 아니기 때문이다. 그와 나는 나이를 먹었고 연륜이 쌓인 사람들이었다. 우리는 의사의 조언에 따라 감각적인 만족에 몰두했고, 서로의 발을 밟을 때면 남자답고 명예롭게 그 사실을 인정했다. "영감, 미안해. 내가 실수했군……"

이윽고 갑자기 술이 깨면서 정신이 드니 내가 모제스 부인과 함께 두툼한 커튼 너머의 창가에 서 있었다. 나는 그녀의 허리를 안았고, 그녀는 내 어깨에 머리를 기대며 말했다.

"자기, 저기를 봐요, 정말 매혹적인 풍경이에요⋯⋯!"

느닷없이 나를 친근하게 부르는 바람에 나는 몸 둘 바를 몰랐다. 그래서 누군가의 눈에 띄기 전에 어떻게 하면 그녀의 허리에서 좀 더 우아하게 손을 뗄 수 있을지 고민하면서 멍하니 주위를 둘러보기 시작했다. 그런데 창밖으로 펼쳐진 풍경은 더할 나위 없이 매혹적이었다. 달이 이미 훌쩍 높이 떠올랐는지 달빛에 물든 골짜기가 파르스름하게 보였고 가까운 산들은 정지된 공기 속에 말 그대로 걸려 있는 것 같았다. 문득 지붕 위에서 웅크리고 있는 불운한 힌쿠스의 음울한 그림자가 눈에 들어와 이렇게 중얼거렸다.

"불쌍한 힌쿠스⋯⋯"

모제스 부인이 살짝 몸을 떼더니 놀란 표정으로 나를 올려다보았다.

"불쌍하다고요?" 그녀가 되물었다. "왜요? 왜 불쌍하죠?"

"중병에 걸렸거든요." 내가 알렸다. "결핵이에요. 그래서 겁을 많이 내고 있어요."

"맞아요." 그녀가 맞장구를 쳤다. "당신도 알아차리셨군요. 그 사람은 늘 뭔가를 두려워해요. 정말 수상쩍고 몹시 불쾌한 사람이에요. 게다가 우리와 전혀 어울리려고 하지도 않아요……"

나는 애석한 듯 고개를 가로저으며 한숨을 푹 쉬었다.

"그런 말씀은 마세요." 내가 말했다. "그 사람은 전혀 수상한 사람이 아닙니다. 그저 불운하고 고독한 사람일 뿐이죠. 몹시 애석해요. 부인도 그 사람이 시간이 갈수록 안색이 퍼렇게 질리고 식은땀을 흘리는 모습을 보셨어야 해요…… 게다가 그를 겨냥한 장난도 벌어지고 있어요……"

모제스 부인이 갑자기 크리스털처럼 청량한 웃음소리를 냈다.

"그레이스토크 백작도 그렇게 시간이 흐를수록 안색이 퍼렇게 되곤 했어요. 보고 있으면 어찌나 우스웠던지!"

나는 뭐라고 대꾸해야 할지 몰랐다. 마침내 그녀의 허리에서 손을 떼며 한결 홀가분한 마음으로 그녀에게 담배를 권했다. 그녀는 담배를 거절하더니 백작들과 남작들, 자작들, 공작들에 대해 이런저런 이야기를 늘어놓았다. 나는 그녀를 바라보면서 우리가 함께 이 커튼 너머로 들어오게 된 정황을 떠올리려고 애를 썼다. 이윽고 바스락거리는 소리가 나며 커튼이 양쪽으로 열리더니 우리 앞에 브륜이 나타났다. 브륜은 내게는 눈길도 주지 않고 어설프게 발뒤꿈치를 딱 붙이며 쉰 목소리로 말했다.

"페르메테 부……"*

"비테,** 꼬마야." 모제스 부인은 매혹적인 미소를 지
으며 대답하고 내게도 눈부신 미소를 선사하더니 브륜에
게 안겨 쪽마루를 미끄러지듯 걸어갔다.

나는 숨을 헐떡이며 손수건으로 이마를 닦았다. 식탁
은 이미 말끔히 치워져 있었다. 구석에서 카드놀이 판을 벌
인 세 사람은 여전히 카드를 치는 중이었다. 시모네는 당구
실에서 당구를 치고 있었다. 올라프와 카이사는 사라지고
없었다. 볼륨을 최대로 올려 쿵쿵 울려 대는 음악 소리를
배경으로 모제스 부인과 브륜이 환상적인 춤 솜씨를 선보
이는 중이었다. 나는 조심스럽게 그 두 사람을 피해 당구실
로 향했다.

시모네가 큐를 휘두르며 내게 알은체를 하더니 귀중
한 시간을 단 1초도 허비하지 않고 공 다섯 개를 핸디캡으
로 잡아 주겠다고 제안했다. 나는 재킷을 벗고 소매를 걷어
올렸다. 그렇게 경기가 시작되었다. 나는 엄청난 수를 졌고
그 대가로 엄청난 수의 농담을 들어야 하는 벌을 받았다.
그러나 마음은 훨씬 홀가분해졌다. 나는 농담을 들으며 껄
껄 웃었지만, 실은 하나도 이해하지 못했다. 왜냐하면 죄다
무슨 쿼크며 왼쪽으로 씹는 소, 이국적인 이름의 교수들에
대한 이야기였기 때문이다. 나는 말 상대의 구슬림과 조소
에도 굴하지 않고 청량음료를 마셨다. 나는 공을 빗맞히며

과장되게 신음 소리를 내고 심장을 부여잡았다. 점수를 올릴 때면 지나칠 정도로 의기양양해했다. 그리고 새로운 규칙들을 만들어 내고 악착같이 그 규칙을 고수했다. 그뿐만 아니라 넥타이를 풀고 셔츠의 깃을 벌릴 정도로 흥분해 날뛰었다. 분명히 나는 기분이 좋았다. 시모네도 기분이 좋았다. 그는 상상도 할 수 없고 이론적으로 불가능한 공을 쳤고, 벽을 타고 달렸고 심지어 천장으로도 달린 것 같았다. 그리고 농담을 하는 사이사이 수학에 관한 노래를 목청껏 불렀다. 그는 나를 부를 때 연신 존칭을 생략했고 그럴 때마다 이렇게 말했다. "죄송합니다, 영감님! 빌어먹을 민주주의식 교육……!"

당구실의 활짝 열린 문으로 브륜과 춤을 추는 올라프며, 카드 테이블로 술을 담은 쟁반을 가져가는 주인장이며, 얼굴이 붉게 상기된 카이사가 언뜻언뜻 보였다. 음악은 여전히 쾅쾅 울렸고 카드를 치는 사람들은 스페이드를 외치거나, 하트로 이기거나, 다이아몬드를 내며 카드에 열중해 소리를 질러 댔다. 가끔 목쉰 소리가 들려왔다. "이것 좀 보시오, 드라블…… 반드를…… 듀……!" 언짢은 듯 잔으로 테이블을 툭툭 치는 소리가 나면 주인장의 말소리

---

* permette vous. 프랑스어로 '괜찮으시다면'.
** bitte. 프랑스어로 '고마워'.

가 이어졌다. "여러분, 신사 여러분! 돈은 하잘것없는 물건입니다……" 그러자 이번에는 모제스 부인의 크리스털처럼 맑은 웃음소리가 울려 퍼지더니 그녀의 말소리가 들렸다. "모제스, 뭐 하는 거예요, 스페이드는 이미 가져갔잖아요……" 잠시 후 몇 시인지 모르겠지만, 시계가 30분을 알렸고 식당에서 사람들이 의자를 움직이는 소리가 들려 밖을 보니 모제스가 술잔을 들고 있지 않은 손으로 듀 바른스토크르의 어깨를 툭툭 쳤고 곧 이런 말소리가 들렸다. "괜찮다면 모제스 부부는 자야 할 시간이오. 게임은 즐거웠소. 바른…… 듀…… 당신은 위험한 적수로군요. 안녕히 주무시오, 신사 여러분. 갑시다, 여보……" 잠시 후 시모네는 그의 표현을 빌리자면 연료가 다 떨어졌는데 나는 근심 걱정을 잊고 즐길 수 있는 흥을 다시 채워야 할 때라는 생각에 새 브랜디 병을 가지러 식당으로 간 기억이 난다.

홀에는 여전히 음악이 울리고 있었지만 듀 바른스토크르 외에 아무도 없었다. 그는 내 쪽을 등진 채 카드 테이블에 앉아 생각에 잠긴 표정을 하고 카드 두 벌로 기적을 펼치는 중이었다. 그는 가늘고 긴 손을 물 흐르듯 유연하게 움직이며 공중에서 카드를 끄집어내고, 활짝 펼친 손바닥에서 그 카드들이 사라지게 만들고, 카드 한 벌을 손에서 손으로 반짝이는 물줄기처럼 옮기고, 그 카드들을 허공에 부채처럼 벌리더니 사라지게 만들었다. 그는 나를 알아차리지 못했고 나도 굳이 그의 관심을 끌지 않았다. 나는 뷔페 테이블에서 술병을 챙겨 살금살금 당구실로 돌아갔다.

술병의 술이 반 조금 더 남았을 즈음 나는 엄청난 기세로 공을 쳐서 공 두 개를 당구대 밖으로 날려 버렸고 그 때문에 당구대의 천이 찢어지기까지 했다. 시모네는 좋아 날뛰었지만 나는 이만하면 충분하다는 사실을 깨달았다.

"그만합시다." 나는 이렇게 말하며 큐를 내려놓았다. "신선한 공기나 마시러 가야겠어요."

나는 이제 완전히 텅 빈 식당을 지나 홀로 내려가 정문 계단으로 나갔다. 재미있는 일은 아무것도 일어나지 않은 채 파티가 끝나고 말았다는 사실에, 모제스 부인과 함께할 기회를 날려 버렸고 아마도 듀 바른스토크르의 죽은 형제의 혈육에게 말도 안 되는 헛소리를 떠벌린 것 같다는 생각에, 달이 밝고 작고 얼음 같다는 생각에, 사방 몇 킬로미터를 가도 오로지 눈과 암벽밖에 없다는 사실에 까닭 없이 울적해졌다. 나는 야간 순찰을 마친 세인트버나드와 이야기를 시작했다. 개도 밤은 유난히 고요하고 적막하다고, 고독은 엄청난 장점에도 불구하고 쓸모없는 물건이라고 맞장구를 쳤지만 정작 자신의 울음소리나 적어도 나와 함께 짖는 소리로 골짜기를 채우자는 제안은 단호하게 거절했다. 내 설득에 대한 답으로 개는 고개를 가로젓더니 불만스러운 기색으로 자리를 떠나 정문 계단에 몸을 뉘었다.

나는 호텔 앞으로 눈을 말끔히 치운 좁은 길을 왔다 갔다 하면서 푸른 달빛이 눈부시게 반사되는 호텔의 전면을 멍하니 바라보았다. 주방의 창문들이 노랗게 빛났고, 모제스 부인의 침실 창문은 장밋빛으로 물들었으며, 듀 바른스 토크르의 방과, 또 식당에 쳐 놓은 커튼 뒤의 창문들에도 불이 켜져 있었다. 그렇지만 다른 창문들은 모두 컴컴했고 올라프의 방 창문은 아침과 마찬가지로 활짝 열려 있었다. 지붕에는 외투를 머리까지 감싼 수난자 힌쿠스의 모습이 고독하게 솟아 있었다. 그는 나와 렐처럼 고독할 뿐만 아니라 자신의 병과 그 공포라는 짐에 짓눌려 웅크린 불행한 사람이었다.

"힌쿠스!" 내가 소리 죽여 그를 불렀다. 하지만 그는 꼼짝도 하지 않았다. 졸고 있을지도 모르고 따뜻한 귀마개를 하고 옷깃을 바짝 세운 탓에 내 목소리가 들리지 않았을 수도 있었다.

나는 몸이 꽁꽁 얼어붙었기에 지금이야말로 예로부터 전해 오는 훌륭한 전통을 계승해 뜨거운 포트와인을 마셔야 할 때라고 흐뭇하게 생각했다.

"가자, 렐." 내가 말했다. 우리는 홀로 돌아갔다. 그곳에서 우리는 주인장과 마주쳤다. 나는 그에게 방금 떠올린 생각을 털어놓았고 전적으로 공감을 얻었다.

"벽난로 방에서 시간을 보내기에 지금만큼 적절한 때

도 없겠군요." 그가 말했다. "먼저 가 계세요, 페테르. 나는 술을 준비시키고 따라가죠."

나는 그의 말대로 먼저 벽난로 방으로 가서 불 앞에 자리를 잡고 앉아 추위에 곱은 두 손을 불에 녹이기 시작했다. 주인장이 홀을 지나가 카이사에게 뭔가를 지시한 후, 다시 홀을 걸어오는 소리에 이어 스위치가 찰칵거리는 소리가 들렸다. 잠시 후 그의 발소리가 잦아들더니 위층 식당에서 음악 소리가 끊어졌다. 그는 육중한 발걸음으로 계단을 내려와 다시 홀로 와서 소리를 낮춰 렐을 타이르기 시작했다. "안 돼, 안 된다고, 렐. 귀찮게 따라다니지 마." 그가 엄하게 타일렀다. "너 또 실례를 했더구나. 이번에는 아예 집 안에서 말이야. 올라프 씨가 내게 불평을 했어. 창피하지도 않니. 어느 예의 바른 개가 그렇게 행동한다던……?"

이런, 바이킹이 두 번이나 망신을 당한 모양이군. 나는 은근히 고소했다. 올라프가 식당에서 브륀과 위세 당당하게 춤추던 기억이 떠오르자 나는 더욱 통쾌했다. 그래서 렐이 발톱이 바닥을 긁는 사각사각 소리를 내면서 풀 죽어 고개를 푹 숙이고 내게 다가와 차가운 주둥이를 내 주먹으로 밀어 넣자 나는 녀석의 목을 토닥이며 이렇게 속삭였다. "잘했다, 얘야. 그 자식은 그렇게 당해야 해!"

바로 그 순간 내가 밟고 있는 바닥이 살짝 떨리고, 유리창이 투덜거리듯 덜그럭거리더니 저 멀리서 엄청난 꽝음이 들렸다. 렐이 고개를 번쩍 들고 귀를 쫑긋 세웠다. 나는 반사적으로 시계를 확인했는데, 10시 2분이었다. 나는 온몸을 긴장시킨 채 잠시 기다렸다. 쾅음은 다시 들리지 않았다. 위층 어디선가 힘껏 문을 여닫는 소리가 났고 주방에서 냄비들이 덜그럭거렸다. 카이사가 큰 소리로 말했다. "어머나 이게 무슨 일이람!" 내가 일어서려는데 때마침 발소리가 들리더니 벽난로 방으로 주인장이 뜨거운 술 두 잔을 가지고 들어왔다.

"들으셨습니까?" 그가 물었다.

"네. 무슨 소리입니까?"

"눈사태가 났어요. 그리 먼 곳이 아닙니다…… 페테르, 잠깐만요."

그가 술잔을 벽난로 선반에 올려놓고 방을 나갔다. 나는 술잔을 들고 다시 내 자리에 앉았다. 나는 완전히 평온을 되찾았다. 눈사태는 나를 놀라게 하지 못했고 레몬과 시나몬을 곁들여 뜨겁게 데운 포트와인은 그 어떤 상찬으로도 부족했다. '훌륭하군!' 나는 더 편안한 자세로 앉으며 생각했다.

"훌륭해!" 나는 소리 내어 말했다. "그렇지, 렐?"

렐은 자신이 마실 뜨거운 포트와인도 없건만, 반박하지 않았다.

주인장이 돌아왔다. 그는 자신의 술잔을 집어 들고 내

옆에 앉아 잠시간 말없이 발갛게 달아오른 석탄을 바라보 았다.

"큰일 났어요, 페테르." 마침내 주인장이 나지막한 소리로 진지하게 말했다. "우리는 외부 세계로부터 고립되었어요."

"이제 어떻게 하죠?" 내가 물었다.

"휴가가 언제까지인가요, 페테르." 그는 여전히 목소리를 죽인 채 물었다.

"음, 20일까지입니다. 그건 왜 물으시죠?"

"20일까지라." 그가 천천히 되풀이해 말했다. "2주 넘게 남았군요…… 그렇다면 늦지 않게 업무에 복귀하실 수 있을 겁니다."

나는 잔을 무릎으로 내리고 알쏭달쏭한 말만 늘어놓는 그를 비꼬듯 바라보았다.

"솔직하게 말해요, 알레크." 내가 말했다. "에둘러 말하지 말고요. 무슨 일입니까? 그 남자가 마침내 돌아오기라도 했나요?"

주인장이 만족스러운 듯 히죽 웃었다.

"아니요. 천만다행으로 아직 오지 않았습니다. 우리끼리만 알고 있죠. 당신에게나 하는 이야기지만 그 사람은 가끔 변덕을 부리고 싸움 걸기를 좋아하는 타입이었어요. 그러니 그 사람이 돌아온다면…… 그나저나 망자에 대해서는 좋은 이야기만 해야겠죠. 산 사람들에 대해 이야기합시다. 당신에게 2주의 여유가 있다니 다행이군요. 아무래도 그 전에는 구조대가 오지 못할 것 같거든요."

이제 상황이 파악되었다.

"길이 막혔군요?"

"네. 방금 뮈르에 전화를 걸어 봤어요. 전화가 먹통이에요. 그 말은 지난 몇십 년 동안 몇 번이나 일어났던 그 상황을 의미할지 모른다는 뜻이죠. 내 골짜기로 들어오는 유일한 통로인 병목고개가 눈사태로 막힌 거예요."

그가 술을 한 모금 마셨다.

"어떻게 된 상황인지 금세 알아차렸죠." 그가 말을 이었다. "굉음이 북쪽에서 들리더군요. 이제 우리는 기다리는 수밖에 없어요. 누군가 우리를 떠올리고 구조대를 조직할 때까지……"

"여기에 물은 남아돌죠." 내가 생각에 잠겨 말했다. "그런데 설마 우리가 서로를 잡아먹지는 않겠죠?"

"그럼요." 주인장이 애석한 티를 숨기지 않으며 대답했다. "당신이 다양한 메뉴를 찾지 않는다면. 미리 말해 두죠. 카이사는 당신에게 못 줘요. 대신 듀 바른스토크르 씨를 뜯어먹어요. 오늘 내게서 70크론을 뜯어 갔으니까요. 늙다리 사기꾼 같으니라고."

"연료 재고는 어때요?" 내가 물었다.

"내가 개발한 영구기관이 있는 한 연료가 떨어지는 날은 없을 거예요."

"음……" 내가 말했다. "그거 나무로 만들었죠?"

주인장이 나를 비난하듯 바라보았다. 그러더니 이렇게 말했다.

"페테르, 주류 재고는 왜 안 물어보나요?"

"그쪽은 어떤데요?"

"술이라면," 주인장이 으스대며 말했다. "그쪽은 만반의 준비가 되어 있죠. 담금주만으로 120병이나 있거든요."

우리는 차분하게 술을 홀짝이며 잠시 조용히 석탄을 바라보았다. 그 어느 때보다 기분이 좋았다. 나는 방금 발생한 상황이 앞으로 어떻게 전개될지 생각해 보았다. 요모조모 생각하면 할수록 더 마음에 들었다. 주인장이 느닷없이 이야기를 시작했다.

"페테르, 솔직하게 털어놓자면 걱정거리가 하나 있어요. 좋은 고객들을 잃을 것 같은 느낌이 들어요."

"잃다뇨?" 내가 물었다. "오히려 살이 통통하게 오른 파리 여덟 마리가 당신의 거미줄에 걸려든 게 아닌가요. 그들은 이제 최소 2주 전에는 빠져나갈 방도가 전혀 없어요. 이렇게 훌륭한 광고가 어디에 있습니까! 훗날 이 손님들은 산 채로 묻혔다가 하마터면 서로 잡아먹을 뻔했다고 떠들어 댈 거예요……"

"그건 그렇죠." 주인장이 만족스러운 듯 인정했다. "나도 그런 생각이 들더군요. 그런데 파리들이 더 늘어날지도 몰라요. 힌쿠스 씨의 친구분들이 이곳에 도착할 예정이었거든요."

"힌쿠스의 친구들요?" 나는 깜짝 놀랐다. "그 사람이 친구들이 올 거라고 말하던가요?"

"아니요. 엄밀히 말해서 그런 건 아니에요…… 힌쿠스가 뮤르의 전신국에 전화를 걸어서 전보를 불러 주더라고요."

"그래서요?"

주인장이 손가락을 들고 연설하듯 말했다.

"'뮤르, "죽은 등산가" 호텔. 기다리고 있다. 서두르기를.' 이런 내용이었어요."

"힌쿠스에게 친구들이 있어서 그의 고독을 함께하기로 했을 거라는 생각은 꿈에도 못 했군요. 하기야…… 안 될 것도 없죠. 푸르쿠아 파……"

제7장

    자정이 다 되어 갈 무렵 우리는 뜨거운 포트와인 한 병을 끝장내고 어떻게 하면 나머지 손님들에게 그들이 산 채로 이곳에 갇혔다는 사실을 좀 더 효과적으로 알릴 수 있을지 의견을 나누었고 세계가 겪고 있는 몇 가지 문제들도 해결했다. 이를테면, 인류가 기아를 겪게 될 운명인가. (그렇다, 그럴 운명이다. 하지만 그때가 되면 우리는 이미 없을 것이다.) 자연계에는 인간의 의식으로 인지할 수 없는 존재가 있을까. (그렇다, 있다. 하지만 우리는 이 존재를 결코 인지하지 못한다.) 세인트버나드 렐은 이성을 가지고 있을까? (그렇다, 가지고 있다. 하지만 머저리 같은 과학자들에게 그 사실을 납득시키기란 불가능하다.) 이른바 열죽음*이 우주에 위협이 될까? (아니다, 주인장의 헛간에 1형은 물론 2형 영구기관이 있다는 사실을 감안하

---

    * 우주 종말의 한 가지 가능성으로 생명을 유지할 자유에너지가 없는 상태를 말한다.

면 위협이 되지 않는다.) 브륜의 성별은 무엇인가. (나는 어느 쪽인지 결국 증명하지 못했는데, 주인장은 괴상한 브륜이 좀비인데, 마법으로 되살아난 망자이므로 성별은 중요하지 않다는 해괴망측한 논리를 주장했다.)

카이사가 식당에서 뒷정리를 하고 설거지를 끝낸 후 와서 자러 가도 되느냐고 물었다. 우리는 그녀에게 가서 쉬라고 했다. 그녀의 뒷모습을 눈으로 좇으면서 주인장은 내게 외로움을 호소하며 아내가 떠나 버렸다고 했다. 아니 떠났다고는 할 수 없었다…… 그렇게 간단하게 말할 상황은 아니었다…… 어쨌든 간단히 말해서 지금 그에게 아내는 없다. 나는 그에게 카이사와 결혼하지 말라고 충고했다. 첫째, 그 결혼으로 사업에 지장이 생길지도 몰랐다. 둘째, 카이사는 남자를 너무 좋아하기 때문에 좋은 아내가 될 수 없을 것이다. 주인장은 내 말이 다 옳다고 맞장구를 치며 자신도 생각을 많이 해 봤지만 결국 같은 결론에 도달했다고 했다. 그러면서도 그는 우리가 영원히 이 골짜기에 갇혀 있으면 자신은 누구와 결혼을 하느냐며 푸념을 늘어놓았다. 나는 그에게 무슨 말을 해 줄 처지가 아니었다. 기껏 한다고 한 말이 내가 결혼을 두 번 하는 바람에 그의 즉, 주인장의 한도를 다 써 버린 것 같다는 고백이었다. 터무니없는 발상이었다. 주인장이 내게 모든 것을 용서했지만 나는 여전히 스스로가 이기적이고 가까운 사람의 이익을 갈취한 것 같았다. 이 파렴치한 행동에 대해 조금이나마 보상하기 위해서 나는 그에게 복권을 위조하는 기술의 상세한 부분을 모두 알려 주기로 했다. 주인장은 내 이야기를 주의 깊게 들었지만, 나는 그것만으로는 부족한 것 같았다. 그래서 나는 모든 내용을 기록해 두라고 했다. "정말 잊어버릴 거예요!" 내가 필사적으로 반복했다. "술이 깨면 다 잊어버릴 거라고요……" 주인장은 자신이 정말로 모든 것을 잊어버릴까 봐 깜짝 놀라며 실제로 해 보자고 했다. 아마 세인트 버나드 렐이 불쑥 뛰어올라 굵직하게 컹 하고 짖은 게 바로 그때였을 것이다. 주인장이 개를 노려보았다.

"어처구니가 없군!" 그가 엄하게 말했다.

렐은 두 번 컹컹 짖은 후 홀로 나갔다.

"그렇군." 그가 일어나며 이렇게 말했다. "누가 왔어요."

우리는 렐을 따라갔다. 우리는 객을 환영하는 마음으로 가득했다. 렐이 정문 앞에 서 있었다. 문 뒤에서 뭔가가 긁어 대고 개가 구슬프게 우는 듯한 묘한 소리가 들렸다. 나는 주인장의 팔을 잡았다.

"곰인가 봐요!" 내가 소곤거렸다. "회색곰! 소총 있어요? 어서 가져와요!"

"곰은 아닌 것 같아요." 주인장이 쉰 듯한 목소리로 말했다. "마침내 그 사람이 왔나 봅니다. 문을 열어야겠어요."

"열지 말아요!" 내가 만류했다.

"열어야 해요. 그 사람이 2주 치 숙박비를 지불했는데, 한 주밖에 지내지 않았거든요. 우리는 권리가 없어요. 그랬다가는 숙박업 허가가 취소될 거예요."

문 뒤에서는 여전히 긁어 대고 울어 대는 소리가 났다. 그런데 렐의 행동이 좀 이상했다. 개는 문에 옆으로 붙어 서서 이따금 요란하게 코를 위로 뻗어 킁킁거리며 뭔가를 묻는 듯한 표정으로 문을 바라보았다. 내게는 그런 모습들이 개가 유령을 처음 만났을 때 할 만한 행동으로 보였다. 내가 문을 열지 말아야 할 법적 근거를 떠올리려고 필사적으로 머리를 굴리는 동안, 주인장이 독자적으로 결정을 내렸다. 그는 과감하게 손을 뻗어 빗장을 뺐다.

문이 열렸다. 그리고 우리의 발치로 온통 눈을 뒤집어쓴 사람의 형체가 천천히 기어왔다. 우리 셋은 그에게 와락 달려들어 홀로 끌어들인 후 바로 눕혔다. 온통 눈을 뒤집어쓴 사람이 신음하며 몸을 뻗었다. 그의 눈은 감겼고 길쭉한 코에 핏기라고는 없었다.

주인장은 단 1초도 허비하지 않고 신속하게 행동에 나섰다. 우선 카이사를 깨워 물을 데우라고 했다. 그리고 낯선 이의 입으로 뜨거운 포트와인 한 잔을 흘려 넣고, 모직 장갑으로 그의 얼굴을 문지르더니 그를 샤워장으로 데리고 가야 한다고 했다. "이 사람의 겨드랑이를 부축해요, 페테르." 그가 지시를 내렸다. "내가 발을 들게요……" 나는 그의 말대로 부축하다가 깜짝 놀랐다. 그는 팔이 하나밖에 없었는데, 오른쪽 팔이 어깨까지 없었다. 우리는 그 딱한 처지의 사람을 샤워장까지 옮겨 가서 의자에 앉혔다. 이윽고 나이트셔츠만 입은 카이사가 달려오자 주인장은 내게 나머지는 자신이 알아서 하겠다고 말했다.

나는 벽난로 방으로 돌아와 남은 내 술을 다 비웠다. 머리는 맑았다. 그리하여 놀라운 속도로 사실을 분석해 이리저리 끼워 맞출 수 있었다. 그 사람의 옷차림은 계절과 전혀 맞지 않았다. 그는 꼭 끼는 재킷을 입었고 바지도 솔았으며 신고 있는 구두도 고급이었다. 이런 곳에서 그렇게 입을 수 있으려면 자동차를 타고 다니는 사람일 수밖에 없다. 그 말은 그의 차에 문제가 생겨서 호텔까지 걸어올 수밖에 없었다는 뜻이다. 그리고 그토록 기진맥진하고 몸이 꽁꽁 언 것을 보면 꽤 먼 곳이었을 것이다. 문득 나는 상황이 이해되었다. 모든 것이 명확했다. 그는 자동차를 타고 여기로 오는 길에 병목고개에서 눈사태를 만났을 것이다. 그는 힌쿠스의 친구였다. 아니라면 누구겠는가! 힌쿠스를 깨워야 한다…… 어쩌면 그 차에 움직일 수 없을 정도로 부상을 당한 일행이 있을지 몰랐다. 이미 사망자가 나왔을지도 모른다…… 힌쿠스에게 알려야 했다……

나는 벽난로 방에서 튀어나와 2층으로 올라갔다. 샤워장 옆을 뛰어가는데, 물이 콸콸 쏟아지는 소리며 주인장이 카이사에게 빠릿빠릿하게 굴지 못한다고 목소리를 죽인 채 속사포처럼 쏘아 대는 소리가 들렸다. 복도는 불이 꺼져 있어서 나는 스위치를 찾아 한참 더듬거렸고, 다시 더 한참 힌쿠스의 방문을 두드렸다. 힌쿠스는 대답하지 않았다. 아직까지 지붕에 올라가 있는 건가! 나는 경악했다. 그곳에서 잠이 들어 버렸나? 혹시 동사라도 했으면 어쩌지? 나는 쏜살같이 지붕으로 나가는 계단으로 달려갔다…… 역시 그는 지붕에 앉아 있었다. 아까와 같은 자세로 커다란 옷깃 속으로 머리를 파묻고 손을 소매에 집어넣은 채 음울한 분위기를 풍기며 앉아 있었다.

"힌쿠스!" 내가 소리쳤다.

그는 꼼짝도 하지 않았다. 나는 그에게 달려가 어깨를 잡고 흔들었다. 다음 순간 나는 기겁했다. 느닷없이 힌쿠스가 내 손길에 스르르 넘어가나 싶더니 묘한 형태로 허물어졌기 때문이다.

"힌쿠스!" 나는 어찌할 바를 몰라 그를 큰 소리로 부르며 자신도 모르게 그를 붙잡으려 했다.

외투의 앞섶이 벌어지며 눈덩이 몇 개가 쏟아져 나왔고 모피 모자가 굴러떨어졌다. 그제야 나는 그곳에 힌쿠스는 없고 그 대신 그의 코트를 입은 눈사람뿐임을 깨달았다. 그 순간 비로소 술기운이 싹 가셨다. 재빨리 주위를 돌아보았다. 자그마하고 환한 달이 내 머리 위에 걸려 있었다. 덕분에 사방이 낮처럼 훤히 보였다. 지붕에는 발자국이 상당히 많았다. 하지만 모두 똑같이 생겨서 누구의 발자국인지 구별할 수 없었다. 긴 의자 옆의 눈은 밟히고, 흩어지고, 파헤쳐져 있었다. 그곳에서 몸싸움을 했거나 허수아비를 만들려고 눈을 모으기만 했을 것이다. 시선이 가닿는 한 눈 덮인 골짜기에는 인적이 없고 발자국 같은 것도 전혀 보이지 않았다. 북쪽으로 나 있는 까만 띠 같은 길이 병목고개로 들어가는 입구를 뒤덮은 청회색 안개 속에서 자취를 감추었다.

잠깐. 나는 냉정을 잃지 않으려고 애쓰며 생각했다. 힌쿠스는 대체 왜 이런 연출을 해야 했을까. 그가 지붕 위에 앉아 있다고 우리가 생각하게 하려고 그랬을 것이다. 그 시각 힌쿠스는 완전히 다른 장소에 있었고 자신의 용무를 처리했을 것이다…… 가짜 결핵 환자, 사기 환자…… 어디에서 무슨 짓을 했을까? 나는 다시 지붕 위를 조심스럽게 둘러보며 발자국과 남은 흔적들에서 실마리를 찾아보려 했지만 아무것도 알아낼 수 없었다. 눈을 뒤지다가 술병 두 개를 찾았는데, 하나는 빈 병이었고 다른 하나에는 브랜디가 남아 있었다. 미처 다 마시지 못한 브랜디를 본 순간 나는 어떤 사실을 깨달았다. 구두쇠 힌쿠스가 브랜디에 최소 5크론을 날려도 된다고 생각한 순간부터 상황은 정말 심각한 양상으로 굴러가기 시작했음을 깨달은 것이다. 나는 천천히 2층으로 내려가 다시 힌쿠스의 방문을 두드렸다. 이번에도 아무도 대답하지 않았다. 속는 셈 치고 손잡이를 눌렀다. 문이 열렸다. 돌발 상황에 마음의 준비를 한 후 어둠 속에서 내게 가해질지도 모르는 공격을 차단하려고 손을 앞으로 쑥 내밀고 방으로 들어가 재빨리 벽을 더듬어서 전기 스위치를 찾아 불을 켰다. 그곳에는 모든 것이 이전 그대로인 것 같았다. 그런데 전에 본 자리에 놓인 가방은 둘다 열려 있었다. 당연히 힌쿠스는 거기 없었다. 그를 그곳에서 마주치리라 기대하지도 않았다. 나는 가방 옆에 웅크리고 앉아 그 안을 들여다보며 다시 꼼꼼하게 내용물을 조사했다. 두 가방 모두 내용물은 대체로 그대로였는데 한 가지 작은 예외가 있었다. 금시계와 권총이 사라지고 없었다. 힌쿠스가 도주했다면 돈도 같이 가져갔을 것이다. 두툼하고 묵직한 돈뭉치 말이다. 즉, 그는 도주하지 않았다. 그는 아직 여기에 있다. 잠시 이곳을 뜨더라도 돌아올 작정인 것이다.

한 가지 사실만은 명확했다. 모종의 범죄가 준비되고 있었다. 어떤 범죄일까? 살인? 강도? 나는 머릿속에서 살인을 얼른 지워 버렸다. 이곳의 손님 중 누군가가 살해당할지 모른다는 상상이 도무지 되지 않았고 살해 동기도 떠오르지 않았다. 하지만 누군가 듀 바른스토크르의 방문 아래로 밀어 넣고 간 경고장이 떠오르자 좋지 않은 예감이 들었다. 그렇지만 그 내용으로 보아 듀 바른스토크르가 도주하려고 할 경우에만 그를 죽이려는 것이 분명했다……

나는 불을 끄고 복도로 나와 문을 닫았다. 듀 바른스토크르의 방으로 가 손잡이를 만져 보았다. 문은 잠겨 있었다. 그래서 문을 두드렸다. 아무도 대답하지 않았다. 나는 다시 두드리고 열쇠 구멍에 귀를 갖다 댔다. 분명히 듀 바른스토크르가 잠에 취해 잘 알아들을 수 없는 목소리로 대답을 했다. "잠깐만요. 곧 나갑니다……" 노인은 살아 있었고 도주할 작정도 아니었다. 나는 그에게 상황을 설명하고 싶지 않았기에 층계참으로 얼른 뛰어가 지붕으로 나가는 계단 아래 벽에 몸을 딱 붙였다. 잠시 후 열쇠가 돌아가는 소리에 이어 문이 삐걱 열리는 소리가 들렸다. 듀 바른스토크르의 놀란 목소리가 들렸다. "별일이 다 있군……" 다시 문이 삐걱거리는 소리와 다시 열쇠가 찰칵 돌아가는 소리가 들렸다. 이곳은 아무 문제가 없다. 적어도 당분간은.

아니다. 나는 생각의 고삐를 당겼다. 살인은 당연히 헛소리일 뿐이다. 누군가 그에게 남긴 쪽지는 장난이거나 주의를 다른 곳으로 돌리게 하려는 미끼일 것이다. 그렇다면 강도는 어떨까? 이 호텔에서 강도의 표적이 될 만한 사람은 누굴까? 내가 아는 한, 지금 호텔에 있는 부자는 두 명이다. 모제스와 주인장. 그래, 바로 이거야. 두 사람의 방은 모두 1층에 있다. 모제스의 방은 남쪽 동에 있고, 주인장의 금고는 북쪽 동에 있다. 홀에서 양쪽 동으로 갈라진다. 내가 홀에 잠복한다면…… 하지만 식당에서 주방을 지나 뷔페를 통과해 위층에서 주인의 사무실로 침입할 가능성도 있다. 그렇다면 뷔페의 문을 밖에서 잠가 버리면 어떨까…… 오늘 밤은 홀에서 보내자. 그러면 내일 결과를 알 수 있겠지. 문득 팔 한쪽이 없는 낯선 이가 떠올랐다. 음…… 모든 사실로 볼 때, 그는 힌쿠스의 친구이며 따라서 공범이다. 그는 정말로 사고를 당했을 수도 있고, 모든 것이 지붕에 마련해 둔 눈사람 같은 한 편의 촌극일 수도 있다…… 이런 걸로 우리를 속여 먹을 수는 없을 거요, 당신들 두 사람!

나는 홀로 내려갔다. 샤워장에는 이제 아무도 없었다. 홀의 한가운데에 밑단이 다 젖은 나이트셔츠 차림의 카이사가 다 젖고 꾸깃꾸깃해진 그 사람의 옷을 한 아름 들고 서 있었다. 남쪽 동의 복도가 환하게 밝혀져 있었다. 벽난로 방의 맞은편 빈방에서 주인장의 웅얼거리는 굵직한 목소리가 새어 나왔다. 아마 그 사람에게 그 방을 내준 것 같았다. 그러는 편이 최선이었을 것이다. 현명한 판단이었다. 산송장 같은 이를 2층으로 끌고 갈 수는 없을 테니까……

마침내 정신을 차린 카이사가 제 거처로 돌아가려고 막 걸음을 떼는데 내가 멈춰 세웠다. 나는 그녀에게서 옷을 받아 주머니를 뒤졌다. 몹시 놀랍게도 주머니는 모두 텅 비어 있었다. 말 그대로 아무것도 없었다. 돈도, 신분증도, 담배도, 손수건도 아무것도 말이다.

"지금 그 남자는 뭘 입고 있지?" 내가 물었다.

"그게 무슨 말이에요?" 카이사가 이렇게 되묻자 나는 더 이상 묻지 않았다.

나는 카이사에게 옷가지를 돌려준 후 남자를 직접 만나러 갔다. 그는 턱 밑까지 이불을 끌어 올린 채 침대에 누워 있었다. 주인장은 숟가락으로 뭔가 뜨거운 음료를 먹이며 이렇게 말했다. "마시세요, 손님. 그래야 해요…… 땀을 내야 해요…… 땀을 쭉 빼야 한다고요……" 솔직히 그는 꼴이 말이 아니었다. 얼굴은 시퍼렇게 얼었고 뾰족한 코끝은 핏기가 없어 백지장 같고 한쪽 눈은 팅팅 부어 살짝 감겨 있고 나머지 눈은 아예 감겨 있었다. 그는 숨을 쉴 때마다 가늘게 신음 소리를 냈다. 이자가 누군가의 공범이라고 해도 이래서는 아무 소용이 없었다. 하지만 나는 몇 가지 질문을 해야 했다. 만약을 위해서.

"혼자 오셨습니까?" 내가 물었다.

그가 퉁퉁 부은 눈으로 말없이 나를 바라보더니 조용하게 신음했다.

"차에 남아 있는 사람이 있습니까?" 나는 또박또박하게 물었다. "아니면 혼자 운전해 왔습니까?"

낯선 이가 입을 조금 벌려서 잠시 숨을 쉬고는 다시 입을 다물었다.

"쇠약해진 상태예요." 주인장이 말했다. "온몸이 만신 창이가 됐어요."

"젠장." 내가 소리 죽여 말했다. "당장 누가 병목고개 에 가 봐야 해요."

"맞아요." 그도 동의했다. "혹시 누가 남아 있을지 모 르니…… 눈사태를 만난 것 같아요."

"당신이 가 봐야 해요." 내가 힘주어 말했다. 그 순간 낯선 이가 말을 했다.

"올라프." 그의 말투에서는 아무 감정도 느껴지지 않 았다. "올라프 안드…… 바…… 라포르스를…… 불러 주세 요."

나는 다시 한번 충격을 받았다.

"알겠습니다." 주인장은 이렇게 대답하며 음료가 든 잔을 테이블에 내려놓았다. "지금 불러오겠습니다."

"올라프……" 낯선 이가 다시 그 이름을 불렀다.

주인장이 나가자 내가 그의 자리에 앉았다. 나는 바보 가 된 기분이었다. 동시에 무거웠던 마음이 약간 가벼워졌 다. 내가 쌓아 올렸던, 모든 점에서 확실해 보인 음울한 계 획이 저절로 허물어졌기 때문이다.

"혼자 오셨습니까?" 내가 다시 물었다. "부상을 입은 일행이 있습니까?"

"혼자……" 낯선 이가 신음하듯 말했다. "사고…… 올라프를 불러 주세요…… 올라프 안드바라포르스는 어디 있습니까?"

"여기 있습니다. 여기요." 내가 대답했다. "곧 올 겁니다."

그가 눈을 감고 말문을 닫았다. 나는 의자 등에 편히 몸을 기댔다. 이제 됐다. 그나저나 힌쿠스는 어디로 사라졌을까? 그리고 주인장의 금고는 안전할까? 머릿속이 온통 뒤죽박죽이었다.

주인장이 눈썹을 추켜세우고 입을 굳게 다문 채 돌아왔다. 그는 내 귀로 몸을 숙이더니 소곤거렸다.

"묘한 일이 벌어졌어요, 페테르. 올라프가 대답을 하지 않아요. 문은 잠겨 있고 그곳에서 한기가 새어 나오고요. 그리고 예비 열쇠들이 감쪽같이 사라졌어요……"

나는 그의 사무실에서 슬쩍 가져갔던 열쇠 꾸러미를 주머니에서 슬며시 꺼내 그에게 건넸다.

"아하." 주인장이 대꾸했다. 그가 열쇠를 받았다. "……상관없어요. 페테르, 함께 갑시다. 예감이 영 좋지 않아요……"

"올라프……" 낯선 이가 신음했다. "올라프는 어디 있습니까?"

"곧 옵니다. 곧." 내가 그에게 대답했다. 두 볼에 경련이 일어나는 것 같았다. 우리는 복도로 나왔다. "잠깐, 알레크." 내가 말했다. "카이사를 여기로 불러요. 그리고 우리가 돌아올 때까지 꼼짝 말고 저 청년 옆에 앉아 있으라고 해요."

"그러죠." 주인장은 다시 눈썹을 치켜뜨며 말했다. "역시 심상치 않은 일이 벌어지고 있군요…… 뭔가가 벌어질 것 같아요……"

그는 종종걸음으로 자신의 거처로 향했고 나는 느긋하게 계단으로 발걸음을 옮겼다. 몇 계단 올라갔을 때 뒤쪽에서 주인장의 엄한 말소리가 들렸다.

"이리 온, 렐. 여기 앉아…… 앉아. 아무도 지나가게 하면 안 된다. 아무도 지나가게 하지 마."

그는 어느새 2층 복도에서 나를 따라잡았다. 우리는 함께 올라프의 방으로 갔다. 문을 두드리는데, 그 순간 바로 코앞으로 문에 붙은 쪽지가 눈에 들어왔다. 쪽지는 눈높이에 맞춰 핀으로 꽂혀 있었다. '약속한 대로 왔지만 못 만났습니다. 혹시 설욕전을 원하시는 마음에 변함이 없다면 11시까지 상대해 드리겠습니다. 듀 B.'

"이 쪽지를 아까 보셨습니까?" 내가 주인장에게 재빨리 물었다.

"네. 말할 시간이 없었어요."

나는 다시 문을 두드린 후 대답을 기다리지도 않고 주인장의 손에서 열쇠를 낚아챘다.

"어떤 거죠?" 내가 물었다.

주인장이 가리켰다. 나는 열쇠를 열쇠 구멍에 넣고 돌렸다. 제기랄. 문이 안쪽에서 잠긴 채로 열쇠가 꽂혀 있었다. 내가 문을 밀며 고군분투하는데 옆방의 문이 열렸다. 그리고 아직 잠기운을 다 쫓지 못했지만 여전히 온화한 듀 바른스토크르가 가운의 허리띠를 여미며 나왔다.

"무슨 일입니까, 여러분?" 그가 물었다. "왜 잠도 못 자게 하시는 겁니까?"

"정말 죄송합니다, 듀 바른스토크르 씨." 주인장이 사과를 건넸다. "하지만 지금 상황으로 미루어 신속한 조치를 취해야 하거든요."

"아, 그렇군요." 듀 바른스토크르가 흥미를 감추지 못한 채 대답했다. "내가 방해가 되지 않기를 바랍니다."

나는 안쪽에 꽂힌 열쇠를 떨어트린 후 몸을 곧게 폈다. 문틈으로 겨울의 한기가 새어 나왔다. 그 순간 나는 이 방도 힌쿠스의 방처럼 텅 비어 있으리라 확신했다. 열쇠를 돌리자 문이 활짝 열렸다. 싸늘한 냉기의 파도가 나를 덮쳤지만 거의 느끼지 못했다. 그곳은 빈방이 아니었다. 바닥에 사람이 누워 있었다. 복도에서 들어오는 불빛으로는 누구인지 얼굴을 알아보기 힘들었다. 내게는 입구 쪽으로 뻗은 거대한 구두 밑창만 보일 뿐이었다. 나는 안으로 들어가 불을 켰다.

바닥에 누워 있는 사람은 코눙그족의 진정한 후예이 자 용맹한 신인 올라프 안드바라포르스였다. 그는 누가 봐 도 명백하게 숨이 끊어져 있었다.

제8장

나는 창문마다 꼼꼼히 걸쇠를 걸어 잠근 후 올라프의 가방을 들고 조심스럽게 시신을 넘어서 복도로 나왔다. 어느새 주인장은 방을 봉인할 종이띠와 접착제를 준비해 놓고 나를 기다리고 있었다. 듀 바른스토크르는 자리를 떠나지 않고 한쪽 어깨를 벽에 기댄 채 서 있었는데, 삽시간에 20년은 더 늙은 것처럼 보였다. 그의 귀족적인 양쪽 볼살이 축 늘어졌고 유감이라는 듯 부르르 떨렸다.

"어떻게 이런 끔찍한 일이!" 그가 황망한 표정으로 나를 보며 중얼거렸다. "어떻게 이런 악몽 같은 일이……!"

나는 문을 닫고 종이띠 다섯 장으로 봉인한 후 띠마다 두 번씩 서명을 했다.

"어떻게 이런 끔찍한 일이!" 내 등 뒤에서 듀 바른스토크르가 중얼거렸다. "이제 설욕전은 없겠군…… 아무것도 없어……"

"방으로 돌아가십시오." 내가 그에게 말했다. "문단속을 잘하고 제가 부를 때까지 기다리세요…… 아, 잠깐만요. 이 쪽지는 당신이 쓰셨습니까?"

"그렇습니다." 듀 바른스토크르가 대답했다. "내가 썼죠……"

"알겠습니다. 이 문제는 나중에 다시 이야기하죠." 내가 말했다. "이제 가 보세요." 나는 주인장에게로 돌아섰다. "열쇠 두 개는 내가 다 가지고 있을게요. 열쇠는 더 없죠? 좋아요. 한 가지 부탁이 있어요, 알레크. 당분간 그…… 외팔이 남자에게는 아무 말도 하지 마세요. 그가 많이 불안해하면 아무 이야기라도 지어내요. 차고를 확인해 봐요. 차가 다 잘 있는지…… 아, 그리고 하나 더. 혹시 힌쿠스를 보면 붙잡아 둬요. 필요하면 완력이라도 쓰고요. 지금은 이 정도로 하죠. 나는 내 방에 가 있겠습니다. 그리고 아무에게도 이야기하지 마세요, 알았죠?"

주인장은 말없이 고개를 끄덕이고 아래층으로 내려갔다.

내 방으로 돌아온 나는 올라프의 여행 가방을 지저분한 테이블 위에 올리고 열었다. 이 가방 역시 평범한 여행객의 것이라 보기 어려웠다. 오히려 힌쿠스의 가짜 가방보다 더 지독했다. 힌쿠스의 가방에는 적어도 넝마와 책이 있었다. 올라프의 납작하고 고급스러운 가방에는 기계장치 같은 것이 안쪽의 공간을 꽉 차지하며 들어 있었다. 그 장치라는 것은 표면이 거칠거칠한 검은색 금속 상자로 ……
알록달록한 단추들과 작은 유리 계기반, 니켈로 된 보조 눈
금들이 달려 있었다…… 속옷도, 잠옷도, 세면도구도 없었
다…… 나는 가방을 닫고 의자에 푹 주저앉아 담배를 피우
가 시작했다.

좋아. 지금 우리에게 있는 건 뭐지, 글렙스키 경위? 깨
끗한 시트를 깔고 이불을 덮고 누워 달콤한 잠에 빠져 있는
것 말고. 평소보다 좀 더 일찍 일어나 눈으로 온몸 마사지
를 하고 스키로 골짜기 주위를 한 바퀴 도는 것 말고. 잠시
후 즐겁게 점심을 먹고 당구를 한판 하고, 모제스 부인에게
추파를 던지다가 저녁이 되면 뜨거운 포트와인 한 잔을 들
고 벽난롯가에 편안하게 자리를 잡는 것 말고. 4년 만에 처
음으로 보내는 휴가다운 휴가의 하루하루를 만끽하는 것
말고…… 이 모든 것들 말고 우리에게 있는 건 뭐지? 우리
에게 막 숨이 끊어진 시신이 있다. 야만적인 살인. 지겨운
법적 혼란.

좋아. 3월 3일, 0시 24분 나, 글렙스키 경위는 선량한
시민인 알레크 스네바르와 듀 바른스토크르의 참관하에
올라프 안드바라포르스의 시신을 발견했다. 시신은 앞서
언급한 안드바라포르스의 객실에 있었으며, 그 객실은 안
쪽에서 잠겨 있었지만 창문은 활짝 열려 있었다. 시신은 바
닥에 사지를 뻗은 채 엎드린 자세였다. 시신의 머리는 야

149

만스럽고 부자연스러운 형태로 백팔십도 돌아가 있었으므로, 몸통이 엎드린 자세에서도 얼굴은 천장을 향해 있었다. 두 팔은 쭉 뻗어 있어서 피살자의 유일한 짐인 그리 크지 않은 여행 가방에 거의 닿아 있었다. 그 가방은 피살자의 유일한 짐이었다. 피살자의 오른손에는 선량한 시민 카이사의 것으로 알려진 나무 구슬을 엮은 목걸이가 쥐어져 있었다. 피살자의 얼굴은 뒤틀려 있었고 눈은 크게 떴고 입은 치아가 드러나 있었다. 입가에서 유독한 화학약품의 냄새가 미미하지만 확실히 났다. 석탄산일 수도 있고 포르말린일 수도 있다. 객실에는 몸싸움을 보여 주는 확실하고도 결정적인 증거가 없다. 침대 시트는 구겨져 있고, 벽장의 문이 살짝 열려 있었으며, 비슷한 구조의 객실에서는 테이블 곁에 놓여 있는 무거운 안락의자가 크게 밀려나 있었다. 창턱에는 아무 흔적이 없었으며 눈으로 덮인 코니스*에도 아무 흔적이 보이지 않았다. 열쇠의 톱니 부분에도 흔적은 (나는 주머니에서 열쇠를 꺼내 다시 한번 꼼꼼히 살펴보았다) 없었으며…… 열쇠의 톱니 부분에도 육안으로 확인했을 때 별다른 흔적은 발견되지 않았다. 과학수사대와 감식 도구들, 연구소가 없으니 부검이나 지문 채취, 여러 전문적인 조사를 진행할 가능성은 없다(그리고 없을 것이다). 모든 사실로 미루어, 올라프 안드바라포르스는 무지막지한 힘으로 잔혹하게 목이 비틀린 결과 사망했다.

입에서 났던 이상한 냄새가 무엇인지는 알 수 없다. 한참 동안 요란하게 몸싸움을 하는 소리도, 흔적도 남기지 않은 채 거구인 올라프의 목을 비틀려면 살인자는 얼마나 무시무시한 힘의 소유자여야 할지 가늠도 되지 않는다. 하지만 마이너스 두 개가 모이면 플러스가 된다는 사실은 잘 알려져 있다. 올라프는 어떤 독에 중독되어 저항할 수 없는 상태가 되었을 것이다. 그런 후 이렇게 악랄한 방법으로 살해되었다고 가정해 볼 수 있다. 물론 그렇다고 해도 적지 않은 힘이 요구되기는 매한가지다. 이런 가정으로 어느 부분은 설명되지만 새로운 의문들도 잇달아 떠오른다. 이미 저항할 수 없는 상태로 만든 후에 그렇게 야만스럽고 힘들게 죽인 이유는 뭘까? 왜 간단하게 칼로 찌르거나 최악의 경우 밧줄로 목을 조르지 않았을까? 분노, 광기, 증오, 복수……? 사디즘……? 힌쿠스? 힌쿠스일 수도 있다. 물론 겉으로 보기에는 그 정도의 완력을 행사할 가능성은 없지만…… 혹시 힌쿠스가 아니라면, 힌쿠스에 대한 투서를 내 방에 두고 간 사람일까?

아니다, 그건 말이 안 된다. 대체 왜 이 사건은 위조 복권이나 조작한 회계장부가 아닌가? 그런 사건이라면 금세 해결할 텐데…… 자, 이제부터 할 일은 이것이다. 자동차를

---

* 건물의 처마 끝을 장식해 주는 요소.

몰고 눈사태가 난 곳으로 가서 거기서부터 스키로 눈 더미를 건너 뮤르에 도착해 강력계 형사들을 데리고 이곳으로 돌아와야 한다. 나는 의자에서 엉덩이를 떼려다가 다시 앉았다. 이것도 좋은 해결책이기는 하지만 심각한 문제가 있다. 이곳 사람들을 운명의 손에 맡기고, 살인자에게 시간과 여러 가능성을 벌어 주고…… 목숨의 위협을 받았던 듀 바른스토크르를 내버려 두어야 한다…… 게다가 내가 어떻게 눈사태가 난 곳을 건너가겠는가? 병목고개에 일어난 눈사태니 어떤 상황일지 짐작이 가지 않는가.

누군가 문을 두드렸다. 주인장이 뜨거운 커피와 샌드위치가 담긴 쟁반을 들고 들어왔다.

"차는 전부 제자리에 있어요." 그가 내 앞에 쟁반을 내려놓으며 알렸다. "스키들도요. 힌쿠스는 어디에도 없고요. 지붕에는 그의 외투와 모자뿐이었어요. 이미 직접 확인했겠죠."

"네, 직접 봤어요." 나는 커피를 홀짝이며 대답했다. "그 사람은 어때요?"

"자고 있어요." 주인장이 말했다. 그는 입을 굳게 다물고 손끝으로 테이블에 남은 풀 자국을 만졌다. "음…… 지금은 자고 있어요. 이상한 사람이에요. 혈색도 돌아왔고 이제 괜찮아 보입니다. 렐을 그곳에 뒀어요. 만약을 대비해서요."

"고마워요, 알레크." 내가 말했다. "이제 가 봐요. 조용히 처리합시다. 모두 자게 두죠."

주인장이 고개를 가로저었다.

"이미 틀렸어요. 모제스가 일어났어요. 방에 불이 켜졌더군요…… 알았어요. 이제 가 보죠. 어쨌든 카이사는 방에 가둬 둘게요. 그 애는 멍청하니까요. 물론 아직 아무것도 몰라요."

"아무것도 모르게 해요." 내가 당부했다.

주인장이 나갔다. 나는 맛을 음미하며 커피를 다 마셨다. 샌드위치 접시는 옆으로 밀어 놓고 담배를 다시 피웠다. 내가 언제 올라프를 마지막으로 봤을까? 나는 당구를 쳤고 그는 브륜과 춤을 췄다. 그때는 카드를 치던 사람들이 흩어지기 전이었다. 몇 시인지는 모르지만 30분을 쳤을 때 그들은 카드놀이를 끝냈다. 그 직후 모제스는 잘 시간이 되었다고 했다. 그러니 그때가 몇 시인지 알아내기는 어렵지 않을 것이다. 내가 마지막으로 올라프를 본 건 그 일이 있기 얼마 전이었을까? 그리 차이가 많이 나지는 않을 것이다. 좋아, 이 시각도 알아낼 수 있을 것이다. 이제 남은 의문점은 이것들이다. 카이사의 목걸이와 듀 바른스토크르가 받은 경고장, 올라프의 옆방 투숙객들이 혹시 들었을지 모르는 소리. 그러니까 듀 바른스토크르와 시모네가 말이다……

수사의 틀이 그 나름대로 잡혀 간다는 생각이 조금씩 들기 시작할 무렵 상당한 힘으로 벽을 두드리는 둔탁한 소리가 느닷없이 들렸다. 소리는 객실 박물관에서 났다. 나는 끙 소리를 내며 분통을 터트렸다. 재킷을 벗어 던지고 소매를 걷어 올린 후 실내화를 신은 채 조심스럽게 복도로 나갔다. 얼굴에 한 방 날린 후 양쪽 뺨을 갈겨 주겠다고 생각했다. 그곳에 누가 있건 본때를 보여 주고야 말리라⋯⋯

나는 객실 박물관의 문을 확 열어젖히고 총알처럼 뛰어 들어갔다. 그곳은 어두웠기에 재빨리 불을 켰다. 방 안은 텅 비어 있었고 쿵쿵 소리도 별안간 멈췄지만 분명히 사람의 기척이 느껴졌다. 나는 화장실과 벽장, 커튼 뒤를 들여다보며 일일이 확인을 했다. 그런데 뒤에서 신음 소리 같은 것이 났다. 나는 테이블로 홀쩍 뛰어가 무거운 의자를 옆으로 밀쳤다.

"어서 나와!" 내가 분노에 차 소리쳤다.

그에 대한 답으로 또다시 입이 막힌 듯한 소리가 들렸다. 나는 쪼그려 앉아 테이블 아래를 들여다보았다. 그곳 테이블 다리 사이에는 세 건의 살인 사건을 빠져나갔고 위험한 악당이자 미치광이이자 사디스트인 힌쿠스가 온몸이 밧줄로 꽁꽁 묶이고 입에는 재갈이 채워진 채 끔찍할 정도로 불편한 자세로 끼여서 고통에 차 눈물이 그렁그렁한 눈을 휘둥그레 뜨고 나를 바라보고 있었다. 나는 그를 방 한

가운데로 질질 끌어내 입에서 재갈을 빼냈다.

"어떻게 된 일입니까?" 내가 물었다.

대답으로 그는 기침을 했다. 그는 감정을 터트리고 쉰 목소리로 씩씩거리며 한참 기침을 하더니 사방으로 가래를 퉤퉤 뱉고 쉰 목소리로 한숨을 토해 냈다.

나는 화장실을 살펴보고 '죽은 등산가'의 면도기를 들고 나와 힌쿠스를 결박한 밧줄을 잘랐다. 불쌍한 힌쿠스는 사지가 어찌나 저렸던지 손을 들어 얼굴을 문지를 수조차 없었다. 나는 그에게 물을 주었다. 벌컥벌컥 물을 다 들이켜고 나서야 그는 간신히 목소리를 낼 수 있었고, 뜻 모를 욕을 상스럽게 해 댔다. 나는 그를 부축해 일으켜 세운 후 안락의자에 앉혔다. 그는 연신 욕을 지껄이며 애처롭게 얼굴을 찌푸린 채 자신의 목과 손목, 옆구리 등을 만져 보기 시작했다.

"대체 무슨 일이 있었습니까?" 내가 물었다. 그를 보고 있노라니 어딘지 마음이 놓였다. 어딘가 살인의 장막 너머에 보이지 않는 힌쿠스가 숨어 있다는 생각이 내 불안을 자극했던 모양이다.

"무슨 일이 있었느냐고요……" 그가 중얼거렸다. "무슨 일이 있었는지 한번 보세요! 양처럼 꽁꽁 묶여서 테이블 밑으로 쑤셔 넣어졌습니다……"

"누구 짓입니까?"

"그걸 어떻게 압니까?" 그가 침울하게 말하더니 느닷없이 온몸을 뒤틀며 경련을 일으켰다. "맙소사!" 그가 중얼거렸다. "술을 마셔야 해…… 경위님, 혹시 술을 가지고 계십니까?"

"아뇨." 내가 말했다. "하지만 마시게 해 드리죠. 질문에 답을 해 준다면 말이죠."

그가 힘들게 왼손을 들어 소매를 걸어 올렸다.

"젠장, 시계를 박살 냈군, 빌어먹을……" 그가 투덜거렸다. "지금 몇 시입니까, 경위님?"

"밤 1시입니다." 내가 대답했다.

"밤 1시라……" 그가 따라 했다. "밤 1시……" 그의 눈동자가 한곳을 빤히 응시했다. "안 되겠어요." 그가 엉거주춤하게 일어서며 말했다. "한잔해야겠어요. 뷔페에 내려가서 마셔야겠어요."

나는 그의 가슴을 살짝 밀어서 다시 앉혔다.

"그럴 시간은 넉넉합니다." 내가 말했다.

"제가 술이 마시고 싶다고 하지 않았습니까!" 그가 언성을 높이며 다시 일어서려고 했다.

"시간은 넉넉하다고 하지 않았습니까!" 내가 다시 그를 저지하며 말했다.

"당신이 뭔데 여기서 이래라저래라 하는 겁니까?" 이제 그는 바락바락 악을 썼다.

"목소리를 낮춰요." 내가 말했다. "나는 경찰입니다. 그리고 당신은 혐의를 받고 있어요, 힌쿠스."

"무슨 혐의요?" 그가 갑자기 목소리를 낮추며 물었다.

"본인이 잘 아실 텐데요." 내가 말했다. 나는 앞으로 어떻게 해야 할지 생각을 정리할 시간을 벌기 위해 애를 썼다.

"저는 아무것도 모릅니다." 그가 퉁명스럽게 말했다. "왜 그런 영문 모를 이야기를 제게 하시는 겁니까? 저는 아무것도 모르고 알고 싶지도 않다고요. 지금 이 행동에 대해 책임을 지셔야 할 겁니다, 경위님."

나도 이 행동에 대해 책임을 져야 할 것만 같았다.

"이봐요, 힌쿠스." 내가 말했다. "호텔에서 살인 사건이 일어났어요. 그러니 내 질문에 순순히 대답하는 게 좋을 거요. 공연히 허튼 수를 쓰면 내가 박살을 내 줄 거니까. 나는 손해 볼 게 없어요. 그러니까 이왕 내가 시작한 일은 내가 끝을 맺겠다, 이 말이에요."

그는 입을 살짝 벌린 채 한참이나 말없이 나를 바라보았다.

"살인이라니⋯⋯" 그는 뭔가에 홀린 듯 내 말을 반복했다. "세상에! 그런데 제가 그 일과 무슨 관계가 있다는 겁니까? 오히려 저야말로 죽임을 당할 뻔했다고요⋯⋯ 그런데 누가 살해되었습니까?"

"누구일 것 같습니까?"

"제가 어떻게 알겠습니까? 제가 식당을 떠날 때만 해도 모두 살아 있었던 것 같은데요. 그러면 그 후에……" 그가 입을 다물었다.

"그래서?" 내가 추궁했다. "그다음에는 뭐요?"

"아무 일도 없었습니다. 저는 지붕에 앉아서 꾸벅꾸벅 졸고 있었거든요. 그런데 갑자기 누가 목을 조르고 넘어트린 것 같은데 더 이상은 기억이 나지 않습니다. 이 너저분한 테이블 밑에서 정신을 차렸을 때는 혼이 나갈 뻔했다니까요. 생매장이라도 당한 줄 알았거든요. 마구 두드리기 시작했습니다. 아무리 두드려도 아무도 안 오더군요. 그러다가 경위님이 오신 겁니다. 이게 다입니다."

"납치를 당한 시각을 대략 아시겠소?"

그는 생각에 잠겨 잠시 가만히 앉아 있었다. 이윽고 그가 손바닥으로 입을 닦고 손가락을 보더니 다시 부르르 떨고는 바짓가랑이에 손바닥을 닦았다.

"아시겠소?" 내가 되물었다.

그가 탁한 눈을 들어 나를 보았다.

"뭐라고요?"

"내가 물었잖아요. 대략 언제……"

"아…… 그거요, 9시경이었을 겁니다. 마지막으로 시계를 봤을 때 8시 40분이었거든요."

"시계를 줘요." 내가 말했다.

그는 고분고분 시계를 풀어서 내게 내밀었다. 멍으로 뒤덮여 푸르죽죽한 손목이 얼핏 보였다.

"깨졌어요." 그가 말해 주었다.

시계는 깨졌다기보다 납작하게 눌려 있었다. 시침은 부러졌고 분침은 43분을 가리키고 있었다.

"그 사람은 누구였습니까?" 내가 재차 물었다.

"그걸 제가 어떻게 압니까? 졸고 있었다고 했잖아요."

"공격을 받았는데도 깨어나지 않았다는 겁니까?"

"그놈이 저를 뒤쪽에서 움켜잡았거든요." 그가 음울하게 말했다. "제 뒤통수에는 눈이 안 달려서요."

"이봐요, 고개를 들어 봐요!"

그가 침울하게 눈을 치뜨며 나를 보았다. 나는 내 짐작이 틀리지 않았음을 확인했다. 나는 두 손가락으로 그의 턱을 쥐고 머리를 뒤로 휙 밀어 넘겼다. 그의 마르고 힘줄이 두드러진 목에 난 멍과 긁힌 상처들이 무슨 뜻인지 신은 아시리라. 하지만 나는 확신하듯 말했다.

"거짓말은 관둬요, 힌쿠스. 그자는 앞에서 당신의 목을 졸랐으니 분명히 그자를 봤을 거요, 누구였소?"

그가 머리를 흔들어서 내 손에서 벗어났다.

"지옥에나 가쇼." 그가 쉰 목소리로 말했다. "악마나 물어 가라지. 경위님과 무슨 상관입니까. 누가 죽었건 저는 그 일과 아무 상관도 없다고요. 게다가 다른 사람들이 어떻게 되든 관심도 없어요…… 전 술을 마셔야 한다고요!" 그가 갑자기 소리를 질렀다. "저는 지금 온몸이 아프단 말입니다, 아시겠습니까, 경찰 나리?"

확실히 그의 말이 옳았다. 그가 무슨 일에 연루되었는지 몰라도 살인과는 관계가 없었다. 적어도 직접적으로는 말이다. 하지만 내게는 이대로 물러설 권리가 없었다.

"마음대로 해요." 내가 냉담하게 말했다. "창고에 가둬 버릴 테니. 그러면 아는 걸 몽땅 다 털어놓을 때까지 당신은 브랜디고 담배고 구경도 못 할 거요."

"대체 제게서 뭘 원하십니까?" 그가 신음하듯 말했다. 그는 금방이라도 울음을 터트릴 것처럼 보였다. "왜 이렇게 괴롭히시는 거냐고요?"

"누가 당신을 납치했소?"

"젠장!" 그가 절망적으로 소리쳤다. "저는 그 이야기는 하고 싶지 않다고요. 모르시겠어요? 봤어요. 예, 그놈을 봤다고요!" 힌쿠스는 다시 경련을 일으키며 곧장 옆으로 물러났다. "저의 적이 그 모습을 보는 걸 원치 않아요……! 빌어먹을, 경위님이 그걸 보는 게 싫다고요! 무서워서 숨이 꼴깍 넘어간다고요!"

그는 제정신이 아니었다.

"좋소." 내가 이렇게 말한 후 자리에서 일어났다. "갑시다."

"어디로요?"

"한잔하러." 내가 대답했다.

우리는 복도로 나갔다. 그는 비틀거리며 내 소매에 매달렸다. 올라프의 방문에 붙여 놓은 봉인을 보면 힌쿠스가 어떻게 반응할지 자못 흥미로웠다. 그런데 그는 알아차리지 못했다. 그런 것까지 신경 쓸 겨를이 없는 듯했다. 나는 그를 당구실로 데려가 저녁에 반쯤 먹다 남은 브랜디 병을 창틀에서 찾아 그에게 주었다. 그는 헐레벌떡 술병을 받더니 한참이나 술을 들이켰다.

"세상에." 그가 입을 닦으며 쉰 목소리로 말했다. "정말 맛있어······!"

나는 그를 유심히 살펴보았다. 물론 그가 범인과 공모했고, 납치극은 주의를 다른 곳으로 돌리기 위한 자작극이라고 가정할 수 있다. 더욱이 그가 올라프와 함께 도착했으니, 힌쿠스가 살인자이며 후에 공범들이 알리바이를 만들기 위해 그를 결박했을 수도 있다. 하지만 이런 가설은 사실이라기에는 너무 복잡해 보였다. 그와 동시에 그에게는 뭔가 석연치 않은 점이 있었다. 그는 절대 결핵 환자가 아니며 청소년 상담원도 아니다. 게다가 지붕에서 뭘 하고 있었는지도 확인되지 않았다······ 문득 전율이 일었다. 그가 지붕에서 무슨 짓을 하고 있었던 누군가에게 방해가 되었다. 올라프를 제거하는 데 방해가 되어 힌쿠스를 그곳에서 끌어낸 것이 아닐까. 그자들은 힌쿠스를 지붕에서 끌어냈고, 그를 끌어낸 누군가가 어떤 이유에서인지 힌쿠스에게 견딜 수 없는 공포를 불어넣었다. 즉 호텔 투숙객이 아니라는 뜻이리라. 힌쿠스가 투숙객 중에 누군가를 두려워하지는 않았기 때문이다. 대체 이게 무슨 일이람…… 그때 불현듯 샤워장과 담배 파이프, 비밀스러운 경고장을 둘러싼 일들이 떠올랐다…… 낮에 지붕에서 내려온 힌쿠스가 얼마나 새파랗게 질려 있었는지도 생각났다……

"이봐요, 힌쿠스?" 내가 부드러운 음성으로 물었다. "당신을 공격한 그 사람 말이에요…… 그자를 낮에도 봤죠?"

내 말에 힌쿠스는 화들짝 놀라며 나를 힐끔 보더니 다시 술을 들이켰다.

"알겠군." 내가 말했다. "자, 갑시다…… 당신을 객실에 감금하겠소. 술병을 가지고 가도 좋소."

"경위님은요?" 그가 쉰 목소리로 물었다.

"내가 뭘요?"

"경위님은 같이 남지 않으시고요?"

"당연하죠." 내가 대답했다.

"들어 보세요." 그가 말했다. "제 말 좀 들어 보세요, 경위님……" 그의 눈이 사방으로 움직였다. 흡사 무슨 말을 해야 할지 찾아보는 것 같았다. "경위님…… 제가…… 경위님…… 제 방에 가끔 들러 주세요, 그러실 거죠? 어쩌면 뭔가가 떠오를지도 모릅니다…… 아니면 제가 경위님과 함께 있으면 어떨까요?" 그가 간절한 눈빛으로 나를 바라보았다. "도망가지 않습니다. 그리고…… 아무것도 아닙니다…… 맹세해요……"

"방에 혼자 있기 두려운 거요?" 내가 물었다.

"그렇습니다." 그가 대답했다.

"안 그래도 방을 잠가 둘 거요." 내가 말했다. "열쇠는 내가 보관할 테고……"

그는 절망적으로 손을 흔들었다.

"그런 건 아무 소용이 없다고요." 그가 중얼거렸다.

"자자, 힌쿠스." 내가 엄하게 말했다. "남자답게 굴어요! 어째서 늙은 아낙처럼 힘이 하나도 없는 거요."

그는 말없이 술병을 양손으로 가슴에 꼭 안고 있을 뿐이었다. 나는 그를 그의 방으로 데려가 다시 들르겠다고 약속한 후 방문을 잠갔다. 나는 열쇠를 구멍에서 빼 주머니에 넣었다. 아무래도 힌쿠스가 닳아빠진 범죄자처럼 느껴져 좀 더 조사를 해 봐야겠다는 생각이 들었다. 나는 곧장 그곳을 떠나지 않았다. 열쇠 구멍에 귀를 갖다 댄 채 몇 분 더 머물렀다. 방에서는 술을 꿀꺽꿀꺽 들이켜는 소리에 이어 침대가 삐걱대는 소리가 나더니 이윽고 가끔 묘한 소리가 들렸다 말았다 했다. 처음에는 무슨 소리인지 몰랐는데, 마침내 그 정체를 알아차렸다. 힌쿠스는 울고 있었다.

나는 그를 자신의 양심과 마주하게 남겨 둔 채 듀 바른 스토크르의 방으로 향했다. 노인이 얼른 문을 열어 주었다. 그는 지독히 흥분한 상태였다. 심지어 내게 앉으라고 권하지도 않았다. 실내는 담배 연기가 자욱했다.

"오, 경위님!" 그가 팔을 살짝 든 채 두 손가락으로 쥐고 있는 담배로 환상적인 기술을 선보이며 느닷없이 이야기를 시작했다. "존경하는 내 벗이여! 나는 몹시 마음이 불편합니다. 그런데 입을 다물고 있기엔 상황이 너무 멀리 와 버렸군요. 경위님에게 내가 저지른 사소한 과오를 자백하겠습니다……"

"올라프 안드바라포르스를 살해하셨다는 사실을요." 내가 의자에 앉으며 음울하게 말했다.

그가 진저리를 치며 양손을 마주쳤다.

"뭐라고요! 아닙니다! 나는 평생 다른 사람의 털끝 하나 건드리지 않고 살아왔습니다. 켈 이데!* 나는 호텔 투숙객들에게 계속 장난을 쳤다고 솔직하게 털어놓으려는 겁니다……" 그가 가운에 떨어진 담뱃재를 털어 내며 양손을 가슴에 꼭 붙였다. "믿어 주세요. 나를 오해하지는 마세요. 그건 단지 장난이었어요! 세련되고 재치 넘치는 장난은 아닐지라도 악의는 전혀 없지요…… 이런 일이 내 직업이지 않습니까. 나는 은밀하고, 신비롭고, 의혹으로 가득 찬 분위기를 아주 좋아할 뿐입니다…… 사악한 의도 같은 건 절대 없어요…… 이득을 취할 생각도요……"

"지금 무슨 장난을 말씀하시는 겁니까?" 내가 건조하게 물었다. 나는 실망을 금치 못해 신경이 날카롭게 곤두섰다. 설마 뒤 바른스토크르의 짓이었을 줄이야. 이 노인에 대해 좋게만 생각했는데.

"이런저런…… '죽은 등산가'의 그림자를 암시하는 자잘한 장난들이었죠. 가령, 실내화는 내가 내게서 훔쳐서 그 사람 침대 밑에 밀어 넣었고요. 샤워장 장난도 있군요…… 경위님에게도 살짝 장난을 쳤는데. 기억하십니까, 담배 파이프의 재를……? 그런 것들이었죠. 전부 기억도 다 안 나네요……"

"제 방의 테이블을 못 쓰게 만드신 것도요?" 내가 물었다.

"테이블요?" 그는 영문을 모르겠다는 듯 나를 바라보더니 고개를 돌려 자신의 방에 있는 테이블을 보았다.

"네, 테이블 말입니다. 좋은 물건인데 풀을 부어서 손쓸 도리 없이 망가트렸더군요……"

"아뇨." 그가 화들짝 놀라며 말했다. "풀이라니…… 테이블…… 아뇨, 아닙니다. 내가 한 짓이 아닙니다. 맹세합

---

* quelle idée. 프랑스어로 '어떻게 그런 생각을'.

니다!" 그는 다시 양손을 가슴으로 가져갔다. "오해하지 마세요, 경위님. 무슨 악의를 품고 한 장난이 절대 아닙니다. 아무리 사소한 것이라도 절대 남에게 피해를 주지 않았어요…… 손님들도 다 재미있어하는 것 같더군요. 게다가 친애하는 우리 주인장은 내 장난에 장단을 딱딱 맞춰 주더군요……"

"주인장과 공모하셨습니까?"

"아뇨, 그럴 리가요!" 그가 나를 향해 양손을 흔들었다. "내 말은 주인장이…… 그 사람도 내 장난을 퍽 마음에 들어 했다는 겁니다. 게다가 그도 조금씩 장난을 쳤는데, 알아치리셨죠? 그 사람이 목소리를 깔고 그 유명한 '삼시 지난날을 되돌아보아야겠군요'라고 하던 모습을 생각해 보세요……"

"알겠습니다." 내가 말했다. "그럼 복도에 남은 발자국들도요?"

듀 바른스토크르의 얼굴이 뭔가에 집중하는 듯 진지해졌다.

"아뇨, 아닙니다." 그가 대답했다. "그건 내가 아닙니다. 하지만 무슨 말씀을 하시는지는 알겠군요. 나도 그걸 한 번 봤거든요. 경위님이 오시기 전이었죠. 축축한 맨발자국이었는데, 층계참에서 객실 박물관으로 이어지더군요, 바보 같은 소리로 들리시겠지만요…… 물론 그것도 장난이겠죠. 하지만 내가 한 건 아닙니다……"

"알겠습니다." 내가 말했다. "이 일은 그냥 덮어 두죠. 질문이 하나 더 있습니다. 선생님에게 보낸 것으로 짐작되는 경고장 말입니다. 그것도 선생님의 장난이겠죠?"

"그것도 내가 아닙니다." 듀 바른스토크르가 당당하게 말했다. "그 경고장을 전해 드릴 때 오로지 진실만을 말했습니다."

"잠깐만요." 내가 말했다. "그러니까 이렇게 된 거군요. 올라프가 방을 나갔고 선생님은 앉아 계셨습니다. 그런데 누군가 문을 두드렸고 대답을 하신 후에 그쪽으로 시선을 돌렸더니 문가에 쪽지가 떨어져 있었다. 그렇죠?"

"그렇습니다."

"잠깐만요." 내가 다시 그를 불렀다. 새로운 생각이 서서히 모습을 갖춰 가는 느낌이 들었다. "듀 바른스토크르 씨, 그 쪽지에 적혀 있는 협박이 왜 선생님을 겨냥했다고 생각하셨습니까?"

"무슨 말씀을 하시는지 잘 알겠군요." 듀 바른스토크르가 대답했다. "그 경고장의 목표가 나였다면 내 방문 아래로 밀어 넣었을 거라는 생각이 읽고 나서 나중에야 들더군요. 하지만 그 순간에는 어느 정도 반사적으로 생각했어요…… 그러니까 방문을 두드린 사람이 내 목소리를 듣고 내가 이곳에 있다는 사실을 알았을 거라고요…… 이해가 되십니까? 어쨌든 불쌍한 올라프가 돌아왔을 때 곧장 그에게 그 쪽지를 보여 줬습니다. 함께 비웃어 주려고 말이죠……"

"알겠습니다." 내가 말했다. "올라프의 반응은 어땠습니까? 웃던가요?"

"아뇨, 웃지 않더군요…… 아시다시피 그 사람이 유머 감각이 있잖습니까…… 그런데 쪽지를 읽더니 어깨만 으쓱했어요. 우리는 카드를 계속했죠. 그 사람은 조금도 동요한 기색 없이 침착했고 경고장에 대해서는 더 이상 아무 말도 하지 않았어요…… 아시겠지만 나는 누군가의 장난이라고 생각했어요. 솔직히 말해서 지금도 내 생각은 변함이 없습니다…… 아시죠, 휴가를 보내러 온 할 일 없는 사람들끼리 어울리다 보면 꼭 그런 사람이 튀어나오잖아요……"

"알죠." 내가 대답했다.

"이 쪽지가 진짜라고 생각하십니까……?"

"뭐든 가능하죠." 내가 말했다. 우리는 잠시 말문을 닫았다. "그러면 모제스 부부가 자러 간 후에 무엇을 하셨습니까."

"그러실 줄 알았어요." 듀 바른스토크르가 말했다. "이 질문을 하실 것 같아서 미리 내 행동을 순서대로 되짚어 봤답니다. 그 후에 일어난 일은 이렇습니다. 각자 방으로 돌아갔을 때가 대략 9시 반이었습니다. 나는 한동안……"

"잠깐만요." 내가 끼어들었다. "그때가 9시 반이었다는 거죠?"

"네, 대략."

"알겠습니다. 그러면 먼저 이것부터 말씀해 주십시오. 8시 반에서 9시 반 사이에 식당에 누가 있었는지 기억나십니까?"

듀 바른스토크르는 길고 하얀 손가락으로 이마를 짚었다.

"음…… 어디 보자……" 그가 말했다. "이거 참 어렵군요. 카드놀이에 푹 빠져 있었거든요…… 당연히 모제스와 주인장이 있었고…… 가끔씩 모제스 부인이 카드를 골랐죠…… 우리는 테이블에 둘러앉아 있었고요. 브륜과 올라프는 춤을 췄고 다음에는…… 아니, 죄송합니다, 그 전에…… 모제스 부인과 브륜이 춤을 췄죠…… 하지만 친애하는 경위님, 그게 언제였는지 정확하게 기억이 나지 않는 건 이해해 주세요. 8시 반인지 9시인지…… 오! 시계가 9시를 쳤죠. 그래요, 홀을 뒤돌아보며 사람들이 별로 없다고 생각했던 기억이 나요. 음악은 울리고 있고 홀은 한적한데 브륜과 올라프만 춤을 추고 있었죠…… 아마 그 순간이 내 기억에 선명하게 남아 있는 유일한 장면인 것 같군요." 그는 유감스러운 듯 이렇게 말을 끝냈다.

"그렇군요." 내가 대답했다. "혹시 주인장과 모제스 씨가 한 번이라도 자리를 뜬 적이 있습니까?"

"아뇨." 그가 자신 있게 대답했다. "두 사람 다 놀라울 정도로 카드놀이에 열중하더군요."

"그러니까 9시에 홀에는 카드를 치는 세 사람과 브륜, 올라프뿐이었다는 거죠?"

"그렇습니다. 그 사실은 똑똑히 기억하고 있습니다."

"좋습니다." 내가 말했다. "그러면 다시 선생님 이야기를 해 보죠. 그러니까 모두 돌아간 후 선생님은 카드 테이블에 잠시 더 머무르면서 카드 마술 기술을 연마하셨죠……"

"기술을 연마했다고요……? 뭐 그렇게 말할 수도 있겠군요. 가끔 나는 생각에 골몰할 때면…… 손가락이 알아서 움직이게 내버려 두거든요. 무의식적으로 일어나는 겁니다. 그래요. 그러다가 담배 생각이 나서 여기 내 방으로 왔습니다. 담배를 한 대 피웠고 이 의자에 앉아서 아마 졸았나 봅니다. 그러다가 뭔가가 나를 떠미는 듯한 느낌에 퍼뜩 잠에서 깼죠. 10시에 설욕전을 갖기로 불쌍한 올라프와 약속했다는 사실이 떠오르더군요. 시계를 봤어요. 정확한 시간은 기억나지 않지만 10시를 막 지났더군요. 많이 늦지 않아서 마음이 놓였죠. 그 즉시 거울로 가서 몸단장을 하고 지폐 한 다발과 담배를 챙겨서 복도로 나갔습니다. 그때 복도에는 아무도 없었어요. 그건 기억합니다, 경위님. 올라프의 방문을 두드렸죠. 아무 대답도 없더군요. 다시 두드렸지만 여전히 대답이 없었습니다. 올라프가 우리의 약속을 잊고 더 재미있는 일에 열중해 있다고 생각했어요. 그런데 내가 그런 약속에 관한 문제에는 몹시 철저하거든요. 그래서 경위님도 익히 아시는 쪽지를 써서 문에 꽂아 둔 거죠. 그후에 11시까지 이 책을 읽으면서 기다렸습니다. 그리고 11시에 잠자리에 들었고요. 그런데 재미있는 일이 있었어요, 경위님. 주인장과 함께 두 분이 복도에서 문을 두드리고 큰소리를 내시기 조금 전에 누군가 저 문을 두드리는 소리에 잠이 깼거든요. 나가 보니 복도는 텅 비어 있더군요. 다시자려고 누웠지만 끝내 잠을 이루지 못했죠."

"흠." 내가 말했다. "알겠습니다. 그러니까 선생님이 쪽지를 꽂은 때부터 11시에 잠자리에 들기까지 특별히 주의를 끌 만한 일은 더 없었다…… 요란한 소리나 발소리는 못 들으셨다는 거죠?"

"그렇습니다." 듀 바른스토크르가 대답했다. "아무 일도 없었어요."

"그럼 그때 어디에 계셨습니까? 이곳인가요 아니면 침실인가요?"

"여기 이 의자에 앉아 있었습니다."

"그렇군요." 내가 대꾸했다. "마지막 질문입니다. 어제 저녁 식사를 하기 전까지 힌쿠스와 한 번도 이야기를 나누지 않으셨습니까?"

"힌쿠스와요……? 아, 그 체격이 작고 딱해 보이는 사람…… 잠깐만요…… 아하, 그랬지! 우리 모두 샤워장 앞에서 줄을 섰잖아요, 기억하십니까? 힌쿠스 씨는 기다려야 한다며 짜증을 냈죠. 그래서 내가 소소한 마술로 그를 진정시켰고요…… 아, 어찌나 짜릿했던지! 그때 힌쿠스는 웃음이 나올 정도로 당황했죠. 나는 그런 장난들을 아주 좋아한답니다."

"그 후에는 그 사람과 이야기를 하지 않으셨고요?"

듀 바른스토크르는 닭의 꽁무니처럼 입술을 꾹 다물고 생각에 빠졌다.

"안 했습니다." 그가 대답했다. "내 기억으로는 이야기한 적이 없어요."

"그러면 지붕에 올라가시지 않았습니까?"

"지붕에요? 아뇨. 아니에요. 지붕에 올라간 적은 없습니다."

나는 자리에서 일어섰다.

"고맙습니다, 듀 바른스토크르 씨. 수사에 도움이 되었습니다. 이런 상황에서 또 다른 장난이 얼마나 부적절한 행위인지 잘 이해하시리라 믿습니다. (그는 말없이 내게 손을 내저었다.) 알겠습니다. 어서 수면제를 먹고 푹 주무십쇼. 지금은 그렇게 하시는 편이 좋을 것 같군요."

"그래 보겠습니다." 듀 바른스토크르가 얼른 대답했다.

나는 그에게 잘 자라는 인사를 건네고 방을 나왔다. 그리고 브륜을 깨우러 가려는데, 복도 끝에 살짝 열려 있는 시모네의 방문이 소리도 없이 빠르게 닫히는 모습이 보였다. 나는 얼른 그쪽으로 달렸다.

노크도 하지 않고 훌쩍 들어갔는데, 방 안을 보자마자 내 판단이 옳았음을 깨달았다. 열린 침실 문 사이로 위대한 물리학자가 한 다리로 깡충거리며 바지를 벗으려는 모습이 한눈에 들어왔다. 거실과 침실 모두 불이 켜져 있는 점을 감안하면 바보 같은 행동이었다.

"괜히 고생하지 말아요, 시모네." 내가 통명스럽게 말했다. "어차피 넥타이 풀 시간은 없을 테니."

시모네는 힘이 빠진 듯 침대에 털썩 주저앉았다. 그의 턱이 덜덜 떨리고, 눈이 튀어나올 것만 같았다. 나는 침실로 들어가 주머니에 손을 집어넣은 채 그의 앞에 섰다. 잠시 우리는 아무 말도 하지 않았다. 나는 더 이상 한 마디도 하지 않고 그를 물끄러미 바라보며 그가 더 이상 빠져나갈 수 없다는 사실을 깨달을 시간을 주었다. 내 시선 아래에서 그의 상체는 점점 내려가고, 머리는 어깨를 더욱 깊이 파고들며, 음울한 매부리코는 점점 더 음울해졌다. 마침내 그가 기 싸움에서 지고 말았다.

"변호사 없이는 한 마디도 하지 않을 겁니다." 그가 떨리는 목소리로 선언했다.

"그만해요, 시모네." 내가 혐오감을 드러내며 말했다. "당신은 물리학자잖아요. 이런 촌구석 어디에서 변호사를 구한다는 겁니까?"

그가 느닷없이 내 재킷의 옷깃을 움켜쥐더니 내 눈을 올려다보며 씩씩거리면서 말했다.

"마음대로 해요, 페테르. 하지만 맹세컨대 저는 그 여자를 죽이지 않았습니다."

이제 내가 앉을 차례였다. 나는 뒤를 더듬거려 의자를 찾아 앉았다.

"생각해 보세요. 제가 왜 그런 짓을 하겠습니까?" 시모네는 열을 올리며 계속 떠들었다. "이런 일에는 동기가 있어야 하지 않습니까…… 아무도 누군가를 그냥 죽이지는 않아요…… 물론 사디스트들도 있긴 하지만 그 사람들은 제정신이 아니잖아요. 하지만 저는…… 사실 의사들은…… 하지만 당신도 이해할 겁니다. 정신적 과로며 감각적인 만족 같은 것들 말이에요…… 이건 완전히, 완전히 다른 거예요……! 그렇게 야만적이고 악몽 같은 일이 벌어지다니…… 맹세합니다! 제가 그 여자를 안았을 때는 이미 차갑게 식어 있었어요!"

나는 잠시 눈을 감았다. 그렇다. 이곳에 시체가 하나 더 있다. 이번에는 여자로.

"당신이라면 누구보다 잘 알 겁니다." 시모네는 한층 더 열을 내며 떠들었다. "범죄가 그냥 일어나는 게 아니잖아요. 사실 앙드레 지드도 썼죠…… 이런 일은 다 그렇죠. 지능 게임이라고요…… 동기가 필요해요…… 당신은 절 알잖아요, 페테르! 저를 보세요. 제가 살인자로 보입니까?"

"그만!" 내가 말했다. "1분만이라도 입 좀 다물어요. 냉정을 찾고 모든 일을 순서대로 말해 봐요."

그는 두 번 생각할 것도 없었다.

"그러죠." 그가 얼른 대답했다. "하지만 제 말을 믿어 줘야 합니다, 페테르. 지금부터 하는 이야기는 전부 거짓 한 점 없는 사실입니다. 오로지 진실뿐이라고요. 그러니까 이렇게 된 겁니다. 빌어먹을 파티 중이었죠…… 그래요 그 여자는 전부터 신호를 줬지만 전 좀처럼 결심을 하지 못했습니다…… 그런데 그때 당신이 제게 브랜디를 마시게 했고 저는 마음을 정했죠. 안 될 게 뭡니까? 딱히 범죄도 아니지 않습니까, 그렇죠? 그래서 11시경에 모두 자러 가서 조용해지자 저는 방을 나와 살며시 아래층으로 내려갔습니다. 당신은 주인장과 벽난로 방에서 헛소리를 늘어놓고 있었죠. 자연의 인식이니 뭐니 늘 듣는 헛소리들이더군요…… 저는 발소리를 죽이고 벽난로 방을 지나갔습니다. 양말만 신고 있었거든요. 그렇게 그 여자의 방까지 갔습니다. 영감의 방에는 불이 꺼져 있었고 그 여자 방도 마찬가지였죠. 방문은 기대대로 잠겨 있지 않았습니다. 그 사실을 확인하자 갑자기 용기가 치솟았죠. 컴컴했어요. 칠흑 같은 어둠이라고 해도 전 그녀의 실루엣을 알아볼 수 있었어요. 문 맞은편에 놓인 침대 겸 소파에 앉아 있었죠. 제가 살며시 그녀를 불렀지만 대답이 없더군요. 생각해 보세요, 그때 그녀 옆에 앉았습니다. 그리고 아시겠죠. 그녀를 안았습니다…… 으으으……! 입을 맞출 겨를도 없었다고요…… 그녀는 이미 죽어 있었어요…… 딱딱하고 뻣뻣했어요…… 얼음장 같더군요! 나무토막처럼 딱딱하게 말이죠! 그런데 이 시체가 이를 드러내며 웃었어요…… 그 방에서 어떻게 튀어나왔는지 기억이 안 납니다. 아마 가구란 가구는 몽땅 부순 것 같아요…… 맹세해요, 페테르. 정직한 사람의 말을 믿어 주세요. 제가 그녀를 만졌을 때는 이미 완전히 숨이 끊어져서 차갑고 딱딱하게 굳어 있었어요…… 아시잖습니까, 저는 짐승이 아닙니다……"

"바지를 입어요." 내가 절망적인 기분에 착 가라앉은 목소리로 말했다. "옷을 다 입고 따라와요."

"어디로요?" 그가 공포에 질려 물었다.

"감옥!" 내가 소리를 꽥 질렀다. "독방! 고문의 탑, 이 어리석은 양반아!"

"잠깐만요." 시모네가 말했다. "잠깐. 무슨 말을 하는지 모르겠군요, 페테르."

우리는 의아해하는 주인장의 눈길을 받으며 홀로 내려갔다. 그는 커피 테이블에 묵직한 윈체스터식 연발총을 두고 앉아 있었다. 나는 그에게 가만히 있으라고 몸짓을 한 후 복도를 돌아 모제스 부부의 거처가 있는 곳으로 갔다. 낯선 이의 방 문턱에 누워 있던 렐이 성을 내며 우리를 향해 짖었다. 시모네는 간간이 흐느끼듯 한숨을 푹 쉬며 종종걸음으로 내 뒤를 따라왔다.

나는 마음을 다잡고 모제스 부인의 방문을 밀어 열었고 그 순간 돌처럼 굳어 버렸다. 방 안에는 분홍색 스탠드에 불이 켜져 있고 문 맞은편에 놓인 소파에는 실크 잠옷을 입은 매혹적인 모제스 부인이 마담 레카미에*와 같은 자세로 누워 책을 읽고 있었다. 나를 보자마자 그녀는 깜짝 놀란 듯 눈썹을 추켜세우면서도 몹시 사랑스럽게 미소를 지었다. 내 뒤에 서 있던 시모네는 "아, 악!" 하는 괴성을 질렀다.

"실례했습니다." 나는 간신히 혀를 움직여 사과한 후 최대한 빨리 문을 닫았다. 그리고 시모네에게 돌아서서 그 순간을 음미하며 침착하게 그의 넥타이를 움켜쥐었다.

"맹세합니다!" 시모네는 오로지 입술만 움직였다. 그

---

* 쥘리에트 레카미에(1777~1849). 나폴레옹 시대의 사교계를 지배했던 프랑스 최고의 미인. 당시 정계와 예술계에 큰 영향력을 행사했다. 특히 자크 루이 다비드와 프랑수아 제라르가 그린 초상화들로 유명하며, 그 초상화들에 나오는 소파는 레카미에 소파가 되었다.

는 기절하기 직전이었다.

나는 그를 놓아주었다.

"당신이 착각했군요, 시모네." 내가 건조하게 말했다. "당신 방으로 갑시다."

올 때와 똑같은 순서로 우리는 온 길을 되돌아갔다. 나는 중간에 마음을 바꿔 그를 내 방으로 데려갔다. 내 방에 증거물이 있는데 방문을 잠그지도 않았다는 사실이 불쑥 떠오른 것이다. 게다가 그 증거물을 위대한 물리학자에게 보여 줘도 괜찮을 것 같았다.

시모네는 방으로 들어가자마자 내 안락의자에 몸을 파묻고 잠시 양손으로 얼굴을 감쌌다가 흥분한 침팬지처럼 주먹으로 제 머리를 치기 시작했다.

"전 살았어요!" 그가 바보처럼 히죽 웃으며 중얼거렸다. "만세! 난 살았어! 숨지 않아도 돼! 숨지 않아도 된다고! 만세……!"

이윽고 그는 테이블 가장자리에 양손을 올리고 둥그런 눈으로 나를 빤히 바라보며 속삭였다.

"하지만 그 여자는 분명 죽어 있었어요, 페테르! 맹세합니다. 죽어 있었어요. 살해당했다고요. 게다가……"

"헛소리." 내가 차갑게 말했다. "그냥 당신이 인사불성으로 취했을 뿐이에요."

"아니에요, 아니라고요." 그는 머리를 가로저으며 부

인했다. "취하기는 했어요. 그건 사실이에요. 하지만 그렇다고 해도 그 순간은 뭔가 선명하지 않은 부분이 있어요. 어딘지 이상했단 말입니다…… 마치 악몽을 꾼 것 같다고 해야 할지. 비몽사몽간이었고…… 뭔가를 본 것 같기도 했고…… 어쩌면 제가 정말 제정신이 아닌 걸까요, 페테르?"

"어쩌면요." 내가 동의했다.

"모르겠어요. 뭐가 뭔지 도무지 모르겠어요…… 저는 내내 눈도 깜박하지 않았어요. 옷을 벗었다가 입었다가…… 그냥 도망을 칠까도 생각해 봤어요…… 특히 당신이 복도를 돌아다니며 목소리를 잔뜩 낮춰서 이야기를 하는 소리를 들었을 때는 말이죠……"

"그때 어디에 있었습니까?"

"제가 어디에 있었느냐면…… 구체적으로 언제를 말하시는 겁니까?"

"우리가 목소리를 잔뜩 낮춰서 이야기하던 때요."

"제 방에 있었죠. 저는 방에서 나가지 않았습니다."

"구체적으로 객실의 어느 부분에 머물렀습니까?"

"여기에도 있다가 저기에도 있다가…… 솔직히 말하자면 경위님이 올라프를 신문하는 동안 무슨 말을 하는지 엿들으려고 침실에 앉아 있었습니다……" 그가 다시 눈을 부릅떴다. "잠깐만요." 그가 말했다. "모제스 부인이 살아 있다면…… 그렇다면 왜 이러시는 겁니까? 무슨 일입니까? 누가 병이라도 났습니까?"

"내 질문에 대답하세요." 내가 말했다. "내가 당구실에서 나간 후 당신은 뭘 했습니까?"

그는 잠시 입을 다문 채 둥그런 눈으로 나를 바라보며 아랫입술을 잘근잘근 씹었다.

"그렇군요." 마침내 그가 말문을 열었다. "무슨 일이 일어났군요. 음, 알겠습니다…… 경위님이 나간 후에 제가 뭘 했느냐고요? 혼자 당구를 치다가 방으로 올라왔죠. 어느새 10시가 다 되었더군요. 11시에 그녀를 찾아가기로 했기 때문에 우선 정신을 차리고 몸단장도 하고 면도도 하고 준비를 했습니다. 그리고 기다렸죠. 시계도 보고 창밖도 보고…… 나머지는 경위님도 아시겠죠…… 뭐 그렇게 된 겁니다……"

"방으로 돌아온 시간이 대략 10시라고요. 더 정확히는? 밀회를 가질 생각이었으니 시계를 자주 확인했겠지요."

시모네가 조용히 휘파람을 불었다.

"이런!" 그가 말했다. "어느 모로 보나 이건 신문이군요. 그럼 무슨 일이 일어났는지 정도는 말해 줄 수 있잖아요?"

"올라프가 살해당했습니다." 내가 말했다.

"뭐라고요? 살해당해요? 경위님이 아까 그 사람 방에

있었잖아요…… 경위님이 올라프와 이야기를 나누는 소리를 분명히 들었다고요……"

"내가 이야기한 사람은 그가 아닙니다." 내가 말했다. "올라프는 죽었어요. 그러니 내가 지금 질문하는 내용을 최대한 정확하게 기억해 보세요. 방으로 언제 돌아갔습니까?"

시모네는 식은땀이 송송 맺힌 이마를 훔쳤다. 그가 괴로운 듯한 표정을 지었다.

"이 무슨 미친 짓이죠." 그가 투덜거렸다. "정신 나간 악몽이야…… 처음엔 그런 일이 있더니 이번엔 또……"

나는 오래전부터 써 온 수법을 써먹기로 했다. 나는 시모네를 노려보며 말했다.

"딴소리는 그만해요. 내 질문에 대답하시오."

시모네는 순간적으로 자신이 의심을 받고 있다고 느꼈다. 그러자 감상적인 생각이 즉시 연기처럼 사라졌다. 그는 모제스 부인에 대해 더 이상 생각하지 않았다. 불쌍한 올라프에 대해서도 생각하지 않았다. 그는 오로지 자신에 대해서만 생각했다.

"무슨 말을 하고 싶은 겁니까?" 그가 툴툴거렸다. "그러니까 '딴소리 그만하라'니 무슨 뜻이냐고요."

"그 말은 내가 대답을 기다린다는 뜻입니다." 내가 대답했다. "언제, 그러니까 정확하게 언제 방으로 돌아갔습니까?"

시모네는 모욕적이라는 듯 한껏 과장되게 어깨를 으쓱했다.

"알았습니다." 그가 대꾸했다. "우습네요. 물론 야만적이기도 하고요. 하지만…… 알겠습니다. 당구실에서 10시 10분 전에 나왔습니다. 오차는 플러스마이너스 1분. 시계를 보고 가야 할 때라고 생각했거든요. 10시 10분 전이었습니다."

"방으로 돌아가서는 무엇을 했습니까?"

"그것도 말씀드리죠. 침실로 가서 옷을 벗고……" 그가 갑자기 말을 멈췄다. "그러니까 페테르…… 전 당신이 필요로 하는 사실이 뭔지 알아요. 그 시간에 올라프는 아직 살아 있었어요. 물론 제가 아는 바로는 어쩌면 그 사람이 올라프가 아니었을 수도 있지만요."

"순서대로 말해요." 내가 재촉했다.

"순서대로 말하고 말 것도 없어요…… 침실의 벽 뒤에서 가구를 움직이는 소리가 나더군요. 목소리는 기억이 안 납니다. 목소리는 들리지 않았어요. 하지만 그곳에서 뭔가가 움직였습니다. 저는 벽 쪽으로 혀를 내밀고 생각했죠. 금발 머리의 교활한 인간, 꿈나라나 가져. 나는 나의 올가에게 갈 테니…… 뭐 그런 내용이었어요. 그때 시각은 대략 10시 5분 전이었어요. 플러스마이너스 3분."

"알겠습니다. 다음."

"다음이라…… 다음으로 저는 세면실로 갔죠. 상체를 꼼꼼하게 씻었습니다. 보송보송한 수건으로 꼼꼼하게 닦았고요…… 전기면도기로 꼼꼼하게 수염을 밀었죠…… 꼼꼼하게 옷을 입었습니다……" 이 음울한 난봉꾼의 말투가 점점 가시가 돋은 것처럼 뾰족해졌다. 하지만 그는 그런 어조가 지금 상황에 적절하지 않음을 깨닫고 자제했다. "간단히 말해서, 세면실에서 나오면서 마지막으로 시계를 봤습니다. 10시 반 정도 되었더군요. 그 시간에서 2~3분 전이었을 겁니다."

"침실에 계속 계셨습니까?"

"네, 옷을 입은 채로 침실에 있었죠. 더 이상 아무 소리도 못 들었고요. 들었다고 한들 신경도 쓰지 않았겠죠. 옷을 입은 후에 거실로 나와 시간을 보냈습니다. 맹세하는데 파티 후로 올라프는 한 번도 못 봤어요."

"당신은 아까 모제스 부인이 죽었다고 맹세한 전적이 있어요." 내가 기억을 되살려 주었다.

"어, 그건 저도 모르겠습니다…… 이해가 안 돼요. 믿어 주세요, 페테르……"

"믿습니다." 내가 말했다. "자, 당신이 힌쿠스와 마지막으로 이야기를 나눈 때는 언제입니까?"

"음…… 아마 그 사람과는 한 번도 말을 안 했을 거예요. 한 번도요. 제가 그 사람과 무슨 이야기를 할 수 있을지 상상도 안 되네요."

"그러면 그 사람을 마지막으로 본 건 언제입니까?"

시모네는 기억을 떠올리며 눈을 가늘게 떴다.

"샤워장 근처?" 그가 질문을 하듯 말끝을 올리며 대답했다. "아, 아니군요. 내가 뭐라는 거야! 그 사람은 우리 모두와 같이 저녁을 먹었잖습니까. 경위님이 지붕에서 데리고 왔잖아요. 그 후에…… 그 사람은 어디론가 사라졌는데…… 혹시 그 사람에게 무슨 일이 생긴 겁니까?"

"별일 없습니다." 내가 대수롭지 않게 말했다. "한 가지만 더 물어봅시다. 당신 생각에 누가 이 장난질을 치고 있는 것 같습니까? 샤워장이며 사라진 실내화며……"

"아, 그거요." 시모네가 말했다. "제 생각엔 시작은 듀 바른스토크르였어요. 그러다가 마음이 동한 사람들이 장단을 맞춰 줬을 거고요. 누구보다 먼저 주인장이 그 장난을 덥석 물었을 거예요."

"그러면 당신은?"

"저도요. 전 모제스 부인의 방을 창문으로 슬쩍 들여다봤죠. 그런 장난을 아주 좋아하거든요……" 그는 갑자기 묘지를 연상시키는 웃음을 터트리더니 이내 웃음을 그치고 진지한 표정을 지었다.

"그것뿐입니까?" 내가 물었다.

"그것뿐이겠어요. 빈 객실에서 카이사에게 전화를 걸어 '익사자'가 찾아온 것처럼 꾸몄죠……"

"그러니까?"

"그러니까 축축한 맨발로 복도를 뛰어다닌 사람이 저예요. 또 소소하게 유령 소동을 일으키려고 했지만 하지 않았습니다."

"우리는 운이 좋았군요." 내가 건조하게 대꾸했다. "모제스 씨의 시계도 당신의 짓인가요?"

"모제스 씨의 시계요? 금시계요? 회중시계?"

나는 그를 한 대 치고 싶었다.

"그렇습니다." 내가 대답했다. "회중시계. 슬쩍하셨나요?"

"지금 저를 뭘로 보십니까?" 시모네가 분개했다. "제가 무슨 빈집털이범이라도 됩니까?"

"아니요, 그럴 리가요. 빈집털이범이라뇨." 내가 감정을 억제하며 말했다. "장난으로 시계를 훔쳤겠죠. '바그다드의 도둑'이 몰래 숨어든 것처럼 꾸미려고요."

"제 말을 들어 봐요, 페테르." 시모네가 몹시 심각한 표정을 지으며 말했다. "그 시계를 둘러싸고 무슨 일이 벌어지고 있다는 걸 알아요. 하지만 저는 그 시계에 손끝 하나 대지 않았어요. 본 적은 있어요. 모두가 다 봤을걸요. 묵직한 회중시계 말입니다. 언젠가 모제스가 모두가 보는 앞에서 그걸 자신의 잔에 빠트린 적이 있거든요……"

"알겠습니다." 내가 말했다. "시계 이야기는 그만합시다. 이제 전문가로서의 당신에게 한 가지 질문을 하겠습니다." 나는 그의 앞에 올라프의 가방을 놓고 뚜껑을 열었다. "이게 무엇인 것 같습니까?"

시모네는 재빨리 그 기계를 훑어보더니 조심스럽게 가방에서 꺼냈다. 그리고 잇새로 휘파람을 불며 요모조모 살폈다. 잠시 후 그는 양손으로 그 기계를 들고 무게를 가늠한 후 가방에 조심스럽게 집어넣었다.

"제 분야가 아니군요." 그가 말했다. "이런 기계를 소형으로 튼튼하게 만든 걸 보니 군용이나 우주 연구용인 것 같아요. 모르겠습니다. 짐작도 못 하겠어요. 이걸 어디서 가져오셨습니까? 올라프의 방입니까?"

"그렇습니다." 내가 대답했다.

"하, 거참." 그가 중얼거렸다. "그 멍청이 덩치에게 이런 게…… 아, 죄송합니다. 버니어가 왜 여기 달려 있지……? 이건 아마도 전원 단자일 테고…… 정말로 기묘한 기계군……" 그는 나를 바라보았다. "페테르, 원한다면 제가 여기 단추들을 눌러 보고 스위치와 나사를 좀 돌려 볼 수도 있습니다. 제가 원래 위험을 마다하지 않거든요. 그런데 이 기계를 살펴보는 일이 상당히 께름칙하다는 점은 명심하세요."

"괜찮습니다." 내가 대답했다. "이리 줘요." 나는 가방을 닫았다.

"옳은 판단입니다." 시모네가 의자에 푹 기대며 선선히 말했다. "이 장치는 전문가에게 맡겨야 합니다. 저는 누구에게 줘야 하는지도 알고 있죠…… 그나저나," 그가 말했다. "지금 왜 이런 일을 하는 거죠? 원래 그렇게 업무에 열심인 거예요? 왜 전문가들을 부르지 않습니까?"

나는 그에게 눈사태에 대해 간단히 설명했다.

"엎친 데 덮친 격이군." 시모네가 음울하게 중얼거렸다. "그럼 저는 이만 가 봐도 됩니까?"

"됩니다." 내가 말했다. "그리고 객실을 떠나지 말고요. 우선 눈을 붙여요."

그가 돌아갔다. 나는 올라프의 가방을 들고 숨길 만한 곳을 찾아 두리번거렸다. 그럴 만한 데가 좀처럼 보이지 않았다. 군용 아니면 우주용이라고? 내가 생각했다. 그래, 이런 게 빠지면 섭섭하지. 정치적 살인, 스파이 행위, 사보타주…… 에이, 실없는 소리! 만약 이 가방 때문에 살인을 저질렀다면 이 가방을 가져갔겠지…… 이걸 어디에 숨기지? 그때 주인장의 금고가 떠올랐다. 나는 (만약을 위해) 가방을 겨드랑이에 끼운 채 아래층으로 내려갔다.

주인장은 책상에 앉아 서류와 구식 계산기와 씨름 중이었다. 연발총이 바로 곁에, 옆벽에 기대 세워져 있었다.

"새로운 소식이 있습니까?" 내가 물었다.

그가 일어나서 나와 마주 섰다.

"특별히 좋은 소식은 없어요." 그가 미안한 표정을 지으며 대답했다. "모제스에게 무슨 일이 있었는지 다 털어놓고 말았어요."

"어쩌다가요?"

"그 사람이 미친 듯한 기세로 당신을 찾아 위층으로 올라가려고 했거든요. 누구도 한밤중에 자신의 아내의 방에 몰래 숨어들게 하지 않겠다고 씩씩거리면서요. 그를 어떻게 막아야 할지 좋은 수가 떠오르지 않아서 자초지종을 알렸죠. 그러는 편이 덜 시끄러울 것 같았어요."

"일 났군." 내가 말했다. "어쨌든 그건 내 불찰이에요. 그래서 그 사람은 어떻게 나오던가요?"

"별일 없었어요. 나를 보며 눈을 부라리고 잔을 홀짝이면서 한 30초 가만히 있더군요. 그러더니 갑자기 고래고래 소리를 지르는 거예요. 자신이 머무르는 공간에 누구를 들였느냐. 감히 어떻게 그런 짓을 하느냐…… 간신히 뿌리치고 왔어요."

"알겠어요." 내가 말했다. "그건 그렇고 알레크. 우선은 당신의 금고 열쇠를 줘요. 거기에 이 가방을 숨겨 둬야겠어요. 그리고 금고 열쇠는 내가 보관하죠. 양해해 줘요. 둘째, 카이사에게 질문을 몇 가지 해야 해요. 카이사를 당신

의 사무실로 데려와 줘요. 셋째, 커피가 몹시 마시고 싶군
요."

"갑시다." 주인장이 말했다.

제9장

나는 커피를 큰 잔으로 한 잔 마신 후 카이사에게 질문을 했다. 커피는 환상적이었다. 하지만 카이사로부터 쓸 만한 이야기는 전혀 들을 수 없었다. 첫째, 그녀는 의자에 앉아 계속 곯아떨어졌다. 내가 깨울 때마다 그녀는 대뜸 이렇게 되물었다. "뭐요?" 둘째, 그녀는 도저히 올라프에 대해 이야기를 할 수 없는 모양이었다. 내가 그의 이름을 댈 때마다 그녀는 얼굴을 붉게 물들이고, 낄낄 웃기 시작하더니, 어깨를 복잡한 동작으로 움직이고는 손바닥으로 얼굴을 가렸다. 그런 행동으로 볼 때 이 호텔에서 올라프가 난봉꾼 짓을 했고 그 일은 저녁을 먹고 난 직후 카이사가 그릇을 아래층으로 가져가 설거지를 할 때 벌어진 것이 틀림없다는 확실한 인상만 받았다. "그런데 제 목걸이를 가져갔어요." 카이사가 낄낄거리고 교태를 부리며 말했다. "나중에 기억을 떠올릴 기념품이라고 하더군요. 엉큼하기도 하지……" 결국 나는 그녀를 자라고 보낸 후 홀로 나가 주인장에게 갔다.

"이 사건에 대해서 어떻게 생각해요, 알레크?" 내가 물었다.

그는 기꺼이 계산기를 옆으로 밀어 놓고 우두둑 소리가 나도록 육중한 어깨를 바로 폈다.

"내 생각에는 말이죠, 페테르. 조만간 내 호텔에 새 이름을 붙여 줘야 할 것 같아요."

"어째서요?" 내가 되물었다. "그리고 새 이름으로 뭘 생각하고 있어요?"

"그건 아직 못 정했어요." 그가 대답했다. "하지만 이걸 생각하면 영 마음이 편치 않아요. 며칠 후면 내 골짜기에 기자들이 우글거릴 거예요. 그러니 그때까지 모든 사실을 파악해 둬야겠죠. 물론 의심스러운 부분들은 공식 수사가 어떤 결론을 내리느냐에 달려 있지만 사건 현장인 호텔 소유주의 개인적인 의견에 언론도 귀를 기울일 거예요……"

"벌써 개인적인 의견이 있다는 거예요?" 내가 깜짝 놀라 되물었다.

"뭐 엄밀히 말해서 의견이라고 할 수는 없지만…… 어쨌든 내게는 어떤 예감이 들어요. 내가 보기에 당신은 아직 못 느낀 것 같군요. 하지만 예감이 찾아올 겁니다, 페테르. 이 사건을 더 깊이 파다 보면 당신에게도 분명히 찾아

올 거예요.

당신과 나의 사고방식은 완전히 달라요. 나는 독학한 엔지니어죠. 그래서 대체로 결론 대신 예감이 찾아오죠. 당신은 경찰의 경위예요. 당신의 경우 예감은 결론이 만족스럽지 않을 때 찾아오죠. 당신이 다다른 결론 때문에 자신감을 잃을 때 말이에요. 나는 그렇게 봅니다, 페테르…… 자이제 질문을 해 봐요."

그때 나는 평소의 나답지 않게 그에게 힌쿠스에 대해 들려주었다. 아마 자신감을 상실하고 피곤했기 때문일 것이다. 그는 반질반질한 머리를 끄덕이며 내 이야기를 들었다.

"그렇군." 내가 이야기를 마치자 알레크가 말했다. "봐요, 힌쿠스도……"

알레크는 이렇게 알쏭달쏭한 말을 툭 내뱉더니 묻지도 않았는데 카드놀이가 끝난 후 무엇을 했는지 소상하게 이야기하기 시작했다. 하지만 그는 아는 게 별로 없었다. 그도 나와 거의 같은 때에 올라프를 마지막으로 보았다. 그는 9시 반에 모제스 부부와 함께 아래층으로 내려가 렐에게 밥을 주었고 밖으로 내보내 준 후 카이사에게 꾸물거린다며 야단을 치는데 내가 나타났다. 나를 보자 벽난롯가에서 뜨거운 포트와인을 한잔하자는 생각이 들었다. 그는 카이사에게 뜨거운 포트와인을 가져오라고 지시한 후 음악과 불을 끄기 위해 식당으로 향했다.

"…… 물론 그때 내가 올라프의 방으로 가서 그의 목을 비틀어 버렸을 수도 있죠. 내가 그러도록 그가 순순히 당하고 있을 것 같지는 않지만요. 하지만 나는 그런 시도도 하지 않았고 곧장 아래층으로 내려가서 홀의 불을 껐어요. 내가 기억하는 한 아무 문제 없었어요. 위층의 문은 모두 닫혀 있었고 조용했죠. 나는 뷔페로 돌아가서 포트와인을 잔에 따랐는데 바로 그때 눈사태가 일어났어요. 기억날지 모르겠지만, 내가 술을 가지고 갔잖아요. 가면서 뮈르에 전화를 해야 한다는 생각을 했어요. 그때 이미 뭔가가 잘못되었다는 예감이 들더군요. 전화를 한 후에 당신이 기다리고 있는 벽난로 방으로 돌아갔죠. 그 후로는 계속 당신과 같이 있었고요."

나는 감은 듯 만 듯한 눈으로 그를 바라보았다. 그는 매우 강건한 남자였다. 그리고 그라면 올라프의 목을 비틀 힘도 충분히 있다. 특히 사전에 올라프에게 독을 먹였다면 말이다. 그는 다른 누구도 아닌 이 호텔의 주인으로서 실질적으로 우리 중 누구에게라도 독을 먹일 수 있었다. 게다가 올라프가 투숙한 방의 예비 열쇠를 가지고 있을지 모른다. 세 번째 열쇠 말이다…… 이 모든 것이 그는 가능했다. 하지만 그가 할 수 없는 일이 있다. 그는 객실에서 문으로 나오면서 동시에 안에서 그 문을 잠글 수 없다. 창턱에 아무 흔적도 남기지 않고, 코니스에 아무 흔적을 남기지 않고, 창문 아래에 몹시 깊고 뚜렷한 발자국도 남기지 않은 채 창문에서 훌쩍 뛰어내릴 수 없다…… 아니 아무도 그렇게는 할 수 없다. 남은 가능성은 올라프의 방에서 지금은 낯선 이가 쓰고 있는 방으로 난 비밀 통로다. 하지만 그렇다면 이 범죄는 정교할 정도로 복잡해진다. 다시 말해서 도무지 알 수 없는 목적을 위해 사전에 철저하게 준비되었다는 뜻이니 말이다…… 젠장, 나는 그가 음악을 끈 후 계단을 내려와 렐에게 이야기를 하는 소리를 직접 들었다. 그러고 나서 약 1분 후에 눈사태가 일어났고 그다음에는……

"한 가지 궁금증을 풀어 줄래요?" 주인장이 말했다. "대체 왜 시모네와 모제스 부인의 방에 갔어요?"

"아, 별일 아니었어요." 내가 대답했다. "위대한 물리학자께서 술을 살짝 과하게 마셨더군요. 무슨 생각이었는지 누가 알겠어요……"

"무슨 일인지 말해 주지 않을 건가요?"

"별일 아니라니까요." 내가 바로 직전에 내 의식을 미끄러져 지나간 흥미로운 생각의 꼬리를 붙잡으려고 애쓰며 발끈했다. "알레크, 뭔가 떠올랐는데 당신의 터무니없는 생각에 잊어버렸네요…… 됐어요. 나중에 다시 떠오르겠죠…… 힌쿠스 이야기를 해 봅시다. 8시 반에서 9시 사이에 누가 식당에서 나갔는지 기억을 떠올려 보세요."

"물론 해 볼 수는 있지만," 주인장이 부드러운 어조로 말했다. "당신 이야기를 듣고 나니, 힌쿠스가 그를 결박한 존재에게 기겁했다는 사실에 더 관심이 가네요."

나는 그를 뚫어지게 바라보았다.

"그래서 어떻게 생각하는데요?"

"당신은요?" 그가 되물었다. "내가 당신이라면 그 일에 대해 무엇보다 심각하게 생각해 볼 거예요."

"지금 농담하는 거예요?" 내가 짜증을 내며 말했다. "지금 나는 오컬트, 판타지, 여타 철학 등을 파고 있을 때가 아니라고요. 다만 힌쿠스에 대해서라면……" 나는 정수리를 툭 쳤다. "이 호텔에 우리가 모르는 누군가가 숨어 있다는 식으로는 도저히 생각되지 않아요."

"알았습니다, 알았어요." 주인장이 화해를 청하듯 말했다. "이 이야기는 그만하죠. 그러니까 8시 반에서 9시 사이에 누가 홀에서 나갔느냐고요? 제일 먼저 카이사였죠. 카이사가 왔다가 갔어요. 그다음으로는 올라프. 그 사람도 왔다가 갔습니다. 세 번째가 듀 바른스토크르의 조카였어요…… 아 참, 아니에요. 그 애송이는 좀 더 후에 올라프와 함께 없어졌죠……"

"그게 언제였죠?" 내가 재빨리 물었다.

"뻔한 소리지만 정확한 시간까지는 기억을 못 해요. 하지만 그때 우리가 카드놀이를 하고 있었고 두 사람이 자리를 뜬 후로도 한참 했다는 사실은 잘 기억합니다."

"그건 무척 재미있는 이야기군요." 내가 말했다. "하지만 이 이야기는 나중에 하도록 하죠. 또 누가 나가던가요?"

"어디 보자, 모제스 부인 혼자 남았어요…… 음……" 그는 손톱으로 넓은 볼을 세게 긁었다. "아니군요." 그가 단호하게 말했다. "기억이 안 나요. 나는 주인이니까 대체로 손님들을 주의 깊게 살펴보죠. 그래서 보다시피 어떤 부분은 꽤 상세하게 뭔가를 기억하고 있는 거예요. 그런데 엄청나게 운이 따라 준 순간이 있었거든요. 그래 봐야 고작 두세 번 카드를 돌린 동안이었으니 그리 오래는 아니었지만요. 아무튼 그렇게 행운이 따라 준 시간에는……" 주인장이 양손을 벌렸다. "모제스 부인이 바른스토크르의 조카와 춤을 춘 건 기억이 나요. 그 후에 모제스 부인이 우리 테이블로 와서 앉았고 직접 카드를 친 것도 기억하고요. 하지만 모제스 부인이 나갔는지는…… 아뇨, 나는 눈여겨보지 않았어요. 유감이네요."

"어쨌든 말해 줘서 고마워요." 나는 멍하니 대답했다. 나는 다른 생각에 빠져 있었다. "그러니까 그 애송이가 올라프와 함께 자리를 떴고 두 사람은 돌아오지도 않았다, 그런 이야기죠?"

"그래요."

"당신이 카드를 관두고 자리에서 일어난 건 9시 반 전이었군요?"

"그렇게 되겠네요."

"고마워요." 내가 이렇게 인사를 하며 자리에서 일어 났다. "이만 가 볼게요. 아, 질문이 한 가지 더 있어요. 혹시 저녁 식사 후에 힌쿠스를 봤어요?"

"저녁 식사 후에요? 아뇨."

"아, 그렇죠. 당신은 카드를 쳤으니…… 그럼 저녁 식 사 전에는?"

"그 전이라면 여러 번 봤죠. 아침에 그가 식사를 하는 모습을 봤고, 그 후에 우리가 앞마당에서 스키를 타고 놀 때도 봤고요…… 그 후에 그 사람은 내 사무실에서 뮤르로 전보를 보냈잖아요. 그리고…… 그래요! 그리고 그 사람은 내게 지붕으로 가는 방법을 물었어요. 거기서 일광욕을 할 거라고 했죠…… 음, 이게 다인 것 같은데. 아니, 낮에 뷔페 에서 한 번 더 봤어요. 브랜디를 술병째로 가져가서 마시고 있었죠. 그 후로 더 이상 오후에는 그를 못 봤어요."

바로 그때 나는 머릿속을 획 미끄러져 지나가는 한 가 지 생각을 낚아챘다.

"잠깐, 알레크. 내가 완전히 잊고 있었는데," 내가 말했 다. "올라프는 숙박계에 뭐라고 기입을 했죠?"

"숙박계를 가져올까요?" 주인장이 물었다. "아니면 그 냥 알려 줄까요?"

"그냥 말해 줘요."

"올라프 안드바라포르스, 공무원, 열흘간 휴가, 일행 없음."

아니다, 내가 생각한 건 이런 대답이 아니었다.

"고마워요, 알레크." 나는 이렇게 말하며 다시 앉았다. "이제 볼일을 보세요. 나는 여기 앉아서 생각을 좀 정리해야겠어요."

나는 양손으로 머리를 감싸 쥐고 생각에 빠져들었다. 지금까지 내가 알아낸 건 뭐지? 별로 없다. 빌어먹을 정도로 없다. 나는 올라프가 9시에서 9시 반 사이에 식당을 나가 다시 돌아오지 않았다는 사실을 알아냈다. 자 정리해 보자. 올라프와 함께 자리를 뜬 사람은 브륜이라는 사실이 밝혀졌다. 지금까지 밝혀진 사실로 보건대, 브륜은 올라프가 살아 있는 모습을 마지막으로 본 사람이다. 물론 그를 죽인 범인을 제외한다면 말이다. 그리고 질문을 받은 사람들이 모두 사실대로 대답했다고 가정하면. 그러니까 올라프는 9시 직후부터 자정 직후 사이 어느 시점에 살해당했다. 시간 간격이 너무 길다. 그리고 보니 시모네는 9시 55분에 올라프의 방에서 가구를 움직이는 소리가 들렸다고 했고, 듀바른스토크르가 10시 10분경에 방문을 두드렸지만 대답이 없었다고 했다. 하지만 이건 아무런 의미도 없다. 올라프가 이 시각에 없었을 수도 있으니까. 나는 머리를 쥐어뜯으며 분통을 터트렸다. 올라프는 자신의 방에서 살해된 게 아닐 수도 있다…… 아니야, 이르다. 지금 결론을 내리는 건 섣부르다. 아직 올라프 건에 대해 브륜이, 힌쿠스 건에 대해 모제스 부인이 남아 있다…… 혹시 부인이 무슨 이야기를 해 주지 않을까? 가령 네, 지붕으로 나가 봤어요. 거기서 힌쿠스 씨를 봤죠…… 잠깐, 부인이 뭐 하러 지붕으로 나가지? 그것도 어깨를 훤히 드러낸 드레스 차림에 남편도 없이 혼자…… 좋아. 질문. 누구부터 시작할까? 힌쿠스가 아니라 올라프가 살해되었고, 아마도 모제스 부인은 남편으로부터 살인 사건에 대해 들었을지도 모르니 브륜부터 시작하자. 사람들은 잠이 덜 깬 상태에서 가끔 흥미로운 것들을 털어놓기도 한다. 게다가 브륜이 여자인지 남자인지 알아낼 수 있을지도 몰랐다. 자리에서 일어서는데 이런 생각들이 얼른 머릿속을 지나갔다.

브륜의 방문은 한참 동안 요란하게 두드려야 했다. 한참 후 문 저편에서 맨발로 걸어오는 소리가 들리더니 노한 기색을 띤 쉰 목소리가 물었다. "무슨 일이에요?"

"문 열게, 브륜. 나야, 글렙스키." 내가 말했다.

짧은 침묵이 이어졌다. 이내 놀란 목소리가 물었다.

"뭐요? 미쳤어요? 지금 새벽 3시예요!"

"문 열라고 하잖나!" 내가 소리쳤다.

"무슨 일이에요?"

"자네 삼촌이 몸이 안 좋으시네." 내가 되는대로 말했다.

"뭐라고요? 잠깐만요, 바지 좀 입고요……"

맨발이 찰싹찰싹 걸어가는 소리가 멀어졌다. 나는 기다렸다. 잠시 후 열쇠가 돌아가고 문이 열리자 브륜이 문턱을 넘어 나왔다.

"왜 이렇게 꾸물거리나." 내가 그의 어깨를 잡으며 말했다. "자, 다시 방으로 들어가세……"

브륜은 잠이 완전히 깨지 않아서인지 특별히 저항하지 않았다. 브륜은 순순히 방으로 되돌아가 엉망으로 어질러진 침대에 앉았다. 나는 맞은편 안락의자에 앉았다. 잠시 동안 브륜은 자신의 커다랗고 검은 안경을 쓴 채 나를 바라봤는데, 도톰한 분홍색 입술을 달달 떨고 있었다.

"그렇게 심각하신가요?" 브륜이 소곤거리며 물었다. "그렇게 가만히 있지 말고 무슨 말이라도 해 봐요!"

의외였지만 놀랍게도 이 야생 짐승 같은 존재가 제 삼촌을 진심으로 사랑하고 걱정한다는 사실을 인정하지 않을 수 없었다. 나는 담배를 꺼내 피우며 말했다.

"아니야, 자네 삼촌은 정정하시네. 나는 다른 일 때문에 왔어."

"하지만 아까 그렇게 말했잖아요……"

"나는 그런 적 없어. 꿈이라도 꾼 건가. 자, 솔직하게 말

해 보게. 올라프와 언제 헤어졌나? 물론 살아 있는 올라프
와 말이야!"

"무슨 올라프요? 내게서 무슨 말을 듣고 싶은 거예
요?"

"언제 어디에서 올라프를 마지막으로 봤나?"

브륜이 머리를 가로저었다.

"영문을 모르겠네. 올라프가 무슨 상관이에요? 삼촌
은 어때요?"

"자네 삼촌은 주무신다니까. 정정하게 살아 계시네.
언제 어디에서 올라프와 마지막으로 봤나?"

"왜 자꾸 같은 말을 반복하는 거예요?" 브륜이 발끈했
다. 점점 잠이 깨어 정신이 드는 모양이었다. "대체 왜 한밤
중에 내 방으로 쳐들어온 거냐고요?"

"질문은 내가 해……"

"그쪽이 뭘 하건 나랑 무슨 상관이에요! 여기서 썩 꺼
져요, 안 그러면 삼촌을 부를 거예요, 빌어먹을!"

"자네는 올라프와 춤을 췄고 그 후에 자리를 떴어. 그
때 어디로 갔나? 왜 자리를 떴지?"

"왜 이러는 거예요? 질투심에 약혼녀를 의심이라도
하는 거예요?"

"쓸데없는 소리는 그만해, 이 고약한 아가씨야!" 내가
소리를 빽 질렀다. "올라프가 살해되었어! 나는 자네가 그

가 살아 있는 모습을 본 마지막 사람이라는 걸 잘 알아. 그게 언제였나? 어디였어? 살아 있을 때 말이야!"

내 모습이 무시무시했던 모양이었다. 브륜은 뒤로 물러나며 말 그대로 자신을 방어하듯 손바닥을 내보이면서 팔을 죽 뻗었다.

"설마!" 브륜이 속삭였다. "지금 무슨 소리를 하는 거예요? 무슨 소리예요?"

"대답해." 내가 차분하게 말했다. "자네는 그와 함께 식당을 나가 어딘가로 갔어…… 어디로 갔었나?"

"아, 아무 데도요…… 우린 그냥 복도로 나갔어요……"

"그리고?"

브륜이 입을 다물었다. 나는 그의 눈이 보이지 않았다. 그 상황이 낯설고 불편했다.

"그리고?" 내가 다그쳤다.

"삼촌을 불러 줘요." 브륜이 단호한 어조로 말했다. "삼촌이 여기 계시면 좋겠어요."

"자네 삼촌은 자네를 도울 수 없어." 내가 거절했다. "자네를 도울 수 있는 건 진실뿐이야. 그러니 사실대로 말해 주게."

브륜은 입을 다물었다. 그는 '무자비해지자!'라고 손글씨로 쓴 커다란 벽보가 걸린 침대에 몸을 웅크린 채 입도 벙긋 않고 가만히 앉아 있었다. 잠시 후 검은 색안경 아래로 눈물 두 줄기가 뺨을 타고 흘러내렸다.

"눈물도 도움이 되지 않아." 내가 차갑게 말했다. "사실대로 말하게. 자네가 거짓말로 이 상황을 회피하려고 한다면," 나는 주머니에 손을 집어넣었다. "자네의 양손에 수갑을 채워 뮤르로 보낼 거네. 그곳에 가면 자네를 전혀 모르는 사람들의 취조를 받게 되겠지. 지금 우리는 살인 사건에 대해 이야기하는 거야. 이제 상황 파악이 좀 되나?"

"네……" 브륜이 모기만 한 소리로 말했다. "말할게요……"

"잘 생각했네." 내가 말했다. "그러니까 올라프와 함께 복도로 나갔어. 그다음에는 뭘 했나?"

"우리는 복도로 나갔어요……" 브륜이 기계적으로 반복했다. "그리고 그다음에는…… 다음은…… 기억이 잘 안나요. 나는 기억력이 형편없거든요…… 그 사람이 무슨 말인가 했고 나는…… 그 사람이 무슨 말을 하고는 가 버렸어요. 그리고 나는…… 그러니까……"

"이래서는 아무것도 안 되겠군." 내가 고개를 흔들며 말했다. "다시 해 보지."

브륜이 훌쩍이며 콧물을 닦더니 베개 아래로 손을 집어넣었다. 손수건을 꺼내기 위해서였다.

"그래서?" 내가 말했다.

"이건…… 이건…… 부끄럽네요." 브륜이 속삭이듯 말

했다. "끔찍하기도 하고요. 올라프가 죽다니."

"경찰은 의료진과 같아." 내가 몹시 어색함을 느끼며 타이르듯 말했다. "'부끄럽다' 같은 개념은 인정하지 않는다는 점에서 말이지."

"좋아요." 갑자기 브륜이 오만하게 고개를 들며 말했다. "엿이나 먹으시지. 그때 상황은 이랬어요. 처음에는 농담 따먹기 같은 거였어요. 약혼자니 약혼녀니, 남자니 여자니…… 당신이 나를 대했던 것처럼 말이죠…… 그 사람도 나를 뭔가로 착각한 것 같아요. 뭔지는 모르겠지만…… 그러다가 우리가 밖으로 나오니까 그 사람이 나를 막 더듬잖아요…… 불쾌해서 그 사람 면상을…… 얼굴을 한 대 갈기는 상황이 된 거죠."

"그래서?" 내가 브륜에게 시선도 주지 않은 채 말했다.

"그래서 그 사람은 화가 났고 내게 욕을 하더니 가 버렸어요. 그러지 말걸. 그렇게 주먹을 휘두를 필요는 없었는데. 하지만 그 사람도 잘한 건……"

"그 사람은 어디로 가던가?"

"그걸 내가 어떻게 알아요? 어디로 왜 가는지 지켜보고 있는 것도 아닌데…… 복도를 걸어갔다니까요……" 브륜이 손을 내저었다. "어디로 갔는지는 몰라요."

"그러면 자네는?"

"나요? 나는 왜요? 불쾌하고 지겨워서 기분이 팍 상했죠…… 혼자 남았으니 내가 할 일은 방으로 돌아가 문을 걸어 잠그고 코가 비뚤어지게 마시기죠……"

"술을 마셨다고?" 나는 조심스럽게 코를 벌렁거리고 조금씩 주변을 둘러보며 물었다. 방 안은 엉망진창이었다. 죄다 이리저리 흩어져 있고 여기저기 나뒹굴고 있었으며 테이블에는 기다란 종이띠들이 대충 놓여 있었다. 구호를 적은 벽보인 것 같았다. 경찰의 방문에 걸어 놓기 위해서…… 방에서는 정말 술 냄새가 났고 침대의 머리 쪽 바닥에는 병이 굴러다니고 있었다.

"당연하잖아요. 그렇게 말하고 있잖아요!"

나는 몸을 숙여 병을 집었다. 병은 거의 비어 있었다.

"맞아야 정신을 차리겠나, 젊은이." 나는 집어 든 병을 '일반화를 타도하라! 순간 만세!'라고 적힌 종이 위에 올려 두었다. "그 후로 계속 이 방에 있었나?"

"네. 그럼 뭘 하겠어요?" 브륜은 여전히 제 버릇대로 자신의 성별을 밝히지 않으려고 말을 골라 가며 했다.

"그럼 언제 잠자리에 들었나?"

"기억이 안 나요."

"좋아, 그렇다고 치지." 내가 말했다. "이제 자네가 테이블을 떠난 순간부터 올라프와 복도로 나가기 직전까지 뭘 했는지 상세하게 말해 봐."

"상세하게?" 브륜이 물었다.

"그래, 아무것도 빼먹지 말고."

"그러죠." 브륜이 작고 뾰족하고 푸른빛이 감돌 정도로 하얀 치아를 살짝 드러내며 대답했다. "어디 보자. 나는 디저트를 다 먹어요. 그때 고주망태가 된 경위 나리가 내 옆에 와서 앉더니 내가 마음에 든다느니 어서 결혼을 하자느니 사탕발림을 해 대지 뭐예요. 그러면서 계속 내 어깨를 앞발 같기도 하고 손 같기도 한 걸로 툭툭 치면서 이렇게 말하더라고요. '이봐 어서 가, 가라고. 나는 당신이 아니라 당신 누나와 함께할 거니까……'"

나는 눈 하나 깜짝하지 않고 브륜의 공격을 꾹 참고 들었다. 바라건대, 내 얼굴도 돌처럼 무표정했어야 할 텐데.

"그런데 정말 다행스럽게도," 브륜은 고소해하며 말을 이었다. "모제스 부인이 다가오더니 춤을 추자며 경위 나리를 낚아채 가 버려요. 두 사람은 춤을 추고 나는 구경하는데, 모든 상황이 함부르크에 있는 부두 선술집과 비슷했어요. 그런 후에 경위 나리가 모제스 부인의 허리 아래를 움켜쥐더니 커튼 뒤로 데리고 가더라고요. 그건 함부르크의 또 다른 선술집에서 일어난 일과 똑같았어요. 나는 그 커튼을 바라봐요. 그 경위 때문에 나는 몹시 울적한 기분에 빠지고 말죠. 그 사람은 대체로 괜찮은 남자고 술을 이기지 못했을 뿐이니까요. 늙은 모제스도 탐욕스럽게 그 커튼을 노려봐요. 나는 자리에서 일어나서 모제스 부인에게 춤을 청해요. 그랬더니 경위는 좋아 죽는 눈치더군요. 커튼 뒤에 있을 때 술이 깬 모양이었어요……"

"그때 홀에는 누가 있었나?" 내가 건조하게 물었다.

"전부 다. 올라프는 없었고 카이사도 없었어요. 시모네는 당구를 치고 있었고. 경위에게 선수를 뺏겼다는 슬픔에 잠겨서 말이죠."

"그래서. 계속하게." 내가 말했다.

"음, 나는 모제스 부인과 춤을 추고 부인이 탐욕스럽게 내게 몸을 밀착시켜요. 그 부인은 모제스가 아니면 누구라도 괜찮은 거예요. 그러다가 부인의 드레스 어딘가가 뜯어졌는지 문제가 생겼죠. 어머나 사고가 났네, 실례할게요. 이런 식으로 말해요. 알 게 뭐람. 부인은 사고를 처리하러 복도로 나가고 내게 올라프가 다가와요……"

"잠깐만. 그게 언제지?"

"좀 봐줘요! 내가 시간을 확인할 이유가 있겠어요?"

"그러니까 모제스 부인이 복도로 나갔군?"

"음 그건 나도 모르죠. 복도로 갔는지 자기 방으로 갔는지 빈방으로 들어갔는지. 바로 옆으로 빈방이 두 개 있거든요…… 모제스 부인에게 생긴 사고가 뭔지도 나는 몰라요. 당신이 커튼 뒤에서 부인의 코르셋을 전부 잡아 뜯었는지…… 계속해요?"

"그래."

"올라프와 춤을 추는데, 그가 내게 온갖 칭찬을 퍼부었어요. 몸매가 어떻다느니, 당당한 태도가 어떻다느니, 걸음걸이가 어떻다느니…… 아, 그러더니 이렇게 말하죠. 같이 갑시다. 당신에게 흥미로운 물건을 보여 줄게요. 그게 나와 무슨 상관이에요? 그래도 나는 가기로 해요…… 어차피 홀에서는 재미있는 일이 일어날 것 같지 않았거든요……"

"그때 홀에서 모제스 부인을 봤나?"

"아뇨. 그때 부인은 건선거*에서 구멍을 때우고 있었으니까…… 우리는 복도로 나갔어요…… 그다음은 아까 말한 대로죠."

"그러면 그 후로 모제스 부인은 더 이상 보지 못했나?"

바로 그때 브륜이 우물쭈물했다. 아주 잠깐 동안이었지만 나는 그 순간을 놓치지 않았다.

"네." 브륜이 대답했다. "또 마주칠 일이 뭐가 있겠어요. 그리고 부인에게 신경 쓸 계제도 아니고요. 내가 뭘 하겠어요. 울적함을 보드카로 달래기나 하지."

나는 그 검은 색안경이 아주 몹시 불편했다. 두 번째 신문을 할 때는 저 안경을 벗게 하겠다고 굳게 다짐했다. 필요하다면 강제로라도 말이다.

"낮에 지붕에서 뭘 했나?" 내가 날카로운 어조로 물었다.

"무슨 지붕요?"

"호텔 지붕." 나는 손가락으로 천장을 가리켰다. "거짓 말 말게. 내가 거기서 자네를 봤으니까."

"지금 무슨 소리를 하는 거예요?" 브륜이 발끈했다. "날 뭐로 보는 거예요? 지붕에서 춤이나 추는 미치광이?"

"그러니까 그 사람은 자네가 아니었군." 내가 화해 를 청하듯 말했다. "알았네. 그럼 힌쿠스로 넘어가지. 기 억하지? 자네가 처음에 올라프와 착각했던 자그마한 남 자……"

"음, 기억해요." 브륜이 대답했다.

"그 사람을 언제 마지막으로 봤나?"

"마지막으로……? 마지막이라면 아마 복도에서일 거 예요. 올라프와 내가 식당에서 나왔을 때."

나는 깜짝 놀라 펄쩍 뛰어올랐다.

"그게 언제였나?" 내가 되물었다.

브륜이 흠칫 놀랐다.

"왜 그래요?" 브륜이 되물었다. "별일 아니었어요…… 우리가 홀에서 나갔을 때 마침 힌쿠스가 계단으로 돌아 올 라가더라고요……"

나는 그 말에 경악하며 당시 상황을 재구성했다. 두 사 람은 9시 이후에 식당에서 나갔고, 9시에는 여전히 춤을 추

---

* 항구에서 물을 빼고 배를 만들거나 수리할 수 있는 곳.

고 있었다. 그들을 듀 바른스토크르가 기억했다. 하지만 힌쿠스의 시계는 8시 43분에 망가져 있었으니 9시에 그는 이미 결박된 채 테이블 아래 있었다……

"그때 본 사람이 힌쿠스라고 확신하나?"

브륜이 어깨를 으쓱했다.

"힌쿠스 같았는데…… 사실 그 사람이 곧장 왼쪽으로 돌아서 충계참으로 가긴 했지만요…… 그래도 힌쿠스일 거예요, 아니면 누구겠어요? 카이사나 모제스 부인을 그 사람으로 착각할 리는 없잖아요…… 누구와도 그 사람과 헷갈릴 수 없어요. 덩치도 그렇게 작고 몸이 구부정한데……"

"잠깐!" 내가 소리쳤다. "그때 그 사람이 외투를 입고 있었나?"

"그랬죠…… 바닥까지 내려오는 바보 같은 그 외투요. 발에 뭔가 흰 게 보였는데…… 왜 그래요?" 브륜이 갑자기 목소리를 낮췄다. "혹시 그 사람이 죽었어요? 힌쿠스가?"

"아니, 아니야." 내가 대답했다. 혹시 힌쿠스가 날 속였다면? 정말로 그 자리에서 시늉을 한 것이라면? 시계를 짓눌러서 깨트리고 시곗바늘을 앞으로 돌렸을 것이다…… 그리고 자신은 테이블 아래 앉아서 낄낄거리고 있다가 교묘하게 나를 속이고 지금은 제 방에서 낄낄거리고 있겠지…… 그리고 그의 공범은 어딘가 다른 곳에서 낄낄거리고 있을 것이다. 나는 자리를 박차고 일어났다.

"여기 있게." 내가 지시했다. "방을 나갈 생각은 꿈도 꾸지 말고. 아직 자네와 할 이야기가 남았다는 사실을 명심하게."

나는 문으로 가다가 다시 돌아와 테이블에 올려 둔 병을 집어 들었다.

"이건 내가 압수하지. 술에 취한 증인은 필요 없으니까."

"그럼 삼촌에게 가도 돼요?" 브륜이 떨리는 목소리로 물었다.

나는 잠시 망설였지만 결국 내버려 두었다.

"그래. 어쩌면 그분이 사실대로 털어놓으라고 자네를 설득할 수 있을지도 모르니."

나는 복도로 튀어나와 곧장 힌쿠스의 방으로 뛰어가서 문을 열고 안으로 들어갔다. 온통 불이 켜져 있었다. 입구에도, 세면실에도, 침실에도 전부. 힌쿠스는 온몸이 젖은 채 이를 드러내 보이며 침대 뒤에 쪼그리고 앉아 있었다. 방 한가운데엔 의자가 박살 나 있었고 힌쿠스가 의자 다리 하나를 쥐고 있었다.

"아, 경위님이시군요?" 그가 콱 잠긴 소리로 말하며 몸을 바로 폈다.

"그래!" 내가 말했다. 핏발이 선 붉은 눈이 희번덕거리는 광기 어린 표정을 보자 그가 거짓말을 하고 잡아떼고 있다는 확신이 다시 흔들렸다. 제 역할을 저렇게까지 해내려면 보통의 연기 실력으로는 어림도 없을 것이다. 하지만 나는 호통을 치듯 말했다. "이제 거짓말은 지긋지긋해, 힌쿠스! 당신 내게 거짓말을 했더군! 당신이 8시 40분에 납치되었다고 말했지. 그런데 9시에 당신을 복도에서 봤다는 목격자가 나타났어! 자, 이제부터 사실대로 말할 건가 말 건가?"

그의 얼굴에 무슨 영문인지 모르겠다는 표정이 스쳐지나갔다.

"저를요? 9시 넘어서?"

"그래! 당신이 복도를 지나 층계참으로 돌아가는 모습을 봤다더군."

"제가요?" 그가 갑자기 경련을 일으키며 히히 웃었다. "제가 복도를 지나갔다고요?" 그는 다시 히히 웃었고 다시 웃더니 또 웃다가 느닷없이 찢어지는 듯한 히스테리성 웃음으로 온몸을 흔들었다. "내가……? 나를……? 바로 그거예요, 경위님! 바로 그거라고요!" 그가 웃음으로 숨을 헐떡이며 말했다. "그 사람들이 나를 복도에서 봤어요…… 그리고 나도 나를 봤어요…… 그리고 내가 나를 납치해서…… 내가 나를 꽁꽁 묶었고…… 내가 나를 벽으로 밀어 넣었어요! 내가 나를…… 아시겠어요, 경위님! 내가 나를요!"

제10장

나는 기가 팍 죽어 홀로 내려가 주인장에게 말했다.

"힌쿠스가 완전히 정신이 나갔어요. 혹시 잘 듣는 진정제라도 가지고 있어요?"

"없는 게 없죠." 주인장은 눈곱만큼도 놀라지 않고 대답했다.

"주사는 놓을 줄 알아요?"

"나는 못하는 게 없죠."

"그럼 그렇게 해 줘요." 나는 그에게 방 열쇠를 내밀며 말했다.

나는 머리가 띵하니 무거웠다. 새벽 4시 5분 전이었다. 나는 피곤했고 성질이 났으며 무엇보다 범인을 추격하고 싶은 열의가 전혀 생기지 않았다. 나는 이 사건이 내 능력을 뛰어넘는다는 사실을 너무나 선명하게 깨달았다. 돌파구라고는 보이지 않았다. 그런 게 있기는커녕 조사할수록 사건의 진상은 더 미궁으로 빠져들었다. 혹시 이 호텔에 힌쿠스와 닮은 누군가가 숨어 있는 건 아닐까? 실제로 또 한 명의 힌쿠스가 있나? 그리고 그야말로 진짜 위험천만한 악당이자 미치광이이자 사디스트가 아닐까? 그렇다면 살 인과 힌쿠스의 공포, 그의 히스테리가 어느 정도 설명이 된 다…… 하지만 그게 사실이라면 그 악당이 어떻게 이 호텔 에 숨어들었고, 어디에 또 어떻게 숨어 있을 수 있는지 밝 혀야 한다. 이곳이 루브르궁도 겨울궁전도 아니니 말이다. 여기는 '열두 개의 객실을 갖춘 작고 쾌적한 호텔로, 완벽 한 사생활과 집과 같은 안락함을 보장'하는 곳 아닌가…… 좋아, 이제 모제스 부부에게 질문을 할 시간이다.

모제스 씨는 나를 자신의 방으로 들이지 않았다. 문을 두드리자 그는 커다란 동양풍 가운을 입은 채 변함없이 한 손에는 잔을 들고 나와 말 그대로 자신의 육중한 배로 나를 복도로 밀어붙였다.

"이곳에서 이야기를 나누자는 말인가요?" 내가 지친 기색을 숨기지 않으며 말했다.

"그렇소, 그럴 작정이오." 그는 온갖 것이 뒤섞여 무엇 인지 짐작도 할 수 없는 냄새를 내 얼굴에 짙게 뿜어내며 도전적으로 말했다. "바로 여기서. 모제스의 집에서 경찰 은 아무것도 할 게 없소."

"그렇다면 사무실로 가는 편이 좋겠군요." 내가 제안 했다.

"글쎄…… 사무실이라……" 그는 잔을 홀짝였다. "사무실로 갑시다. 거기라면 괜찮겠군. 우리가 당신과 무슨 이야기를 할 게 있는지 도무지 모르겠지만. 혹시 내가 사람을 죽였다고 의심하시는 거요? 이 내가, 이 모제스가?"

"아닙니다." 내가 말했다. "하느님 맙소사. 하지만 귀하의 증언이 수사에 가늠할 수 없는 도움이 될지도 모르죠."

"수사에!" 그는 조롱하듯 콧방귀를 뀌더니 다시 잔을 홀짝거렸다. "좋소, 갑시다……" 사무실로 가는 동안 그는 연신 불평을 했다. "시계는 찾지도 못했잖소. 평범하게 도둑맞은 시계인데. 그런데 이제는 살인 사건에, 수사에……"

사무실에 도착한 후 그에게 안락의자를 권하고 나는 책상 앞에 앉았다.

"그러니까 시계는 아직 못 찾으셨군요?" 내가 물었다.

모제스가 발끈하며 나를 죽일 듯 노려보았다.

"이보시오, 경찰 양반. 당신은 그 시계가 저절로 나타나리라 기대했소?"

"그러면 좋겠다고 생각했죠." 내가 인정했다. "하지만 시계가 발견되지 않았으니 제가 할 일이 없군요."

"우리 나라 경찰이 영 마음에 들지 않아." 모제스가 나를 노려보며 말했다. "이 호텔도 마음에 들지 않고. 사람이 살해당하지 않나, 눈사태가 일어나지 않나…… 개들, 도둑놈들, 한밤중에 들리는 괴상한 소리…… 대체 당신은 내 방에 누구를 들인 거요? 나는 확실하게 밝혔소. 벽난로 방을 제외하면 그 복도는 내가 쓴다고. 나는 벽난로 방은 필요 없으니까. 당신이 뭔데 그 약속을 깨는 거요? 나의 3호실에 어떤 부랑자가 들어와 있는 거요?"

"눈사태에 조난한 사람이죠." 내가 설명했다. "그 사람은 부상을 당했고 동상까지 입었습니다. 그런 상태로 위층으로 옮긴다면 너무 고통스러웠을 겁니다."

"하지만 나는 당신에게 3호실의 숙박비를 지불했잖소! 그러니 내게 먼저 허락을 구했어야지!"

나는 그와 말싸움을 할 수 없었다. 그가 술에 취한 눈으로 나와 주인장을 혼동하고 있다고 설명할 기운이 없었다. 그래서 이렇게 말했다.

"호텔이 정식으로 사과를 드릴 겁니다, 모제스 씨. 그리고 내일은 원상태로 되돌려 놓겠습니다."

"비렁뱅이들!" 모제스 씨가 잔으로 몸을 기울이며 으르렁거렸다. "그래도 그 남자는 점잖은 사람일 테지? 3호실의 낯선 이 말이오. 아니면 그 사람도 도둑놈이오?"

"어딜 보나 점잖은 사람입니다." 내가 그를 달래듯 말했다.

"그런데 왜 당신의 그 고약한 개가 문을 지키고 있는 거요?"

"그건 순전히 우연의 일치입니다." 나는 눈을 감으며

말했다. "내일이면 모든 것이 정상으로 돌아갈 겁니다, 약속드리죠."

"죽은 사람도 되살아날 수 있다는 거요?" 고약한 노인네가 고약하게 물었다. "당신은 그것도 내게 약속할 수 있겠소? 나는 모제스 어르신이오! 알베르트 모제스! 나는 죽은 이들이니, 개들이니, 묘지기들이니, 산사태며 거지들에 익숙하지 않소……"

나는 앉아서 눈을 감은 채 기다렸다.

"나는 한밤중에 누가 내 아내를 찾아오는 상황에 익숙하지 않소." 모제스가 계속했다. "나는 귀족 행세를 하는 타지의 마술사에게 하룻밤에 300크론이나 잃는 일에 익숙하지 않소. 바를…… 브랄드…… 아무튼 그놈은 카드 사기꾼에 불과해! 모제스는 사기꾼과 한 테이블에 앉지 않아! 모제스, 이 모제스 어르신은!"

그는 그 후로도 한참이나 투덜거리고, 씩씩거리고, 푸념을 늘어놓고, 요란하게 잔을 홀짝거리다가 트림을 하고, 숨을 헐떡거렸다. 덕분에 나는 모제스는 모제스고, 알베르트 모제스 어르신이고, 그는 이것저것은 물론 무릎까지 오는 눈에 익숙하지 않고, 이것저것은 물론 침엽수 사우나에 익숙한 어르신이라는 사실을 평생 잊지 못할 것이다……
나는 눈을 감고 앉아서 정신을 다른 데 팔기 위해 그가 어떻게 잔을 계속 쥔 채로 잠을 자는지, 그가 어떻게 코를 요란하게 골고 입으로 휘파람 소리를 내면서도 잠에서 깨지도 않고 잔을 기울어지지 않게 잡고 있다가 때때로 홀짝이는지 상상했다⋯⋯ 이윽고 주위가 조용해졌다.

"내 이야기는 여기까지오, 경위." 모제스가 훈계조로 말한 후 자리에서 일어섰다. "내가 지금 한 말을 잘 명심하시오. 이 이야기를 평생 교훈으로 삼으시오. 당신에게 많은 것을 가르쳐 줄 테니, 경찰 나리. 안녕히 주무시오."

"잠깐만요." 내가 말했다. "간단한 질문 두 가지가 있습니다." 그가 분노하며 입을 벌렸지만 나는 그런 반응을 경계했기에 그에게 말을 할 기회를 주지 않았다. "대략 언제쯤 홀을 떠나셨나요, 모제스 씨?"

"대략?" 그가 툴툴거렸다. "그런 식으로 범죄를 밝힐 수 있으리라 기대하는 거요? 대략! 나는 정확하기 그지없는 정보를 당신에게 줄 수 있소. 모제스는 그 무엇도 대충하지 않으니까. 대충 한다면 모제스가 아니지⋯⋯ 내가 앉도록 허락해 주시겠소?" 그가 심술궂게 물었다.

"그럼요, 죄송합니다. 앉으세요."

"고맙소, 경위." 그는 더욱 심술궂게 말한 후 앉았다. "그러니까 나는 오늘 밤에 당신이 아무런 권한도 없이, 영장이나 그 비슷한 것도 없이 혼자도 아니고, 노크도 없이 그렇게 무례한 방식으로 쳐들어간 방으로 모제스 부인과 함께 돌아갔소. 현대의 경찰이 성채와 같은 자신의 집에 머무르는 개인을 대할 때, 특히 경찰 나리가 모제스, 이 알베르트 모제스의 배우자를 상대할 때 개인의 권리를 배려하는 태도 같은 섬세한 법 집행을 기대할 권리가 우리에게는 당연히 없겠죠, 경위!"

"네, 그 일은 경솔했습니다." 내가 말했다. "모제스 씨와 모제스 부인에게 진심으로 사과를 드립니다."

"나는 내 소유인 3호실을 차지한 낯선 자가 누구인지, 무슨 근거로 그가 내 아내의 침실과 맞붙어 있는 방에 묵게 되었는지, 무슨 연유로 개가 그를 지키고 있는지 조금도 숨김없이 상세하게 이야기하기 전에는 그 사과를 받아들일 수 없소, 경위."

"우리도 아직 그 사람의 신원을 완전하게는 모릅니다." 나는 다시 눈을 감으며 말했다. "그 사람은 자동차로 이동하던 중 사고를 당했습니다. 한쪽 팔을 잃어 불구가 되었고, 지금은 잠들었습니다. 그의 신원을 알아내는 대로 곧장 보고하도록 하겠습니다, 모제스 씨." 나는 눈을 떴다. "자, 이제 모제스 부인과 함께 식당을 떠나는 순간으로 되돌아가도록 하죠. 그때가 정확히 언제였습니까?"

모제스가 잔을 들어 입술로 가져가더니 위협적인 눈초리로 나를 노려보았다.

"당신의 해명이 만족스럽군요." 그가 말했다. "당신이 방금 한 약속을 이행해 신속하게 보고해 주기 바라오." 그가 잔을 홀짝거렸다. "그러니까, 나는 모제스 부인과 함께 자리에서 일어나 홀을 떠난 시각이 대략……" 그가 유난히 심술궂은 표정을 지으며 자신의 말을 되풀이했다. "대략, 경위, 현지 시각으로 21시 33분 몇 초였소. 이 정도면 만족하시오? 아주 좋아. 그럼 당신의 두 번째 질문으로 넘어갑시다. 이게 마지막 질문이기를 바라오."

"아직 첫 번째 질문을 끝내지 않았습니다." 내가 반박했다. "그러니까, 두 분은 21시 33분에 홀을 떠나셨군요. 그리고?"

"뭐가 그리고요?" 모제스가 적의를 드러내며 되물었다. "지금 무슨 말을 하고 싶은 거요, 젊은 양반? 내가 방으로 돌아가서 무엇을 했는지 알아내고 싶은 거요?"

"답변이 수사에 도움이 될 겁니다, 어르신." 내가 흡족하게 대답했다.

"수사? 당신의 수사가 어떻게 되건 내 알 바 아니오. 물론 나는 숨길 게 없지만 말이지. 내 방으로 돌아와서 곧장 옷을 벗고 잠자리에 들었소. 그리고 내 소유인 3호실에서 그 혐오스러운 소음과 소란이 벌어지기 전까지 잘 자고 있었지. 타고난 자제력과 내가 모제스라는 사실을 의식한 덕분에 나는 경찰을 우두머리로 하는 어중이떠중이들을 냉큼 몰아내지 않을 수 있었던 거요. 하지만 명심하시오. 내 자제력에도 한계가 있고 그 어떤 불량배들도 좌시하지 않으리라는 점을……"

"네, 네. 지당하신 말씀입니다." 내가 서둘러 말했다. "질문 하나 더, 마지막 질문입니다. 모제스 씨."

"마지막!" 그가 집게손가락을 위협하듯 흔들며 나를 노려보았다.

"대략 몇 시에 모제스 부인이 식당을 나갔는지 못 보셨습니까?"

기분 나쁜 침묵이 찾아왔다. 모제스는 안색이 붉으락푸르락하더니 탁한 눈을 부릅뜨고 나를 노려보았다.

"보아하니 감히 당신이 지금 모제스의 부인을 살인 사건에 연루시키려는 거군?" 그가 감정을 억누른 목소리로 말했다. 나는 열심히 머리를 가로저었지만 아무 도움이 되지 않았다. "당신은 이 상황에서 이 모제스가 어떤 내용이건 증언을 할 거라고 감히 기대하는 거요? 혹시 당신은 지금 상대하는 사람이 모제스, 이 모제스 어르신이 아니라 다른 사람이라고 생각하는 거요? 혹시 내 소지품인 값비싼 금시계를 훔쳐 간 팔 하나 없는 부랑자를 상대한다고 상상하기로 한 거요? 아니면 혹시……"

나는 눈을 감았다. 이어지는 5분 동안 나는 모제스 어르신의 명예와 고귀한 품성, 재산, 심지어 신변의 안전까지 위협하려는 나의 의도와 계략에 대한 가장 끔찍한 가정과 추측을 들어야 했으며 벼룩 배양기나 다름없는 저 혐오스러운 개가 아니라 이 모제스, 알베르트 모제스 어르신이라니 당신은 이 상황을 제대로 이해할 주제가 되느냐고 따지는 말을 들어야 했다…… 이 장광설이 끝나 갈 즈음 나는 모제스로부터 쓸 만한 답변을 들을 수 있으리라는 희망을 버렸다. 나는 자포자기해 이래서는 모제스 부인과 도저히 만날 수 없겠다는 생각을 할 뿐이었다. 그런데 상황이 내 예상과는 다르게 흘러갔다. 모제스가 느닷없이 말을 멈추더니 내가 눈을 뜰 때까지 기다렸다가 형언할 수 없는 혐오감을 드러내며 말했다.

"이렇게 평범한 인물에게서 그토록 간교한 계략이 나왔다니 이건 말이 안 돼. 어처구니없고 모제스에게 들이댈 만한 수준도 아니야. 하기야 우리는 여기서 문화와 지적 발달 수준이 낮은 나머지 요령이라고는 없는 단순해 빠진 경찰 관료를 상대하고 있으니. 당신의 사과를 받아들이겠소, 경찰 양반. 이쯤에서 나는 당신과 이야기를 끝내도록 하지. 거기에 더해서. 모든 상황을 헤아려 볼 때…… 내 아내의 평온을 깨트리지 않고 의미 없는 질문으로 괴롭히지 않는 고결함이 당신에게 부족하다는 점을 내가 잘 알겠소. 그러므로 내가 있는 자리에서 당신이 내 아내에게 질문할 기회를 주겠소. 최대 두 개요, 경찰 양반! 서두르시오. 나를 따라오시게나."

나는 속으로 환호하며 모제스를 따라갔다. 그는 모제

스 부인의 방문을 두드렸다. 그녀가 대답하자 삐거덕거리는 듯한 소리로 말을 했다.

"들어가도 되겠소, 달링? 손님이 있소……"

우리는 '달링'의 방에 들어가도 되었다. 달링은 아까와 같은 자세로 스탠드 아래 누워 있었다. 물론 지금은 옷을 다 갖춰 입은 채였다. 그녀는 매혹적인 미소로 우리를 맞이했다. 늙은이는 종종걸음으로 아내에게 다가가 그녀의 손에 입을 맞췄다. 그 모습을 본 순간 나는 왜인지 그가 아내에게 채찍을 휘두른다는 주인장의 말이 떠올랐다.

"이 사람은 경위라오, 달링." 모제스가 안락의자에 털썩 앉으며 삐걱거리듯 말했다. "경위를 기억하오?"

"어머나, 내가 우리의 글렙스키 씨를 어떻게 잊을 수 있겠어요?" 아리따운 부인이 말했다. "앉으세요, 경위님. 사양 마시고요. 아름다운 밤이죠, 그렇지 않나요? 시심이 마구 솟아나요…… 저 달을 봐요……"

나는 의자에 앉았다.

"경위가 우리에게 고마움을 표하는구려." 그가 말했다. "나와 당신이 올라프를 죽였다고 의심하면서 말이오. 당신 올라프 기억하오? 누가 그 사람을 죽였다는군."

"네, 나도 그 소식 들었어요." 모제스 부인이 말했다. "정말 끔찍해요. 글렙스키 씨, 당신은 정말 우리가 그 악몽 같은 범행을 저질렀다고 의심하시는 건가요?"

나는 이 모든 게 다 지겨웠다. 빌어먹을, 그만해. 이런 생각이 불쑥 들었다.

"부인." 내가 건조하게 말했다. "수사 결과 어제저녁 8시 반경 부인이 식당을 떠났다는 사실이 밝혀졌습니다. 이 사실이 맞습니까?"

노인이 분통을 터트리며 의자에 앉아 꼼지락거렸다. 하지만 모제스 부인이 남편보다 먼저 대답했다.

"네, 맞아요." 그녀가 말했다. "내가 아니라고 할 이유가 없잖아요? 나는 그곳에서 나와야 할 이유가 있었어요. 그래서 나왔죠."

"제가 이해한 바로는," 내가 말했다. "부인은 이 방으로 내려왔다가 9시 직후에 다시 식당으로 돌아가셨죠. 그렇죠?"

"네, 그랬어요. 사실 그때가 몇 시였는지는 확실하지 않아요. 시계로 확인한 건 아니니까요…… 하지만 대충 그랬을 거예요."

"부인, 식당에서 나왔다가 다시 돌아가는 길에 누굴 봤는지 기억을 더듬어 봐 주시겠습니까?"

"네…… 그러죠……" 모제스 부인이 대답했다. 그녀가 이마에 주름을 잡으며 생각에 빠지자 내 온몸이 긴장했다. "오, 그래요!" 그녀가 소리쳤다. "내가 돌아갈 때 복도에서 커플을 봤어요……"

"어디에서요?" 내가 얼른 물었다.

"글쎄요…… 충계참에서 왼쪽으로 돌자마자. 그 커플은 불쌍한 올라프와 그 재미있는 청년이었어요…… 그 청년이 남자인지 여자인지는 잘 모르겠지만요…… 그이는 남자예요, 모제스?"

"잠깐만요." 내가 말했다. "그 두 사람이 충계참에서 왼쪽에 서 있었다고 확신하십니까?"

"확신하고말고요. 두 사람은 손을 잡고 서서, 몹시 다정하게 이야기하고 있었어요. 물론 나는 아무것도 못 본 척 했죠……"

이 아가씨가 그래서 우물쭈물했군, 브륜. 나는 이렇게 생각했다. 브륜은 올라프의 방 앞에 있던 두 사람을 본 목격자가 있다는 사실을 떠올렸지만 적당한 핑계가 떠오르지 않자 어떻게든 지나가기를 바라며 거짓말을 하기로 했을 것이다.

"나는 여자예요, 경위님." 모제스 부인이 말을 이었다. "그리고 나는 절대 주위 사람들의 일에 끼어들지 않아요. 다른 상황이었다면 경위님은 내게서 단 한 마디도 못 들었을 거예요. 하지만 지금은 숨기는 일이 있어서는 안 될 것 같군요…… 그렇죠, 모제스?"

모제스는 여전히 의자에 앉은 채로 알아들을 수 없는 말을 웅얼거렸다.

"그리고 또." 모제스 부인이 말을 이었다. "하지만 이 건 별로 중요한 일 같지는 않지만요…… 계단을 내려가다가 그 왜소하고 불행해 보이는 사람과 마주쳤어요……"

"핀쿠스." 나는 불쑥 그 이름을 내뱉고는 헛기침을 했다. 뭔가가 목에 걸렸다.

"네, 핀쿠스…… 그런 이름인 것 같더군요. 혹시 아세요, 경위님? 그 사람 결핵이래요. 꿈에도 생각하지 못한 일이에요, 그렇죠?"

"실례합니다만," 내가 말했다. "부인이 그와 마주쳤을 때 그 사람은 홀에서 계단을 오르는 중이었습니까?"

"아무리 경찰이라도 이건 뻔히 알 수 있지 않소." 모제스가 발끈하며 끼어들었다. "내 아내가 계단을 내려가던 중에 피쿠스와 만났다고 똑똑히 말했잖소. 그렇다면 그 사람은 내 아내와 마주 보며 올라왔겠지……"

"화내지 말아요, 모제스." 모제스 부인이 상냥하게 말했다. "경위님은 세부 사항을 확인하시고 싶을 뿐이에요. 아마 그게 중요하신가 보죠…… 네, 경위님. 그 사람은 나를 향해 올라왔어요. 그리고 분명히 홀에서 오는 길 같았고요. 그 사람은 서두르는 기색이 아니었어요. 아마 생각에 골몰한 것 같았어요. 내게 눈곱만큼도 관심을 보이지 않았거든요. 우리는 스쳐서 각자의 길을 갔어요."

"그때 그 사람이 무엇을 입고 있었습니까?"

"끔찍해요! 아주 고약한 외투였어요…… 그걸 뭐라고 부르더라…… 옵치나!* 실례되는 말이지만 그 외투에서 이상한 냄새도 났어요…… 눅눅한 양모인지 개 비린내인지…… 경위님은 어떻게 생각하시는지 모르겠지만 나는 이렇게 생각한답니다. 사람이 제대로 옷을 갖춰 입을 돈이 없다면 아무 데도 가지 말고 돈부터 모아야 해요. 점잖은 사람들이 드나드는 곳을 찾아다닐 게 아니라 말이죠."

"나라면 그렇게 충고해 주고 싶은 자들이 이 호텔에 많더군." 모제스가 잔 위로 으르렁거리듯 말했다. "점잖은 사람들이 드나드는 곳을 찾아다니지 말고 집에 틀어박혀 있으라고. 자, 경위. 이제 다 끝났소?"

"아뇨, 아직 아닙니다." 내가 천천히 말문을 열었다. "아직 질문 한 가지가 남아 있습니다…… 파티가 끝나고 이 방으로 돌아온 후 부인은 잠자리에 드셨고 아주 깊이 잠드셨겠죠?"

"깊이 잠들었느냐고요……? 글쎄요. 어떻게 말을 해야 할지…… 잠시 꾸벅꾸벅 졸았어요. 좀 흥분한 것 같았죠. 아마 내 주량보다 조금 더 마셨나 봐요……"

"그렇지만 뭔가가 부인의 잠을 깨웠죠?" 내가 물었다. "제가 그 후에 몹시 난감하게도 이 방으로 들어왔지 않습니

---

* 러시아어로 '양의 가죽'이라는 뜻.

까. 아, 부인에게 깊은 사과를 드립니다. 그때 부인은 깨어 계시더군요……"

"아하, 그때요…… 깨어 있었죠. 네, 실제로 잠을 자지 않았어요. 하지만 경위님, 잠이 깼다고는 말할 수 없겠네요. 뭐랄까. 나는 오늘만큼은 잠이 들면 안 될 것 같은 예감에 뭐라도 읽으며 시간을 보내기로 한 거였어요. 보시다시피 지금까지 읽고 있었답니다…… 그나저나 내가 오늘 밤에 뭔가 수상한 소리를 들었는지 궁금하다면 확실하게 말해 드릴 수 있어요. 그런 소리는 없었어요. 듣지 못했답니다."

"아무 소리도요?" 내가 깜짝 놀라 되물었다.

그녀는 내가 보기에 어쩔 줄 몰라 하는 표정으로 모제스를 바라보았다. 나는 그녀에게서 눈을 떼지 않았다.

"내 생각에는 아무 소리도 나지 않았어요." 그녀는 자신 없는 말투로 대답했다. "당신은요, 모제스?"

"아무 소리도 못 들었소." 모제스는 단호한 어조로 말했다. "그 거지 주위로 모인 사람들이 피운 혐오스러운 소란을 고려하지 않는다면……"

"두 분 중 아무도 눈사태 소리를 들으신 분이 없습니까? 진동을 느끼지 못하셨나요?"

"눈사태라뇨?" 모제스 부인이 깜짝 놀랐다.

"걱정하지 말아요, 달링." 모제스가 말했다. "아무 일도 아니니까. 여기서 멀지 않은 산골짜기에서 눈사태가 일어났소. 이 이야기는 나중에 해 주리다…… 자, 어떻소 경위? 이제 만족하시겠소?"

"네." 내가 대답했다. "지금은 이 정도로 충분합니다." 내가 일어섰다. "아, 한 가지 더. 정말 마지막 질문입니다."

모제스 씨가 꼭 분통을 터트리는 렐처럼 으르렁거렸다. 하지만 모제스 부인은 너그럽게 고개를 끄덕였다.

"그러세요, 경위님."

"오늘 오후에 저녁을 들기 직전에 지붕에 올라가셨습니까, 모제스 부인……"

내 질문에 그녀는 깔깔 웃으며 내 말허리를 끊었다.

"아뇨. 나는 지붕으로 올라가지 않았어요. 나는 명하니 홀에서 2층으로 올라갔고 생각에 잠겨서 지붕으로 나가는 그 끔찍한 계단을 올라갔어요. 그러다 눈앞에 불쑥 나타난 문을 보자 내가 바보가 된 기분이 들더군요. 그건 문이라기보다 판자였어요…… 처음에는 내가 어디에 있는지조차 알아차리지 못했죠."

나는 그녀에게 무슨 이유로 2층에 갔는지 꼭 물어보고 싶었다. 그녀가 왜 2층에 가야 했는지 상상조차 되지 않았다. 물론 내가 우연히 끼어들게 된, 시모네와의 불장난과 관련된 일이라고 상상을 해 볼 수는 있지만 말이다. 하지만 그때 노인을 본 순간 이런 생각들이 머릿속에서 날아가 버렸다. 왜냐하면 모제스의 무릎에 채찍이 놓여 있었기 때문이다. 음침한 분위기의 검은 사냥용 긴 채찍으로, 손잡이가 묵직하고 꼬아서 만든 수많은 갈래의 술이 달렸는데 그 안으로 금속이 번쩍 빛을 발했다. 나는 기겁하여 시선을 피했다.

"고맙습니다, 부인." 내가 중얼거리듯 인사를 건넸다. "부인이 수사에 큰 도움을 주셨습니다."

나는 도무지 감당이 안 되는 피로감을 느끼며 홀까지 몸을 끌고 가서는 쉬려고 주인장 옆에 앉았다. 꺼림칙한 채찍의 모습이 눈앞에서 떠나지 않자 나는 머리를 흔들어 힘겹게 그 모습을 몰아냈다. 그건 내 일이 아니었다. 그것은 그 가족의 문제로 나와 아무 상관도 없다…… 모래가 들어간 것처럼 눈이 따끔거렸다. 아무래도 눈을 붙여야 할 것 같았다. 두 시간만이라도 말이다. 나는 낯선 방문객에게 질문을 해야 하고, 브륜에게 다시 질문을 해야 하고, 카이사에게 다시 질문을 해야 했다. 이 모든 일을 헤치우기 위해 체력이 뒷받침을 해 줘야 했다. 그러므로 나는 잠을 자야 했다. 하지만 지금은 잠이 들어서는 안 될 것만 같았다. 호텔에는 힌쿠스의 분신이 돌아다니고 있다. 듀 바른스토크르의 조카는 거짓말을 한다. 모제스 부인 또한 어딘지 석연치 않은 구석이 있다. 그녀는 시체처럼 깊은 잠을 자고 있었을 수도 있다. 그렇다면 왜 잠에서 깼고, 거의 자지 않았다고 거짓말을 했을까. 그녀가 자지 않았을 가능성도 있다. 그렇다면 왜 눈사태 소리도 옆방에서 일어나는 소란도 못 들었다고 할까. 게다가 시모네와의 일은 도무지 이해가 되지 않는다…… 이 호텔에는 미치광이들이 너무 많아. 나는 축 늘어져 그런 생각을 했다. 미치광이들과 주정뱅이들, 멍청이들…… 어쩌면 나는 완전히 잘못 움직이고 있는지 모른다. 내 입장이었다면 즈구트는 어떻게 했을까. 그는 신장이 2미터나 되는 바이킹의 목을 꺾을 힘이 있는 사람들을 신속하게 추려 내어 그들만 수사했을 것이다. 그런데 지금껏 내가 상대한 사람들은 약골인 브륜과 추악한 정신병자인 힌쿠스, 늙다리 알코올중독자인 모제스라니…… 아니다, 문제는 그것이 아니다. 나는 살인자를 찾아낼 것이다. 그런데 그다음은? 이 사건은 전형적인 밀실 살인 사건이다. 나는 살인자가 어떻게 그곳에 들어갔고 어떻게 빠져나갔는지 증명해 본 적이 없다…… 아, 이런 낭패가 있나. 커피라도 마실까?

나는 주인장을 보았다. 그는 계산기의 단추를 꾹꾹 누르며 뭔가를 회계장부에 기록했다.

"이봐요, 알레크." 내가 말문을 열었다. "혹시 당신 호텔에 힌쿠스의 분신이 남의 눈에 띄지 않은 채 숨어 있을 수 있어요?"

주인장이 고개를 들어 나를 바라보았다.

"힌쿠스의 분신이라고요?" 그가 사무적으로 되물었다. "다른 사람이 아니고?"

"그래요. 힌쿠스의 분신, 알레크. 당신 호텔에 힌쿠스의 분신이 암약하고 있어요. 그는 숙박비를 내지 않죠, 알레크. 당연히 음식도 훔쳐 먹겠죠. 잘 생각해 봐요, 알레크!"

주인장이 잠시 생각에 잠겼다.

"모르겠군요." 그가 말했다. "그런 흔적은 못 봤는데. 내가 알아차린 건 단 하나뿐이에요, 페테르. 당신은 길을 잃고 헤매고 있어요. 당신은 가장 뻔한 길을 따라가고 있어요. 바로 그래서 정작 가야 할 길에서 아주 많이 벗어난 거죠. 당신은 알리바이를 조사하고, 단서를 모으고, 동기를 찾고 있죠. 이런 사건에서는 당신이 알고 있는 수사 기법 같은 평범한 개념은 의미가 없어요. 빛의 속도를 뛰어넘는 속도에서는 시간이 아무 의미가 없는 것과 같은 이치죠……"

"그것이 당신의 예감인가요?" 내가 씁쓸하게 되물었다.

"그게 무슨 말이죠?"

"빛의 속도를 뛰어넘는 속도에서의 알리바이에 대한 당신의 철학 말입니다. 나는 지금 머리가 복잡해서 터질 지경이에요. 그래서 당신이 무슨 말을 하는지 하나도 모르겠어요. 커피나 갖다줘요."

주인장이 일어났다.

"당신은 아직도 영글지 않았어요, 페테르." 주인장이 말했다. "나는 당신이 마침내 때를 맞이하기를 기다리고 있어요."

"왜 기다립니까? 나는 이미 익을 대로 익어서 툭 떨어질 일만 남았는데."

"떨어지지 않아요!" 그가 나를 위로했다. "그리고 당신은 다 영글려면 한참 멀었어요. 당신이 원숙해지면, 당신이 준비가 되었다는 사실이 내 눈에 들어오면 그때 뭔가를 말해 드리지요."

"지금 말해요." 내가 힘없이 말했다.

"지금은 말해 봐야 의미가 없어요. 당신은 귓등으로도 듣지 않고 이내 잊어버리겠죠. 당신에게 내 이야기가 이 사건을 이해하는 유일한 열쇠로 보이는 순간이 찾아올 때까지 기다려 보고 싶군요."

"맙소사." 내가 중얼거렸다. "당신이 무슨 말을 하는지 짐작도 못 하겠어요."

주인장은 너그럽게 미소를 지으며 주방으로 향했다. 문턱에서 멈춰 서더니 이렇게 제안했다.

"원한다면 우리의 위대한 물리학자가 무슨 일을 겪었는지 당신에게 지금 말해 볼까요?"

"음, 그러시죠." 내가 말했다.

"우리의 위대한 물리학자는 모제스 부인의 침대로 숨어들었다가 살아 있는 여자가 아니라 숨을 쉬지 않는 마네킹을 발견했어요. 인형 말이에요, 페테르. 얼음장 같은 인형."

제11장

그는 문턱에 서서 싱글거리며 나를 바라보았다.

"세상에, 이리로 좀 와 봐요." 내가 말했다. "이야기를 해 봐요."

"커피는요?"

"지금 커피가 문제예요? 대체 당신이 그걸 어떻게 알아요? 나를 그만 괴롭히고 어떻게 된 일인지 말해 봐요."

그는 테이블로 돌아왔지만 앉지 않았다.

"무슨 일이 벌어지고 있는지는 몰라요." 그가 말했다. "그저 짐작만 하는 거죠."

"시모네가 뭘 봤는지 어떻게 알아냈죠?"

"아하, 내 짐작이 옳았군……" 그는 앉아서 편안하게 자세를 잡았다. "당신이 아연실색한 표정을 짓는 걸 보니 잘 알겠어요, 페테르. 어때요. 내 이야기가 효과 만점이었죠?"

"이봐요, 알레크." 내가 말했다. "이제 와 숨겨서 뭐 하겠습니까. 나는 당신이 마음에 들어요."

"나도 그래요." 주인장이 말했다.

"닥쳐요. 나는 당신이 마음에 들어요. 하지만 이건 아무 의미도 없어요. 나는 당신을 의심하지 않습니다, 알레크. 유감스럽게도 당신을 의심할 근거가 전혀 없으니까요. 하지만 이 점에 있어서 당신은 다른 투숙객들과 전혀 다르지 않아요…… 나는 아무도 의심하지 않아요. 하지만 나는 의심해야 합니다. 이제 누군가를 의심해야 할 시점이에요."

"멋대로 정하지 말아요!" 주인장이 굵은 손가락을 들어 올리며 말했다.

"내가 말했잖아요, 닥치라고. 그런 연유로 당신이 날가지고 장난을 친다면 나는 당신을 의심할 겁니다. 지독한 꼴을 당할 거라는 말이에요, 알레크. 나는 그런 종류의 일에는 경험이 일천해요. 그렇기 때문에 당신은 더욱더 고약한 꼴을 당할 수 있어요. 당신은 미숙한 경찰이 선량한 시민에게 얼마나 지독하고 불쾌한 경험을 당하게 할 수 있는지 상상도 못 할 거예요."

"음, 그렇다면." 그가 말했다. "그렇다면 당연히 말해야죠. 먼저 시모네 씨가 모제스 부인의 침실에서 뭘 봤는지 내가 어떻게 아느냐……"

"그래요." 내가 얼른 대답했다. "어떻게 아는 거예요?"

자신의 의자에 앉은 그는 어깨가 넓고, 강고하고, 생기 넘치고, 참을 수 없을 정도로 스스로에게 만족하고 있었다.

　　"이런 겁니다. 일단 이론에서부터 출발하죠. 아직도 연구가 많이 되어 있지 않은 중앙아프리카의 어떤 부족들은 무당과 주술사들이 고대로부터 자신의 부족민들 가운데 죽은 이들에게 생명의 모습을 되돌려 주는 기술을 갖고 있었어요……"

　　내가 끙 하고 신음 소리를 내자 주인장이 목소리를 높였다.

　　"현실 세계에서는 그러한 존재 즉, 살아 있는 자의 겉모습을 하고 얼핏 봐서는 스스로 사고하고 독립적으로 움직일 수 있는 죽은 사람을 좀비라고 부르죠. 엄밀히 말해서 좀비는 시체가 아니에요. 말하자면 좀비는 살아 있는 유기체의 제3의 상태라고 할 수 있죠. 현대 과학기술을 이용한다면 좀비는 기능적으로 매우 정밀한 생물학적 기계가 될 겁니다. 그리고 이것이 수행하는……"

　　"잠깐만요, 알레크." 내가 피곤한 듯 말했다. "나도 티브이를 보고 가끔 극장에 갑니다. 괴물 프랑켄슈타인이며 그레이 레이디,* 존의 핏방울, 드라큘라 같은 것들을 보려고 말이죠……"

　　"그것들은 전부 무지몽매한 상상력의 산물이에요." 주인장은 품위 있게 반박했다. "그리고 드라큘라는 애초에……"

"나는 이런 이야기에는 전혀 관심이 없어요. 이해해요. 당신은 기자들 앞에서 할 연설을 미리 연습하는 거죠. 하지만 나는 이런 이야기에 관심이 없다고요! 모제스 부인과 시모네에 관한 이야기를 들려준다고 약속했잖아요! 그러니 어서 그 이야기를 해 줘요! 혹시 당신도 그 여자의 침대로 숨어들었습니까? 그랬다가 좋게 말해서 실망감을 맛보기라도 한 거예요?"

주인장은 울적한 눈빛으로 나를 지그시 바라보았다.

"그래요." 마침내 그가 애석함을 숨기지 않은 채 대답했다. "그렇게 나올 거라 생각했어요. 당신은 아직 영글지 않았어요…… 뭐, 좋아요." 그가 한숨을 내쉬었다. "그럼 이론은 건너뛰고 사실만 이야기하죠. 엿새 전, 모제스 부부의 투숙으로 우리 호텔이 왁자지껄해졌을 때 내게 이런 일이 있었어요. 두 사람의 여권에 필수 사항을 모두 기입한 후에 여권을 되돌려 주려고 모제스 씨의 방으로 갔죠. 노크를 했어요. 그런데 다음 순간 당황스러운 일이 벌어진 거예요. 들어오라는 말이 들리지도 않았는데 문이 스르르 열린 거예요. 결국 나는 기본적인 에티켓을 그렇게 어긴 벌을 곧바로 받았어요. 객실 한가운데에 놓인 안락의자에는 모제스

* 영국 전역의 고택에서 출몰하는 유령.

부인이라고 불러도 될 것 같은 존재가 있었어요. 하지만 그건 모제스 부인이 아니었어요. 모제스 부인과 외모와 옷차림이 똑같은 실물 크기의 커다랗고 아름다운 인형이었거든요. 당신은 그것이 어떻게 모제스 부인이 아니라 인형이라고 내가 확신하는지 묻고 싶겠죠? 그 대답으로 나는 몇 가지 구체적인 사실을 제시할 수 있어요. 부자연스러운 자세와 유리알 같은 시선, 이목구비가 전혀 움직이지 않는 것들 말이죠. 하지만 굳이 이런 것들이 아니어도 모를 수가 없었어요. 내가 보기에 멀쩡한 사람이라면 누구라도 몇 초 만에 눈앞의 존재가 여자나 남자 마네킹이라는 사실을 알아차릴 테니까요. 내게는 그 몇 초가 있었어요. 그리고 다음 순간 누군가에게 거칠게 어깨를 붙잡혀서 복도로 쫓겨났어요. 무례한 행동이었지만 내 앞에 선 모제스 씨의 행동은 정당했어요. 그는 마침 아내의 방을 보러 왔다가 뒤에서 내게 덤벼든 거죠……"

"인형이라……" 내가 생각에 잠겨 말했다.

"좀비라니까요." 주인장이 상냥하게 바로잡았다.

"인형……" 나는 그의 말을 못 들은 척 같은 말을 반복했다. "모제스 씨의 짐은 뭐였죠?"

"평범하게 생긴 여행 가방 여러 개였죠." 주인장이 대답했다. "그리고 쇠로 보강한 커다랗고 낡은 궤짝 같은 여행 가방도 있었어요. 그는 짐꾼 네 명을 데리고 왔는데, 불쌍하게도 그 사람들이 그 궤짝을 여기까지 끌고 오느라 기진맥진한 데다가 문설주를 몽땅 망가트렸지 뭐예요……"

"어쨌든," 내가 생각에 잠긴 채 말했다. "뭘 가지고 다니건 그 사람의 문제죠. 나도 어디를 가건 자신의 요강 수집품을 모두 가지고 다니는 백만장자에 대해 들은 적이 있어요…… 아내를 본뜬 실물 크기의 마네킹을 좋아한다면…… 그 사람에게 돈이야 잔뜩 있으니 하고 싶은 대로 다 하겠죠…… 그건 그렇고 그가 방으로 숨어드는 우리의 시모네를 발견하고 모든 정황을 꿰뚫어 본 후에 아내 대신 그 인형을 시모네에게 슬쩍 보여 줬을 가능성도 충분히 있겠군요…… 제길 그 사람은 시모네 같은 경우를 대비해서 인형을 가지고 다니는 것일지도 몰라요! 모제스 부인의 행동으로 판단해 보면……" 시모네의 입장을 상상하자 온몸에 소름이 돋았다. "에이, 섬뜩한 장난이군." 내가 말했다.

"어이쿠, 진상을 다 밝혀냈군요." 주인장이 작은 목소리로 말했다.

그의 어조가 나는 마음에 들지 않았다. 잠시 우리는 서로를 바라보았다. 그에게는 여전히 호감이 갔다. 젠장, 이 사람은 내게 왜 이러는 걸까. 왜 내 머리에 아프리카니 뭐니 말도 안 되는 헛소리를 쑤셔 넣는 걸까? 어차피 나는 기자도 아닌 데다 내 명예에 해를 입히면서까지 이 호텔의 광고에 도움을 줄 의도도 없다. 됐다, 이 정도면 충분하다. 나는 앞으로 이 주제에 대해 알레크 스네바르와 한 마디도 하지 않겠다. 혹시 나를 혼란에 빠트리는 게 그의 목적이라면 결코 성공하지 못할 것이다. 그는 자신의 입지만 악화시킬 것이다. 그는 내 관심을 너무 과하게 끌지 말아야 할 것이다……

"그러니까," 내가 말문을 열었다. "당신이 방해가 되네요, 알레크. 여기 앉아 있어요. 나는 벽난로 방으로 가죠. 거기서 제대로 생각을 좀 해 봐야겠어요."

"벌써 5시 15분 전이에요." 주인장이 말했다.

"그래서 뭐요? 어차피 이제 잠자기는 다 틀렸어요. 명심해요, 알레크. 나는 이 사건이 끝났다는 느낌이 도무지 들지 않아요. 그러니 여기 홀에 남아서 준비를 하세요."

"그래야 한다면 그래야 하겠죠." 주인장이 말했다.

나는 벽난로 방으로 가서 (렐이 또다시 나를 향해 투덜거렸다) 부젓가락을 집어 들고 꺼져 가는 석탄들을 휘젓기 시작했다. 그러니까 시모네에게 일어난 일은 어느 정도 해명되었다. 그러니 머리에서 지워 버려도 될 것이다. 어쩌면 그 반대로 어떤 경우에도 이 일은 머리에서 치워 버려서는 안 될지도 모른다. 만약 밤 11시에 모제스 부인의 방에 인형이 있었다면 그 시각 부인의 소재가 묘연해지기 때문이다. 물론 장난일 것이다. 아주 훌륭한 장난…… 하지만 이 장난에는 도저히 그냥 지나칠 수 없는 뭔가가 있다…… 정말 장난일까? 혹시 알리바이를 만들기 위한 공작이 아닐까……?
아니다, 알리바이라니, 젠장. 컴컴한 밤에 이 알리바이가
성립하려면 손으로 더듬는 수밖에 없을 것이다. 하지만 그
상황에서 더듬어서 만들어지는 것은 알리바이가 아니라
장난이다. 물론 불쌍한 시모네가 기겁한 나머지 공포에 휩
싸여 비명을 지르고, 모두를 잠에서 깨워, 소동과 소란과
난장판이 벌어질 수 있다고 계산했을 수도 있다…… 그렇
지만 그 후에는? 그리고 무엇보다 여기에 왜 인형이 등장
할까? 그런 거라면 인형이 없어도 충분히 가능할 텐데……
그런데 한 가지 걸리는 점이 있다. 단 한 가지. 시모네의 옆
방이 바로 올라프의 방이라는 사실이다. 혹시 이렇게 가정
해 볼 수는 없을까? 모제스 부부에게는 시모네가 밤 11시부
터 얼마간 방을 비우게 할 이유가 있었다. 그 점이 자꾸 신
경이 쓰인다. 하지만 시모네를 방에서 꾀어 내기 위해 인
형은 전혀 필요하지 않다. 물론 시모네를 한참이나 까무
러치게 만들기 위해 인형이 필요했다고 가정해 볼 수도 있
다. 하지만 시모네를 불러내려면 모제스 부인이면 충분했
다. 그를 꾀어 내려면 그것이 가장 자연스럽고 확실한 방법
이었을 것이다. 그런데도 인형처럼 가장 부자연스럽고 믿
을 수 없는 방법을 썼다면 그것은 그 시각에 모제스 부인이
그곳이 아닌 다른 곳에 있어야 했기 때문이리라. 모제스 부
인…… 가녀리고, 여성스러우며, 바보로 보일 정도로 세속

적인 여자…… 아니다, 이런 가정은 내게 아무런 해답도 제시하지 않는다. 이 장난 가설을 완전히 버릴 필요는 없지만, 이 가설에 무슨 소용이 있는지 좀처럼 알 수가 없다……

다시 말해 보기 드물게 고약한 상황이다. 사건의 해결로 나를 안내해 줄 실마리가 하나도 없다. 첫째, 용의자가 없다. 둘째, 범죄가 어떻게 일어났는지 짐작조차 할 수 없다. 가장 중요한 부분이 오리무중이다. 살인자의 정체는 일단 제쳐 두자. 대체 그자는 어떻게 살인을 저질렀을까? 대체 어떻게? 창문은 열려 있었지만 창틀에도 아무런 흔적이 없었고, 그 아래 눈에도, 튀어나온 코니스에도 아무 흔적이 없었다. 창문의 아래로도, 왼쪽으로도, 오른쪽으로도 접근할 수 없다. 남은 방법은 위에서 내려오는 것뿐이다. 지붕에서 밧줄을 내려서 말이다. 하지만 그 경우에는 지붕의 가장자리에 흔적이 남아 있어야만 한다. 물론 올라가서 다시 확인해 볼 수도 있지만 나는 똑똑히 기억한다. 눈이 마구 헤집어진 곳은 힌쿠스가 앉아 있던 긴 의자 근처뿐이었다. 이제 남은 가설은 엉덩이에 프로펠러가 달린 칼손*뿐이다. 객실로 날아 들어와 동향인의 목을 부러트린 후 방을 날아서 나갔다…… 그렇다면 내게는 가설이랍시고 너절한 두 가지밖에 남지 않는다. 하나는 이곳에 비밀의 통로나 숨겨진 문, 이중 벽이 있다는 가설이다. 다른 하나는 어떤 천재가 아무런 흔적도 남기지 않은 채 밖에서 열쇠를 돌리는 첨

제11장

단 장비를 개발했다는 가설이다……

두 가지 가설은 결국 발명가이기도 한 이 호텔의 소유주를 곧장 지목한다. 좋다. 그렇다면 그의 알리바이는 어떨까? 9시 반까지 그는 꼼짝도 않고 카드 테이블에 앉아 있었다. 대략 10시 5분 전부터 시체가 발견될 때까지 그는 대체로 내 시야를 벗어나지 않거나 시야를 벗어날 때도 목소리가 들리는 곳에 있었다. 그에게 살인을 저지를 수 있는 시간은 20분에서 25분가량으로, 그 시간 동안 아무도 그를 보지 못했거나 오로지 카이사만 그를 보았는데, 그는 그 시간에 카이사에게 잔소리를 했다고 증언했다. 그러므로 이론적으로 그가 비밀 통로를 알거나 아무 흔적도 남기지 않은 채 밖에서 열쇠를 돌릴 장치를 가지고 있다면 그가 살인자일 수 있다…… 동기는 명확하지 않고(호텔 홍보를 위해서는 절대 아닐 테고!) 심리적으로 봤을 때도 그의 행동 패턴과 전혀 맞아떨어지지 않는다. 그러나 다시 말하지만 이론적으로 그는 범행이 가능하다. 이 점을 명심하고 다음으로 넘어가자.

듀 바른스토크르. 알리바이가 없다. 그렇지만 그는 연로한 노인이라, 사람의 목을 꺾을 만한 힘이 없다…… 시

---

* 「말괄량이 삐삐 시리즈」로 유명한 스웨덴 아동문학가 아스트리드 린드그렌(1907~2002)이 쓴 「지붕 위의 칼손 시리즈」의 주인공. 등에 프로펠러가 달려 날 수 있다.

모네. 알리바이가 없다. 목을 비틀었을 수도 있다. 그는 강인한 사내인 데다 살짝 제정신이 아니니까. 올라프의 방에 어떻게 들어갔는지는 명확하지 않다. 설령 들어갔다고 해도 어떻게 빠져나왔는지도 명확하지 않다. 물론 이론적으로는 그가 우연히 죽음을 부른 비밀 문을 발견했을 수도 있다. 동기는 명확하지 않고, 살인 후 그의 행적도 알 수 없다. 확실한 것이 아무것도 없다. 힌쿠스…… 힌쿠스의 분신…… 커피를 한 잔 마시면 좋을 텐데. 다 집어치우고 잠이나 푹 자면 좋을 텐데……

브륜. 그래, 브륜은 아직 끊어지지 않은 유일한 실마리다. 이 애송이는 내게 거짓말을 했다. 녀석은 모제스 부인을 봤지만 보지 않았다고 했다. 게다가 올라프의 방문 앞에서 그와 시시덕거렸지만 식당의 문가에서 그의 따귀를 때렸다고 했다…… 그때 불쑥 뭔가가 떠올랐다. 나는 바로 이곳에, 이 안락의자에 앉아 있었다. 바닥이 흔들렸고 눈사태의 굉음이 들렸다. 그때 시계를 봤는데, 10시 2분이었고 바로 그 순간 위층에서 요란한 소리가 나며 문이 닫혔다. 바로 위였다. 누군가 힘껏 문을 닫았다. 누구였을까?

이 시간에 시모네는 면도 중이었다. 듀 바른스토크르는 자고 있었으며 바로 이 쾅 소리에 잠에서 깼을 수도 있다. 힌쿠스는 꽁꽁 묶인 채 테이블 아래 있었다. 주인장과 카이사는 주방에 있었다. 모제스 부부는 자신들의 방에 있었다. 즉, 문을 요란하게 닫을 수 있었던 사람은 올라프 아니면 브륜 아니면 살인자밖에 없다. 혹시 힌쿠스의 분신…… 나는 부지깽이를 내던지고 곧장 위층으로 뛰어갔다.

브륜의 방이 비어 있어서 듀 바른스토크르의 방문을 두드렸다. 브륜은 양 주먹으로 두 볼을 받친 채 의기소침해서 테이블 뒤에 앉아 있었다. 듀 바른스토크르는 스코틀랜드 모직 담요를 몸에 두른 채 창가 안락의자에서 꾸벅꾸벅 졸고 있었다. 내가 방으로 들어가자 두 사람 모두 펄쩍 뛸 듯이 놀랐다.

"안경을 벗게!" 내가 브륜에게 다짜고짜 명령하자 브륜이 얼른 안경을 벗었다.

역시 브륜은 아가씨였다. 비록 울어서 눈이 발갛고 퉁퉁 부었지만 꽤 예쁜 얼굴이었다. 나는 후련함에 한숨이 터져 나오려는 걸 억누른 후 맞은편에 앉으며 말했다.

"이봐, 브륜. 잡아떼는 건 그만두게. 자네가 당장 어떻게 되는 건 아니니까. 나는 자네를 살인자라고 생각하지 않아. 그러니 거짓말은 하지 않아도 돼. 9시 10분 모제스 부인은 여기…… 올라프의 방문 앞 복도에서 두 사람을 봤다고 했어. 자네는 내게 사실대로 말하지 않았더군. 자네는 식당 문가에서 올라프와 헤어진 게 아니야. 어디서 헤어졌나? 어디서, 언제, 어떤 상황에서?"

그녀는 한동안 나를 물끄러미 바라보았다. 입술이 파르르 떨리고 붉게 물든 눈가에 다시 눈물이 차올랐다. 그러더니 양손으로 얼굴을 감쌌다.

"나는 그 사람과 그 사람 방에 같이 있었어요." 브륀이 말했다.

듀 바른스토크르가 못마땅한 듯 끙 소리를 냈다.

"그렇게 끙끙거리지 않아도 돼요, 삼촌!" 브륀이 느닷없이 발끈하며 말했다. "돌이킬 수 없는 일 따위는 없었다고요. 우리는 키스를 했어요. 꽤 즐거웠는데 추운 게 흠이었죠. 그 사람이 창문을 내내 열어 뒀거든요. 그곳에서 얼마나 시간을 보냈는지는 기억이 나지 않아요. 그 사람이 주머니에서 목걸이 같은 걸 꺼낸 기억은 나요. 구슬 목걸이 같았는데, 계속 내 목에 걸려고 하더라고요. 그런데 그때 굉음이 울렸어요. 그래서 내가 그랬죠. '들어 봐요. 눈사태예요!' 그러자 그 사람이 갑자기 나를 놓더니 뭔가 기억이 난 것처럼 양손으로 머리를 감싸 쥐었어요…… 왜 사람들이 뭔가 중요한 걸 떠올릴 때 머리를 양손으로 감싸 쥐잖아요…… 그러고 있었던 시간은 말 그대로 몇 초밖에 되지 않았어요. 그 사람은 창가로 달려가더니 금방 돌아와서 내 어깨를 움켜쥐고는 말 그대로 복도로 쫓아냈어요. 나는 하마터면 뒤로 나자빠질 뻔했는데, 그 사람은 곧바로 문을 있는 힘껏 쾅 닫으면서 들어가 버렸어요. 그 사람은 아무 말도 없이 잔뜩 목소리를 낮춰서 욕을 하더군요. 아 참, 그 사람이 열쇠 구멍에 꽂힌 열쇠를 돌린 기억이 나요. 그 후로 그 사람을 보지 못했어요. 나는 화가 머리끝까지 났어요. 그 사람이 너무 무례하잖아요. 게다가 내게 욕까지 했다고요. 그래서 내 방으로 돌아와서 술을 퍼마셨죠……"

듀 바른스토크르가 다시 끙 소리를 냈다.

"그러니까," 내가 말문을 열었다. "그자가 마치 뭔가가 기억난 것처럼 머리를 감싸 쥐더니 창가로 달려갔다…… 혹시 누가 그 사람을 부른 걸까?"

브륜이 고개를 가로저었다.

"아뇨. 나는 다른 소리는 못 들었어요. 눈사태 소리밖에 안 들렸어요."

"그래서 곧장 그곳을 떠났나? 문가에서 잠시 머무르거나 하지 않고?"

"곧장 갔어요. 화가 머리끝까지 났다니까요."

"알겠네. 그러면 올라프와 함께 식당에서 나온 후 어떻게 됐지? 다시 한번 말해 봐."

"올라프가 내게 보여 주고 싶은 게 있댔어요." 브륜이 고개를 갸웃하고는 이야기를 시작했다. "우리는 복도로 나왔고 그 사람이 나를 자신의 방 쪽으로 잡아끌었어요. 물론 나는 저항했죠…… 뭐, 사실 우리는 그냥 장난으로 그런 실랑이를 한 것뿐이에요. 잠시 후에 우리가 그 사람 방 문가에 서 있었는데……"

"잠깐. 아까는 힌쿠스를 봤다고 했지 않나."

"네, 봤어요. 우리가 복도로 나오자마자. 그 사람이 마침 그때 복도에서 계단으로 방향을 틀었거든요."

"알았어. 계속해 보게."

"올라프의 방 앞에 있을 때 그 모제스 부인이 나타났어요. 물론 그 여자는 우리를 못 본 척했지만 나는 거기 서서 그러는 게 불편하더라고요…… 주위에 사람들이 어슬렁거리고 나를 자꾸 힐끔거리면 기분 나쁘잖아요. 그래서 올라프는 나를 데리고 자기 방으로 들어갔어요."

"그랬군." 나는 바른스토크르를 곁눈질했다. 노인은 천장을 바라보며 앉아 있었다. 그에게는 이런 사건이 일어나야만 했다. 이런 삼촌들은 언제까지나 자신의 날갯죽지 아래에서 어린 천사들이 자란다고 생각한다. 하지만 이 천사들은 자라나 언젠가는 수표를 위조한다. "음, 알겠네. 혹시 올라프의 방에서 뭘 마셨나?"

"내가요?"

"올라프가 뭘 마셨는지 궁금해서."

"아무것도 안 마셨어요. 우리는 안 마셨어요. 그 사람도 나도."

"그럼 혹시…… 음…… 혹시 못 느꼈나…… 음…… 이상한 냄새 같은 게 나지 않던가?"

"안 났어요. 그 방은 아주 깔끔했고 공기도 텁텁하지 않았거든요."

"나는 방 이야기를 하는 게 아니야. 젠장, 둘이 키스를 할 때 뭐든 이상한 점이 없었나? 특히 이상한 냄새 같은 거……"

"그런 건 못 느꼈다니까요." 브륜이 발끈하며 대답했다.

나는 다시 질문을 좀 더 섬세하게 하려고 잠시 끙끙대다가 결국 다 포기하고 단도직입적으로 물었다.

"올라프가 살해되기 전에 인체에 서서히 작용하는 독에 당했을지 모른다고 추측하고 있네. 이런 추측을 확인해 줄 만한 증상 같은 걸 보지 못했나?"

"내가 그런 걸 어떻게 알아보겠어요?"

"보통 사람이 몸 상태가 안 좋아지는 건 금방 드러나잖나." 내가 설명했다. "특히 눈앞의 사람의 몸 상태가 점점 안 좋아지는 건 금방 알아볼 수 있지."

"그런 건 전혀 없었어요." 브륜이 못을 박았다. "그 사람은 쌩쌩했다고요."

"불은 켜지 않았고?"

"네."

"그렇다면 그 사람이 한 말 중에 이상한 내용은 없었고?"

"나는 그 사람이 그 방에서 한 말은 별로 기억이 나지 않아요." 브륜이 조용하게 말했다. "별 내용 없는 바보 같은 말들이었어요. 농지거리에 빈정대고 익살을 떨고…… 오토바이 이야기도 하다가 스키 이야기도 하다. 내가 보기에 그 사람 실력 있는 엔지니어 같았어요. 모르는 엔진이 없었어요……"

"그러면 재미있는 물건을 보여 주지는 않았나? 뭔가를 보여 주려고 했다면서……"

"물론 없죠. 설마 모르시는 거예요? 그냥 하는 말이잖아요…… 시시덕거릴 때……"

"눈사태가 일어났을 때 당신들은 서 있었나? 아니면 앉아 있었나?"

"서 있었어요."

"어디에?"

"문가요. 나는 슬슬 지겨워져서 막 가려던 참이었거든요. 그랬더니 그 사람이 내게 그 목걸이를 걸어 주려고 했어요……"

"그 사람이 자네가 있던 곳에서 창문으로 달려간 게 확실하지?"

"말한 대로예요…… 그 사람이 머리를 감싸 쥐더니 내게서 등을 돌려 창가로 한두 걸음 갔어요…… 창문 방향이라고 해야 하나…… 음, 뭐라고 더 설명을 해야 할지 모르겠네요. 어쩌면 창문으로 간 게 아닐 수도 있어요. 어쨌든 그때는 방에서 창문 외에 다른 건 보이지 않았거든요……"

"혹시 당신들 두 사람 외에 그 방에 누군가 있었을 수도 있을까? 혹시 그때는 주의를 기울이지 않았지만 사각거리는 소리나 이상한 소리를 들은 기억은 없나?"

브륜이 잠시 기억을 더듬었다.

"음, 아뇨. 조용했어요…… 뭔지는 몰라도 무슨 소리가 들리기는 했어요. 벽 너머에서요. 올라프는 시모네가 자신의 방에서 벽을 걸어 다니는 소리라고 빈정거렸죠…… 그 외에는 아무 소리도 나지 않았어요."

"그 소리가 정말로 시모네의 방 쪽에서 났나?"

"네." 브륜이 자신 있게 대답했다. "그때 우리는 이미 일어서 있었는데, 그 소리가 왼쪽에서 났어요. 아주 평범한 소리였어요. 발소리와 수돗물 소리……"

"당신이 그 방에 있을 때 올라프가 뭐든 가구를 움직였나?"

"가구……? 아, 네, 그랬어요. 그 사람이 나를 보내 주지 않겠다면서 안락의자를 문으로 가져갔어요…… 나중에 치워 줬지만요."

나는 자리에서 일어났다.

"오늘은 이 정도로 끝내지." 내가 말했다. "이제 눈 좀 붙이게. 오늘은 더 이상 귀찮게 하지 않을 테니."

듀 바른스토크르도 일어나서 양손을 내민 채 내게 다
가왔다.

"친애하는 경위님! 나는 아무것도 몰랐어요, 이해하시
겠죠……"

"네, 듀 바른스토크르." 내가 대답했다. "아이들은 자
라죠, 듀 바른스토크르. 아이들은 다 자랍니다. 고인의 아
이들도 예외가 아니죠. 앞으로는 저 색안경을 절대로 못 쓰
게 하십쇼, 듀 바른스토크르. 눈은 마음의 거울이니까요."

나는 보물 같은 경찰의 지혜를 두 사람이 고민하게 내
버려 두고 홀로 내려갔다.

"혐의를 벗었어요, 알레크." 내가 주인장에게 말했다.

"내게 혐의가 걸려 있었나요?" 그가 놀라서 계산기에
서 눈을 떼며 되물었다.

"내 말은 당신에 대한 의혹을 모두 거둔다는 뜻이에요.
지금 당신의 알리바이는 100퍼센트 완벽하거든요. 하지만
이걸로 당신이 내게 또다시 좀비인지 뭔지 이론을 늘어놓
을 권리가 생겼다고 마음대로 생각하지는 말아요…… 내
말 끊지 말아요. 이제부터 당신은 내가 일어나라고 할 때까
지 여기 앉아서 꼼짝도 말아요. 낯선 청년과 내가 제일 먼
저 이야기해야 한다는 사실을 잊지 말고요."

"그 사람이 당신보다 먼저 일어나면요?"

"나는 자지 않을 거예요." 내가 말했다. "호텔을 수색

할 작정이거든요. 그 불쌍한 청년이 일어나서 누구라도 찾거든, 엄마라도 찾으면 당장 나를 부르러 사람을 보내요."

"그러죠." 주인장이 대답했다. "질문이 하나 있어요. 호텔 일과는 그대로 유지할까요?"

나는 잠시 생각했다.

"그래도 되겠죠. 9시에 조식을 먹죠. 그즈음이면 확실해지겠죠…… 그나저나 알레크, 뮤르에서 보낸 사람들이 언제쯤 이곳에 도착할 것 같아요?"

"그건 딱 잘라 말하기 어렵군요. 아마 쌓인 눈을 파내는 작업은 당장 내일부터 시작할 거예요. 그렇게 신속하게 구조 작업에 착수했던 경우들을 기억하고 있어요…… 그런데 우리가 이곳에서 위험한 상황에 처해 있을 리가 없다는 사실도 그 사람들은 잘 알 거예요…… 아마 대략 이틀 후면 이곳의 산악 관리관인 츠비리크가 헬리콥터로 올 겁니다…… 그 사람이 담당하는 다른 지역이 별 탈 없다면요. 문제는 먼저 뮤르에서 이곳에 눈사태가 났다는 사실을 어디서든 들어서 알아야만 한다는 거예요…… 간단히 말해서 나라면 내일 구조대가 올 거라는 기대는 하지 않을 겁니다……"

"그러니까 오늘을 말하는 거죠?"

"그러네요, 오늘…… 하지만 내일이면 누가 헬리콥터로 올지도 모르죠."

"여기 무선송신기는 없나요?"

"그런 걸 어디서 구하겠어요? 무엇보다 가지고 있을 이유가 없죠. 비용도 많이 들고요, 페테르."

"이해합니다." 내가 말했다. "그러니까 내일……"

"내일도 장담을 못 해요." 주인장이 말했다.

"한마디로, 앞으로 2~3일 후가 되겠군요…… 하는 수 없죠. 그런데 말이에요, 알레크. 당신이 이 호텔에 숨어야 한다면 말이죠. 며칠 동안 꽤 오래 말이에요. 그렇다면 당신은 어디에 몸을 숨길 건가요?"

"글쎄요……" 알레크가 미심쩍은 듯 말했다. "당신은 아직도 이 호텔에 외부인이 있다고 생각해요?"

"당신이라면 어디에 숨겠어요?" 내가 반복했다.

주인장이 고개를 가로저었다.

"당신은 현혹되어 있군요." 그가 말했다. "정말 현혹되어 있어요. 이곳에 몸을 숨길 데는 어디에도 없어요. 객실은 열두 개고 그중 둘은 비어 있죠. 하지만 카이사가 매일 그곳을 청소하니 누군가 숨어 있다면 그 애가 알아차리지 못했을 리 없어요. 사람은 언제나 온갖 쓰레기를 남기기 마련이에요. 그리고 카이사는 유난히 까다로운 부분이 청결이에요…… 지하실은 밖에서 맹꽁이자물쇠로 잠가 두죠…… 다락은 없어요. 지붕과 천장 사이의 공간에는 손 하나가 간신히 들어갈 정도고요…… 업무 공간들도 전부 밖에서 잠가 둬요. 게다가 그곳들을 하루 종일 사람이 들락거리죠. 나든 카이사든. 이게 다예요."

"위층 샤워장은요?" 내가 물었다.

"맞아요. 위층 샤워장이 있죠. 거기는 들여다보지 않은 지 오래되었어요. 그리고 발전기실도 살펴봐야 할지 몰라요. 거기도 자주 찾아가지는 않거든요. 들여다보고 찾아보세요, 페테르……"

"열쇠를 줘요." 내가 말했다.

나는 정말 들여다보고 찾아보았다. 나는 지하실에 들어가 살펴보고, 샤워장을 들여다보고, 차고와 보일러실, 발전기실을 조사한 후 지하 기름 저장고에까지 들어갔다. 어디에서도 아무것도 찾지 못했다. 당연히 나도 뭔가를 발견하리라 기대하지 않았다. 하지만 이 빌어먹을 관료제에 전성실함 탓에 나는 직접 확인해 보지 않고 그냥 내버려 둘 수 없었다. 단 하나의 오점도 남기지 않은 20년의 근무란, 말 그대로 근무하는 동안 단 한 번의 오명도 남기지 않은 20년이었다. 상부는 물론 부하들의 눈에도 언제나 재능이 있는 뛰어난 경찰보다 성실한 바보로 보이는 편이 나았다. 그리하여 나는 사방을 더듬고, 기어 다니고, 옷을 더럽히고, 먼지와 더러움을 들이마시며 스스로를 원망하고 바보 같은 운명을 욕했다.

바짝 약이 오르고 온몸에 먼지를 뒤집어쓴 채 저장고

에서 기어 나와 보니 어느새 동이 터 오고 있었다. 달은 빛을 잃어 창백했고 서쪽으로 기울고 있었다. 거대한 잿빛 절벽은 보랏빛 안개로 뒤덮였다. 골짜기를 가득 채운 공기는 그 얼마나 신선하고, 달콤하고, 알싸하게 싸늘한지! 다 망해 버려!

호텔로 막 발걸음을 옮기는데, 문이 활짝 열리며 정문 계단으로 주인장이 나왔다.

"오!" 그가 나를 보더니 말했다. "안 그래도 막 찾으러 가려던 참이었어요. 그 불쌍한 청년이 일어나서 엄마를 찾네요."

"금방 가죠." 나는 상의에 묻은 먼지를 떨어내며 말했다.

"솔직히 엄마를 찾지는 않았어요." 주인장이 말했다. "그 사람은 올라프 안드바라포르스를 찾더군요."

제12장

낯선 이는 나를 보자마자 얼른 몸을 내밀며 물었다. "당신이 올라프 안드바라포르스 씨입니까?"

생각지도 못한 질문이었다. 그런 질문을 받으리라고는 상상도 못 했다. 나는 두리번거리며 의자를 찾은 후 침대로 끌어다 놓고는 서두르는 기색 없이 거기 앉은 후에야 비로소 낯선 이에게 시선을 돌렸다. 내가 올라프라고 대답하고 상황이 어떻게 될지 지켜보고 싶은 유혹이 컸다. 하지만 나는 방첩부대원도 아니고 탐정도 아니다. 나는 정직한 경찰 관료다. 그러므로 나는 이렇게 대답했다.

"아닙니다. 나는 올라프 안드바라포르스가 아닙니다. 나는 경찰 경위로 페테르 글렙스키라고 합니다."

"뭐라고요?" 그는 깜짝 놀라 되물었지만 걱정하는 기색은 전혀 보이지 않았다. "그러면 올라프 안드바라포르스는 어디에 있습니까?"

겉으로 보기에 그는 어제 이후로 완전히 회복한 상태

였다. 그의 갸름한 얼굴에는 장밋빛이 돌았고 어제는 창백하던 기다란 코끝도 지금은 붉게 혈색이 돌아와 있었다. 그는 발목까지 이불을 덮은 채 침대에 앉아 있었다. 알레크의 잠옷은 그에게 너무 커서 목 부분이 축 늘어져 뾰족한 양쪽 쇄골과 털이 나지 않은 허연 가슴이 훤히 보였다. 그의 얼굴에는 털이 거의 없었는데, 눈썹이 있어야 할 자리에 나 있는 털 몇 가닥과 보기 드문 하얀 속눈썹뿐이었다. 그는 몸을 앞으로 내민 채 앉아서 멍하니 텅 빈 오른쪽 소매를 왼손에 감았다.

"실례합니다만," 내가 말문을 열었다. "본론으로 들어가기 전에 질문을 몇 가지 하겠습니다."

내 말에 그는 아무 대꾸도 하지 않았다. 그러더니 이상한 표정을 지었다. 어찌나 이상한지 나는 무엇이 문제인지 선뜻 알아차리지 못했다. 그런데 잘 보니 그의 한쪽 눈은 나를 향해 있지만 다른 쪽 눈은 뒤로 넘어가 있어서 나는 차마 그를 똑바로 바라볼 수 없었다. 잠시 우리는 침묵을 지켰다.

"자 그럼," 내가 말했다. "우선 당신이 누구인지, 이름이 뭔지 알고 싶습니다."

"루아르비크." 그가 얼른 대답했다.

"루아르비크…… 그러면 이름은?"

"이름요? 루아르비크입니다."

"루아르비크 루아르비크 씨?"

그가 다시 입을 다물었다. 나는 눈이 심하게 사시인 사람과 이야기를 나눌 때면 늘 경험하는 불편함을 무시하려고 애썼다.

"대충 그렇습니다." 그가 마침내 대답했다.

"무슨 뜻입니까? 대충이라니?"

"루아르비크 루아르비크."

"알겠습니다. 그렇다고 치죠. 당신은 누구죠?"

"루아르비크." 그가 대답했다. "나는 루아르비크입니다." 그가 잠시 입을 다물었다. "루아르비크 루아르비크. 루아르비크 L. 루아르비크."

루아르비크는 충분히 상식적이고 어느 때보다 진지해 보였다. 그 점이 무엇보다 놀라웠다. 어쨌거나 나는 의사가 아니니까.

"당신이 무슨 일을 하시는지 물어본 겁니다."

"나는 정비사입니다." 그가 말했다. "정비사 겸 조종사."

"무엇을 조종하시죠?" 내가 물었다.

그러자 그는 두 눈으로 나를 똑바로 바라보았다. 그는 분명 내 질문을 이해하지 못했다.

"좋습니다. 그건 넘어가죠." 내가 얼른 말했다. "당신은 외국인입니까?"

"매우." 그가 대답했다. "상당히."

"아마도 스웨덴인이겠죠?"

"아마도. 상당히 스웨덴인."

'이 사람 지금 나를 가지고 노는 건가?' 나는 문득 그런 생각이 들었다. '아니야. 겉으로 봐서는 오히려 궁지에 몰린 사람 같군.'

"이곳에 오신 목적이 뭐죠?" 내가 물었다.

"이곳에 올라프 안드바라포르스가 있습니다. 그 사람이 당신에게 모두 설명해 줄 겁니다. 나는 할 수 없습니다."

"당신은 올라프 안드바라포르스를 만나러 오셨죠?"

"그렇습니다."

"오는 길에 눈사태를 만났고요?"

"네."

"자동차로 왔습니까?"

그가 잠시 생각을 했다.

"운송 수단으로 왔죠." 그가 대답했다.

"무슨 목적으로 안드바라포르스를 만날 예정이었습니까?"

"그 사람에게 볼일이 있습니다."

"구체적으로 어떤 일이죠?"

"그 사람에게 볼일이 있습니다." 그가 반복했다. "그 사람에게. 그 사람이 다 말할 겁니다."

내 등 뒤의 문이 삐걱거렸다. 내가 뒤를 돌아보았다. 문턱에 모제스가 잔을 든 손을 쭉 뻗은 채 서 있었다.

"들어오시면 안 됩니다." 내가 날카롭게 말했다.

모제스는 축 처진 눈썹 아래로 루아르비크를 살폈다. 그는 나를 완전히 못 본 척했다. 나는 벌떡 일어나 그에게 맞섰다.

"어서 이곳에서 나가십쇼, 모제스 씨!"

"내게 언성을 높이지 마시오." 모제스가 예상외로 온화한 태도로 나왔다. "당신이 내 방에 머무르게 한 사람이 어떤 사람인지 나도 궁금할 수 있지 않소."

"지금은 안 되니 나중에……" 나는 천천히 그러나 고집스럽게 문을 닫기 시작했다.

"알았소. 알았어요……" 모제스가 복도로 물러나며 툴툴거렸다. "당연한 말이지만 난 반대할 수도 있었소……"

나는 문을 닫고 다시 루아르비크 L. 루아르비크에게로 돌아섰다.

"저 사람이 올라프 안드바라포르스입니까?" 루아르비크가 물었다.

"아닙니다." 내가 대답했다. "올라프 안드바라포르스는 어젯밤 살해되었습니다."

"살해되었다." 루아르비크가 내 말을 반복했다. 그의 목소리에서는 아무런 감정도 배어 나오지 않았다. 놀라움도, 공포도, 비통함도 느껴지지 않았다. 마치 내가 그에게 올라프가 잠시 외출을 했고 곧 돌아온다고 한 것 같았다.

"죽었습니까? 올라프 안드바라포르스가?"

"그렇습니다."

"아닙니다." 루아르비크가 말했다. "부정확하게 알고 있군요."

"그 무엇보다 정확하게 알고 있습니다. 그가 죽은 모습을 봤으니까요. 직접 말이죠."

"내가 봐야겠습니다."

"당신이 왜요? 지금 보니 당신은 그의 얼굴도 모르는군요."

"그에게 볼일이 있습니다." 루아르비크가 말했다.

"하지만 내가 말했잖습니까. 그는 살해되었습니다. 죽었어요. 누군가 그를 죽였다고요."

"좋습니다. 내가 봐야겠습니다."

그때 뭔가가 머릿속에 퍼뜩 떠올랐다. 올라프의 가방이 기억난 것이다.

"그 사람한테 당신에게 꼭 전해 줘야 할 물건이 있습니까?"

"아닙니다." 그가 무심하게 대답했다. "우리는 이야기를 해야 합니다. 내가 그 사람과."

"무슨 이야기를요?"

"내가 그 사람과. 그 사람과."

"이것 보세요, 루아르비크 씨." 내가 말했다. "올라프 안드바라포르스는 죽었습니다. 누군가에게 죽임을 당했죠. 나는 살인 사건을 조사 중입니다. 살인자를 찾고 있어요. 아시겠습니까? 나는 올라프 안드바라포르스에 대해 최대한 많이 알아야 합니다. 부디 솔직하게 말해 주세요. 어차피 당신은 조만간 아는 것을 다 말해야 합니다. 늦는 것보다 빠른 게 좋겠죠."

루아르비크가 느닷없이 코까지 담요를 뒤집어썼다. 그의 두 눈은 또다시 각기 다른 방향을 보기 시작했다.

"나는 당신에게 아무 말도 할 수 없습니다." 담요 밖으로 새어 나오는 그의 말소리는 명료하게 들리지 않았다.

"왜요?"

"나는 올라프 안드바라포르스에게만 말할 수 있습니다."

"당신은 어디서 왔습니까?" 내가 물었다.

그는 잠자코 있었다.

"어디에 사십니까?"

침묵. 조용한 숨소리. 한 눈은 나를 보고 다른 눈은 천장을 향했다.

"당신은 다른 사람의 지시를 이행하는 중입니까?"

"그렇습니다."

"구체적으로 누구의 지시죠?"

"그걸 왜 궁금해합니까?" 그가 되물었다. "나는 당신에게는 볼일이 없습니다. 당신도 우리에게 볼일이 없죠."

"내 말을 잘 들으세요." 내가 날카롭게 말했다. "우리가 올라프에 대해 조금이라도 아는 게 있어야 그를 죽인 자를 알아낼 수 있습니다. 뭐, 알겠습니다. 당신은 확실히 올라프를 모르는 것 같군요. 그래도 당신을 그에게 보낸 사람들은 뭔가를 알 수도 있겠죠."

"그들도 올라프를 모릅니다." 그가 대답했다.

"어떻게 모른다는 겁니까?"

"그들은 올라프를 모릅니다. 왜 알아야 합니까?"

나는 수염이 자란 거칠한 볼을 쓸었다.

"당신의 이야기는 앞뒤가 맞지 않군요." 내가 퉁명스럽게 말했다. "올라프를 모르는 사람들이 똑같이 올라프를 모르는 당신에게 올라프와 해결할 어떤 임무를 안겨서 보냈다. 이게 말이 됩니까?"

"말이 됩니다. 그게 사실이니까요."

"그 사람들이 누구죠?"

침묵.

"그들은 지금 어디에 있습니까?"

침묵.

"루아르비크 씨, 자꾸 이러시면 몹시 곤란한 지경이 될 수 있습니다."

"왜요?" 그가 물었다.

"살인 사건을 수사할 시, 선량한 시민은 누구나 경찰이 요구하는 증언을 해야 할 의무가 있습니다." 내가 엄하게 말했다. "거부는 범죄의 공모로 간주될 수도 있죠."

루아르비크 L. 루아르비크는 아무 반응도 보이지 않았다.

"당신을 체포할 가능성도 배제하지 않습니다." 내가 덧붙였다. 그러나 명백히 법에 위배되는 위협이었기에 나는 얼른 내 표현을 고쳤다. "어떤 경우든 당신이 증언을 계속 거부한다면 법정에서 몹시 불리해질 겁니다."

"나는 옷을 입고 싶습니다." 루아르비크가 갑자기 말했다. "누워 있고 싶지 않아요. 올라프 안드바라포르스를 보고 싶습니다."

"무슨 목적으로요?" 내가 물었다.

"그를 보고 싶습니다."

"하지만 당신은 그 사람 얼굴도 모르지 않습니까."

"그의 얼굴이 필요한 게 아닙니다." 루아르비크가 말했다.

"그러면 뭐가 필요합니까?"

루아르비크가 담요에서 빠져나와 다시 앉았다.

"나는 올라프 안드바라포르스를 봐야 합니다!" 그가

몹시 큰 소리로 외쳤다. 오른쪽 눈이 경련을 일으키듯 뱅뱅 돌기 시작했다. "왜 이렇게 질문을 해 대는 겁니까? 왜 또 질문들을 하는 거죠? 질문이 너무 많아요. 왜 내가 올라프 안드바라포르스를 보지 못하는 겁니까?"

내 인내심도 결국 바닥이 났다.

"시신의 신원을 확인하고 싶다는 겁니까? 그렇게 이해하면 될까요?"

"확인하다…… 알아본다고요?"

"그래요! 알아본다고요!"

"그러고 싶습니다. 보고 싶어요."

"당신이 그를 어떻게 알아봅니까." 내가 말했다. "그 사람이 어떻게 생겼는지도 모른다면서요."

"무슨 얼굴요?" 루아르비크가 소리쳤다. "왜 얼굴 이야기를 하는 겁니까? 나는 그 사람이 올라프 안드바라포르스가 아닌지, 다른 사람인지 보고 싶습니다!"

"왜 그 시신이 다른 사람일 거라고 생각하시죠?" 내가 재빨리 물었다.

"왜 그 사람이 올라프 안드바라포르스일 거라고 생각합니까?" 그가 되물었다.

우리는 잠시 서로를 노려보았다. 나는 이 괴상한 사람의 말이 어느 면에서 일리가 있다고 인정하지 않을 수 없었다. 나는 목이 부러진 채 위층에 누워 있는 바이킹이 루아르비크 L. 루아르비크가 찾고 있는 그 올라프 안드바라포르스라고 맹세할 수 없었다. 그 사람은 그 올라프 안드바라포르스가 아닐지도 모르고, 애초에 올라프 안드바라포르스가 아닐 수도 있었다. 하지만 달리 생각해 보면 올라프의 얼굴도 모르는 사람에게 시신을 보여 주는 게 무슨 의미가 있는지 알 수 없었다. 얼굴도 모르는데…… 잠깐, 반드시 얼굴이어야 할 이유가 있나? 어쩌면 루아르비크는 올라프의 옷이나 인장 반지 같은 것으로 그를 알아볼 수 있을지 몰랐다…… 문신 같은 것일 수도 있고……

문을 두드리는 소리에 뒤이어 카이사의 목소리가 들렸다. "옷 입으세요……" 나는 문을 열어 카이사에게 다 말려서 다림질까지 해 가져온 루아르비크의 옷을 받아 들었다.

"옷을 입으십쇼." 나는 옷가지를 침대에 내려놓은 후 말했다.

그리고 창가로 가서 떠오르는 태양을 받아 이미 분홍색으로 물든 깔쭉깔쭉한 '죽은 등산가' 암벽과 빛을 잃고 하얀 얼룩이 된 달, 쾌청한 푸른 하늘을 바라보기 시작했다. 내 등 뒤에서는 끙끙대는 소리며 옷자락이 사락거리는 소리, 명료하지 않은 불평 소리가 들렸고 어째서인지 의자를 움직이는 소리가 들렸다. 분명히 팔은 하나뿐이고 눈은 심하게 사시인 상태로 옷을 입기는 그리 녹록지 않을 것이다. 나는 두 번이나 몸을 돌려 도와주겠다고 말하고 싶었지만 꾹 참았다. 마침내 루아르비크가 말했다. "옷을 입었습니다."

나는 돌아섰다. 그리고 놀랐다. 몹시 놀랐지만 이 사람이 지난밤 죽다 살아났다는 사실을 떠올리고 놀라지 않기로 했다. 나는 그에게 다가가 옷깃을 바로잡고 단추를 채우고, 재킷의 단추를 다시 채우고, 주인장의 슬리퍼를 발로 그에게 슥 밀어 주었다. 내가 옷을 다시 입혀 주는 동안 그는 하나밖에 없는 팔을 늘어뜨리고 얌전히 서 있었다. 텅 빈 오른쪽 소매는 주머니에 집어넣었다. 그는 슬리퍼를 물끄러미 보더니 미심쩍은 표정으로 말했다.

"이건 내 것이 아닙니다. 내 건 이렇지 않아요."

"당신 구두는 아직 덜 말랐습니다." 내가 말했다. "이걸 신으세요. 어서 갑시다."

그가 한 번도 그런 슬리퍼를 신어 본 적이 없다고 생각해도 될 것 같았다. 그는 두 번이나 맹렬한 기세로 슬리퍼를 향해 발을 휘둘렀지만 두 번이나 크게 빗나갔고 그때마다 균형을 잃었다. 균형 감각이 시원찮은 것 같았다. 지난밤에 말할 수 없이 고생을 했으니 당연한 일이었다. 게다가 아직 제정신도 못 차린 것 같았다. 나는 그의 상황이 잘 이해되었다. 나도 그런 적이 있었으니까……

그런데 이 남자와 이야기를 나눈 후로 내내 나의 무의식에서는 모종의 기계가 소리도 없이 돌아가고 있었던 모양이었다. 순간적으로 말도 안 되는 생각이 퍼뜩 떠오른 것을 보면 말이다. 어쩌면 올라프가 올라프가 아니고 힌쿠스라면…… 또 힌쿠스는 힌쿠스가 아니라 올라프라면. 그리고 힌쿠스로 자처한 올라프가 이 이상한 남자를 이리로 부르는 전보를 친 것은 아닐까. 하지만 이름을 바꾼 것으로는 결국 아무것도 알아낼 수 없었으므로 나는 이 생각을 머릿속에서 지워 버렸다.

우리는 손을 잡은 채 홀로 나와 2층으로 올라갔다. 여전히 자신의 자리에 앉아 있던 주인장은 생각에 잠긴 눈빛으로 우리를 내내 지켜보았다. 루아르비크는 주인장에게 조금도 관심을 내비치지 않았다. 그는 계단을 한 층 한 층 밟아 올라가는 데 온 정신을 집중했다. 나는 만약을 대비해 그의 팔꿈치를 잡아 주었다.

우리는 올라프의 방문 앞에서 멈췄다. 나는 직접 붙여놓은 봉인을 주의 깊게 살폈다. 누가 뜯은 흔적 없이 멀쩡했다. 그래서 열쇠를 꺼내 문을 열었다. 강렬한 악취가 내 코를 때렸다. 소독약 냄새와 비슷한 매우 이상한 냄새였다. 나는 선뜻 들어가지 못하고 문턱에서 잠시 머물렀는데, 영 기분이 찜찜했다. 하지만 실내는 모든 것이 똑같았다. 단지 내 눈에 시신의 얼굴이 전날에 비해 더 거무튀튀하게 변한 것처럼 보였다. 아마도 조명 탓일 것이다. 그리고 멍이 든 자국들도 거의 보이지 않았다. 루아르비크가 나의 견갑골 사이를 아주 살며시 밀었다. 나는 안으로 들어간 후 그가 살펴볼 수 있도록 옆으로 비켜섰다.

루아르비크가 정비사 겸 조종사가 아니라 시체 안치소의 직원이라고 해도 믿을 수 있을 것 같았다. 그는 한 치의 동요도 드러내지 않은 채 시신을 다리 사이에 두고 서서 유일한 팔로 뒷짐을 지더니 몸을 숙여 살피기 시작했다. 그에게서는 혐오감도, 공포도, 경건함도 느껴지지 않았다. 그저 사무적으로 시신을 살펴볼 뿐이었다. 그런데 그가 묘한 말을 해 나는 깜짝 놀랐다.

"놀랐습니다." 그가 아무런 감정도 묻어나지 않는 목소리로 말했다. "이 사람은 정말 올라프 안드바라포르스군요. 이해가 안 됩니다."

"이 사람을 어떻게 알아보셨습니까?" 내가 얼른 물었다.

그는 여전히 몸을 펴지 않은 채 고개를 돌려 한 눈으로 나를 바라보았다. 그는 다리를 벌리고 몸을 숙인 채 입을 다물고는 아래에서 위로 나를 올려다보았다. 그 상황이 어찌나 오래 지속되었던지 내 목이 다 뻐근할 지경이었다. 이 사람은 어떻게 이렇게 불편한 자세로 있을 수 있지? 허리가 아파서 옴짝달싹도 못 하거나 그런 건가……? 마침내 그가 입을 열었다.

"기억났습니다. 전에 봤어요. 그때는 올라프 안드바라

포스인 줄 몰랐습니다."

"전에 어디서 이 사람을 봤습니까?" 내가 물었다.

"저기서." 그는 허리를 펴지도 않고 창을 향해 손을 휘둘렀다. "그건 중요하지 않습니다."

그가 갑자기 허리를 펴더니 우스꽝스럽게 고개를 돌리며 절뚝절뚝 방 안을 돌아다니기 시작했다. 나는 그에게서 시선을 떼지 않고 정신을 바짝 차렸다. 그는 분명히 뭔가를 찾는 것처럼 보였고 나는 그게 뭔지 짐작이 되었다.

"올라프 안드바라포르스는 다른 곳에서 죽었습니까?" 그가 내 앞에서 멈춰 서더니 물었다.

"왜 그렇게 생각하시죠?" 내가 되물었다.

"나는 생각하지 않습니다. 질문을 했습니다."

"지금 뭘 찾고 계신가요?"

"올라프 안드바라포르스에게 물건이 있었습니다." 그가 말했다. "어디에 있습니까?"

"가방을 찾고 계신가요?" 내가 물었다. "그걸 받으러 왔습니까?"

"그것은 어디에 있습니까?" 루아르비크가 재차 물었다.

"가방은 내가 보관하고 있습니다." 내가 말했다.

"그거 잘하셨습니다." 그가 칭찬했다. "그 가방이 여기 있으면 좋겠군요. 가져오십시오."

나는 그의 어조는 무시하기로 하고 이렇게 말했다.

"가방은 드릴 수 있습니다. 하지만 그 전에 먼저 내 질문에 답하셔야 합니다."

"왜요?" 그가 깜짝 놀라며 물었다. "왜 또 질문을 받아야 합니까?"

"왜냐하면," 내가 인내심을 갖고 대답했다. "당신이 한 대답으로 당신이 그 가방을 가질 권한이 있다는 사실이 명확해질 경우에만 가방을 받을 수 있기 때문입니다."

"이해가 안 되는군요." 그가 말했다.

"나는 모릅니다." 내가 말했다. "그 가방이 당신의 것인지 아닌지 말이죠. 당신의 것이라면, 올라프가 당신을 위해 이곳으로 가져왔다면, 그 사실을 증명해 보십쇼. 그러면 가방을 드리죠."

그의 두 눈이 반대 방향으로 돌아갔다가 다시 양미간을 향해 모였다.

"됐습니다." 그가 말했다. "원하지 않아요. 피곤하군요. 갑시다."

나는 의아한 상태로 그를 따라 방을 나갔다.

복도의 공기는 놀라울 정도로 신선하고 깨끗했다. 객실에서 풍기는 고약한 약 냄새는 어디서 난 걸까? 혹시 그때 뭔가를 쏟았는데 창문이 활짝 열려 있어서 못 느꼈던 건 아닐까? 나는 문을 잠갔다. 내가 내 방에 가서 종이와 풀을 찾아와 문을 봉인하는 동안 루아르비크는 깊이 생각에 잠긴 기색으로 우두커니 서 있었다.

"어떻게 하실 건가요?" 내가 물었다. "내 질문에 대답하실 겁니까?"

"아니요." 그가 단호하게 대답했다. "질문은 원하지 않습니다. 눕고 싶군요. 어디에 누울 수 있습니까?"

"아까 그 방으로 가시죠." 내가 데면데면하게 대답했다. 혐오감이 밀려와 나를 덮쳤다. 느닷없이 머리가 깨질 듯이 아프기 시작했다. 편안하게 누워서 긴장을 풀고 눈을 감고 싶었다. 이 모든 상황이 어처구니없었고, 난생 듣도 보도 못했으며 터무니없고 앞뒤가 들어맞지도 않은 사건이 난생 듣도 보도 못했으며 터무니없고 앞뒤가 들어맞지도 않는 루아르브비크 L. 루아르브비크라는 인물로 육화肉化한 것 같았다.

우리는 홀로 내려가 그는 제 방으로 돌아갔고 나는 안락의자에 앉아 몸을 쭉 편 채 마침내 눈을 감았다. 어디선가 바닷소리가 들리고, 음이 불분명한 음악이 크게 연주되었고, 안개가 낀 듯한 흐릿한 얼룩들이 밀려왔다가 쓸려 나갔다. 입안에서는 몇 시간 동안 계속 축축한 양복천을 씹은 듯한 느낌이 났다. 잠시 후 누군가 축축한 코를 내 귀에 들이대고 킁킁 냄새를 맡나 싶더니 렐의 무거운 머리가 내 무릎을 친근하게 눌러 왔다.

제13장

　아마 15분가량 그렇게 앉아 준 것 같다. 렐이 그 이상은 내가 잠에 빠져 있게 내버려 두지 않았다. 렐은 내 두 귀와 볼을 핥아 대고, 바짓가랑이를 잡아당기고, 몸을 밀어 대더니 급기야 내 손을 살짝 물었다. 그러자 나는 더 이상 참을 수가 없어 두서없는 저주와 불평이 목구멍으로 치밀어 오르는 가운데 녀석을 당장 갈기갈기 찢어 버릴 작정으로 벌떡 일어났다. 그런데 내 시선이 테이블로 향한 순간 나는 그대로 얼어붙었다. 광택제를 칠해 반짝반짝 광이 나는 테이블 위에는 주인장의 서류와 계산기 옆에 커다랗고 시커먼 권총 한 자루가 놓여 있었다.

　그 권총은 손잡이를 연장한 45구경 루거였다. 권총은 테이블에 흥건한 물 위에 놓여 있었는데, 미처 다 녹지 않은 눈 뭉치들이 그대로 총 주위로 떨어져 있었다. 입을 떡 벌리고 바라보는 동안에도 눈 뭉치 하나가 공이치기에서 테이블로 툭 떨어졌다. 나는 홀을 두리번거렸다. 홀은 텅 비어 있었고 렐만이 테이블 옆에 서서 고개를 갸웃한 채 뭔가를 묻는 듯한 심각한 표정으로 나를 지켜보고 있었다. 주방에서 일상적인 주방의 소리가 들렸다. 그 소리에 섞여 저음인 주인장의 목소리가 작게 들렸고 커피 향이 코를 간질였다.

"이거 네가 가져왔니?" 내가 렐에게 소곤거렸다.

녀석은 반대 방향으로 고개를 갸웃한 채 똑같은 표정으로 나를 계속 보았다. 개의 발에는 눈이 묻어 있고 털이 북슬북슬한 배에서는 물이 뚝뚝 떨어졌다. 나는 조심스럽게 권총을 집어 들었다.

그 총은 진짜 악당의 흉기였다. 유효사거리는 200미터로, 망원 조준경을 달 수 있는 장치와 개머리판 연결 장치, 자동사격으로 넘어갈 수 있는 스위치 등을 갖추고 있었다. 총열에는 눈이 가득했다. 권총은 차갑고 묵직했으며 줄무늬가 난 손잡이가 손에 착 감겼다. 문득 내가 힌쿠스의 몸수색을 하지 않았다는 사실이 기억났다. 그의 짐을 수색했고, 외투를 수색했지만 정작 그의 몸수색은 잊었다. 아마도 그가 범죄의 피해자로 보였기 때문이리라.

나는 손잡이에서 탄창을 뺐다. 탄창은 꽉 차 있었다. 노리쇠를 잡아당기자 테이블로 탄환이 튀어나왔다. 그 탄환을 탄창에 끼워 넣으려고 집었는데, 탄환의 기묘한 색깔에 시선이 갔다. 탄환은 평범하게 노란색에 흐릿한 회색이 아니었다. 마치 니켈도금을 한 것처럼 반짝거렸는데, 잘 보니 니켈이 아니라 은으로 만든 것 같았다. 한 번도 본 적이 없는 총알이었다. 나는 갑자기 초조해져, 탄창에서 탄환을 하나씩 꺼냈다. 모두 은제 총알이었다. 나는 바짝 마른 입술을 혀로 축이고 다시 렐을 바라보았다.

"이 녀석아, 이걸 어디서 가져왔니?" 내가 물었다.

렐이 장난스럽게 머리를 흔들더니 옆쪽으로 뛰어 문으로 갔다.

"알겠다." 내가 말했다. "알겠어. 잠시만 기다리렴."

나는 탄환을 탄창에 모두 넣고 탄창을 손잡이에 다시 넣었다. 그리고 문으로 걸어가며 총을 옆 주머니에 쑤셔 넣었다. 호텔 정문을 나서자 렐이 계단에서 훌쩍 뛰어내렸다. 눈밭에 풀썩 떨어진 렐은 건물 전면을 따라 뛰어갔다. 나는 렐이 올라프의 창문 아래에서 멈출 거라고 거의 확신했는데 멈추지 않았다. 렐은 호텔 건물을 돌아가 잠시 모습을 감추더니 조급하게 모퉁이에서 고개를 내밀며 나타났다. 나는 제일 먼저 손에 잡히는 스키를 들어 급히 발에 끼운 후 뒤따라 달렸다.

렐을 따라 호텔 건물을 빙 돌아가자 렐이 맹렬히 달리더니 50미터가량 떨어진 지점에서 멈췄다. 나는 렐에게 다가간 후 주위를 살펴보았다. 모든 상황이 어딘지 기묘했다. 렐이 총을 파낸 눈구덩이가 눈에 들어왔다. 내 뒤로는 내가 타고 온 스키 자국이 보였고, 렐이 눈 더미들을 뛰어넘으며 남긴 고랑들도 보였다. 하지만 그 외에 쌓인 눈 위에는 아무런 자국도 없었다. 그렇다면 이 상황이 의미하는 바는 하나뿐이었다. 누군가 도로에서 아니면 호텔에서 이리로 총을 내던진 것이다. 그리고 어느 쪽이건 실력이 상당했다. 나는 그렇게 무겁고 던지기 불편하게 생긴 물건을 이렇게 멀리까지 던질 자신이 없었다. 다음 순간 나는 깨달았다. 권총은 지붕에서 던졌다. 힌쿠스에게서 권총을 빼앗아 최대한 멀리 던진 것이다. 어쩌면 힌쿠스가 직접 던졌을지도 몰랐다. 권총을 가지고 있다가 잡힐까 봐 두려워한 나머지 말이다. 물론 힌쿠스가 아니라 다른 누군가의 소행일 수도 있다…… 하지만 누구의 짓이건 던진 곳이 지붕이라는 사실은 거의 확실했다. 도로에서 그렇게 던지려면 뛰어난 투척병 정도는 되어야 할 것이다. 객실의 창문은 어디에서도 이렇게 던지기가 불가능할 것이다.

"이런, 렐." 나는 세인트버나드에게 말했다. "정말 잘했구나. 그런데 내 것이 아니란다. 힌쿠스를 좀 더 확실하게 추궁해야 했어. 내 친구 즈구트의 방식대로 말이야. 그렇지? 천만다행으로 즈구트의 방법을 시도해 볼 시간은 아직 있단다."

나는 렐의 반응을 기다리지도 않고 왔던 길을 따라 달리기 시작했다. 렐은 눈을 사방을 흩뿌리고, 눈에 풀썩 빠지고, 두 귀를 흔들며 내 옆에서 같이 달렸다.

　나는 당장 이 개자식 힌쿠스를 찾아가 깨워서 혼쭐을 낼 작정이었다. 설령 그로 인해 근무 평가에 흠집이 날 수도 있다 해도 말이다. 이제 나는 올라프 사건과 힌쿠스 사건이 직접적으로 연결되어 있으며, 올라프와 힌쿠스가 함께 도착한 것은 결코 우연이 아닐뿐더러, 힌쿠스는 단 하나의 목적으로 사정거리가 먼 권총으로 무장한 채 지붕에 있었는데, 그 목적이라는 것이 주위를 경계하며 아무도 호텔을 떠나지 못하게 지킨 것이고, 'F'라고 서명한 쪽지로 경고를 한 장본인은 바로 그였으며(여기서 그는 분명히 혼동해서 쪽지를 엉뚱한 방에 붙였다. 물론 듀 바른스토크르는 일말의 의심도 불러일으키지 않는다), 그가 이 호텔의 누군가에게 엄청나게 방해되었고 아마도 지금도 방해가 될 것이므로 누구에게 무슨 이유로 방해가 되는지 당장 밝히지 않는다면 내 수사는 실패로 끝나리라는 것을 똑똑히 알 수 있었다. 물론 이 가설에는 모순이 잔뜩 있다. 가령, 힌쿠스가 올라프의 경호원이고 살인자에게 방해가 되었다면, 어째서 힌쿠스는 그런 온건한 취급으로 끝났을까? 왜 그의 목도 부러트리지 않았을까? 어째서 그의 적은 밀고와 포획처럼 무척 인간적인 방법을 사용했을까……? 다시 생각하면 그 부분은 쉽게 설명할 수 있을지 몰랐다. 힌쿠스는 아무래도 고용된 사람이므로 살인자는 힌쿠스의 피로 손을 더럽히고 싶지 않았을 것이다…… 아차! 힌쿠스가 누구에게 전보를 보냈는지 알아내야 한다. 나는 이 점을 계속 간과했다……

주인장이 뷔페에서 나를 부르더니 아무 말 없이 뜨거운 커피 한 잔과 신선한 소시지를 넣은 커다란 삼각형 샌드위치를 건넸다. 지금 내게 꼭 필요한 것들이었다. 내가 허겁지겁 샌드위치를 썹는 동안 그는 눈을 가늘게 뜨고 나를 살펴보더니 마침내 질문을 던졌다.

"새로운 소식이 있어요?"

내가 고개를 끄덕였다.

"있죠. 권총. 그런데 내가 아니라 렐이 올린 수확이에요. 나는 멍청이였어요."

"음…… 그렇군요. 렐은 영리한 개죠. 그 권총은 뭡니까?"

"흥미로운 권총이죠." 내가 대답했다. "전문가용이에요…… 그나저나 은제 총알을 장전한 권총에 대해서 들어보신 적이 있습니까?"

주인장은 턱을 내민 채 잠시 침묵을 지켰다.

"혹시 그 총에 은제 총알이 장전되어 있던가요?" 그가 천천히 물었다.

내가 고개를 끄덕였다.

"음, 그래요. 어디서 그런 총에 대해서 읽었어요……" 주인장이 대답했다. "총으로 유령을 쏘려고 할 때 은제 총알을 장전하죠."

"또 좀비 괴물 이야기군요." 내가 툴툴거렸다. 하지만 나도 그런 이야기가 기억났다.

"네, 다시 돌아왔네요…… 평범한 총알로는 흡혈귀를 죽일 수 없어요. 늑대인간…… 여우 요괴…… 두꺼비 여왕…… 내가 경고했잖아요, 페테르!" 그가 굵은 손가락을 들었다. "나는 오래전부터 그런 것들을 기다리고 있었어요. 그런 사람이 나 말고 또 있는 것 같군요……"

나는 샌드위치를 다 먹고 커피도 다 마셨다. 주인장의 이야기에 조금도 귀가 솔깃하지 않았다고는 말할 수 없다. 이유는 모르겠지만 주인장의 말도 안 되는 유일한 가설을 확인해 주는 일은 계속 일어나는 반면, 현실적이고 다양한 내 가설들은 계속 빗나가기만 할 뿐이었다…… 흡혈귀들, 유령들, 망령들…… 정말 내가 이런 존재들과 싸워야 할 경우 유일한 문제는 내가 무기를 내려놓을 수밖에 없다는 사실이었다. 어느 작가가 말했다시피, 사후 세계는 경찰이 아니라 교회의 영역이니 말이다.

"누구 총인지는 알아냈습니까?" 주인장이 물었다.

"네, 여기 흡혈귀 사냥꾼이 한 명 있어요. 성이 힌쿠스죠." 나는 이렇게 대답한 후 그곳을 나섰다.

홀의 중앙에는 루아르비크 L. 루아르비크가 어딘지 기괴하고 부자연스러운 분위기를 풍기며 비뚜름한 허수아비처럼 서 있었다. 그의 한 눈은 나를 바라보고 다른 눈은 계단을 바라보았다. 재킷이 그의 몸에 삐딱하게 걸려 있고, 바지는 축 내려왔으며 텅 빈 소매는 흔들거리면서 소에게 섭힌 모양을 하고 있었다. 그에게 고개를 끄덕하고 옆으로 지나가려는데 그가 재빨리 내게 다가와 앞을 가로막았다.

"용건이 뭡니까?" 내가 멈춰 서며 물었다.

"간단하지만 중요한 대화입니다." 그가 대답했다.

"지금은 바쁩니다. 30분 후에 합시다."

그가 내 팔꿈치를 잡았다.

"제발 나눠 주세요. 어서요."

"무슨 말을 하시는지 모르겠군요. 뭘 나눠 달라는 겁니까?"

"몇 분만 나눠 주세요. 내게는 아주 중요합니다."

"당신에게는 중요하겠죠……" 내가 계단을 향해 발걸음을 옮기며 그의 말을 반복했다. "오직 당신에게만 중요한 일이라면 내게는 전혀 중요하지 않습니다."

그가 내게 묶인 것처럼 졸졸 따라왔다. 그런데 걸음걸이가 이상했다. 한쪽 발은 바깥을 향하고 다른 발은 안쪽을 향해 내디뎠다.

"당신에게도 중요한 이야기입니다." 그가 말했다. "만족할 겁니다. 원하는 것을 다 얻을 겁니다."

우리는 어느새 계단을 올랐다.

"대체 무슨 일입니까?" 내가 물었다.

"가방에 대한 일입니다."

"내 질문에 대답할 준비가 된 겁니까?"

"일단 멈춰 서서 이야기를 하죠." 그가 부탁했다. "다리가 잘 걷지 못합니다."

오호라, 기분이 상했군. 내가 생각했다. 좋은 현상이었다. 나는 이 상황이 마음에 들었다.

"30분 후." 내가 말했다. "지금은 나를 보내 주세요. 당신이 방해가 됩니다."

"그렇습니다." 그가 선선히 말했다. "방해합니다. 방해하고 싶습니다. 우리 대화는 긴급합니다."

"그렇게 긴급한 이유가 뭡니까." 나는 물러서지 않았다. "이야기할 수 있다니까요. 대충 30분 후면 됩니다. 아니면 한 시간이나."

"안 됩니다. 안 돼요. 지금 당장 꼭 이야기를 해야 합니다. 많은 것이 달려 있어요. 그리고 곧 끝날 겁니다. 나는 당신에게 이야기하고, 당신은 내게 이야기하고. 그러면 끝."

우리는 어느새 2층 복도에 도착했다. 문득 그가 가엾다는 생각이 들었다.

"좋습니다. 내 방으로 갑시다. 더 서둘러 주세요."

"네네, 금방 끝납니다."

나는 그를 내 방으로 안내한 후 테이블 가장자리에 걸

터앉으며 말했다.

"말해 보세요."

그런데 그는 선뜻 이야기를 시작하지 않았다. 처음에는 가방이 내 방의 훤히 보이는 곳에 놓여 있으리라 기대하는 것처럼 주위를 두리번거렸다.

"가방은 여기에 없습니다." 내가 말했다. "어서 말해 보세요."

"그러면 앉겠습니다." 그는 이렇게 말하고 내 의자에 앉았다. "나는 가방이 꼭 필요합니다. 당신은 그 가방으로 뭘 하려는 겁니까?"

"뭘 하려는 게 아닙니다. 당신에게 그 가방의 소유권이 있다고, 당신 가방이라고 증명해 보세요."

루아르비크 L. 루아르비크가 고개를 가로저으며 말했다.

"아뇨. 증명하지 않겠습니다. 가방은 내 것이 아닙니다. 처음에 나는 아무것도 이해하지 못했습니다. 이제 한참을 곰곰이 생각해 보니 모든 것을 알겠습니다. 올라프는 가방을 훔쳤습니다. 나는 올라프를 찾아서 이렇게 말하라는 지시를 받았습니다. '가져간 것을 내놔. 224사령관.' 나는 이게 무슨 뜻인지 모릅니다. 그가 무엇을 가져갔는지 몰랐습니다. 당신은 내내 가방이라고 말했으니까요. 그 말에 내가 착각을 했습니다. 가방이 아닙니다. 케이스죠. 안에는 장치가 들어 있습니다. 그 전까지는 몰랐습니다. 올라프를 보고 짐작했죠. 이제는 압니다. 올라프는 살해된 게 아닙니다. 올라프는 그냥 죽었습니다. 그 장치 때문이요. 장치는 몹시 위험합니다. 모두에게 위협이 됩니다. 모두 올라프처럼 되거나 폭발할 가능성도 있습니다. 그러면 모든 사람에게 더 안 좋은 일이겠죠. 왜 우리가 서둘러야 하는지 알겠습니까? 올라프, 그 어리석은 자는 숨이 끊어졌습니다. 우리는 현명하니 죽지 않을 겁니다. 어서 가방을 주세요."

루아르비크는 오른쪽 눈과 왼쪽 눈으로 번갈아 나를 바라보고 텅 빈 소매를 무자비하게 잡아 뜯으며 시종일관 무미건조한 어조로 이야기를 했다. 그의 표정에는 아무런 변화도 없었다. 다만 때때로 숱이 거의 없는 눈썹을 올렸다 내렸다 할 뿐이었다. 나는 그를 지켜보면서 말을 하는 태도와 문법은 전과 같았지만 지금 이야기를 나눈 30분 동안 어휘력이 일취월장했다는 생각을 했다. 루아르비크는 점점 말이 유창해졌다.

"당신은 누구십니까?" 내가 물었다.

"나는 이주민, 외국인 전문가입니다. 추방자. 정치의 희생자."

확실히 루아르비크의 말이 유창해졌다. 어디서 갑자기 저런 실력이!

"어디서 온 이주민입니까?" 내가 물었다.

"그런 질문은 필요 없습니다. 말할 수 없습니다. 명예의 문제. 당신의 나라에 아무런 해도 끼치지 않습니다."

"하지만 당신은 자신이 스웨덴인이라고 이미 말씀하지 않았습니까."

"스웨덴인? 말하지 않았습니다. 이주민, 정치적 추방자."

"실례합니다만," 내가 말했다. "한 시간 전 당신이 내게 자신이 스웨덴인이라고 하셨습니다. 자신이 상당히 스웨덴인이라고까지 하셨죠. 그런데 지금은 부인하시는 겁니까?"

"모릅니다…… 기억나지 않습니다……" 그가 중얼거리기 시작했다. "몸이 좋지 않습니다. 두렵습니다. 어서 가방을 찾아야 합니다."

그가 나를 재촉할수록 나는 서두르고 싶은 마음이 사라졌다. 내게는 모든 사실이 명확히 보였다. 그는 거짓말을 했고 지독히도 거짓말에 서툴렀다.

"거주지는 어딥니까?" 내가 물었다.

"말할 수 없습니다."

"여기에는 무엇을 타고 오셨습니까?"

"운송 수단."

"차종이 뭐죠?"

"차종……? 크고 검은색입니다."

"자신의 자동차 종류도 모르십니까?"

"모릅니다. 내 것이 아닙니다."

"하지만 정비사라면서요." 나는 고소한 기분을 느끼며 말했다. "자동차도 잘 모른다면 당신은 도대체 무슨 정비사 '겸' 조종사라는 겁니까?"

"내게 가방을 주세요. 안 그러면 불행해집니다."

"그 가방으로 뭘 하실 작정입니까?"

"신속하게 이곳에서 가지고 나갈 겁니다."

"어디로요? 골짜기는 눈사태로 길이 막혔다는 사실을 아실 텐데요."

"그건 아무래도 상관없습니다. 멀리 가져갈 겁니다. 방전시켜 볼 겁니다. 할 수 없다면 도주합니다. 그곳에 그대로 둔 채로."

"좋습니다." 나는 이렇게 말하며 테이블에서 일어섰다. "갑시다."

"어떻게요?"

"내 차로. 나는 '모스크비치'라는 근사한 차가 있거든요. 가방을 챙깁시다. 멀리 가져가서 어떻게 되나 봅시다."

그는 자리에서 꼼짝도 하지 않았다.

"당신은 필요 없습니다. 몹시 위험해요."

"괜찮습니다. 위험을 감수하죠. 갑시다!"

그는 꼼짝도 않고 잠자코 앉아 있었다.

"왜 앉아 계십니까?" 내가 물었다. "위험하다면 서둘러야죠."

"이렇게는 안 되겠군." 그가 마침내 말했다. "다른 식으로 해 보죠. 가방을 넘기고 싶지 않으면 파세요. 네?"

"그 말은?" 나는 다시 테이블의 가장자리에 걸터앉으며 되물었다.

"내가 돈을 줍니다. 거금을. 당신은 내게 가방을 주세요. 아무도 아무것도 모르고, 모두 만족합니다. 당신이 가방을 찾았고 내가 가방을 샀습니다. 끝."

"얼마를 주실 겁니까?" 내가 물었다.

"많이. 원하는 만큼. 보십시오."

그가 품 안으로 손을 집어넣더니 두툼한 지폐 뭉치를 꺼냈다. 실제로 그런 돈뭉치를 본 건 평생 단 한 번뿐이었다. 그것도 위조화폐 수사를 했던 국립은행에서 말이다.

"그거 얼마입니까?" 내가 물었다.

"적습니까? 그러면 더 있습니다."

그가 옆 주머니에 손을 넣어 아까와 똑같은 돈뭉치를 꺼내더니 그것도 내 옆의 테이블 위로 던졌다.

"이건 얼마입니까?" 내가 물었다.

"얼마면 뭐가 달라집니까?" 그가 놀랐다. "전부 당신의 것입니다."

"아주 많이 달라집니다. 이 돈이 다 얼마인지 아십니

까?"

그는 잠자코 있었고 양쪽 눈만이 가운데로 모였다가 다시 양쪽으로 돌아갔다.

"그렇군요. 모르시는군요. 이 돈이 어디에서 났습니까?"

"이건 내 돈입니다."

"그만해요, 루아르비크. 누가 이 돈을 당신에게 줬습니까? 당신이 이곳에 왔을 때는 빈손이었어요. 모제스겠죠. 달리 누가 있겠어. 그렇죠?"

"당신은 돈을 원하지 않습니까?"

"나는 이렇게 할 겁니다." 내가 말했다. "이 돈은 압수합니다. 그리고 당신에게는 공직자를 매수하려고 한 죄를 물을 겁니다. 당신은 아주 골치 아픈 상황에 처할 겁니다, 루아르비크. 당신에게 남은 방법은 하나뿐입니다. 내게 사실대로 다 털어놓아요. 당신은 누구입니까?"

"당신이 돈을 가져갔습니까?" 루아르비크가 물었다.

"나는 그 돈을 압수한 겁니다."

"압수했다…… 좋아요." 그가 말했다. "그러면 가방은 어디에 있습니까?"

"당신은 '압수하다'가 무슨 뜻인지 모르십니까?" 내가 물었다. "모제스에게 물어보세요…… 자, 당신은 누구죠?"

그는 가타부타 말도 없이 자리에서 일어나 문으로 향

했다. 나는 돈을 챙겨서 그 뒤를 따라갔다. 우리는 복도를 지나 계단을 내려갔다.

"가방을 내놓지 않는다니 쓸데없는 짓을 하는 겁니다." 루아르비크가 말했다. "당신에게 결코 도움이 되지 않을 겁니다."

"협박하지 마시죠." 내가 말했다.

"당신은 커다란 재앙을 초래할 겁니다."

"거짓말은 그만해요." 내가 말했다. "사실대로 말하기 싫다면 그건 당신 마음입니다. 하지만 당신은 이 일에 깊숙이 관여했고 모제스마저 끌고 들어갔어요. 이제 쉽게 빠져나갈 수 없습니다. 조만간 경찰이 당도할 겁니다. 그때는 결국 사실을 털어놓을 수밖에 없어요……! 잠깐, 그쪽이 아니에요. 이쪽으로 오세요."

나는 그의 빈 소매를 붙잡고 사무실로 데려갔다. 나는 주인장을 불러서 그의 입회하에 돈을 세고 압수 보고서를 작성했다. 주인장도 함께 돈을 셌는데, 액수는 8만이 넘었다. 이 정도면 내가 8년 동안 징계를 받지 않고 근무했을 때 받을 월급과 맞먹었다. 다 끝난 후 주인장이 서류에 서명했다.

그동안 루아르비크는 최대한 빨리 도망치고 싶은 사람처럼 어중간하게 양쪽 다리에 번갈아 체중을 실으며 조금 떨어져 서 있었다.

"서명하세요." 내가 그에게 만년필을 내밀며 말했다.

그는 펜을 잡고 꼼꼼히 살펴보더니 조심스럽게 테이블에 내려놓았다.

"하지 않겠습니다." 그가 말했다. "나는 가겠습니다."

"원하시는 대로." 내가 말했다. "그런다고 당신의 입장이 바뀌지 않습니다."

루아르비크는 몸을 돌리더니 어깨를 문틀에 부딪치며 방을 나섰다.

나와 주인장은 서로를 잠시 마주 보았다.

"왜 당신을 매수하려고 한 거예요?" 주인장이 물었다. "뭐가 필요하다던가요?"

"가방." 내가 대답했다.

"무슨 가방?"

"당신의 금고에 들어 있는 올라프의 가방." 나는 열쇠를 꺼내 금고를 열었다. "바로 이거요."

"이 가방이 8만이나 한다고요?" 주인장이 깜짝 놀라며 물었다.

"아마 그보다 훨씬 비쌀걸요. 일이 아주 이상하게 꼬여 가네요, 알레크." 나는 돈을 금고에 넣고 다시 묵직한 문을 잠그고는 서류를 주머니에 집어넣었다.

"루아르비크는 대체 뭐 하는 사람이죠?" 주인장이 생각에 잠겨 물었다. "그렇게 큰돈이 어디서 났을까요?"

"그 사람은 땡전 한 푼 없어요. 돈은 모제스에게 받았겠죠. 달리 누가 있겠어요?"

주인장은 무슨 말을 하려는 듯 통통한 손가락을 들었다가 생각을 바꿨다. 대신 살집 좋은 아래턱을 열심히 문지르더니 소리쳤다. "카이사!" 그러고는 사무실을 나갔다. 나는 여전히 책상에 앉아 있었다. 그리고 기억을 더듬기 시작했다. 나는 기억을 꼼꼼하게 헤집어서 내가 호텔에 온 후 직접 목격한 가장 사소한 일들이며 별 의미 없는 사건들을 끄집어냈다. 그렇게 되짚어 보니 나는 꽤 많은 것들을 기억하고 있었다.

내 기억에 따르면, 처음 만났을 때 시모네는 회색 양복을 입고 있었는데 어제 파티에서는 진홍색 양복을 입었으며 그의 커프스에는 노란색 보석이 박혀 있었다. 브륜이 제삼촌에게 담배를 조를 때면 그가 오른쪽 귀 뒤에서 담배를 꺼내던 모습을 기억했다. 카이사의 오른쪽 콧구멍에 난 작고 검은 점을, 듀 바른스토크르가 포크를 집을 때는 우아하게 새끼손가락을 드는 모습을, 내 방의 열쇠가 올라프 방의 열쇠와 비슷하게 생겼다는 것을 비롯해 그 외에도 온갖 자잘한 것들을 기억해 냈다. 그리고 이 거름 더미에서 진주 두 알을 찾아냈다. 한 알은 그저께 저녁 머리부터 발끝까지 눈을 뒤집어쓰고 도착한 올라프가 자신의 검은 가방을 들고 홀 한가운데 서서 말 그대로 자신을 환영하는 요란한 인파를 기다리는 것처럼 주위를 둘러보던 모습과 그의 시선이 나를 지나쳐 모제스 부부가 사용 중인 구역으로 들어가는 통로에 걸린 두꺼운 커튼을 바라보는데, 어쩐지 내 눈에는 그 커튼이 살짝 움직이는 것처럼 보였으며 그때는 외풍이 들어왔다고 생각하고 넘어간 일이었다. 또 다른 한 알은 샤워장 앞에서 줄을 서 있을 때 올라프와 모제스가 손을 잡고 위층에서 내려오던 모습이었다……

이 두 가지 기억을 바탕으로 나는 올라프와 모제스, 그리고 이제는 루아르비크까지 다 한패이며 이 패거리는 자신들이 한패라는 사실을 절대 드러내려 하지 않는다는 결론을 내리게 되었다. 그리고 내가 내 방에서 악당과 미치광이에 관한 투서로 엉망이 된 테이블을 보기 5분 전에 모제스가 내 옆방인 객실 박물관에서 나와 마주쳤다는 사실을 떠올린다면, 모제스의 금시계를 힌쿠스의 가방에 몰래 넣어 뒀다는 사실을 떠올린다면(분명히 일부러 넣어 뒀다가 후에 다시 찾아갔다)…… 힌쿠스가 양처럼 꽁꽁 묶여 테이블 밑에 잡혀 있을 당시 카이사를 제외하면 홀에 없었던 유일한 사람이 모제스 부인이었다는 사실을 떠올린다면…… 이 모든 사실을 떠올려 보면 아주 재미있는 그림이 그려진다.

이 그림에는 자신의 가방 중 하나의 내용물이 잡동사니로 뒤바뀌어 있었다는 힌쿠스의 주장도 얼추 들어갈 자리가 생긴다. 게다가 모제스 부인이 힌쿠스의 분신의 얼굴을 본 유일한 사람이라는 정황도 말이다. 브륜에 대해서는 그녀가 힌쿠스의 분신을 봤다고 단정할 수 없다. 왜냐하면 그녀가 본 것은 힌쿠스의 코트였고 그때 그 코트 속에 누가 있었는지는 알 수 없기 때문이다.

물론 이 그림에는 여전히 하얀 부분과 도무지 이해되지 않는 반점들이 많이 있다. 그러나 적어도 지금은 누가 어느 편인지는 가늠이 된다. 힌쿠스가 이편이라면 모제스와 올라프, 루아르비크가 그 반대편에 있다. 루아르비크의 몹시 어리석은 행동과 모제스가 공공연하게 그에게 돈을 대는 상황으로 판단해 볼 때 사건은 위기를 향해 접근하는 중이었다…… 문득 힌쿠스를 굳이 가둬 놓을 필요가 없겠다는 생각이 들었다. 다가오는 결전의 순간에 내 편이 있으면 나쁘지 않을 것이다. 그 사람이 설령 의심스럽기 짝이 없고 범죄자가 분명할 힌쿠스라 할지라도 말이다.

그래, 그렇게 해야겠어! 나는 마음을 정했다. 나는 그들에게 악당이자 미치광이를 맞서게 할 것이다. 힌쿠스가 아직도 테이블 아래에 처박혀 있다고 생각한다면 오산이다. 힌쿠스가 느닷없이 아침을 먹으러 식당에 나타나면 모제스가 어떻게 행동할지 똑똑히 지켜보리라. 누가 힌쿠스를 결박했으며 누가 어떻게 올라프를 죽였는지에 대해서는 나는 당분간 고민하지 않기로 했다. 나는 메모를 끼적인 종이를 뭉쳐서 재떨이에 넣고 태워 버렸다.

"식사하세요." 위층 어딘가에서 카이사가 소리를 빽 질렀다. "식사하세요."

제14장

힌쿠스는 벌써 일어나 있었다. 그는 멜빵을 어깨에서 내린 채 방 중앙에 서서 커다란 수건으로 얼굴을 닦았다.

"잘 잤소?" 내가 말했다. "몸은 좀 어때요?"

그가 눈을 치뜨며 나를 조심스럽게 살피는데, 얼굴이 살짝 부어 있었지만 대체로 멀쩡해 보였다. 그에게는 몇 시간 전 내가 보았던 것처럼 사냥꾼에게 쫓겨 죽을 고생을 하는 족제비 같은 인상은 조금도 남아 있지 않았다.

"그럭저럭." 그가 웅얼거렸다. "대체 왜 저를 여기 가둔 겁니까?"

"당신이 신경성 발작을 일으켰어요." 내가 자초지종을 설명했다. 그의 얼굴이 살짝 붉어졌다. "별일은 아니었고. 주인장이 당신에게 진정제를 놓아 주고 문을 잠갔죠. 혹시라도 누군가 당신을 귀찮게 하지 않도록. 아침 먹으러 갈 겁니까?"

"가야죠." 그가 말했다. "아침을 먹고 나면 이 빌어먹을 곳을 당장 떠날 겁니다. 선불금도 되돌려 받아야지. 내가 산에서 휴가를 보내다니……"그는 수건을 뭉쳐서 힘껏 던졌다. "이런 휴가를 한 번만 더 보내면 미쳐 버릴 겁니다. 결핵을 앓지 않아도 말이죠…… 제 외투가 어디에 있는지 아십니까? 그리고 모자도……"

"지붕 위에 있을 거요, 아마도." 내가 말했다.

"지붕 위라……"그가 멜빵을 어깨로 걸치며 웅얼거렸다. "지붕 위……"

"그래요." 내가 말했다. "당신은 운이 안 좋았어요. 유감이에요…… 아무튼 이 이야기는 나중에 다시 합시다."

나는 몸을 돌려 문으로 걷기 시작했다.

"그 일에 대해서 저는 할 말이 없습니다!"그가 내 등에 대고 악을 쓰며 소리쳤다.

식당에는 아직 아무도 없었다. 카이사가 샌드위치를 담은 접시들을 식탁 위에 놓는 중이었다. 나는 그녀와 인사를 나누고는 그녀가 찡그리거나 잘난 척하는 표정을 보고 히히 웃는 소리를 들은 후 새 자리를 골라 앉았다. 뷔페 테이블을 등지고 문을 바라보는 자리로, 듀 바른스토크르의 옆자리였다. 자리에 앉자마자 시모네가 들어왔다. 두툼하고 알록달록한 스웨터를 입은 그는 말끔하게 면도를 했고 핏발이 선 눈이 부어 있었다.

"대단한 밤이었죠, 경위님." 그가 말했다. "저는 다섯 시간도 못 잤습니다. 신경이 바짝 곤두서서 말이죠. 밤새 죽은 동물 냄새가 나는 것 같더군요. 포르말린 같은 약품 냄새 같기도 하고요……" 그는 자리에 앉아 샌드위치를 집어 들더니 나를 바라보았다. "찾으셨습니까……?" 그가 물었다.

"뭘 찾느냐에 달렸죠." 내가 대답했다.

"그렇군요." 그는 이렇게 대꾸하더니 눈치를 보며 허허하고 웃었다. "몸이 안 좋아 보이시네요."

"누구나 자신이 가질 만한 모습을 하는 법이죠." 내가 이렇게 대꾸하는데 바른스토크르와 그의 조카가 들어왔다. 두 사람은 신수가 멀끔했다. 삼촌은 단춧구멍에 과꽃을 꽂아 멋을 부렸고 고상하게 하얗게 센 곱슬머리는 머리가 빠지고 없는 곳 주위를 따라 은빛으로 빛났다. 브륜은 변함없이 색안경을 쓰고 있었고 변함없이 오만하게 코를 쳐들고 있었다. 삼촌은 손을 맞비비고 내 눈치를 살피듯 나를 힐끔거리며 제 자리로 다가갔다.

"좋은 아침입니다, 경위님." 그가 노래하듯 부드럽게 인사를 건넸다. "정말 끔찍한 밤이었어요! 안녕하십니까, 시모네 씨. 그렇지 않았습니까?"

"안녕하세요." 브륜이 웅얼거렸다.

"코냑이라도 마셔야겠어요." 시모네가 어딘지 울적하게 말했다. "하지만 별로 보기 좋지 않겠죠, 그렇죠? 아니면 상관없나요?"

"모르겠군요." 바른스토크르가 말했다. "나라면 위험을 감수하지 않을 겁니다."

"그러면 경위님은요?" 시모네가 말했다.

나는 고개를 가로젓고 카이사가 내 앞에 내려놓은 커피를 홀짝거렸다.

"아쉽군요." 시모네가 말했다. "안 그랬으면 한잔할 텐데."

"사건 조사는 어떻게 되고 있습니까, 경위님?" 듀 바른스토크르가 비위를 맞추듯 물었다.

"실마리를 잡았습니다." 내가 말했다. "우리 경찰이 열쇠를 확보했죠. 열쇠를 잔뜩 쥐고 있어요. 열쇠 뭉치를 찾았거든요."

시모네가 다시 고약한 소리를 내며 웃었지만 얼른 심각한 표정으로 되돌아갔다.

"그렇다면 우리는 하루 종일 호텔에서만 머물러야겠군요." 듀 바른스토크르가 말했다. "밖으로 나가는 건 금지겠죠……"

"안 되기는요." 내가 말했다. "원하는 대로 하십쇼. 많이 나가실수록 더 좋습니다."

"어차피 도망은 못 가니까요." 시모네가 덧붙였다. "눈사태가 났잖아요. 우리는 여기에 발이 묶였어요. 그것도 오래. 경찰에게는 이상적인 상황일 겁니다. 물론 저야 절벽을 넘어 빠져나갈 수는 있지만요."

"그런데요?" 내가 되물었다.

"그런데 첫째, 이 눈 때문에 절벽까지 갈 수가 없어요. 둘째, 거기까지 가 봤자 뭘 어쩌겠어요……? 여러분, 들어 보세요." 그가 말했다. "나가서 도로를 따라가며 주위를 살펴봅시다. 병목고개 상황이 어떤지 둘러보자고요."

"반대하지 않으시겠죠, 경위님?" 듀 바른스토크르가 물었다.

"그럼요." 내가 대답하는데, 모제스 부부가 들어왔다. 부부도 활기에 넘쳐 보였다. 그러니까 모제스 부인은 갓 딴 오이 같고…… 복숭아 같고…… 환히 빛나는 태양 같았다. 모제스로 말하자면, 이 늙은 순무는 언제나처럼 늙은 순무였다. 그는 걸어오는 내내 사람들과 인사도 나누지 않고 손에 든 잔을 홀짝이더니 곧장 자기 자리로 가 털썩 앉고는 앞에 놓인 샌드위치를 엄한 눈빛으로 노려보았다.

"좋은 아침이에요, 여러분!" 모제스 부인이 크리스털 같은 목소리로 인사를 건넸다.

나는 곁눈질로 시모네를 보았다. 그는 곁눈질로 모제스 부인을 보았다. 그의 눈빛에는 모종의 불신감이 배어 나왔다. 그러더니 그는 몸서리를 치듯 어깨를 움츠리고 나서 양손으로 커피 잔을 쥐었다.

"환상적인 아침이네요!" 모제스 부인이 말을 이었다.

"날씨는 따뜻하고, 하늘은 화창해요! 가여운 올라프, 살아서 이 아침을 볼 수 없다니!"

"어차피 누구나 그 길을 간다오." 갑자기 모제스가 쉰 목소리로 말했다.

"아멘." 듀 바른스토크르가 예의 바르게 이 대화를 끝 맺었다.

나는 곁눈질로 브륜을 보았다. 그녀는 뚱한 표정으로 찻잔에 코를 박은 채 앉아 있었다. 문이 다시 열렸고 이번 에는 루아르비크 L. 루아르비크가 주인장과 함께 들어왔 다. 주인장이 울적하게 미소를 지었다.

"푹 쉬셨습니까, 여러분." 그가 말했다. "여러분에게 지난밤 도착하신 루아르비크 L. 루아르비크 씨를 소개합 니다. 오는 길에 사고를 당하셨습니다. 당연히 우리 호텔은 루아르비크 씨를 환영합니다."

루아르비크 루아르비크의 모습으로 보건대 그가 당한 사고가 너무나 끔찍했던 나머지 이곳의 환대가 몹시 필요 한 듯했다. 주인장은 그의 팔꿈치를 잡아 부축하며 말 그대 로 밀어 넣듯 시모네 옆의 내 옛 자리에 앉혔다.

"반갑소이다, 루아르비크!" 모제스가 쉰 목소리로 인 사를 했다. "이 사람들은 다 당신 친구라오, 루아르비크. 부 디 집처럼 편히 지내시오."

"알겠습니다." 루아르비크가 한 눈으로는 나를, 다른

눈으로는 시모네를 보며 대답했다. "날씨가 좋군요. 완연한 겨울이에요……"

"그런 건 다 헛소리요, 루아르비크." 모제스가 말했다. "되도록 적게 말하고 최대한 많이 드시오. 아주 기진맥진한 모양이구먼…… 시모네, 그 지배인에게 무슨 일이 일어났는지 기억하시오? 그 사람이 뭔가의 필레를 먹었다던가……"

그때 드디어 힌쿠스가 나타났다. 그는 식당으로 들어서자마자 우뚝 멈춰 섰다. 시모네가 그 지배인에 대한 이야기를 다시 시작했다. 그가 지배인은 필레 같은 것은 먹지도 않았고 오히려 그 반대였다고 설명하는 동안, 힌쿠스는 문가에 못 박힌 듯 서 있었다. 나는 모제스 부부에게서 눈을 떼지 않으려고 애를 쓰면서 힌쿠스를 지켜보았다. 나는 눈앞에서 벌어지는 장면이 도무지 이해되지 않았다. 모제스 부인은 러스크 빵에 크림을 발라 먹으며 음울한 바람둥이의 이야기를 즐겁게 들었다. 모제스 씨는 핏발 서린 눈으로 힌쿠스를 힐끔 보기는 했지만 전혀 동요한 기색 없이 이내 자신의 잔을 홀짝였다. 그리고 힌쿠스는 표정 관리를 제대로 하지 못했다.

처음에 힌쿠스는 노로 머리를 얻어맞은 사람처럼 완전히 얼빠진 표정을 하고 있었다. 하지만 시간이 흐르면서 그의 얼굴에는 몹시 흥에 겨운 듯한 기쁨이 찾아왔으며 어느 순간에는 마치 아이처럼 미소를 짓기도 했다. 그러더니 심술궂게 웃으며 주먹을 꽉 쥐고 앞으로 걸어갔다. 그런데 그가 노려본 사람들은 놀랍게도 모제스 부부가 아니라 바른스토크르 가족이었다. 두 사람을 바라보는 그의 눈빛은 처음에는 영문을 모르겠다는 듯 멍했지만 점차 안도감과 기쁨으로 바뀌더니 급기야 적의와 어딘지 고소해하는 기색을 띠었다. 그 순간 그는 나와 눈을 마주친 후 분위기를 누그러트리더니 눈을 내리깔고 자신의 자리로 향했다.

"몸은 좀 어떤가요, 힌쿠스 씨?" 듀 바른스토크르가 걱정하듯 몸을 앞으로 기울이며 물었다. "여기 공기가……"

힌쿠스가 광기에 휩싸인 듯한 노란 눈으로 그를 노려보았다.

"아무렇지도 않습니다." 힌쿠스가 자리에 앉으며 대답했다. "그러는 선생은 어떻습니까?"

바른스토크르는 크게 놀라며 의자에 기댔다. "나요? 감사합니다……" 그는 처음에는 나를 보더니 이내 브륜에게로 시선을 옮겼다. "뭐라고 해야 할지, 내가 감정을 상하게 했는지…… 말실수라도…… 그렇다면 사과를……"

"뜻대로 안 됐어!" 힌쿠스는 난폭하게 냅킨을 옷깃으로 집어넣으며 말을 이었다. "다 틀어졌지, 영감?"

듀 바른스토크르는 완전히 당황해 어쩔 줄을 몰랐다. 식탁 위로 오가던 대화는 끊겼고 모두의 시선이 노인과 힌쿠스에게 향했다.

"아마도 그런 것 같군요……" 늙은 마술사는 어떤 식으로 반응해야 할지 감도 못 잡은 게 분명했다. "나는 몸이 어떤지 물어봤을 뿐, 다른 뜻은 없었습니다."

"알았어요, 알았어. 이 이야기는 그만합시다……" 힌쿠스가 말했다.

그는 양손으로 커다란 샌드위치를 집어 들더니 가장 자리를 한 입 가득 베어 물었다. 그러더니 아무에게도 시선을 주지 않고 턱만 열심히 움직이기 시작했다.

"그렇게 무례하게 굴 건 없잖아!" 갑자기 브륜이 말했다.

힌쿠스는 그녀를 힐끔 보더니 금방 시선을 돌렸다.

"애야, 브륜……" 듀 바른스토크르가 만류했다.

"주, 주제도 모르고!" 브륜이 나이프로 접시를 두드리며 말했다. "술 좀 줄이지 그래……"

"여러분, 여러분!" 주인장이 말했다. "별일 아니니 진정하세요!"

"걱정 말아요, 스네바르." 듀 바른스토크르가 얼른 말했다. "사소한 오해가 있었나 봅니다…… 다들 신경이 바짝 곤두섰잖아요…… 어젯밤 사건들 때문에……"

"내 말 알아들었어?" 브륜이 색안경으로 힌쿠스를 찌를 듯이 휘두르며 소리쳤다.

"여러분!" 주인장이 작정하고 끼어들었다. "여러분, 제 말을 들어 주세요! 지난밤에 일어난 비극적인 사태에 대해서는 따로 언급하지 않겠습니다. 네, 이해합니다. 여러분 모두 신경이 곤두서 있겠죠. 하지만 한 가지, 불운한 올라프 안드바라포스의 죽음에 대해서는 다행스럽게도 지금 이곳에 묵고 계시는 유능한 글렙스키 경위님이 현재 책임지고 수사하고 있습니다. 또 한 가지, 우리가 현재 외부 세상과 단절되었다는 상황에 결코 불안해하시지 않아도 됩니다……"

힌쿠스가 샌드위치를 씹다 말고 고개를 들었다.

"우리 호텔의 저장고는 꽉 차 있습니다." 주인장이 자못 엄숙하게 말했다. "여러분의 편의를 위해 상상할 수 있고 일부는 상상조차 할 수 없는 것들이 마련되어 있고요. 그리고 며칠 후면 구조대가 눈을 뚫고 들어와 이곳에 당도하리라 믿습니다……"

"무슨 눈사태?" 힌쿠스가 둥그런 눈으로 모두를 둘러보며 큰 소리로 물었다. "그게 다 무슨 소리요?"

"이런, 죄송합니다." 주인장이 손바닥을 이마로 가져가며 말했다. "손님들 가운데 이 소식을 모르는 분들도 계신다는 사실을 까맣게 잊고 있었군요. 어떻게 된 일인가 하니, 어젯밤 10시경 병목고개에서 눈사태가 일어나는 바람에 전화선이 끊어졌습니다."

식당으로 정적이 내려앉았다. 모두 접시를 보며 음식만 씹었다. 힌쿠스는 아랫입술을 쭉 내민 채 앉아 있었다. 그는 다시 얼빠진 표정을 짓고 있었다. 루아르비크 L. 루아르비크는 멜랑콜리한 표정으로 레몬을 껍질까지 몽땅 씹어 먹는 중이었다. 좁은 턱을 따라 흘러내린 노란 레몬즙이 재킷으로 떨어졌다. 나는 턱이 빠질 듯 얼얼해서 얼른 커피를 마시고 말했다.

"덧붙여 알릴 사항이 있습니다. 파렴치한들이 조직한 두 개의 소형 범죄단이 이 호텔을 개인적인 원한을 해결할 장소로 골랐습니다. 정식으로 사건을 수사하는 입장이 아니므로, 제가 취할 수 있는 조치는 몇 가지 되지 않습니다. 가령, 저는 뮤르 경찰에서 파견할 공식 수사단을 위해 관련 정보와 증거를 수집할 수 있습니다. 그런 정보와 증거는 거의 확보했습니다만, 혹시라도 새로운 정보를 수사에 제공해 주시는 분이 있다면 감사하겠습니다. 또한 모든 선량한 시민 여러분에게 이곳은 전적으로 안전하며 마음 내키는 대로 자유롭게 행동하셔도 된다는 사실을 알려 드리는 바입니다. 앞서 언급한 범죄단에 연루된 자들에게는 그렇지 않아도 가망 없는 자신의 상황이 더 악화되지 않도록 일체의 활동을 중지해 줄 것을 요청합니다. 외부 세계로부터 고립된 현재의 상황이 일시적이라는 점을 상기시켜 드립니다. 이곳에 자리한 분들 중에는 제가 두 시간 전에 스네바르 씨의 호의에 힘입어 전서구로 신고서를 보냈다는 사실을 아시는 분도 있습니다. 지금은 시시각각으로 경찰 항공기가 도착하기를 기다리고 있습니다. 그러므로 신속한 자수와 참회만이 앞으로 닥칠 운명의 짐을 상당히 덜 수 있다는 점을 범죄에 관련된 자들에게 상기시키는 바입니다. 이야기를 들어 주셔서 감사합니다, 여러분."

"이렇게 흥미진진할 수가!" 모제스 부인이 한껏 고조되어 소리쳤다. "그러니까 우리 중에 범죄단이 있다는 말이잖아요? 아, 경위님, 힌트라도 살짝 주세요. 우리도 누군지 알 수 있게!"

나는 곁눈질로 주인장을 힐끔 보았다. 알레크 스네바르는 넓은 등을 손님들에게서 돌린 후 뷔페 테이블에 놓여 있는 술잔들을 열심히 다시 닦았다.

대화는 재개되지 않았다. 숟가락이 잔에 부딪쳐 달그락거리는 소리만이 조용하게 울리는 가운데 모제스 씨만이 사람들을 한 명씩 차례대로 지그시 바라보면서 잔 위로 요란하게 콧김을 뿜으며 숨을 쉬었다. 누구도 죄를 인정하며 나서지 않았다. 자신의 운명에 대해 생각해야 할 때가 된 사람은 생각에 잠겼다. 닭장에 족제비를 풀어놓았으니 이제 무슨 일이 벌어지는지 기다리기만 하면 된다.

제일 먼저 듀 바른스토크르가 일어섰다.

"이 자리에 모인 여러분!" 그가 말문을 뗐다. "우리 모두 스키를 타고 가볍게 소풍을 다녀오면 어떨까요? 태양과 신선한 공기, 눈, 한 점 거리낌 없는 양심이 우리의 버팀목이 되어 주고 마음의 평화를 가져다줄 겁니다. 브륜, 애야. 함께 가자꾸나."

여기저기서 의자들이 움직였고 손님들이 차례로 일어나더니 홀을 떠났다. 시모네는 모제스 부인에게 손을 내밀었다. 아침 햇살이 반짝이고 감각적인 만족에 대한 갈망에 휩싸이자 지난밤의 인상은 상당 부분 옅어진 것이 분명했다. 모제스 씨는 루아르비크 L. 루아르비크를 식탁에서 끄집어내 바로 세웠다. 루아르비크 본인은 멜랑콜리하게 레몬을 계속 씹으며 지그재그로 걸으면서 모제스 씨를 뒤따랐다.

식탁에는 힌쿠스만 남았다. 그는 먹는 일에만 집중했다. 말 그대로 오랜 기간 버틸 수 있도록 양분을 잔뜩 몸에 저장해 두기로 작정한 것처럼 먹었다. 카이사가 그릇을 치우기 시작했고 주인장이 그녀를 도왔다.

"자, 힌쿠스?" 내가 말을 걸었다. "우리 이야기 좀 할까요?"

"무슨 이야기요?" 그는 후추를 뿌린 달걀을 먹으며 침울하게 대꾸했다.

"이런저런 이야기 전부 다." 내가 대답했다. "보시다시피 이곳을 떠나지는 못할 거요. 그리고 더 이상 지붕에서 어슬렁거릴 일도 없고. 그렇죠?"

"우리가 함께 나눌 이야기가 뭐가 있습니까." 그가 음울하게 말했다. "저는 그 일에 대해서 아무것도 모릅니다."

"무슨 일?" 내가 물었다.

"살인 사건이죠! 그것 말고 또 뭐가 있습니까……"

"힌쿠스 사건이 있죠." 내가 말했다. "다 드셨소? 그러면 같이 가시죠. 저기 당구실로. 지금 그곳은 햇빛도 잘 들고 우리를 방해할 사람도 없을 거요."

그는 아무 말도 하지 않았다. 달걀을 다 씹어 꿀꺽 삼킨 후 냅킨으로 입을 닦더니 일어났다.

"알레크." 내가 주인장을 불렀다. "미안하지만 아래층 홀로 내려가서 어제 앉았던 그 자리에 앉아 있어 줘요, 무슨 말인지 알겠죠?"

"알다마다요." 그가 대답했다. "그러죠."

주인장은 서둘러 행주에 손을 닦고 식당을 나갔다. 나는 당구실의 문을 활짝 열고 힌쿠스가 앞장서게 했다. 그는 양손을 주머니에 찔러 넣고 성냥개비를 씹으며 안으로 들어가 우뚝 섰다. 나는 벽에 늘어서 있는 의자 하나를 집어 해가 가장 잘 비치는 곳에 내려놓고 말했다. "앉아요." 힌쿠스는 최대한 느릿느릿 의자에 앉더니 이내 눈을 가늘게 떴다. 햇빛이 그의 얼굴에 곧장 떨어졌기 때문이다.

"경찰들이 툭하면 하는 짓거리지……" 힌쿠스가 쓸쓸

하게 투덜거렸다.

"우리 일이 원래 그렇죠." 나는 이렇게 말하며 그림자 안에 든 당구대 가장자리에 걸터앉았다. "이봐요, 힌쿠스. 바른스토크르와는 무슨 일이 있었던 거요?"

"바른스토크르라니 누군가요? 우리 사이에 무슨 일이 일어날 수 있다는 겁니까? 아무 일도 없었어요. 전 그 사람을 알지도 못해요."

"당신이 그 사람에게 경고장을 썼죠?"

"제가 쓰다니 뭘요? 그런데 이제 고발장을 써야겠네요. 경찰이 아픈 사람을 고문한다고요……"

"잘 들어요, 힌쿠스. 한두 시간 후면 경찰이 도착할 거요. 과학수사대도 오겠지. 당신이 쓴 경고장은 내 주머니에 있어요. 당신이 그걸 썼다는 걸 입증하는 건 일도 아니란 말이오. 그런데 왜 잡아떼는 거요?"

힌쿠스가 씹고 있던 성냥개비를 입의 한쪽 구석에서 다른 쪽으로 잽싸게 옮겼다. 홀에서 카이사가 가느다란 가성으로 뭔가를 부르며 접시들을 치우는 달그락 소리가 들렸다.

"경고장에 대해선 아무것도 몰라요." 마침내 힌쿠스가 말했다.

"거짓말 그만해, 필린!" 내가 소리쳤다. "나는 너에 대해 모든 것을 알고 있어! 너는 이미 곤란한 지경에 빠진 거야, 필린. 만약 72조에 따라 처벌을 피하고 싶다면, D 항목을 만족시켜! 공식적인 수사가 시작되기 전에 말끔하게 자백하라고…… 자?"

힌쿠스는 씹고 있던 성냥개비를 퉤 뱉고는 주머니를 뒤적거려 구겨진 담뱃갑을 꺼냈다. 그리고 입으로 담뱃갑을 가져가 입술로 담배 한 개비를 뽑아 물고 잠시 생각에 빠졌다.

"자?" 내가 반복했다.

"뭔가 혼동을 하고 계시네요." 힌쿠스가 대답했다. "필린인지 뭔지하고. 저는 필린이 아니에요. 힌쿠스지."

나는 당구대에서 훌쩍 뛰어내려 힌쿠스의 코 아래로 권총을 들이댔다.

"그러면 이거 알아보겠지? 어? 네 총이잖아? 어서 다 불어!"

"저는 아무것도 모른다니까." 그가 음울하게 말했다. "대체 왜 저한테 이런 트집을 잡는 거예요?"

나는 당구대로 돌아가 권총을 바로 옆 당구대에 내려놓은 후 담배를 피우기 시작했다.

"머리를 써. 생각을 좀 해 보라고." 내가 말했다. "얼른 생각해. 안 그러면 늦을 테니까. 너는 바른스토크르에게 경고장을 보냈고, 그 사람은 그걸 내게 줬어. 물론 그렇게 될 줄 너는 꿈에도 예상을 못 했지. 누군가 네게서 권총을 훔쳐 갔고. 그걸 내가 찾았어. 너는 네 패거리에게 전보를 보냈지만 그놈들은 서둘러 올 수 없었어. 눈사태가 일어났으니까. 하지만 경찰은 아무리 늦어도 두 시간이면 이곳에 도착할 거야. 어떤 상황인지 이제 감이 잡히나?"

그때 카이사가 문안으로 머리를 들이밀더니 새된 소리로 물었다.

"뭘 좀 갖다드릴까요? 뭐라도?"

"가요, 그냥 가요, 카이사." 내가 말했다. "그냥 가요."

힌쿠스는 잠자코 주머니를 열심히 뒤지더니 성냥갑을 꺼내 담배를 피웠다. 태양이 뜨거워졌다. 그의 얼굴에서 땀이 솟았다.

"네가 일을 망쳤어, 필린." 내가 말했다. "하늘과 땅 차이인 두 사람을 혼동한 거야. 왜 바른스토크르를 괴롭혔나? 불쌍한 노인을 반쯤 사색이 되도록 만들었지…… 지시에 따라 총구를 겨누어야 했던 사람이 정말로 그자였나? 모제스! 모제스에게 총을 겨눴어야지! 너는 머저리 중의 상머저리였던 거야. 나라면 너를 청소부로도 쓰지 않겠다. 하물며 그런 임무를 주다니…… 그리고 네 머저리 패거리는 이 일을 잊지 않고 앙갚음을 하겠지! 그러니까 필린, 네 놈이 할 일은 딱 하나……"

힌쿠스는 내가 말을 마치도록 내버려 두지 않았다. 나는 당구대의 가장자리에 걸터앉아 있었기에 한 다리는 바닥을 딛고 나머지 다리는 바닥에서 들려 달랑거렸다. 그 자세로 담배를 피우며 정말 바보 같게도 아지랑이 속에서 구불구불 올라가는 담배 연기를 자못 흡족하게 지켜보았다. 힌쿠스는 내게서 두 걸음 떨어진 곳에 놓인 의자에 앉아 있었는데, 갑자기 앞으로 몸을 숙이더니 공중에서 달랑거리는 내 다리를 붙잡고 있는 힘껏 잡아당기면서 무지막지하게 비틀어 메쳤다. 나는 힌쿠스를 과소평가했다. 돌려 말할 것도 없이 얕보았다. 나는 당구대에서 떨어졌는데, 90킬로그램이나 되는 내 몸무게의 반동으로 붕 날아서 얼굴과 배, 무릎으로 바닥에 쾅 처박혔다.

그 이후에 일어난 일에 대해서 나는 오로지 추측할 뿐이다. 간단히 말해서, 약 1분 후 마침내 정신을 차리고 보니 내가 당구대에 기댄 채 바닥에 앉아 있는데 턱이 깨졌고 치아 두 개가 흔들리고 이마에서 눈으로 피가 흐르고 오른쪽 어깨가 도저히 참을 수 없을 정도로 아팠다. 힌쿠스는 멀지 않은 곳에서 양손으로 머리를 감싸 쥐고 몸을 웅크린 채 널브러져 있었다. 그리고 그의 위로는 영웅 시모네가 쓰러진 용 위에 우뚝 선 성 게오르기우스처럼 손에 가장 길고 가장 무거운 큐의 부러진 파편을 들고 환하게 웃고 있었다. 나는 이마에서 흐르는 피를 닦고 일어섰다. 다리가 후들거렸다. 그늘진 곳에 누워서 죽은 듯 자고 싶었다. 시모네가 몸을 숙여 바닥에서 권총을 집어 들더니 내게 내밀었다.

"운이 좋았어요, 경위님." 그가 얼굴을 환히 빛내며 말했다. "1초만 늦었어도 저자가 경위님의 머리를 박살 냈을 겁니다. 어디로 떨어졌어요? 어깨로?"

내가 고개를 끄덕였다. 숨이 쉬어지지 않아 말을 할 수가 없었다.

"잠깐만 기다리세요." 시모네는 이렇게 말한 후 부러진 큐를 당구대에 던지고 식당으로 갔다.

나는 당구대를 빙 돌아서 힌쿠스를 볼 수 있도록 그늘에 앉았다. 힌쿠스는 여전히 쓰러진 채 미동도 하지 않았다. 저 악마 같은 자식, 저자를 보라. 불면 날아갈 것처럼 생겨서는…… 하지만, 여러분, 이자는 악명 높은 시카고 갱단의 진짜배기 악당이었다. 우리 나라처럼 훌륭한 나라에 어쩌다가 저런 자들이 나타났는지 알다가도 모를 일이다. 생각해 보라, 즈구트가 나와 똑같은 월급을 받는 이 현실을. 그의 월급을 잔뜩 올려 주어야 한다! 나는 주머니에서 손수건을 꺼내 이마의 찰과상을 조심스럽게 눌렀다.

힌쿠스가 신음하더니 몸을 꼼지락거리며 일어서려고 했다. 그는 내내 머리를 감싸 쥐고 있었다. 시모네가 물병을 들고 돌아왔다. 나는 그에게서 물병을 받아 들고 힘겹게 힌쿠스에게 다가가 얼굴에 물을 끼얹었다.

힌쿠스가 소리를 지르며 머리에서 한 손을 뗐다. 그의 얼굴은 또다시 퍼렇게 질렸지만 이번에는 그 이유를 쉽게 알 수 있었다. 시모네가 그의 옆에 쪼그리고 앉았다.

"제가 너무 심한 짓을 한 게 아니면 좋겠는데요." 시모네가 걱정스럽게 말했다. "아시겠지만, 이것저것 따지고 있을 시간이 없었거든요."

"괜찮아요, 친구. 아무 일 없을 거요……" 나는 그의 어깨를 툭툭 치려고 손을 들었다가 고통으로 신음을 뱉었다. "이번에는 내가 저놈을 혼쭐내 줄 차례군요."

"그러면 저는 갈까요?" 시모네가 물었다.

"아뇨, 같이 있는 편이 좋겠어요. 까딱하면 저놈이 내게 호된 맛을 보여 줄 테니까요. 물을 더 가져와요…… 혹시 기절을 할 수도 있으니……"

"그리고 브랜디도!" 시모네가 열을 내며 말했다.

"맞아요." 내가 말했다. "저자를 확실하게 정신 차리게 할 수 있겠군요. 다만 다른 사람들에게는 무슨 일이 있었는지 말하지 마세요."

시모네는 물과 새로 딴 코냑 한 병을 가져왔다. 나는 힌쿠스의 입을 벌리고 코냑 반 잔을 흘려 넣었다. 또 코냑 반 잔을 따라 내가 마셨다. 눈치 빠르게 잔을 하나 더 챙겨 온 시모네는 우리와 함께 술을 마셨다. 잠시 후 우리는 힌쿠스를 벽으로 끌고 가 기대 앉히고는 다시 물병의 물을 끼얹고 뺨을 두 번 쳤다. 그가 눈을 뜨고 크게 숨을 쉬었다.

"코냑 더 줄까?" 내가 물었다.

"주세요……" 그가 힘겹게 숨을 내쉬었다.

힌쿠스에게 코냑을 좀 더 마시게 했다. 그러자 그가 입맛을 다시더니 결심을 한 듯 말했다.

"72조 D 항에 대해서 아까 뭐라고 하셨죠?"

"때가 되면 알 거야." 내가 말했다.

그는 머리를 가로젓더니 눈을 가늘게 떴다.

"안 돼요, 그럴 여유가 없어요. 저는 무기징역이 확실해요."

"Wanted and listed?"* 내가 물었다.

"바로 맞히셨군요. 지금 제 관심사는 하나뿐이에요. 올가미에서 벗어나는 거죠. 그리고 저는 그럴 가능성이 충분히 있어요. 일단 올라프와 저는 아무 관계도 없어요. 그렇다면 이제 무슨 혐의가 남죠? 불법 무기 소지? 헛소리예요. 제가 그 총을 가지고 있었다는 걸 증명해야 할걸요……"

"공무 집행 중인 경찰 경위를 공격했잖아!"

"지금 그 이야기를 하려고 하잖아요!" 힌쿠스가 조심스럽게 머리를 더듬으며 말했다. "그런 공격은 전혀 없었다는 것이 제 의견입니다. 공식적인 수사가 시작되기 전에 숨김없이 자백을 하고 있었을 뿐입니다. 대장님 의견은 어

---

* '수배자 명단에 올랐나'라는 말이다.

떠신가요?"

"아직 자백도 안 했잖아." 내가 상기시켰다.

"이제부터 할 겁니다." 힌쿠스가 말했다. "하지만 이 물리학자-화학자 선생이 있는 자리에서 약속해 주실 거죠, 대장? 72조 D항 말입니다. 약속하시죠?"

"좋아." 내가 말했다. "본론으로 들어가기 위해 술을 마신 상태에서 사적인 이유로 몸싸움을 했다고 해 두지. 그러니까 술에 취한 사람은 너고, 나는 너를 말리던 중이었다 이 말이다."

시모네가 웃었다.

"그럼 저는요?" 그가 물었다.

"당신은 내가 상황을 해결하는 데 거들어 준 거죠…… 됐어, 수다는 이 정도로 충분해. 다 털어놓아 봐, 필린. 그리고 거짓말하기만 해 봐. 너 때문에 이가 두 개나 흔들거린다고, 이 자식아!"

힌쿠스는 누르께한 눈으로 나를 힐끔 보고는 이야기를 시작했다.

"그러니까 이렇게 된 겁니다." 그가 말문을 열었다. "저를 고용해 이곳으로 보낸 건 챔피언입니다. 챔피언에 대해 들어 보셨습니까? 들어 보셨겠죠…… 아무튼 지지난달에 챔피언이 어디서 대단한 놈을 발굴해 왔어요. 그놈을 어디서 찾아냈고 무엇으로 꼬드겼을지 저는 모릅니다. 그놈의 본명도 모르고요. 우리끼리는 그놈을 바알세불로 불렀죠. 이름 한번 잘 지었죠, 무시무시한 놈이었거든요……
그놈이 우리에게 와서 해 준 일은 단 두 건이었죠. 하지만 보통 사람은 절대 하지 못할 일들이었어요. 그놈은 그것들을 깔끔하고 아름답게 해치웠고요. 예, 이미 아시는 사건일 거예요. 하나가 제2국립은행 건이었고, 다른 하나가 금괴 수송 차량 건이었으니까요. 귀에 익은 사건들이죠, 대장, 그렇죠? 네, 바로 그거요! 이 사건들은 경찰이 진상을 밝히지도 못했고 범인이라고 잡아넣기는 했지만 아무 관계도 없는 사람들이었어요. 그 사실도 잘 알고 계시겠죠. 대충 말하자면, 그놈이 우리를 위해 그 두 건을 해 주고는 느닷없이 발을 뺀다는 거예요. 왜 발을 빼기로 했는지는 또 다른 문제였지만, 어쨌든 우리의 바알세불은 튀어 버렸고 그놈을 저지하라고 우리를 보낸 겁니다. 그놈을 찾아내면 놓치지 않도록 감시하고 자기를 부르라고 했죠…… 최악의 경우에 바알세불을 그 자리에서 끝내 버리라고 하더군요. 그래서 결국 제가 그놈을 이곳에서 찾아낸 겁니다. 자, 여기까지가 숨김없이 털어놓은 제 자백입니다."

"좋아." 내가 대꾸했다. "그렇다면 이 호텔에서 누가 바알세불이지?"

"아까 대장님이 바로 말하셨어요. 제가 일을 망쳤죠. 대장님 덕분에 정신을 차렸지 뭡니까. 하마터면 바른스토크르인지 뭔지 하는 그 마술사를 잡을 뻔했어요. 무엇보다 마법 같은 장난을 저지르고 온갖 마술을 보여 주잖아요. 둘째로 바알세불이 다른 사람으로 신분을 위장한다면 누구로 할지 생각을 해 봤죠. 소란 피우지 않고 조용히 하려면…… 마술사가 확실하잖아요!"

"그 부분에서 혼동을 했군." 내가 말했다. "마술이라, 좋아. 하지만 바른스토크르와 모제스는 하늘과 땅 차이잖나. 한 명은 마르고 길쭉한 체형이고, 다른 한 명은 뚱뚱하고 땅딸막하고……"

힌쿠스가 손을 내저었다.

"저는 그놈을 이런저런 모습으로 다 봤다고요. 뚱뚱할 때도 있었고 날씬할 때도 있었다니까요. 그놈이 평소에 어떤 모습인지 아무도 몰라요…… 이 점을 잘 아셔야 해요, 대장. 바알세불은 평범한 자가 아니에요. 그놈은 마법사고 자유자재로 변신하는 귀신같은 놈이에요! 그놈은 부정한 힘을 부릴 수 있어요……"

"헛소리군. 헛소리야." 내가 경고하듯 말했다.

"그래요." 힌쿠스가 순순히 인정했다. "그렇게 생각하시겠죠. 직접 보지 않으면 누가 믿겠어요…… 예를 들어서 그놈이 데리고 다니는 그 여편네, 대장은 그 여자가 뭐일 것 같아요? 저는 그 여자가 무게가 2톤이나 나가는 금고를 번쩍 들어서 코니스에 딱 대고 들고 가는 모습을 이 두 눈으로 똑똑히 봤어요. 겨드랑이에 끼고 가더라니까요. 그때 그 여자는 체구가 자그마하고 비쩍 말라서 애나 십 대로밖에 안 보일 정도였죠. 바른스토크르의 조카 같았다고요…… 아, 그런데 그 조그만 손으로 길이가 2미터…… 아니 3미터나 되는 걸 들더라고요……"

"필린." 내가 엄하게 말했다. "거짓말은 그만둬."

힌쿠스가 다시 손을 내저었고 기가 팍 죽더니 곧 다시 말이 많아졌다.

"뭐, 좋습니다." 그가 말했다. "제가 거짓말을 한다고 치자고요. 제가 아까는 죄송했습니다만, 맨손으로는 대장님을 그렇게밖에 해치울 수 없지 않겠습니까. 대장님은 건장한 성인 남자니까요…… 그러니 한번 생각해 보세요. 어느 누가 저를 그런 식으로 아기를 포대기에 싸는 것처럼 둘둘 말아서 테이블 밑에 처넣었겠습니까?"

"누군가?" 내가 되물었다.

"그 여편네지 누구겠어요! 이제야 어떻게 된 일인지 다 알겠네요. 그놈이 제 정체를 알아차린 거예요. 그래서 그놈을 살아서는 이 호텔에서 내보내지 않겠다는 각오로 제가 지붕에 앉아 있는 걸 보고 제게 그 여편네를 보낸 겁니다. 보낼 때 저와 비슷하게 꾸미기까지 했고요." 힌쿠스의 눈에는 아직도 남아 있는 공포가 번득였다. "자비로운 성모 마리아시여! 제가 거기 앉아 있는데, 그 물건이 앞에

떡 버티고 서 있지 뭡니까. 그래서 저도 벌떡 일어섰는데, 그 순간 옷은 홀라당 벗겨지고 산송장이 다 되어 눈이 툭 튀어나오고…… 그때 그렇게 무서웠는데도 죽지도 않고 미치지도 않았다니 어떻게 된 영문인지 모르겠다니까요. 세상에, 세 번이나 기절을 했어요…… 그런데 정말 희한한 게 뭔지 아세요. 술을 마시는데 이건 뭐 땅바닥에 들이붓는지 전혀 술이 돌지 않더라고요. 믿어지십니까, 그놈이 제 머릿속에 뭔가 정상이 아니라는 걸 알아차린 겁니다. 아버지한테서 그런 걸 유전으로 물려받았거든요. 그런데 그놈도 머릿속이 이상해졌는지, 소총을 집어 들지 않나, 총을 쏘지 않나. 그러더니 바알세불이 이렇게 하기로 한 겁니다. 제가 쫓아오지 못하도록 저를 미치게 하든지 넋이 나갈 정도로 겁을 주기로요. 그런데 그게 안 통한다는 걸 알고 어찌할 바를 몰라서 힘으로 해결하기로 한 거죠……"

"왜 그자는 너를 그냥 죽이지 않았지?" 내가 물었다.

힌쿠스가 고개를 흔들었다.

"안 돼요. 그놈은 그럴 수 없어요. 사실을 털어놓자면, 그놈이 왜 저를 꽁꽁 묶었을까요? 금괴 수송 차량을 탈취할 때 경비원들부터 제거해야 했습니다. 다들 미친 듯 달려들었는데, 잠시 후 보니 그놈이 다 해치웠더라고요. 바알세불 말입니다…… 그놈은 사람의 목숨을 빼앗으면 마법 같은 힘이 사라질 수 있어요. 챔피언이 우리에게 그렇게 말했다고요. 그게 아니면 어느 누가 감히 그놈이 숨은 곳을 찾아내려고 하겠어요? 꿈도 꾸지 말아야지!"

"뭐, 그렇다고 치고." 나는 자신감 없이 말했다.

나는 또다시 아무것도 모르는 상태가 되었다. 힌쿠스는 스스로 인정했다시피 의심할 바 없이 미친놈이었다. 하지만 그의 정신 나간 소리에는 그 나름의 논리가 있었다. 이 허튼소리 안에서는 앞과 뒤가 다 들어맞았으며 심지어 은제 탄환도 전체 그림에서 들어갈 자리가 있었다. 지금 들은 내용은 설명할 수는 없지만 묘하게 실제 사실과 잘 들어맞았다. 제2국립은행의 금고는 정말로 놀랍고도 수수께끼 같고도 도저히 설명할 수 없는 방식으로 사라졌다. '하늘로 펑 하고 사라졌다.' 전문가들도 양손을 들 수밖에 없었다. 범인들이 유일하게 남긴 흔적은 금고실에서 금고를 뽑아 그것도 코니스를 따라 운반한 자국이었다. 금괴 수송 차량을 습격하는 순간을 목격한 사람들은 법정에서 말 그대로 약속이라도 한 듯이 어떤 사람이 차량의 아랫부분을 움켜쥐고는 옆으로 확 넘어뜨리면서 모든 상황이 시작되었다고 증언했…… 이 이야기들을 어떻게 이해해야 할지 도무지 모르겠다.

"그럼 은제 총알들은?" 만약을 위해 내가 물어보았다. "왜 권총에 은제 총알을 장전해 뒀나?"

"왜 장전해 뒀겠습니까?" 힌쿠스가 으스대듯 설명했

다. "납 탄환으로는 마법사를 못 잡잖아요. 챔피언이 만약을 대비해서 처음부터 은으로 탄환을 만들었어요. 다 준비가 되자 바알세불에게 보여 주면서 이렇게 말했죠. '이봐, 네 목숨이 여기 있어. 그러니까 잘 생각해서 쓸데없는 짓은 하지 마.'"

"그렇다면 그자들은 왜 호텔을 떠나지 않았지?" 내가 물었다. "너를 결박해 놓고 자신들도 남다니……"

"그것까지는 저도 모르겠네요." 힌쿠스가 대답했다. "저도 그 이유를 모르겠어요. 아침에 바른스토크르를 봤을 때 말 그대로 넋이 나갔지 뭡니까. 그놈들이 진작 호텔을 빠져나가서 흔적도 남아 있지 않을 거라고 생각했거든요…… 젠장, 당연히 바른스토크르일 리가 없는데…… 하지만 그 때는 바른스토크르가 틀림없다고 생각했어요…… 아무튼 바알세불은 여기 있어요. 왜 이곳에 남았는지는 모르겠지만요. 어쩌면 그놈들도 눈사태는 뚫고 지나갈 수 없는 건 아닐까요? 그놈이 마법사기는 해도 전지전능한 하느님은 아니니까요. 예를 들면 날지는 못하거든요. 이건 확실히 알려져 있어요. 벽을 통과하는 것도 못 하고요…… 하지만 어쩌면 그놈의 여편네인지 뭔지 그 여자라면 어떤 눈사태나 산사태라도 두 번만 손을 휘두르면 다 파낼 수 있을지 몰라요. 그놈이 그 여자에게 팔 대신 포클레인에 달린 삽이라도 달아 준다면 다 된 일이나 다름없죠……"

나는 시모네를 돌아보았다.

"자," 내가 물었다. "과학적 관점에서 이 주장을 어떻게 보십니까?"

시모네의 얼굴을 본 순간 나는 놀랐다. 그가 몹시 진지해 보였던 것이다.

"힌쿠스 씨의 주장에는," 시모네가 이렇게 말문을 뗐다. "적어도 몹시 흥미로운 사항이 하나 있습니다. 바알세불이 전지전능한 건 아니라는 사실이죠. 감이 오십니까, 경위님? 이건 몹시 중요합니다. 그리고 몹시 이상하고요. 무지몽매하고 괴이한 사람들의 판타지에는 규칙이나 제한이 있을 리 없을 것 같지 않습니까. 그런데 실은 그런 것들이 존재한다는 소리니까요…… 그런데 올라프는 어떤 식으로 살해되었습니까?"

"그건 저도 몰라요." 힌쿠스가 힘주어 말했다. "올라프에 대해서는 아무것도 모릅니다, 대장님. 한 점 거짓도 없습니다." 그가 손을 가슴에 댔다. "말씀드릴 수 있는 건 올라프가 우리 쪽 사람이 아니라는 겁니다. 만약 바알세불이 올라프를 끝장냈다면, 그건 왜인지 모르겠어요…… 바알세불이 범인이라면 올라프도 사람이 아니라 바알세불 같은 존재겠죠…… 말했다시피 바알세불은 사람은 죽일 수 없거든요. 그렇다면 올라프는 그놈의 적이었을까요? 뭐였을까요?"

"이런, 이런, 이런." 시모네가 말했다. "올라프는 어떤 식으로 살해되었습니까, 경위님."

나는 알아낸 사실을 간략하게 들려주었다. 안에서 잠긴 문과, 부러진 목, 얼굴의 반점, 약품 냄새 같은 악취에 대해 말이다. 나는 시모네에게 숨김없이 털어놓는 동안 슬쩍슬쩍 힌쿠스의 안색을 살폈다. 힌쿠스는 꼼지락거리고, 몸을 움츠리고, 두리번거리더니 마침내 간청하듯 술을 한 잔 더 달라고 했다. 그는 그 사실을 처음 들었고 진저리를 칠 정도로 놀란 것이 분명했다. 한편 시모네는 음울한 표정을 짓고 있었다. 그의 눈빛은 어딘지 먼 곳에 가 있는 것 같았고 누르스름한 삽처럼 생긴 치아가 드러났다. 내 이야기를 다 듣자 그는 작게 욕설을 내뱉었다. 그러더니 더 이상 아무 말도 하지 않았다.

나는 코냑을 들이켰고 힌쿠스에게도 주었다. 우리 둘 다 상태가 좋지 않았다. 내가 어떤지는 모르겠지만 힌쿠스는 완전히 퍼렇게 질려서 간간이 머리를 조심스럽게 더듬었다. 잠시 후 나는 생각에 빠진 물리학자를 내버려 둔 채 다시 힌쿠스에게 질문했다.

"그런데 필린, 어떻게 그자를 추적했나? 추적하기 전에는 그자가 어떤 모습인지 몰랐다면서……"

시퍼렇게 질린 안색을 하고서도 힌쿠스는 흡족한 듯 웃음을 터트렸다.

"우리도 그런 일을 할 수 있죠." 그가 말했다. "경찰보다 못하지 않아요, 대장. 첫째, 바알세불이 마법사라고 해도 바보거든요. 어디를 가나 쇠테를 두른 여행 가방을 가지고 다녀요. 그런 가방을 들고 다니는 사람이 이 세상에 또 누가 있겠어요. 제가 할 일은 하나뿐이었어요. 사람들에게 그 가방이 어디로 갔는지 물어보기만 하면 됐죠. 둘째, 돈이 남아돌잖아요…… 주머니에서 얼마를 꺼내든 나오는 대로 지불하거든요. 아시다시피 그런 사람은 자주 만나기 힘들죠. 그놈이 어디를 가건 그곳에서는 그놈에 대한 이야기밖에 들리지 않아요. 마술 같은 게 아니었어요. 다시 말해서 제가 그놈을 추적했고 저는 제 일을 잘 알죠…… 뭐, 바른스토크르 건은 실수였어요. 변명의 여지가 없죠. 그 영감 때문에 눈뜬장님이 되었어요, 빌어먹을 늙은이. 영감의 저주받을 막대 사탕…… 나중에 홀에 갔는데 그 영감이 혼자 있더라고요. 주위에 보는 눈이 없다고 생각하는 것 같더군요. 영감 손에는 나무 같은 걸로 만든 인형이 있었어요. 그 인형으로 뭘 하는지, 세상에……! 그래요, 제가 일을 다 그르쳤죠……"

"그리고 바알세불은 내내 그 여자와 함께 있지……" 내가 생각에 잠겨 말했다.

"아닙니다." 힌쿠스가 말했다. "대장님, 그 여자가 반드시 함께 다니는 건 아니에요. 늘 그놈과 함께 있는 건 아니더라고요. 작업을 하러 가야 할 때면 어디서인지는 몰라도 그 여자를 데려와요…… 그래요, 그 여자는 애초에 여자도 아니에요. 그 여자도 마법사 비슷한 존재죠…… 그 여자가 보이지 않을 때면 어디로 사라졌는지 아무도 몰라요."

그때 문득 나는 건실하고, 경험 많은 경찰이자, 그리 젊지도 않은 남자인 내가 반쯤 제정신이 아닌 범죄자와 마주 앉아 마법사니 요술쟁이니 하는 동화 같은 이야기를 진지하게 논하고 있다는 사실을 깨달았다…… 나는 미안한 눈빛으로 고개를 돌려 시모네를 보았다. 그런데 물리학자는 없고 그 대신 겨드랑이에 연발총을 낀 주인장이 문틀에 기대서 있었다. 나는 그가 암시한 내용이며 좀비에 대해 나눈 이야기들, 그가 내 코앞에 대고 몹시 의미심장하게 흔들어 대던 통통한 집게손가락이 전부 다 떠올랐다. 한층 더 낯부끄러워진 나는 담배를 피우며 짐짓 엄하게 힌쿠스에게 말했다.

"좋아. 그 이야기는 그만하지. 그 외팔이를 전에 본 적이 있나?"

"어떤 외팔이요?"

"식탁에서 그 사람 옆에 앉았잖아."

"아, 레몬을 먹던 그 사람…… 아뇨, 처음 보는데요. 무슨 일입니까?"

"아무것도 아니야." 내가 말했다. "챔피언은 언제 올

예정이지?"

"어제저녁에 올 줄 알고 기다렸죠. 그런데 안 왔어요. 이제 알겠네요. 골짜기에서 눈사태를 만난 거예요."

"이 멍청아, 나를 공격하다니 무슨 생각이었던 거야?"

"제가 뭘 어쩌겠어요?" 힌쿠스가 기가 죽어 대답했다. "생각해 보세요, 대장. 제가 넋 놓고 경찰을 기다리고 있을 수는 없지 않습니까. 저는 이미 수배 중이고 종신형은 따 놓은 당상이라고요. 그래서 이렇게 생각했죠. 권총을 빼앗자, 누굴 죽여야 한다면 죽이자. 어떻게든 눈사태 현장까지만 가자…… 거기 가면 어떻게든 자력으로 그곳을 지나가든지 챔피언이 나를 데려가겠지. 챔피언도 지금 잠만 자고 있지는 않을 겁니다, 그렇게 생각하지 마세요. 비행기는 경찰에게만 있는 게 아니라고요……"

"챔피언이 몇 명이나 데려올까?"

"모릅니다. 적어도 세 명은 되겠죠. 물론 제일 뛰어난 자들일 겁니다……"

"알겠어. 일어나." 이렇게 말하며 일어서는데, 조금 힘이 들었다. "가자, 너를 가둬야 해."

힌쿠스는 간간이 끙끙 신음하면서 일어났다. 주인장과 나는 힌쿠스가 다른 손님들과 마주치지 않도록 안쪽 계단으로 해서 아래층으로 데려갔다. 주방에서는 어쩔 수 없이 카이사와 마주쳤다. 나를 보더니 그녀가 비명을 지르며

스토브 뒤로 숨으려고 했다.

"소리 지르지 마, 멍청아." 주인장이 무섭게 말했다. "뜨거운 물을 준비해. 붕대와 요오드도…… 페테르, 그 사람을 창고로 데려와요."

대충 둘러본 창고는 감금용으로 쓸 만해 보였다. 문은 밖에서 맹꽁이자물쇠로 잠갔고 튼튼하고 믿음직했다. 창고에는 다른 문과 창문조차 없었다.

"여기서 얌전히 있어." 나는 힌쿠스에게 마지막으로 말했다. "경찰이 도착할 때까지. 딴짓할 생각은 꿈에도 하지 마. 그 자리에서 쏘아 버릴 테니까."

"너무하시네!" 힌쿠스가 불만을 터트렸다. "필린은 이렇게 갇혀 있는데, 그놈은 자유롭게 돌아다니고 아무도 신경 쓰지 않는다니…… 불공평해요, 대장. 부당하다고요…… 게다가 저는 다쳤어요. 머리가 아파요……"

나는 더 이상 그를 상대하지 않고 나와 문을 잠그고 열쇠를 주머니에 넣었다. 어느새 주머니에는 열쇠가 한가득했다. 아직 두 시간의 여유가 있었다. 나는 호텔에 있는 열쇠를 모두 손에 넣어야겠다고 생각했다.

잠시 후 우리는 사무실로 돌아갔다. 카이사가 물과 붕대를 가져오자 주인장이 내게 응급처치를 하기 시작했다.

"호텔에 또 무기가 있습니까?" 내가 그에게 물었다.

"연발총이 있고 사냥용 산탄총 두 자루가 있죠. 권총이

한 자루. 무기는 있지만, 투숙객들 중 누가 총을 쏠 줄 알까요?"

"음." 내가 말했다. "힘들겠죠."

산탄총 대 기관총. 듀 바른스토크르 대 노련한 악당들. 사실 총격전은 일어나지 않을 것이다. 나는 이 챔피언이라는 인물을 안다. 그러면 비행기에서 뭐든 끔찍한 물질을 살포해서 뇌조를 몰아대듯 우리를 탁 트인 평지로 몰아내 총을 갈겨 댈 것이다……

"당신이 위층에 있는 동안," 주인장이 조심스러운 손길로 상처 주위의 이마를 씻어 주며 말했다. "내게 모제스가 찾아왔더군요. 테이블에 돈이 가득 든 자루를 하나 내려놓지 뭡니까. 말 그대로 자루였어요, 페테르. 자기에게 있는 돈 전부를 내 금고에 보관해 달라고 요구하더군요. 그걸 보면 지금 상황에서 그 사람은 자신의 재산이 심각한 위험에 처했다고 생각하는 게 분명해요."

"그래서요?" 내가 물었다.

"그만 내가 실수를 하고 만 것 같아요." 그가 털어놓았다. "깊이 생각하지 못하고 금고 열쇠가 당신에게 있다고 말해 버렸어요."

"고마워요, 알레크." 내가 난감한 표정으로 대꾸했다. "이제 경위 사냥이 시작되겠군요……"

우리는 한동안 아무 말도 하지 않았다. 주인장은 내게

붕대를 감아 주었다. 다친 곳들이 아팠다. 통증이 심해 구역질이 났다. 그 빌어먹을 자식 탓에 쇄골이 부러진 것이 분명했다. 라디오가 칙칙거리고 딱딱거리더니 현지 소식을 전했다. 병목고개에서 일어난 눈사태 소식은 한 마디도 없었다. 잠시 후 주인장이 한 걸음 물러나서 자신이 처치한 결과를 심각하게 살펴보았다.

"음, 이 정도면 잘된 것 같군요." 그가 말했다.

"고마워요." 내가 대답했다.

그가 대야를 들더니 사무적으로 물었다.

"누구를 당신에게 보내야 하나요?"

"됐어요." 내가 말했다. "지금은 눈을 붙여야겠어요. 총을 들고 홀에 앉아서 이 방으로 들어오려고 하는 사람은 누구든지 쏴 버려요. 한 시간이라도 자야지 안 그러면 쓰러질 것 같아요. 빌어먹을 흡혈귀들. 구역질 나는 마법사들."

"나는 은제 탄환이 없어요." 주인장이 짧게 말했다.

"그럼 납 탄환으로 쏴요, 젠장! 그리고 여기서는 그 미신은 좀 그만 떠벌려요! 이 악당들 때문에 혼란스러운데 당신까지 그러면 그놈들을 도와주는 격이니까…… 이 방 창문에는 커튼이 없어요?"

주인장은 대야를 내려놓고 말없이 창문으로 다가가 쇠로 된 블라인드를 내렸다.

"이제 됐군." 내가 말했다. "좋아요…… 아뇨, 불은 안

켜도 돼요…… 그리고 부탁이 하나 더 있어요, 알레크……
아무나 한 명을 골라요…… 시모네나 그 아가씨나…… 브
륜 말이에요…… 하늘을 살피게 하세요. 이 상황이 생사가
달린 문제라고 설명하세요. 그리고 비행기가 보이자마자
사람들에게 알리라고 하고요……"

주인장은 고개를 끄덕이고 대야를 집어서 문으로 향
했다. 문가에서 그가 멈춰 섰다.

"내 조언을 듣고 싶은가요, 페테르?" 그가 물었다. "마
지막 조언?"

"해 보세요."

"그들에게 가방을 넘겨요. 그래서 그들이 자신들이 왔
던 지옥으로 곧장 돌아가게 하라고요. 모르겠어요? 그들
이 여기서 얼쩡거리는 유일한 이유가 바로 그 가방이라는
걸……"

"압니다." 내가 말했다. "아주 잘 알아요. 그리고 바로
그 이유로 내가 지금 이 딱딱한 의자에 앉아 당신의 빌어먹
을 금고에 머리를 기댄 채 잠시 눈을 붙이고, 그 가방을 빼
앗아 가려는 개자식은 정체가 뭐든 은제 총알을 박아 버리
려고 하는 겁니다. 혹시 모제스를 보게 되면 이 말을 한 자
도 빠짐없이 그대로 전해 줘요. 점잖은 표현으로 바꾸지 말
고요. 그놈에게 전해요. 내가 45구경 루거로 사격 대회에
서 상을 받았다고요. 이제 나를 두고 그만 가 보세요."

제15장

아마도 내 행동은 업무 규정 위반이었을 것이다. 하지만 나는 누구의 지원도 기대할 수 없었으며 악당들이 언제 습격해 올지 모르는 절체절명의 순간이었다. 나는 챔피언이 지금 바알세불에게 신경 쓸 경황이 없다는 데 기대를 걸수밖에 없었다. 어젯밤 눈사태를 만난 그는 당황한 나머지 성급하게 어리석은 짓을 감행할지도 몰랐다. 뮈르 공항에서 헬리콥터를 탈취하려는 시도 같은 것 말이다. 나는 경찰이 오래전부터 이 악당을 추적 중이라는 사실을 알고 있다. 그러므로 아무 근거도 없이 무턱대고 희망을 거는 것은 아니었다. 게다가 나는 더 이상 두 다리로 서 있기도 힘들었다. 빌어먹을 필린이 나를 끝장낸 모양이다. 나는 금고 앞에 신문과 장부 같은 것을 펼치고 책상을 문 쪽으로 밀었다. 그리고 루거를 옆에 둔 채 누웠다. 순식간에 잠이 들었는데, 잠에서 깨 보니 벌써 12시 직후였다.

그때 소란스럽지는 않아도 끈질기게 문을 두드리는

소리가 들렸다.

"누구요?" 나는 재빨리 더듬더듬 루거의 손잡이를 찾아 쥐며 소리쳤다.

"접니다." 시모네의 목소리가 대답했다. "문 좀 열어주세요, 경위님."

"뭡니까, 비행기가 나타났습니까?"

"아닙니다. 하지만 해야 할 이야기가 있습니다. 문을 열어 보세요. 지금 잠이나 자고 있을 때가 아닙니다."

그의 말이 옳았다. 잠을 잘 시간이 아니었다. 나는 통증으로 이를 갈며 일어섰다. 처음에는 무릎으로 짚고 엎드린 자세에서 다음으로 금고에 기댄 채 두 다리로 섰다. 어깨는 끔찍할 정도로 아팠다. 붕대가 눈으로 흘러내렸고 턱은 부어올랐다. 나는 불을 켜고 책상을 문에서 치운 후 열쇠를 돌렸다. 다음 순간 언제라도 쏠 수 있도록 루거로 앞을 겨냥한 채 뒤로 물러났다.

시모네는 유난히 진지하고 사무적으로 보였지만 속으로는 흥분을 억누르고 있는 듯한 느낌도 들었다.

"오!" 그가 말했다. "요새를 만들어 놓으셨군요. 그런데 이런 건 아무 쓸모가 없습니다. 당신을 공격할 사람은 아무도 없으니까요."

"그건 모르죠." 내가 침울하게 말했다.

"그래요, 경위님은 지금 아무것도 모르시죠." 시모네

가 말했다. "경위님이 곯아떨어져 계신 동안 제가 경위님 대신 일을 다 해치웠거든요."

"뭐라고요? 그게 무슨 소리요?" 내가 발끈해서 쏘아붙였다. "혹시 모제스가 수갑을 찼고 여자 공범도 체포되었습니까?"

시모네가 눈살을 찌푸렸다. 어제만 해도 만사태평하게 벽을 뛰어다니던 음울한 바람둥이는 어디로 갔을까?

"그럴 필요가 없습니다." 그가 단언했다. "모제스는 아무 죄도 없어요. 여기 상황이 생각하시는 것보다 훨씬 복잡하게 꼬였어요, 경위님."

"흡혈귀 이야기만은 제발 하지 마세요." 나는 금고 옆에 놓인 의자에 앉으며 당부했다.

시모네가 웃음을 터트렸다.

"흡혈귀는 없어요. 오컬트가 아니에요. 처음부터 끝까지 SF였죠. 모제스는 인간이 아니에요, 경위님. 우리 주인장의 생각이 결국 옳았어요. 모제스와 루아르비크는 지구인이 아니라고요."

"그러면 금성에서 왔겠군요." 내가 알 만하다는 듯 말했다.

"그건 저도 모릅니다. 금성일 수도 있고, 다른 행성계일 수도 있고, 이 우주에서 이웃한 공간일 수도 있죠…… 이 부분은 저도 확실히 말할 수 없습니다. 중요한 건, 그들이 지구인이 아니라는 사실입니다. 모제스는 지구에 온 지 꽤 되었어요. 1년이 넘었죠. 약 한 달 반 전 범죄단의 손아귀로 떨어졌습니다. 그들은 모제스를 협박했고 끊임없이 위협했어요. 천신만고 끝에 범죄 조직을 빠져나와 이곳으로 도망친 겁니다. 루아르비크는 말하자면 조종사인데, 수송을 담당해요. 여기에서 저기로. 그들은 어제 자정에 이곳을 떠나야만 했습니다. 하지만 어제 10시에 사고가 일어났어요. 기기가 폭발을 한 모양이에요. 그 결과 눈사태가 일어났고 그 바람에 루아르비크는 직접 걸어서 이곳까지 와야 했던 거죠…… 그들을 도와야 합니다, 경위님. 이것은 우리의 의무입니다. 범죄단이 경찰보다 먼저 이곳에 도착한다면 분명히 그들을 살해할 겁니다."

"우리도 같은 신세가 되겠죠." 내가 말했다.

"그럴지도요." 그가 맞장구를 쳤다. "하지만 이건 우리의, 지구인들의 문제입니다. 우리가 외계인들이 살해되도록 내버려 둔다면 수치스러운 일이 될 겁니다."

나는 그를 바라보며 울적하게 생각했다. 이런, 이 호텔에는 미치광이들이 너무 많아. 그런데 당신마저 미치광이라니.

"각설하고 내가 뭘 어떻게 하면 됩니까?" 내가 물었다.

"그들에게 배터리를 내주세요, 페테르." 시모네가 말했다.

"무슨 배터리요?"

"그 가방에 든 게 배터리였어요. 두 로봇이 쓸 에너지.
올라프는 살해된 게 아닙니다. 그는 애초에 살아 있는 생물
이 아니었어요. 그는 로봇이에요. 모제스 부인도 마찬가지
고요. 이 둘은 로봇인데, 제 기능을 하기 위해서 에너지가
있어야 합니다. 기기가 폭발하는 순간 그들의 발전소가 파
손되는 바람에 에너지를 보내 줄 수 없게 된 겁니다. 그래
서 반경 100킬로미터 이내에 있는 그들의 로봇들은 말하자
면 전력 공급이 끊어진 거죠. 일부 로봇들은 휴대용 배터리
를 연결할 수 있었어요. 모제스 부인은 모제스가 직접 배터
리에 연결해 줬죠…… 기억하시겠지만 저는 그 여자가 죽
은 줄 알았지 않습니까. 그런데 올라프는 미처 배터리에 연
결하지 못한 겁니다……"

"아하." 내가 말했다. "그 사람은 연결을 못 해서 그대
로 쓰러졌고 절묘하게 목을 홱 돌렸군요. 세상에, 자기 목
을 백팔십도로 돌려 버렸더라고요……"

"그렇게 비꼴 이유가 없습니다." 시모네가 설명했다.
"그건 로봇에게서 보이는 '의사擬似 임종' 현상입니다. 관절
이 빠지고, 의사 근육이 비대칭적으로 긴장하는 증세가 나
타나죠…… 그때 미처 말을 하지 못했는데, 모제스 부인도
목이 돌아가 있었습니다……"

"아, 그렇군요." 내가 말했다. "의사 근육, 의사 관

절…… 시모네, 당신은 아이가 아니니 이 점을 이해하셔야 합니다. 오컬트나 판타지의 개념을 이용하면 어느 범죄든 진상을 설명할 수 있고 언제나 몹시 논리적입니다. 하지만 이성적인 사람은 그런 논리는 믿지 않죠."

"그렇게 나오실 줄 알았습니다, 페테르." 시모네가 말했다. "제 주장을 아주 간단하게 검증할 수 있어요. 그들에게 배터리를 넘기세요. 그러면 당신이 있는 자리에서 그들이 올라프의 전원을 켤 겁니다. 올라프가 다시 살아나기를 바라지 않으십니까……"

"그런 수는 안 통합니다." 내가 얼른 대답했다.

"왜요? 당신이 믿지 않기 때문에 증거를 보여 주겠다는 거 아닙니까. 대체 뭐가 문제입니까?"

나는 부상을 입고 붕대에 감긴 머리를 감싸 쥐었다.

대체 뭐가 문제일까? 무엇 때문에 내가 이 수다쟁이의 이야기를 들은 걸까? 그의 손에 연발총을 들려서 법의 준수에 협조할 의무가 있는 선량한 시민으로서 지붕으로 보내야 한다. 그리고 모제스 부부는 지하실에 가둬야 한다. 루아르비크도 함께 가둬야 한다. 지하실은 사방이 시멘트로 되어 있어 직접 공격을 받아도 버텨 낼 것이다…… 그리고 바른스토크르와 브륜, 카이사도. 그곳에 머무르게 해야 한다. 최악의 경우에 나는 모제스 부부를 넘길 것이다. 챔피언은 절대 만만하게 볼 상대가 아니다. 그가 협상에 나서게 하려면 신이라도 붙잡고 매달려야 할지 모른다……

"왜 말이 없습니까?" 시모네가 말했다. "할 말 없어요?"

물론 나는 할 말이 있었다.

"나는 과학자가 아닙니다." 내가 천천히 말문을 열었다. "나는 경찰이죠. 이 가방을 둘러싸고 너무 많은 거짓말이 난무하고 있어요…… 잠깐만요. 내 말을 끊지 마세요. 나도 당신의 말을 끝까지 듣지 않았습니까…… 나는 전부 믿을 준비가 되었어요. 그래요. 올라프와 그 여자가 로봇이라고 합시다. 그렇다면 상황이 더 나빠요. 모제스 부인은 이미 저질렀어요…… 그러니까 그 여자의 손으로 이미 몇 건의 범죄가 자행되었다는 말입니다. 그렇게 무시무시한 도구가 범죄 조직의 손아귀에 있었어요. 고분고분한 하인으로 말이죠. 할 수만 있다면 나는 기꺼이 모제스 부인의 전원도 꺼 버릴 거라고요. 그런데 당신은 다름 아닌 경찰인 내게 범행 도구를 악당들에게 돌려주라고 하는 겁니다! 지금 자신이 무슨 말을 했는지 알기나 해요?"

시모네는 당혹감에 휩싸여 자신의 정수리를 두드렸다.

"들어 보세요." 그가 말했다. "악당들이 도착하면 우리 모두 끝장입니다. 전서구니 뭐니 한 이야기는 전부 거짓말이죠? 실은 경찰의 도착을 기대할 수 없는 상황 아닌가요? 우리가 모제스와 루아르비크의 도주를 돕는다면 적어도 우리는 양심에 거리낄 것이 없을 겁니다."

"당신의 양심이야 거리낄 것이 없겠죠." 내가 말했다. "내 양심은 더러워질 대로 더러워질 겁니다. 경찰이 제 손으로 범죄자들의 도주를 도왔으니까요."

"그들은 범죄자가 아닙니다!" 시모네가 말했다.

"범죄자들 맞습니다!" 내가 말했다. "그들이야말로 진짜 범죄자들이에요. 힌쿠스의 증언을 직접 들었잖아요. 모제스는 챔피언이 이끄는 범죄 조직의 조직원이었어요. 그자가 대담하기 짝이 없는 습격을 조직하고 실행해 국가와 수많은 개인이 엄청난 피해를 입었죠. 궁금해하실까 봐 알려 드리는데, 모제스는 최소 25년 강제노역형에 처해질 겁니다. 그러니 나는 그가 이 25년형을 꼭 받도록 무슨 일이든 해야 할 의무가 있어요."

"젠장." 시모네가 말했다. "이해가 안 되십니까? 그를 겁박했단 말입니다! 협박해서 억지로 범죄 조직에 가담하게 했다고요! 그에게는 달리 출구가 없었어요!"

"그 문제는 법정에서 판가름이 나겠죠." 내가 냉담하게 말했다.

시모네가 의자에 등을 기대더니 눈을 가늘게 뜨고 나를 바라보았다.

"당신은 알고 보니 대단한 멍청이군, 글렙스키." 그가 말했다. "이럴 줄은 몰랐어."

"말조심하시오." 내가 말했다. "가서 당신 볼일이나 봐요. 당신 프로그램에 뭐가 있죠? 감각적인 만족?"

시모네가 입술을 깨물었다.

"당신에게 이 기회는 최초의 접촉이에요." 그가 중얼거렸다. "두 세계의 만남이라고."

"같은 말 자꾸 하지 마시오, 시모네." 내가 험악하게 말했다. "그리고 여기서 나가요. 당신이 지긋지긋하니까."

그는 곧장 일어나서 문으로 향했다. 머리도 어깨도 아래로 축 처져 있었다. 문가에서 그는 멈춰서 몸을 반쯤 돌린 채 말했다.

"이 일에 대해서 후회하게 될 거요, 글렙스키. 당신은 부끄러워질 거요. 몹시 부끄러워질 거요."

"그럴지도." 내가 심드렁하니 대꾸했다. "이건 내 사건이오…… 그건 그렇고 총은 쏠 줄 아시오?"

"알아요."

"그거 잘됐네요. 주인장에게 윈체스터를 받아서 지붕으로 가요. 조만간 우리 모두 총을 쏘게 될 수도 있어요."

그는 말없이 방을 나갔다. 나는 부어오른 어깨를 조심스럽게 어루만졌다. 휴가 한번 대단하군. 이 휴가가 어떤 식으로 끝날지 앞이 보이지 않는다. 젠장, 그자들이 정말 외계인일까? 그렇다면 모든 이야기가 무서울 정도로 잘 맞아떨어진다…… '이 일에 대해서 후회하게 될 거요, 글렙스키……' 정말로 그럴지 모른다. 이제 어떻게 해야 할까? 설령 그렇다 해도 그들이 외계인이건 아니건 무슨 차이가 있지? 외계인은 은행을 털어도 된다는 법은 어디에 적혀 있나? 지구인은 안 되고 외계인은 되나……? 좋아, 그건 그렇고. 이제 뭘 어떻게 해야 한담? 조만간 우리는 포위될 텐데, 내 군대는 전혀 믿음직하지 않으니.

만약을 대비해 수화기를 들었다. 아무 소리도 나지 않는다. 쥐 죽은 듯 조용할 뿐이다. 이런 머저리 같은 알레크. 어째서 비상용 무선 장치를 갖출 수 없었을까. 누가 갑자기 맹장염에 걸리기라도 하면 어쩌려고? 손님 주머니에서 돈 빼는 것밖에 관심 없는 한심한 구멍가게 주인 같으니라고……

또다시 누군가 문을 두드렸다. 나는 또다시 다급하게 권총을 잡았다. 이번에는 모제스 씨가 직접 나를 찾아왔다. 마법사이자, 금성인이자, 언제나 손에 잔을 들고 있는 늙은 순무인 그가 말이다.

"문가에 앉으시죠." 내가 말했다. "거기 있는 의자에."

"나는 서 있을 수 있습니다." 그가 의심스러운 눈초리로 나를 보며 단조로운 목소리로 말했다.

"편하실 대로." 내가 말했다. "무슨 일로 오셨습니까?"

그는 평소처럼 화를 내며 잔을 홀짝거렸다.

"어떤 증거가 더 필요하시오?" 그가 물었다. "당신이 우리를 죽이고 있어요. 모두 이 사실을 이해하죠. 당신을 뺀 전부가. 우리에게서 뭘 원하시오?"

"당신들이 누구든 간에," 내가 말했다. "당신들은 몇 건의 범죄를 저질렀어요. 그러니 그 일에 대해 책임을 져야 할 거요."

그가 요란하게 코를 킁킁거리더니 의자로 다가가 앉았다.

"물론 벌써 한참 전에 경찰을 찾아가야 했어요." 그가 말했다. "하지만 내내 경찰을 끌어들이지 않고 어떻게든 해결하기를 바랐지요. 결국 경찰과 엮이는 일을 피할 수 있었고. 그 저주받을 사고만 아니었다면 나는 이곳을 벌써 떴을 거요. 살인 사건은 일어나지도 않았을 테지요. 당신은 온몸이 꽁꽁 묶인 필린을 발견하고 챔피언이 내 도움으로 저질렀던 온갖 범죄의 실꾸리를 풀 수도 있었겠지. 맹세하건대, 내가 이곳에 머무르는 동안 당신네 측에 끼친 손해는 모두 배상할 거요. 그중 일부는 곧장 배상할 수 있소. 국립은행권으로 지폐 100만 크론을 당장 당신에게 넘길 준비가 되어 있소. 나머지 금액은 당신 정부가 금으로, 순금으로 받게 될 거요. 또 뭐가 더 필요하시오?"

나는 그를 지그시 바라보았다. 영 마음이 편치 않았다. 나는 몹시 마음이 불편했다. 왜냐하면 그에게 공감하고 있기 때문이었다. 나는 범죄자임에 틀림이 없는 자와 독대하며 그의 사연을 듣고 공감하는 중이었다. 이것이야말로 나를 현혹하는 상황이었다. 이 현혹에서 벗어나기 위해 나는 건조하게 말했다.

"당신이 내 테이블을 엉망으로 만들고 밀고장을 붙여 뒀나요?"

"그래요. 그렇게라도 하지 않으면 내 쪽지가 바람에 날려갈까 걱정이 되었소. 무엇보다 이 상황이 단순한 헛소리가 아니라고 당신에게 얼른 이해시키고 싶었소."

"금시계는……?"

"그것도 내가 한 짓이오. 브라우닝 권총도. 당신이 경고장을 믿고 힌쿠스에게 관심을 가져서 그를 체포하게 하려면 필요한 조치였다오."

"아주 형편없이 처리했더군요." 내가 대꾸했다. "당신의 의도와 정반대로 되고 말았으니. 나는 힌쿠스가 악당이 아니라고 생각했어요. 오히려 힌쿠스가 악당이라고 모함하는 사람이 있다고 생각했죠."

"그랬소?" 모제스가 되물었다. "그랬어, 그렇게 된 거였군…… 그렇게 될 거라고 예상을 했어야 했는데. 나는 그런 일엔 서툴러요…… 그런 일 때문에 이곳에 온 것도 아니고……"

또다시 그에 대한 동정심이 밀물처럼 밀려왔지만 또다시 그런 기분을 떨쳐 냈다.

"당신이 한 짓은 결국에는 전부 허사가 되었죠, 바알세불 씨." 내가 말했다. "젠장, 당신이 무슨 외계인이라는 거요? 당신은 일개 악당이야. 부유하고, 타락했고, 극도로 오만불손한 악당. 그리고 하나 더, 주정뱅이지……"

모제스가 잔을 홀짝거렸다.

"그리고 당신의 로봇들……" 내가 말을 이었다. "사교계의 음란한 여자…… 힘 좋은 바이킹…… 당신의 로봇은 로봇이 아니야. 그것들은 여자와 남자 모습을 한 음란한 신경쇠약 환자들이지. 내가 그것들을 로봇으로 믿을 거라 단 한 순간이라도 생각하셨나?"

"그러니까 당신은 우리 로봇들이 인간과 아주 흡사하다고 말하고 싶은 거요?" 모제스가 물었다. "하지만 우리는 달리 방법이 없었소. 그 로봇들은 실제로 존재하는 사람들의 모습을 거의 똑같이 복제한 거라오. 분신이라고 해도 과언이 아니지……" 그가 다시 잔을 홀짝였다. "내 정체에 대해서 말씀드리자면, 유감스럽게도 본모습을 보여 줄 수가 없소, 경위. 정말 안타깝군요. 그렇게만 할 수 있다면 금방 내 말을 믿으실 텐데 말이오."

"한번 해 보시죠." 내가 말했다. "모습을 드러내요. 나는 어떻게든 살아남을 테니."

그가 머리를 가로저었다.

"첫째, 당신이 그렇게 쉽게 견딜 리 없을 거요." 그가 우울하게 말했다. "둘째, 내가 그걸 버티지 못할 거고. 당신이 지금 보고 있는 모제스 씨의 모습은 일종의 보호복이라오. 당신이 들은 모제스 씨의 목소리는 송신 장비에서 나온 거고. 혹시라도 내가 위험을 무릅써야 한다면, 그건 최후의 수단으로 남겨 두고 있어요. 다른 식으로 도저히 당신을 설득할 수 없다면 그 방법을 시도해 보겠소. 그것은 내게 있어서 거의 명예로운 죽음이오. 하지만 그렇게 되면 루아르 비크만이라도 풀어 주시오. 그는 이곳에서 벌어진 일과 아무 관계도 없소……"

그 순간 나는 분노가 폭발하고 말았다.

"풀어 주기는 어디로 풀어 준다는 겁니까?" 내가 소리를 질렀다. "내가 당신들을 억류하고 있습니까? 왜 당신들은 내게 거짓말을 하는 겁니까? 이곳을 떠나야 한다면 가면 되잖습니까! 거짓말은 그만하고 진실을 말해요. 그 가방은 대체 뭡니까? 뭐가 들었습니까? 당신들은 자신들이 외계인이라고 자꾸 강조를 하는데 말이죠. 내가 보기에 당신들은 우리 나라에서 귀중한 장치를 훔친 외국의 스파이 집단이 분명해요……"

"아니오!" 모제스가 말했다. "아니라고요! 절대 그런 게 아니오. 우리 발전소가 파괴되었소. 그곳을 수리할 수 있는 이는 올라프뿐이오. 그는 로봇으로 그 발전소의 관리자였소, 아시겠습니까? 물론 우리도 진작 떠날 수 있었어요. 하지만 간다 한들 어디로 가겠소. 올라프가 없으면 우리는 아무것도 할 수 없는데. 지금 올라프의 전원이 꺼져 있는데 당신이 그 배터리를 움켜쥐고 있지 않소!"

"또 거짓말!" 내가 말했다. "내가 알기로 모제스 부인도 로봇이더군요! 내가 알기로 그 여자에게도 배터리가 있죠……"

모제스가 눈을 감더니 머리를 흔들었다. 그러자 흙빛의 두 볼이 함께 흔들렸다.

"올가는 단순한 노동 로봇이오. 짐을 운반하고, 땅을 파고, 경호 기능도 하죠…… 그러니 똑같은 연료를 주입할 수 없다는 걸 모르시겠소…… 나도 잘 모르지만…… 조잡한 트랙터와 티브이 정도로 비유할 수 있겠죠…… 그 둘은 원칙적으로 완전히 다른 시스템이오……"

"당신은 모든 질문에 답변이 준비되어 있군요." 내가 음울하게 말했다. "하지만 나는 기술 전문가가 아닙니다. 나는 일개 경찰일 뿐이죠. 흡혈귀와 외계인들과 협상을 진행할 권한조차 없어요. 나는 당신들을 법의 손에 넘겨야 합니다. 그게 다죠. 당신들이 실제로 누구든 지금은 내 나라의 영토에 있고 내 나라 사법 체계의 관할하에 있어요." 내가 일어섰다. "지금 이 순간부터 당신은 체포된 것으로 생각하십시오, 모제스. 당신을 감금하지는 않을 겁니다. 어차피 그래 봤자 아무 의미가 없을 테니까. 하지만 도주하려

한다면 바로 발포하겠습니다. 그리고 미리 밝혀 두는데, 지금 이 순간부터 당신이 한 말은 법정에서 당신에게 불리하게 사용될 수도 있습니다."

"그렇게," 그는 이렇게 말문을 연 후 잠시 침묵했다. "내 처분을 결정했군요. 그렇게 하도록 합시다." 그가 잔을 홀짝거렸다. "그런데 루아르비크는 무슨 죄를 지었습니까? 그에 대해서는 어떤 혐의도 둘 수 없습니다…… 나를 가두고 루아르비크에게 그 가방을 넘겨주시오. 최소한 그만이라도 살아남게 해 주시오……"

나는 다시 앉았다.

"살아남다…… 대체 왜 이 상황에서 살아남는다고 하는 겁니까? 어째서 당신은 챔피언이 당신들을 덮칠 거라고 확신하는 거죠? 그자가 이미 눈사태에 깔려 있을지도 모르는 일이잖습니까…… 벌써 체포되었을지도 모르죠…… 그리고 비행기를 손에 넣기가 어디 쉬운 일입니까…… 당신이 정말 결백하다면 왜 그렇게 두려움에 떠는 거죠? 하루나 이틀 기다려 보세요. 경찰이 도착하면 내가 당신을 경찰의 손에 넘길 거요. 경찰은 과학수사대와 부검의를 데리고 올 겁니다……"

그가 두 볼을 흔들었다.

"큰일이군요. 그렇게는 안 되오. 첫째, 우리는 조직적인 접촉을 할 권한이 없소. 나는 이곳에서 어디까지나 관찰자일 뿐이니까. 내가 몇 가지 실수를 저질렀지만, 모두 바로잡을 수 있소…… 제대로 준비하지 않은 만남은 당신에게만이 아니라 우리 세계에도 가장 끔찍한 결과를 낳을지 몰라요…… 하지만 지금 가장 시급한 문제는 그런 걱정이 아니라오, 경위. 나는 루아르비크가 염려스러워요. 그는 당신이 사는 이 행성 환경에서는 숨을 잘 쉬지 못해요. 애초에 그는 당신의 행성에서 하루 이상 머무르게 될 줄은 짐작도 못 했다오. 게다가 그는 지금 보호복이 망가졌어요. 이미 보셨잖소. 팔이 없소…… 그는 이미 중독된 상태요…… 시시각각 상태가 악화되고 있소……"

나는 이를 악물었다. 역시 그는 모든 질문에 대답이 준비되어 있다. 꼬투리를 잡을 게 없다. 그와 대화를 한 이후로 단 한 번도 꼬투리를 잡을 수 없었다. 모든 이야기가 한 치의 오차도 없이 논리적이다. 나는 그의 이야기가 보호복이며 접촉, 의사 근육 같은 주제로 흐르지만 않았다면 그의 주장에 완전히 납득했으리라는 점을 인정하지 않을 수 없었다. 어느새 마음이 움직여 그의 호소에 응하고 싶어졌다. 나는 선입견에서 벗어나기 시작했다.

그 말대로다. 내가 법적으로 책임을 물어야 할 사람은 모제스뿐이었다. 루아르비크는 공식적으로 결백했다. 물론 그도 공범일 수 있지만…… 진짜 범죄자는 결코 스스로 인질이 되겠다고 나서지 않는다. 모제스는 인질이 되겠다고 했다. 좋아, 모제스를 가두자. 그리고…… '그리고' 나면? 루아르비크에게 기계를 넘기나? 이 기계에 대해 내가 무엇을 알고 있지? 모제스가 들려준 이야기뿐이다. 그래, 모제스가 한 이야기는 전부 말이 되는 것 같다. 하지만 이것이 완전히 다른 상황을 그럴듯하게 재해석한 거라면 어쩌지? 단지 내가 한 치의 오류도 없는 이 해석을 깨트릴 만한 정답을 찾지 못한 것뿐이라면?

이 이야기들이 옳든 아니든 그것들을 전부 배제해 보자. 그러면 절대 의심할 수 없는 두 가지 사실만이 남는다. 법에 따라 나는 진상이 규명될 때까지 이들을 구금해야 한다. 이것이 첫 번째 사실이다. 그리고 두 번째 사실. 이들은 떠나고 싶어 한다. 실제로 무엇으로부터 떠나고 싶어 하는지는 중요하지 않다. 법인지, 범죄 조직인지, 시기상조인 접촉 혹은 또 다른 무엇인지는 말이다…… 그들은 떠나고 싶어 한다.

이것이 두 가지 사실이고 이 사실들은 정면으로 충돌한다……

"챔피언과는 무슨 일이 있었습니까?" 내가 음울하게 물었다.

모제스가 나를 힐끔 보더니 인상을 구겼다. 그러더니 시선을 내린 채 이야기를 시작했다.

좀비니 흡혈귀니 의사 관절 같은 소리를 제외하면 그

의 이야기는 평범하기 짝이 없는 협박에 관한 진부한 이야기였다. 약 두 달 전, 지구에 온 자신의 진짜 목적만이 아니라 자신의 존재를 당국으로부터 숨겨야 할 충분히 확실한 근거가 있었던 모제스 씨는 자신이 뻔뻔하고도 끈질긴 관심의 대상이 되고 있다는 징후를 감지했다. 일단 사는 곳을 옮겨 보았다. 아무 도움도 되지 않았다. 추적자들을 겁주어 쫓아 보려고도 했다. 그래도 소용이 없었다. 이런 일이 언제나 그렇듯이 마침내 그에게 누군가가 접근해 와 구미가 당기는 계약을 제안했다. 그가 제2국립은행을 털 때 힘을 보태 주면 침묵으로 대가를 지불하겠다는 것이다. 아마 그를 귀찮게 하는 것은 그 일이 처음이자 마지막일 것이라고 장담을 했을 것이다. 이런 일이 으레 그렇듯이 그는 당연히 거절했다. 이런 일이 으레 그렇듯이 그들은 계속 설득했다. 이런 일이 으레 그렇듯이 그는 결국 승낙했다.

　　모제스는 그때 자신에게는 다른 방법이 없었다고 항변했다. 그는 죽음을 두려워하지 않았다. 그가 사는 곳에서는 누구나 죽음의 공포를 극복했기 때문이다. 그즈음 그는 자신의 정체가 드러날까 크게 두려워할 필요가 없었다. 자신이 벌여 놓은 일들을 정리하고 그저 부유한 한량으로 지내는 일은 아무 문제가 없었다. 게다가 로봇들과 싸웠을 때 다친 챔피언의 부하들이 목격한 내용은 절대 진지하게 다뤄지지 않을 터였다. 하지만 그의 죽음은 물론이고 정체가 발각될 경우 몇 해 전에 시작되어 성공적으로 굴러가고 있는 몹시 중대한 과업이 오랫동안 중단될 위험이 있었다. 정리하자면, 그는 챔피언의 제안을 따르는 위험을 감수하기로 했다. 더욱이 그로 인해 제2국립은행이 입을 손해는 후에 순금으로 쉽게 되갚을 수 있기 때문이었다.

계획은 실행되었고 챔피언은 정말로 모습을 감추었다. 그러나 고작 한 달 동안이었다. 한 달 후에 챔피언이 다시 모습을 드러냈다. 이번에는 금괴 수송 차량에 대한 이야기를 끄집어냈다. 그런데 상황이 완전히 변했다. 교활한 챔피언이 불운한 희생자인 모제스에게 알리바이를 입증할 수 있는 일말의 가능성마저 날려 버릴 목격자 여덟 명의 증언과 은행을 습격하는 과정이 모두 찍혀 있는 영상을 들이민 것이다. 특히 그 영상에는 보상금을 듬뿍 받고 형을 살 준비가 된 악당 서너 명뿐만 아니라 겨드랑이에 금고를 끼고 가는 올가와 손에 뭔지 모를 기기('발전기')를 들고 있는 모제스도 나왔다. 제안을 거절할 경우 모제스의 운명은 타블로이드 신문을 장식할 추문으로 끝나지 않을 게 분명했다. 이제 그는 공식적인 수사를 받게 될 것이고 그랬다가는 그의 비밀이 백일하에 드러날 것이고 그랬다가는 그의 세계에 극도로 불리한 조건으로 때 이른 접촉이 시작될 것이 분명했다. 수많은 다른 협박의 희생자들처럼 모제스도 처음 협박에 굴복했을 때 결국 이렇게 되리라 미처 내다보지 못했다.

그가 처한 상황은 끔찍했다. 거절은 자신의 동포에 대한 범죄를 의미했다. 받아들인들 상황은 달라지지 않았다. 왜냐하면 철로 된 무자비한 손이 자신의 목을 움켜쥐고 있음을 이제 똑똑히 이해했기 때문이다. 다른 도시나 다른 나라로 도주해 봐야 소용이 없었다. 모제스는 챔피언의 손이 철로 되었을 뿐만 아니라 길기까지 하다는 사실을 믿어 의심치 않았기 때문이다. 신속하게 지구를 떠나는 일도 불가능했다. 이동 수단을 준비하는 데 지구 시간으로 10일에서 12일가량 소요되기 때문이었다. 그래서 모제스는 동포들에게 연락을 취해 최대한 빨리 자신을 그곳에서 데려가 줄 것을 요구했다. 결국 그는 한 번 더 범죄에 가담할 수밖에 없었다. 그의 범행은 빚이 늘어남을 의미했으니, 필요한 시간을 벌기 위한 값으로 335킬로그램의 금이 더 있어야 했다. 그리고 마침내 때가 되자 그는 자신의 분신으로 챔피언의 부하를 속인 후 도주했다. 그는 추적대가 따라붙을 것이며, 조만간 힌쿠스 패거리가 그의 흔적을 찾아낼 것이라는 사실을 잘 알았다. 그로서는 어떻게든 악당을 앞지르기를 바라는 수밖에 없었다⋯⋯

"경위, 당신은 믿으실 수도 아닐 수도 있겠죠." 모제스가 이야기를 마쳤다. "하지만 이것만큼은 꼭 이해해 주시기를 바라오. 우리에게는 단 두 가지의 가능성이 있소. 하나는 당신이 우리에게 배터리를 넘겨주는 거요. 그러면 우리는 살아남기 위해 노력할 것이오. 다시 말하지만, 이 경우 당신의 동포에게 발생한 손실은 모두 완전히 보상받을 거요. 또 한 가지는……" 그는 잔을 홀짝였다. "제발 이해해 주시오, 경위. 나는 당국의 손에 산 채로 잡힐 권한이 없소이다. 그것이 나의 의무라오, 아시겠소. 나는 우리 두 세계의 미래를 걸 수는 없소. 이 미래는 이제 막 시작되었다오. 나는 실패했소. 하지만 내가 당신의 지구에 온 최초지만 마지막은 아닌 관찰자요. 이해하시겠소, 경위?"

내가 이해하는 것은 단 한 가지뿐이었다. 내 일이 엉망진창이라는 사실 말이다.

"그런데 당신은 이 지구에서 무슨 일을 하신 겁니까?"

모제스는 고개를 가로저었다.

"그것은 말할 수 없소, 경위. 나는 접촉 가능성을 조사했소. 접촉을 준비했죠. 그리고 구체적으로…… 이 일에는 몹시 복잡한 측면도 있다오, 경위. 당신은 전문가가 아니잖소."

"가십쇼." 내가 말했다. "이리로 루아르비크를 불러 주세요."

모제스는 침울한 표정으로 일어나서 방을 나갔다. 나는 팔꿈치를 책상에 대고 양손에 얼굴을 파묻었다. 서늘한 루거가 오른쪽 뺨을 기분 좋게 식혀 주었다. 순간 모제스가 잔을 늘 들고 다니듯 나도 이 권총을 손에서 놓지 못하겠다는 생각이 들었다. 나는 우스꽝스러웠다. 나는 불쌍했다. 나는 나 자신이 미웠다. 즈구트와 그의 다정한 조언들이 미웠다. 이곳에 모여드는 범죄단이 미웠다. 믿느냐 마느냐…… 바로 그것이 문제였다. 제기랄, 나는 어느새 믿고 있었다. 나는 경찰 일을 한두 해 한 사람이 아니다. 사람들이 사실대로 털어놓으면 나는 알 수 있다. 하지만 그것도 사람일 때의 이야기다. 그래, 사람! 내가 이 이야기를 믿는다면 그들은 내게 사람이 아니게 된다! 그렇다 나는 덮어놓고 믿을 권리가 없다. 믿는 것은 자살행위나 다름이 없다! 이것은 내가 아무런 권한도 없고, 절대로, 절대로, 절대로 원하지 않는 책임을 짊어지는 것을 의미한다…… 그 책임이 나를 빈대 누르듯 깔아뭉갤 것이다! 이 일에 대해서 상부에서 뭐라고 할지 상상만으로도 끔찍하다. 유령 잡기, 외계인 사냥…… 좋아, 어쨌든 나는 힌쿠스라도 잡았다. 그리고 모제스도 풀어 주지 않을 것이다! 일어날 일은 일어나라지 뭐. 제2국립은행의 비밀과 금괴 수송 차량의 비밀도 밝혀졌다. 그렇게 되었지. 만약 여기에 행성들 사이의 정치 문제가 개입된다면, 나는 일개 경찰일 뿐이니 이런 일을 처리할 의무가 있는 사람이 정치를 맡으라고 해…… 이제 기절이라도 하면 좋겠네. 나는 울적하게 이런 생각을 했다. 다들 원하는 대로 하라고 하지 뭐.

문이 삐거덕거리자 나는 퍼뜩 정신을 차렸다. 하지만 루아르비크가 아니었다. 시모네와 주인장이 들어왔다. 주인장은 내 앞에 커피 한 잔을 내려놓았고 시모네는 벽에 붙여 놓은 의자를 가져와 내 앞에 앉았다. 내 눈에 시모네는 심하게 초췌하고 심지어 피부가 누르께해진 것 같았다.

"생각은 실컷 하셨습니까, 경위님?" 그가 물었다.

"루아르비크는 어디에 있습니까? 루아르비크를 불러 달라고 했는데."

"그는 지금 상태가 많이 안 좋습니다." 시모네가 대답했다. "모제스가 그에게 조치를 취하고 있습니다." 시모네가 보기 흉하게 이를 드러내고 웃었다. "당신이 그를 죽이고 있어요, 글렙스키. 이것은 비인간적인 행동입니다. 사실 나는 당신을 안 지 이틀밖에 되지 않았지만 당신이 이렇게까지 경찰 제복을 입은 허수아비에 불과할 줄은 상상도 못했어요."

총을 들지 않은 손으로 잔을 들어 입으로 가져갔다가 다시 내려놓았다. 더 이상 커피를 마실 수 없었다. 커피 때문에 속이 울렁거렸다.

"날 두고 여기서 나가요. 당신들 전부 헛소리꾼들이야. 알레크는 오로지 호텔 걱정뿐이고, 시모네 당신은 휴가지에서 똑똑한 척만 할 뿐이지……"

"그러는 당신은 뭡니까?" 시모네가 되물었다. "당신은 뭘 신경 쓰는 거죠? 제복에 훈장을 하나 더 달고 싶은 거예요?"

"그래요." 내가 쌀쌀맞게 대답했다. "훈장. 알다시피 나는 훈장들을 좋아하죠."

"당신은 보잘것없는 일개 경찰이에요." 시모네가 말했다. "그런데 간만에 운명이 당신에게 기회를 줬어요. 일생에 처음이자 마지막 있는 기회죠. 글렙스키 경위 인생의 절정기! 당신의 두 손에 정말 중요한 결정이 달렸는데, 당신은 머저리처럼 굴고 있군요……"

"닥쳐요." 내가 지친 기색으로 말했다. "그만 떠벌리고 단 1분만이라도 그냥 생각을 좀 해 봐요. 모제스가 명백한 범죄자라는 사실은 옆으로 밀어 둬요. 내가 보기에 당신은 법에 대해서 눈곱만큼도 몰라요. 당신은 사람을 위한 법이 존재하고, 흡혈귀를 위한 법이 따로 존재한다고 생각하는 것 같아요. 하지만 그런 건 일단 옆으로 제쳐 놓읍시다. 그들이 외계인이라고 쳐요. 그들이 협박의 피해자들이라고 합시다. 위대한 접촉……" 나는 권총을 든 손을 힘없이 흔들었다. "두 세계의 우호며 기타 등등…… 그렇다면 이런 질문이 생깁니다. 그들은 우리 지구에서 무슨 일을 하고 있는가? 모제스가 스스로 인정했다시피 그는 관찰자입니다. 그는 도대체 무엇을 관찰하고 있었을까요? 저들은 이곳에서 뭘 원한답니까? 웃지 말아요. 웃지 말라고요…… 우리는 지금 판타지를 다루고 있어요. 내 기억에 판타지 소설에서 외계인은 지구에서 스파이 행위를 하고 침략을 준비하죠. 자, 그런 상황에서 금단추를 단 경찰 관리인 나는 어떻게 행동해야 할까요? 자신의 의무를 이행해야 합니까? 말아야 합니까? 시모네, 당신은 지구인으로서 자신의 의무에 대해 어떻게 생각합니까?"

시모네는 나를 빤히 바라보며 말없이 이를 드러내고 웃었다. 주인장은 창으로 다가가 블라인드를 올렸다. 나는 고개를 돌려 그를 바라보았다.

"대체 왜 그러는 겁니까?"

주인장은 대답에 뜸을 들였다. 얼굴을 유리에 꼭 댄 채 하늘을 살폈다.

"하늘을 감시하는 겁니다, 페테르." 그가 고개를 돌리지도 않은 채 느긋하게 대답했다. "나는 기다리고 있어요, 페테르. 기다린다고요…… 당신이 저 아가씨에게 얼른 호텔로 돌아오라고 해야 할 것 같아요. 저런 눈 위에서 저 아가씨는 준비된 과녁이나 다름없어요…… 아가씨가 내 말은 듣지 않아요……"

나는 권총을 책상에 내려놓고 양손으로 잔을 잡았다. 눈을 감고 커피를 몇 모금 마셨다. 준비된 과녁이라…… 여기 모인 우리 모두가 준비된 과녁들이다…… 바로 그때 뒤에서 내 팔꿈치를 움켜쥐는 억센 손길이 느껴졌다. 나는 눈을 번쩍 뜨고 벗어나려고 버둥거렸다. 쇄골을 강타한 통증이 너무 지독해서 하마터면 정신을 잃을 뻔했다.

"괜찮아요, 페테르. 아무것도 아니에요." 주인장이 부드럽게 말했다. "조금만 참아요."

시모네가 걱정스러우면서도 미안한 표정으로 권총을 자신의 주머니에 집어넣었다.

"반역자들!" 내가 깜짝 놀라 소리쳤다.

"아니에요, 페테르. 그렇지 않아요." 주인장이 말했다. "분별력을 갖고 행동해야 합니다. 인간의 양심은 하나의 법으로 재단할 수 있는 게 아니에요."

시모네가 조심스럽게 옆으로 다가와 내 주머니를 모두 더듬으며 뒤졌다. 열쇠들이 짤그락거렸다. 이미 통증을 느꼈기에 지독하게 아프리라 예상하며 나는 있는 힘껏 손아귀에서 벗어나려 했다. 이런 시도는 무위로 끝났고 정신을 차렸을 때는 시모네가 이미 가방을 들고 방을 나서는 참이었다. 주인장은 여전히 내 팔꿈치를 움켜쥔 채 나가는 그의 등에 대고 걱정스럽게 말했다.

"서둘러요, 시모네. 어서요. 그의 상태가 좋지 않아요……"

나는 무슨 말이라도 하고 싶었지만 목이 꽉 막혀서 목쉰 신음만 새어 나왔다. 주인장이 걱정스럽게 내 위로 몸을 숙였다.

"세상에, 페테르." 그가 말했다. "얼굴이 말이 아니에요⋯⋯"

"악당들⋯⋯" 내가 쉰 목소리로 말했다. "감옥에 처넣을 놈들⋯⋯"

"그래요, 그래, 맞아요." 주인장이 고분고분하게 인정했다. "우리 모두를 체포하고 옳은 일을 해요. 하지만 그 전에 조금만 기다려 줘요. 화내지 말고⋯⋯ 어차피 당신은 지금 몹시 아플 거예요. 그리고 나는 당신을 보내 주지 않을 거고요⋯⋯"

그렇다, 그는 보내 주지 않을 것이다. 그가 곰처럼 튼튼하고 힘이 세다는 것은 진작 알고 있었지만 이런 악력은 상상도 못 했다. 나는 의자 등으로 몸을 기댄 채 저항을 포기했다. 구역질이 났다. 이제 될 대로 되라는 심정이었다. 그리고 마음 가장 깊은 구석에서는 안도감이 희미하게 피어올랐다. 이 상황이 마침내 내 손에서 떠나갔구나. 책임은 다른 사람들에게 넘어갔다는 안도감이었다. 그러다 다시 까무룩 기절을 한 모양인지 정신이 들어 보니 나는 바닥에 누워 있고, 주인장이 내 옆에 무릎을 꿇고서 얼음장처럼 차가운 물을 적신 천으로 내 이마를 닦아 주는 중이었다. 내가 눈을 뜨자마자 그가 내 입으로 물병을 가져다 댔다. 그는 몹시 창백했다.

"나를 앉혀 줘요." 내가 말했다.

주인장은 군말 없이 내 말을 따랐다. 문이 활짝 열리고 바닥을 따라 냉기가 들어왔다. 흥분한 목소리들이 들리나 싶더니 뭔가가 쿵 하고 우지끈하는 소리가 났다. 주인장이 짜증을 내며 인상을 썼다.

"빌어먹을 여행 가방." 그가 목소리를 죽인 채 말했다. "저 사람들이 또 문설주를 박살 내겠군……"

창문 아래에서 모제스가 사람이라고는 생각할 수 없는 기세로 소리쳤다.

"준비됐나? 출발! 잘 있으시오, 지구인들! 다시 만납시다! 제대로 만날 그날까지 안녕들 하시오!"

그 인사에 알아들을 수 없는 말을 큰 소리로 외치는 시모네의 목소리가 들리더니 찢어지는 듯한 쇳소리와 바람을 가르는 소리가 들렸다. 곧이어 주위가 조용해졌다. 나는 일어나서 문으로 갔다. 주인장이 옆에서 공연히 안달하며 따라왔다. 그의 넓은 얼굴은 붕대처럼 창백하고 아파 보였고 이마에는 땀방울이 송송 맺혀 있었다. 그는 소리 없이 입술을 움직였다. 기도를 하는 것 같았다.

우리는 텅 빈 홀로 나갔다. 홀을 따라 얼음장 같은 바람이 휘몰아쳤다. 주인장이 나지막하게 말했다. "페테르, 밖으로 나갑시다. 당신은 신선한 공기를 마셔야 해요……" 나는 그를 밀치고 계단으로 걸어갔다. 지나가는 길에 정문이 깨끗하게 떨어져 나간 것을 보며 마음 깊이 고소해했다.

계단을 오르는데 첫 번째 칸에서 벌써 몸이 힘들어 얼른 난간을 부여잡았다. 주인장이 나를 부축해 주려고 했지만 이번에도 나는 멀쩡한 어깨로 그를 밀쳐내며 말했다. "꺼져요, 내 말 못 들었어요?" 그가 가 버렸다. 나는 난간을 매달리듯 붙잡은 채 기다시피 계단을 칸칸이 올라서 깜짝 놀라 벽에 딱 붙어 있는 브륜을 지나쳐 2층에 도착한 후 내 방을 간신히 찾아갔다. 올라프의 방문이 활짝 열려 있었는데, 그곳에서 나온 코를 찌르는 고약한 약품 냄새가 복도를 따라 기어가듯 퍼졌다. 소파까지만 가자. 나는 그렇게 생각했다. 소파까지만 가면 누워야지…… 바로 그때 비명 소리가 들렸다.

"저기 그놈들이 왔어!" 누군가 소리쳤다. "늦었어! 저 저주받을 놈들, 늦었다고!"

갈라진 목소리가 들렸다. 아래층 홀에서 사람들의 발소리가 울리고 뭔가 넘어져 굴러가는 소리가 들렸다. 그 순간 어디선가 규칙적으로 윙윙거리는 소리가 어렴풋이 났다. 그때 나는 몸을 돌렸다. 그리고 여기저기 걸려 넘어지면서 지붕으로 나가는 계단으로 달려갔다.

눈으로 덮인 넓은 골짜기가 내 눈앞으로 활짝 열렸다. 나는 강렬한 태양 빛에 눈을 찡그렸다. 하지만 이내 곧게 뻗은 푸르스름한 스키 자국 두 개가 눈에 들어왔다. 스키 자국은 호텔에서부터 비스듬히 시작되어 북쪽으로 향했다. 그리고 그 자국이 끝나는 곳에서 순백의 눈 위에 그려 놓은 것 같은 도망자들의 형체가 또렷이 보였다. 나는 시력 이 아주 좋았기에 그들의 모습을 똑똑히 보았다. 지금까지 도 선명히 기억하는 그 모습은 내가 본 가장 괴상하고 터무 니없는 장면이었다.

대열의 선두에서는 모제스 부인이 겨드랑이에 거대한 검은 가방을 끼고 늙은 모제스를 목말 태운 채 맹렬히 달렸 다. 오른쪽으로 조금 뒤처진 곳에서는 루아르비크를 업은 올라프가 스키를 신고 다리를 고르게 움직이며 따라가고 있었다. 모제스 부인의 풍성한 치맛자락이 바람에 나부끼 고 루아르비크의 텅 빈 소매가 휘적거리는 가운데, 늙은 모 제스는 한시도 쉬지 않고 미친 듯이 여러 갈래의 채찍을 휘 둘렀다. 그들은 인간의 속도를 훨씬 뛰어넘을 정도로 빠르 게 달려갔다. 그런데 측면에서 헬리콥터 한 대가 햇빛을 받 아 프로펠러와 조종석 앞 유리를 번득이며 날아올라 그들 을 가로막았다.

온 골짜기가 윙윙 규칙적으로 울리는 소리로 가득 차 더니 헬리콥터는 전혀 서두를 일이 없다는 듯 천천히 고도 를 낮춰 도망자들의 머리 위를 지나쳤다가 점점 더 고도를 낮추며 기수를 돌렸다. 그동안에도 도망자들은 아무것도 보이지 않고 들리지 않는다는 듯 맹렬하게 골짜기를 달렸 다. 그때 귀를 찢을 듯 울리는 단조로운 윙윙 소리 사이로 새로운 소리가 들렸다. 악의를 가득 품은 다다다다 소리가 들렸다 말았다 했다. 그 소리에 도망자들이 흩어졌다. 다음 순간 올라프가 쓰러져 더 이상 움직이지 않았다. 이윽고 모제스가 팽이처럼 눈밭을 굴렀다. 시모네가 내 멱살을 잡더니 내 귀에 대고 울부짖었다. "봤어? 봤어? 봤느냐고?" 헬리콥터는 움직이지 않는 시신들 위에서 제자리비행을 한후 서서히 하강해 쓰러진 채 움직이지 않는 이들도 아직도기어가려고 버둥거리는 이들도 우리의 시야로부터 감춰버렸다…… 프로펠러의 회전으로 소용돌이치는 눈이 반짝이는 하얀 구름이 되어 깎아지른 듯한 청회색 암벽을 배경으로 혹처럼 피어올랐다. 또다시 혐오스러운 기관총 소리가 울렸다. 알레크는 양손으로 눈을 가린 채 그만 주저앉아버렸고 시모네는 계속 흐느끼며 내게 소리쳤다. "뜻대로됐지? 네 뜻대로 됐어! 멍청한 놈, 이 살인자!"

헬리콥터는 눈구름 속에서 서서히 날아오르더니 몸체를 비스듬히 기울여 눈이 시릴 듯한 푸른 하늘로 솟아올라 산줄기 너머로 사라졌다. 그러자 땅에서는 렐이 푸넘이라도 하듯 울적한 울음을 길게 토해 냈다.

에필로그

    그 사건이 일어난 지도 벌써 20년이 넘었다. 그리고 내가 은퇴한 지도 1년이 되었다. 내게는 손주들이 생겼고 그 아이들에게 이 이야기를 가끔 들려준다. 사실 내 이야기에서 그 사건은 언제나 해피엔드로 끝이 난다. 외계인들은 번쩍번쩍 빛나는 근사한 로켓을 타고 무사히 집으로 돌아갔고, 챔피언의 범죄단은 때맞춰 당도한 경찰에게 일망타진되었다. 이 이야기를 처음 들려줄 때만 해도 외계인들은 지구를 떠나 금성으로 돌아갔다. 나중에 금성에 인류 최초의 탐사대가 착륙하자, 나는 모제스 씨의 행선지를 목동자리로 옮겨야 했다. 하지만 지금 이런 이야기를 하려는 게 아니다.

    일단 사후 보고부터 하자. 병목고개는 이틀 후 눈이 치워졌다. 나는 경찰을 불렀고 그들에게 힌쿠스와 115만 크론, 내가 작성한 상세한 보고서를 넘겼다. 그럼에도 불구하고 수사는 흐지부지 끝나고 말았다. 실제로 마구 파헤쳐진 눈밭에서 500개가 넘는 은제 탄환이 발견되었지만 모든 시신을 수거한 챔피언의 헬리콥터는 흔적도 없이 사라졌다. 몇 주 후 우리 골짜기에서 멀리 떨어지지 않은 곳을 스키로 여행하던 부부 한 쌍이 자신들이 보는 앞에서 헬리콥터 한 대가 삼천처녀호수로 수직으로 추락하는 모습을 목격했다고 신고했다. 수색대가 조직되었지만 흥미를 끌 만한 것은 아무것도 발견되지 않았다. 알려진 바에 따르면 이 호수의 수심은 곳에 따라 400미터나 되고 바닥은 얼음장 같으며 지형이 계속 바뀌었다. 챔피언은 죽은 것이 분명했다. 그게 아니라도 그는 두 번 다시 범죄 무대에 등장하지 않았다. 제 목숨을 부지하는 것밖에 안중에 없던 힌쿠스 덕분에 그의 범죄단은 일부는 검거되었고 일부는 유럽으로 흩어졌다. 수사를 받게 된 악당들도 힌쿠스의 증언에 새롭게 추가할 쓸 만한 증언을 하지 않았다. 그들 모두 바알세불이 마법사거나 심지어 진짜 악마라고까지 믿었으며 자신들의 두목은 감당도 못 할 것을 탐내다 죽었다고 확신했다. 시모네는 헬리콥터에 실은 로봇 중의 한 대에 마지막으로 전원이 들어왔고 닥치는 대로 모든 것을 파괴했다고 생각했다. 매우 신빙성이 있었다. 만약 그의 말대로라면 나는 챔피언의 최후의 순간이 조금도 부럽지 않다……

당시 시모네는 이 사건에 대해 권위 있는 전문가가 되었다. 그는 어떤 위원회를 조직했고 여러 신문과 잡지에 글을 실었고 텔레비전에도 출연했다. 알고 보니 그는 정말로 거물급 물리학자였다. 하지만 이런 지위도 그에게 아무 도움이 되지 않았다. 현재의 막대한 권위도 과거의 공적들도 아무 쓸모가 없었다. 학계에서 그에 대해 어떤 말이 오갔는지 모르지만, 내가 알기로 그는 학계로부터 아무런 지지도 받지 못했다. 그가 조직한 위원회들은 실제로 활동을 했고 우리 모두는 물론 카이사까지 증인으로 불려 갔지만, 학술 저널 어디에도 이 일에 대해 단 한 줄도 실리지 않은 것으로 나는 알고 있다. 위원회들은 해산되었다가 다시 결성되었는데, 미확인비행물체연구협회와 합쳤다가 다시 떨어져 나왔고 그 과정에서 위원회들의 자료들은 정부에 의해 기밀이 되었다가 갑자기 광범위하게 공개되기 시작했으며 사기꾼들이 수십, 수백 꼬여 들어 이 사건 주위를 맴돌더니 얼마 후 날조된 증인들과 미심쩍은 목격자들이 쓴 소책자가 몇 종이나 쏟아져 나왔고 종국에는 시모네와 젊은 과학자들과 대학생들로 구성된 한 줌의 열성적인 추종자들만 남은 채 이 모든 소동이 막을 내렸다. 그들은 병목고개 인근의 암벽을 몇 번이나 등반하며 파괴된 발전소의 잔해를 찾으려고 했다. 이런 등반 중에 시모네가 사망했다. 결국 그들은 아무것도 찾아내지 못했다.

지금까지 서술한 사건의 관련자들은 아직 모두 살아 있다. 얼마 전 나는 국제마술사협회에서 있었던 듀 바른스토크르의 생일 축하연에 대해 읽었다. 그 노인은 이제 아흔 살이 되었다. 그 축하연에는 '축하연 주인공의 매혹적인 조카인 브륜힐드 칸과 유명한 우주선 비행사인 페리 칸 부부도 참석했다'. 힌쿠스는 무기징역형을 살고 있으며 매년 사면 신청서를 쓰고 있다. 수감 초기에 그를 살해하려는 시도가 두 번 있었다. 그는 머리에 부상을 입었지만 간신히 목숨은 건졌다. 그는 요즘 목공예에 푹 빠져서 짭짤한 부수입을 올리고 있다고 한다. 카이사는 결혼을 해 네 아이의 엄마가 되었다. 작년에 알레크를 만나러 갔다가 그녀를 보았다. 그녀는 뮤르의 교외에 살고 있는데 예전 모습 그대로였다. 여전히 통통하고, 여전히 멍청하고 웃음이 많았다. 아무래도 그 모든 비극이 그녀의 의식에 아무런 흔적도 남기지 않은 채 지나쳐 간 것 같다.

나는 알레크와 절친한 친구가 되었다. '행성 간 좀비' 호텔은 번영을 구가하는 중이다. 그 골짜기에는 호텔 건물이 한 채 더 생겼는데, 두 번째 건물은 최신 자재로 지었으며 온갖 최신 전자 기기로 그득해 나는 영 마음에 들지 않는다. 알레크를 찾아갈 때면 나는 항상 옛 방에 묵는다. 그리고 언제나 그러듯이 저녁이면 향신료를 더한 뜨거운 포트와인을 들고 벽난로 방에서 시간을 보낸다. 오, 이 나이가 되니 저녁 내내 포트와인 한 잔이면 충분하다. 알레크는 살이 많이 빠졌고 요즘은 턱수염을 기르고 코는 붉으죽죽해졌지만 여전히 나지막한 저음으로 이야기하기를 즐기고 투숙객들에 대한 농담에도 거리낌이 없다. 그는 여전히 발명을 좋아해 새로운 타입의 풍력 터빈에 대한 발명 특허도 땄다. 그는 이 발명 특허증을 액자에 넣어서 옛 사무실에 있는 옛 금고 위에 걸어 두었다. 두 종류의 영구기관은 여전히 멈춰 서 있다. 문제는 부품이었다. 내가 이해한 바로는, 그의 영구기관이 실제로 영원히 가동되려면 영원히 쓸 수 있는 플라스틱을 발명해야 한다. 나는 알레크의 호텔에서 늘 좋은 시간을 보낸다. 그곳에서 조용하고 아늑하게 지낼 수 있다. 하지만 언젠가 알레크는 만약을 대비해 지하실에 브렌 경기관총을 늘 보관해 둔다고 귓속말로 털어놓은 적이 있다.

아차, 세인트버나드 렐에 대해 알린다는 걸 깜박했다. 렐은 죽었다. 나이를 먹고 늙어 죽었다. 알레크는 이 놀라운 개가 죽기 얼마 전에는 글자를 다 익혔다는 이야기를 즐겨 한다.

이제부터는 내 이야기다. 지겨운 당직을 설 때나 혼자 산책을 할 때, 그저 쉽게 잠 못 이루는 밤이면 나는 수도 없이 그때 있었던 일을 빠짐없이 반추하며 딱 한 가지 질문을 내게 던졌다. 내가 한 행동은 과연 옳았을까? 공식적으로 나는 옳았다. 상부는 내 행동이 상황에 따른 결정이라 인정했다. 다만 경찰이 아닌 다른 부처의 책임자가 내가 그 가방을 빨리 내주지 않는 바람에 그곳에 있는 사람들을 불필요한 위험에 빠트렸다며 나를 가볍게 질책했다. 힌쿠스 검거와 100만 크론이 넘는 돈을 회수한 공을 인정받아 나는 표창을 받았다. 그리고 경감으로 은퇴했다. 그 정도면 내가 기대할 수 있는 가장 높은 계급이다. 나는 이 기묘한 사건에 대한 보고서를 작성하면서 적지 않게 고민을 해야 했다. 나는 공식 문서에서 나의 주관적인 입장을 암시하는 표현을 모두 삭제해야 했으며 결국 그렇게 보고서는 완성되었다. 어떤 경우에도 나는 웃음거리가 되지 않았고 백일몽을 꾸는 사람이라는 평판도 얻지 않았다. 물론 그 보고서에는 진상의 많은 부분이 빠져 있다. 경찰의 공식 보고서에 어떻게 골짜기에서 벌어진 끔찍한 스키 경주를 쓸 수 있겠는가? 감기에 걸려 열이 오를라치면 나는 비몽사몽간에 그 끔찍했던 비인간적인 장면을 자꾸 보고 영혼을 얼어붙게 만드는 쇳소리와 바람을 가르는 소리를 자꾸 듣는다……

그랬다, 공식적으로는 모든 것이 원만하게 끝났다. 사실 동료들이 가끔 재미로 나를 놀리기는 했다. 하지만 악의나 다른 의도가 있어서가 아니라 그냥 웃자고 한 말이었다. 나는 다른 동료보다 즈구트에게 더 많은 이야기를 들려주었다. 그는 쇠처럼 뻣뻣한 털을 긁으며 파이프를 뻑뻑 피우면서 한참을 생각했지만 정작 도움이 될 만한 말은 전혀 해 주지 않았다. 다만 이 이야기를 아무에게도 하지 않겠다고 내게 약속했을 뿐이다. 나는 그 사건에 대해 알레크와 몇 번이나 이야기를 해 보려고 시도했다. 그럴 때마다 그는 단답형으로 대답하며 대화를 회피했다. 그러다 딱 한 번 그가 시선을 피하며 당시 그는 무엇보다 호텔의 안전과 투숙객들의 생명을 지킬 생각뿐이었다고 털어놓았다. 후에 그는 이런 말을 한 것을 부끄러워하며 자신의 고백을 후회하는 기색이었다. 그리고 시모네는 죽는 날까지 나와 단 한 마디도 말을 나누지 않았다.

아마도 그들은 정말로 외계인이었을 것이다. 이 점에 대해 나는 어디에서도, 한 번도 내 개인적인 의견을 표명하지 않았다. 위원회에 불려 갔을 때도 나는 무미건조한 사실과 내가 작성해 상부에 제출한 보고서의 내용을 끝까지 고수했다. 하지만 지금은 거의 의심하지 않는다. 인간도 화성과 금성에 우주선을 착륙시키는 마당에, 다른 존재가 우리 지구에 오지 말라는 법이 없지 않은가? 그리고 외계인이 아니라면 이 이야기에서 남아 있는 불명확한 부분을 전부 말끔하게 설명해 줄 다른 가설을 만들어 낼 방도가 없다. 그렇다면 이 사건은 결국 그들이 외계인인지 아닌지 여부에 초점이 모아질까? 나는 수없이 이 문제를 생각해 봤으며 지금은 이렇게 말할 수 있다. 그렇다, 바로 그 점이 문제였다. 그 불쌍한 외계인들은 덫에 걸린 닭들 신세가 되었고 내가 그들을 대했던 방식은 너무나 가혹했다. 아마도 그들이 잘못된 때에 지구에 와서 만나서는 안 될 사람들과 만난 것이 문제의 발단이었을 것이다. 그들은 하필 악당과 경찰을 만났다…… 모르겠다. 혹시 그들이 방첩 기관이나 군인을 만났다면 어땠을까? 그편이 그들에게 더 나았을까? 설마……

나는 늘 양심이 개운하지 않은데, 그것이 바로 문제다. 그 전에는 이런 적이 없었다. 올바르게 행동했고, 신과 법, 사람들 앞에 한 점 거짓도 없었지만, 양심은 늘 개운하지 않다. 가끔 이 양심의 문제가 견딜 수 없을 정도로 심해질 때면, 그들 중 누구라도 찾아내어 나를 용서해 달라고 간청하고 싶다. 그들 중 누군가가 내가 알아보지 못하는 인물로 위장한 채 사람들 사이를 돌아다닐지도 모른다는 생각, 바로 이 생각에 나는 평온을 누릴 수가 없다. 한때는 아담아담스키협회라는 곳에 들어가기도 했다. 그들에게 상당한 돈을 뜯긴 후에야 나는 그들의 이야기는 죄다 헛소리이며 내가 모제스와 루아르비크의 친구들을 찾는 데 결코 손을 보태 주지 않으리라는 것을 깨달았다……

그랬다. 그들은 잘못된 때에 우리를 찾아왔다. 우리는 그들을 맞이할 준비가 되어 있지 않았다. 우리는 지금도 그럴 준비가 안 되었다. 그 모든 일을 겪고 수도 없이 반추했던 나조차도 지금 또 비슷한 상황과 마주치면 제일 먼저 이렇게 자문할 것이다. '이들의 이야기가 사실일까. 뭔가 숨기고 있지 않을까. 그들의 출현에 거대한 재앙의 씨앗이 숨어 있지 않을까?' 나는 이미 늙었지만, 내게는 자라는 손주들이 있으니 말이다……

내 상태가 몹시 나빠지면 아내는 옆에 앉아 내 마음을 어루만져 준다. 아내는 내가 방해하지 않아서 모제스 일행이 제때에 빠져나갔다 하더라도 결국은 엄청난 비극으로 끝났을 거라고 말한다. 외계인이 도주했다면 악당들은 대신 호텔을 습격해 아마도 그곳에 있던 사람들을 몰살시켰을 것이기 때문이다. 분명히 그랬을 것이다. 내가 직접 아내의 머리에 그런 생각을 심어 줬는데, 이제 아내는 그 사실을 다 잊고 전부 자신이 생각해 낸 것으로 여긴다. 어쨌든 아내의 위로를 받으면 마음은 조금 가벼워진다. 하지만 그것도 오래가지 않는다. 마음의 평화도 시몬 시모네가 죽는 날까지 내게 단 한 마디도 하지 않았다는 것을 기억해 내는 순간 산산조각이 난다. 사실 우리는 여러 번 만났다. 힌쿠스의 재판이 있던 법정에서, 텔레비전 출연 장소에서, 수많은 위원회의 회의에서 우리는 마주쳤다. 하지만 그는 내게 단 한 마디도 하지 않았다. 단 한 마디도. 끝끝내.

후기

    우리는 오래전부터 추리소설을 쓰고 싶었다. 우리 형제는 이 장르의 열렬한 애호가였고 더욱이 영어를 유창하게 구사하는 아르카디는 보다 조예가 깊었다. 그는 렉스 스타우트, 얼 스탠리 가드너, 대실 해밋, 존 르 카레를 비롯해 당시 러시아 독자에게 대중적이지 않은 거장들의 작품들에 정통했다.

    우리가 "정교하고, 플롯이 복잡하면서, 결말이 독창적인 작품을 한번 써 보면 좋을 텐데……"라는 주제의 대화를 나누기 시작한 지 어느새 몇십 년이 되었다. 하지만 우리의 대화는 다시 또다시 무위로 끝났다. 우리에게는 가장 뛰어난 작품 중에서 가장 뛰어난 작품은 말할 것도 없거니와 여느 추리소설에 내재되어 있는 근본적인, 다시 말해 태생적인 흠결이 너무나 훤히 보였던 것이다…… 엄밀히 말하자면 흠결은 두 가지다. 범죄를 일으키는 동기의 빈약함이 첫째고, 아무리 뛰어난 서술도 그 빛을 바래게 하고, 지루하고, 실망스러울 정도로 권태롭고 어설픈 설명이 어쩔 수 없이 따라온다는 점이 둘째다. 생각해 낼 수 있는 범죄 동기는 손으로 꼽을 정도다. 금전 관계나 질투, 비밀 폭로의 두려움, 복수, 사이코패스 등이다…… 그러다 보니 결국에는—묘사된 수사 장면이 아무리 매력적이라고 해도—누가, 왜, 무엇을 위해 범죄를 저질렀는지 명확해지는 순간, 흥미가 뚝 떨어져 버리는 현상을 피할 수 없다.

그런 점에서 우리가 모범으로 삼은 작품이—모방을 위해서가 아니라도 호기심과 즐거움을 주는 작품으로—('추리 장르에 바치는 임종 기도'란 부제가 붙은) 프리드리히 뒤렌마트의 추리소설 『약속 *Das Versprechen*』이었다. 우리는 그와 비슷한 작품이 필요했다. 역설적인 분위기가 느껴지면서 추리소설의 모든 법칙에 따라 추리 독자의 흥미가 뚝 떨어지는 결말 부분에서 예기치 않은 비극적인 반전이 가미된 소설 말이다. 추리 장르에 바치는 또 하나의 임종 기도를 쓰자. 우리가 벌인 수많은 난상공론과 열띤 논쟁, 독자의 골머리를 아프게 할 접근법과 반전이 가미된 줄거리를 쓸 수 있는 가능성을 모색한 끝에 내린 결론이었다. 적어도 몇 년에 걸쳐—조금도 지치지도 않고, 이런 상황을 즐기면서까지 기꺼이—우리는 머리를 맞대고 이 문제를 고민했다. 그런데 이 문제는 우리로서도 의도치 않게 해결되고 말았으니, 『유인도 有人島』의 집필 작업을 마친 거의 직후인 1968년 중

반 (꽤나 심각하게) 어김없이 우리를 찾아온 창작 위기의 결과였다.

솔직히 이 위기는 창작력의 고갈이라기보다 외부 상황에서 비롯되었다. 그즈음 우리가 쓴 번듯한 작품이 당분간은 출간될 가능성이 없다는 사실이 분명해졌다. 당시 우리는 이미 『저주받은 도시』 작업에 착수했지만, 이 작품은 '책상을 벗어날 수 없는' 운명으로—우리에게는 중요하고, 매력적이고, 바라 마지않고, 훌륭한 작품이지만—현실적이고, '속물적인' 의미에서 절대적으로 전망이 없었다. 그러니까 가까운 시일 내에 이 작품으로는 한 푼도 벌 가능성이 없었다. (우리는 서로 돈 세라를 인용해 이렇게 말하곤 했다. "그거 참 조오쿤. 그런데 그쪽 여자들은 어떤지 전혀 모르겠네."* 우리는 속물적으로 굴기로 했다. 이윽고 우리를 팔지, 문학은 완전히 포기할지, 속물적인 사람이 되어 글을 잘 쓰는 법을 궁리해 보되 돈을 위해서 할지 결단을 내려야만 하는 시간이 찾아왔다.)

그 무렵의 일기에는 우리 형제가 흥미로운 책을 쓰려고 다분히 매력적이면서 동시에 눈을 부릅뜨고 경계하는 이데올로기의 케로베로스를 잠재우거나 속일 수 있을 정도로 '수수한' 테마를 찾기 위해 고군분투한 흔적이 고스란

---

* 현대문학 「스트루가츠키 형제 걸작선」 『신이 되기는 어렵다』 125쪽 참고.

히 남아 있다.

어디 모로 보나 『인간과 신』은 인류의 지성-반지성을 규명할 목적으로 인류를 연구하는 초문명과의 직접적인 접촉을 다루는 소설이다. 자신이 과학 연구의 대상이라는 사실을 느닷없이 알게 된 인류의 비극에 관한 소설. 전에도 후에도 몇 번 이야기를 했지만 결국 쓰지 않게 된, 거대한 충격$^{\text{Big Shock}}$에 관한 소설.

68/12/14 '아르카디가 레닌그라드에 왔다. 『인간과 신』에 대해 고심하고 『크라켄의 날』을 구상했다.' 오래전부터 우리가 천착해 온 주제인 두족류와 인간의 충돌. 이 두족류는 인간의 뇌에 직접적인 영향을 미치는 능력을 휘두르는 고대의 존재로 그 크기가 어마어마하며 거의 불멸을 누린다. 그 무렵에는 구상이 잘 끝나 일부지만 크라켄을 소재로 한 글을 쓰기까지 했다. 그 글에서 크라켄은 모스크바에 위치한 과학 연구소를 침입해 그곳의 연구원 전원을 저열한 목적을 달성하기 위해서라면 피도 눈물도 없는 냉혹한 이기주의자로 바꾸어 버린다. 새로 쓴 『크라켄의 날』에서는 어느 바닷가에서 사건이 벌어진다. 그 바닷가에 사는 어부들이 언제부터인가 같은 꿈을 꾸더니 (자신들로서도 놀랍게) 서로에게 고전을 낭독해 주기 시작했다. 이 소설에는 서적 행상인인 페테르 글렙스키, 교사인 츠비리크, 국경 수비대 해군 소위인 라

시바, 통역인 힌쿠스, 젊은 여성인 구타 등의 인물이 등장했다. 그 외에도 노파 미를과 모제스, 이스하크, 이오제프, 게로시, 츠미크, 슈하트, 즈구트 등이 나왔다. 익숙한 이름이 많지 않은가? 하지만 새『크라켄의 날』의 집필 작업은 더 이상 진행되지 않았다.

68 / 12 / 16 　『크라켄의 날』의 구상은 접었다. 대신『지루한 시시한 일들』의 구상에 들어갔다. "지루한 시시한 일에 신을 끌어들이는 일이 나를 짓눌렀다……"(막심 고리키,『세상 속으로』* 중에서)' 이런 구상으로부터 남은 것은 자세하게 그린 지도 한 장이었다. 그 지도에는 어떤 공장과 그 공장에 딸린 작은 노동자 마을, 공동 목욕탕이 있는 소도시, 강을 가로지르는 철로 등이 들어서 있었다…… 줄거리는 전혀 기억나지 않는다. 게다가 지루한 시시한 일은 왜 나오며, 꼼꼼하게 기록해 놓은 이 '군나르 보게센, 알레크(알렉산드르) 페칼라, 바른(바른스토크르) 루아르비크, 카이사 스네바르스키……' 같은 이들이 누군지도 마찬가지로 다 잊었다.

　그런데 이런 기록도 남아 있었다. '이런 내용의 소설 : 우리가 전지전능한 힘을 가졌다면 무슨 일을 하려고 하건 다 할

---

* 『어린 시절』『세상 속으로』『나의 대학』을 아울러 고리키의 '자전적 3부작'이라 한다.

수 있게 허용되나?(장 로스탕)―피에레타 사르텐의 글에서.'
대체 피에레타 사르텐이 누구인가? 기억이 없다. 장 로스탕
은 무엇을 염두에 둔 것일까? 짐작만 할 수 있을 뿐이다. 단
편적인 문구들. '그들은 행복의 분위기를 추구한다. 어쩌면,
인간 형상의 로봇들(더없이 행복한 사람들, 검은 사람들, 악취를
풍기는 사람들)이 바람을 이뤄 준다?' 이렇게 뚝뚝 끊어지는
구절 같은 재료는 하다못해 줄거리의 사슬을 구성하는 연결
고리조차 기억에 되살리지 못할 정도로 보잘것없다. 애초에
완성된 형태의 사슬이 존재한 적도 없을 것이다.

69/01/11 '코마로보*'에 왔다. 오랫동안 머리를 쥐어짰다.
마침내 떠올랐다. 두 번째로 새로 사는, 사람과 우주기업조
합에 스카우트된, 사람. 하지만 모두 기각되었다. 우리는 브
니브를 잠시 작업했다.'

『우주기업조합에 스카우트된, 사람』은 플롯이 거기서
완전히 막혀 버렸을 것이다. 그래서 기억이 전혀 남아 있지
않다. 단 하나의 기억도. 단 하나의 실마리도.
　『두 번째로 새로 사는, 사람』은 이야깃거리가 많아 줄
거리를 풍요롭게 풀어 나갈 수 있는 씨앗 같은 구상인데,
여기에서부터 몇 년 후 S. 야로슬랍체프란 필명으로 발표
한 『니키타 보론초프의 생애에 관한 자세한 이야기』라는

소설이 완성되었다.

그런데 앞에서 언급한 브니브^{ВНИВ}는『흥미로운 우리 시대에^{*В наше интересное время*}』**를 가리키는 것으로 페테르 글렙스키 경위에 대한 판타지 추리물에 처음으로 붙인 제목이었다.

우리의 추리소설은 가볍고 열띤 분위기에서 집필되었다. 호텔의 도면을 그리는 작업이며 누가 어디에 묵는지 정하는 과정은 혼을 쏙 빼놓을 정도로 흥미진진했다. 게다가 특정한 시간에 누가 어디에 있었으며 무엇을 하고 있었는지 정하는 타임라인을 구상하는 작업도 그에 못지않게 매력적이었다…… 서술의 신빙성은 소설을 구성하는 세 마리 고래의 하나이자 의심의 여지 없이 추리소설의 거대한 거북이다. 우리는 두 번에 걸쳐 초고를 완성하고 단번에 다듬었다. 1969년 4월 19일 소설이 완성되었다. 6월에는 글빚을 털어 냈다는 홀가분한 마음으로 (적어도 1년은 이 소설로 버틸 수 있으니까)『저주받은 도시』작업으로 돌아갔다.

그렇다고 해서 우리가 결과물에 완전히 만족했다고는 말할 수 없다. 우리는 우리의 추리소설을 일종의 문학적 실

---

* 상트페테르부르크와 가까운 레닌그라드주 핀란드만 인근의 코마로보 마을을 가리킨다. 소련 시절 이곳에는 문학재단이 작가들의 창작을 지원하기 위해 운영했던 '창작의 집' 중 하나가 있었다.

** 1993년 '텍스트' 출판사에서 처음 출간되었다.

험으로 간주했다. 우리의 구상대로라면 독자는 소설 속 사건을 처음부터 평범한 '밀실 살인'으로 인식해야 한다. 그러다가 전통적인 추리소설에서 사건의 설명이 이루어지면서 자연스럽게 흥미의 저하를 유발하는 끝에 가서야 전혀 예상하지 못한 반전을 목격해야만 했다. 이 반전이란, 하나의 이야기 줄기가 뚝 끊어지고 완전히 새로운 줄기가 시작되는 것이다. 이 새 줄기는 그 자체로 흥미로우며 완전히 다른 주제와 다른 문제를 보여 주어야 한다. 심지어 등장인물이 달라질 수도 있다……

결론을 말하자면, 그런 구상은 좋았지만 실험은 실패였다. 우리는 마지막 마침표를 찍는 순간 그 사실을 깨달았다. 하지만 더 이상 뭘 어떻게 할 수도 없었다. 작품을 새로 쓸 수는 없었다. 우리가 대충 썼거나 어설프게 썼기 때문이 아니었다. 문제는 우리 형제 아르카디와 보리스 스트루가츠키가 오래전부터 내려온 규범을 스스로 허용한 방식으로 깰 수 없다는 데 있었다. 실험은 실패했다. 왜냐하면 애초에 성공할 수 없었기 때문이다. 결코. 아무리 애를 쓰고 머리를 굴려도. 우리는 어쨌든 읽어 보니 매력적이었으며, 수많은 여타 작품들에 비해 못하지 않다는(어쩌면 더 훌륭할지 모른다는) 생각을 위안으로 삼을 수밖에 없었다.

이런 생각으로 쓰린 마음을 달랜 후 우리는 우리가 쓴 추리소설의 제목을 바꾸었다. 이제 소설의 제목은 『살인 사건, 추리 장르에 바치는 또 하나의 임종 기도』가 되었다. 그런 후에 출판사마다 이 소설을 보냈다. 그즈음 또 다른 달갑지 않은 깜짝 선물이 우리를 기다리고 있었다. 우리는 내심 무난하고 엔터테인먼트의 요소도 짙으며 도덕성까지 겸비한 괜찮은 소설을 썼다고 자부하고 있었다. 선임 편집자들이 앞다투어 우리 손에서 이 원고를 빼앗으려 들 것이라고 말이다. 아, 그런 일은 일어나지 않았다! 우리는 자신이 어떤 시절을 사는지 잊었다. 앞에서 언급한 편집자들이 우리의 성을 들으면 망연자실해한다는 사실도, 순전히 본능적으로 우리와 가까이하고 싶어 하지 않는다는 사실도 알아차리지 못했다. 생각은 고사하고 가급적 읽지도 않고, 함께 일을 하지 않으려 한다는 사실을 말이다. 그들은 바로 그렇게 했다.

　알고 보니 우리 작품은 정치적이지도 않고 현실과 멀리 떨어져 있었다. 알고 보니 선임 편집자들은 소설 속 투쟁의 부족으로 고생하고 있었다―계급투쟁과 평화를 위한 투쟁, 이념 투쟁, 아무튼 투쟁이 부족했다. 글렙스키 경위의 스스로와의 싸움은 투쟁으로 쳐주지 않았다. 그 정도로는 충분하지 않았다. 소설은《네바》《오로라》《건설 노동자》잡지의 편집국 구석에서 먼지를 뒤집어쓰는 신세가 되었다. 이 소설은 시나리오로 각색되었지만 그 상태로 렌필름*에서 같은 신세가 되었다. 어디를 가나 윗선에서는 비정치적이며 비현실적인 면에 대해 불평을 해 대면서 (드물게 호의적인 곳에서는!) 하다못해 야만스러운 갱단 대신 신나치주의자들을 넣어 달라고 부탁하기도 했다. 우리로서는 도저히 그러고 싶지 않았다. 우리가 범죄 집단보다 신나치주의자를 더 아끼기 때문이 아니었다. (영리하지 못한 외계인 모제스를 속이는) 신나치주의자들에게서는 코를 쥐게 만드는 정치색이란 악취가 뿜어져 나오는 것만 같았기 때문이다. 한편 범죄 집단은 말 그대로 범죄 집단이다. 아프리카에서도 범죄 집단은 범죄 집단이며, 미국에서도, 유럽에서도, 오늘도, 어제도, 내일도 범죄 집단은 범죄 집단일 뿐이다. 그들에게서 우리가 포착해 내는 감각은 시시콜콜한 현실의 삶이지 국제 정세가 아니다.

결국 《청춘》 잡지와 일을 진행하는 과정에서 우리는 뜻을 굽혔다. 내키지 않았지만 범죄 집단을 신나치주의자로 바꾸어 썼다. '옜다, 받으쇼.' 고분고분하게 나가자 그 보답으로 잡지 측은 아예 소설의 제목도 바꿔 달라고 했다. 그쯤 되니 우리는 이제 아무래도 상관이 없어졌다. 그렇게 해서 나온 제목이 『**죽은 등산가의 호텔**』(부제도 빼 버렸다)로 새로운 형태의 추리소설을 써 보려고 했던 전문적인 공상가들의 실패한 실험이었다.

(후에 '데트기스'[국립아동문학출판사]에서 이 소설을 발표하면서 우리는 본문에 범죄 집단을 되돌려 넣었다. 대신 열렬한 금주

운동에 발목이 잡혀 이번에는 아동서에서 전반적인 '성인의 분위기'와 특히 음주에 관련된 부분을 교정하기 위한 한 치의 타협도 없는 투쟁을 거쳐야 했다. 그 투쟁의 결과 글렙스키 경위는 이 판본에서는 무지막지하게 커다란 잔으로 블랙커피를 마시게 되었다. 원래 원고에서 뜨거운 포트와인을 마셨던 바로 그 잔으로 말이다.)

보리스 스트루가츠키

---

* 러시아에서 가장 오래된 영화 제작사로, 상트페테르부르크에 있다.

해제

1

"누구나 자신이 가질 만한 모습을 하는 법이죠." 혹은 이를 달리 표현한다면, 포위된 '죽은 등산가' 호텔 내부로부터 울리는 "루아르비크 L. 루아르비크!"란 비애에 찬 외침은 차라리 알프스에 사는 종도 명확히 밝혀지지 않은 펭귄이 짝짓기 할 짝을 부르는 소리인 편이 나았을 것이다. 그런데 이 루아르비크 씨는 누구인가? 우리는 지독한 사건에 대한 그의 해명을 믿어야 할까? 아니면 최면술사/바이크 애호가를 믿을까? 물리학자는 어떨까? 확실히 과학자는 마술사보다 객관적일 테니까! **다만 그저 뛰어난 상상력이 가미된 허위일지 모르는 초자연적인 사건과 마주친 것이 아닌지 당신은 어떻게 확신할 수 있는가?** 이것이 바로 당신이 지금 손에 쥐고 있는 소설의 화자로 진지하지만 가끔은 헛발을 짚는 페테르 글렙스키 경위가 직면한 딜레마다. 불쌍한 사람. 그는 가족과 잠시 떨어져 호젓한 휴가를 보내고 싶었을 뿐이거늘. 그러기는커녕 범죄 사건을 해결하는 것은 물론이고 한 가지 현실을 다양한 가설로 분석하기까지 해야 한다. 두고 온 일상에서 그는 '공직자 범죄, 횡령, 사기, 국채 위조'를 담당하는 형사다. 엄밀히 말해…… **살인 사건**은 그의 담당이 아니다. 형이상학은 말할 것도 없고!

또한 눈사태! 영혼! 심술궂은 장난! 밤마다 주위를 배회하는 수많은 것들도!

당황스러운가? 당황하지 마라! 대신 영화 〈살인 무도회 Clue〉*와 영국의 수많은 슬랩스틱 미스터리 코미디 영화를 생각해 보라. 어쩌면 〈환상 특급 The Twilight Zone〉**이 실마리가 될 것이다. 왜냐하면 사람들은 누구나 자신이 가질 만한 모습을 할 뿐만 아니라 고전이 된 SF『노변의 피크닉』에 나오는 금지 구역을 창조한 스트루가츠키 형제가 이『죽은 등산가의 호텔』에서 독자 모두에게 그들이 가질 만한 모습을 선사하기 때문이다 ― 풍미를 돋우기 위해 시한폭탄이 될 만한 장치까지 더해서 말이다.

나는 부조리와 블랙 유머를 통해 러시아 문학에 입문했다. 미하일 불가코프의『거장과 마르가리타』와 니콜라이 고골의『코』를 읽은 경험이야말로 내 청춘을 관통하는 중요한 경험이다. 표준적이고 흔해 빠진 현실은 이런 종류의 소설적 방정식에 끼워 맞출 수 없다.『거장과 마르가리타』에서 악마의 고양이가 부패한 사업가에게 말을 건다. 사업가가 한동안 그 고양이와 언쟁을 하다가 문득 '내가 지금 말하는 고양이와 말싸움을 하고 있잖아!'라고 깨달을 때 우리가 보는 모습은 가장 세련되게 이루어지는 다른 종과의 의사소통이 아니라 모든 소설을 통틀어 고전이 된 가장 부조리한 장면의 하나인 것이다. 블라디미르 나보코프의 작품에서조차 종종 이런 특징을 목격할 수 있다. 내가 흠모하는 작품―러시아 문학이건 아니건―에서 거듭 이런 부조리가 등장하는 이유는 그런 부조리함이 우리의 삶에서 벌어지는 비논리적인 순간을 받아들이기 때문이다. 우리가 계속 억누르려고 하는 내적인 모순을 인정하기 때문이다. 내적모순이 자꾸 쌓이다 보면 언젠가 희극이나 비극이 발생한다. 더불어 예측할 수 없는 상황도 벌어진다. 소설에서 내적모순이 비현실적이거나 환상적인 것으로 흘러들면 밋밋한 일상의 감각 속에서 우리가 현실이라고 아는 것이 정신적으로 확장된다. 우리가 그것을 인정하건 아니건 상관없이 말이다.

* 매카시즘이 한창이던 1954년 뉴잉글랜드의 어느 고립된 대저택의 만찬에 초대된 여섯 명의 손님. 저마다의 비밀 때문에 협박받던 이들, 그리고 대저택의 집사와 일곱 번째 손님 사이에 벌어지는 광란의 살인과 공포를 다룬 조너선 린 감독의 1985년 작.
** 1959~1964년 다섯 시즌에 걸쳐 미국에서 인기리에 방영되었던 유명 호러 – SF – 판타지 – 스릴러 텔레비전 시리즈.

글렙스키가 자신이 '공무 수행'을 해야 한다고 화를 낸다면, 그것은 그의 평범한 업무 시간에 만나는 비논리성과 부조리가 휴가를 가면 중지되리라고 기대한 탓도 어느 정도 있을 것이다. 세상은 그렇게 돌아가지 않는다―현실은 구멍이 숭숭 뚫려 있으며 기이하다. 그래서 우리는 그곳에서 좀처럼 도망칠 수 없다.

『죽은 등산가의 호텔』에서는 실마리가 모이지 않고, 사람들이 비이성적으로 행동하고, 말도 안 되는 도플갱어가 늘어나는데도 형사는 자신이 안다고 생각하는 것보다 아는 게 별로 없을 때, 바로 그때 가장 빼어난 순간이 등장한다. 설명을 글로 쓰기는 어렵다. 하지만 이 세상에서 진실로 받아들여질 납득할 만한 미스터리를 만들어 내기란 더욱 어렵다. 스트루가츠키 형제는 이런 이야기를 호텔의 주인인 알레크 스네바르의 입을 통해서 훌륭하게 전달한다. 그는 글렙스키에게 이렇게 말한다. "이미 잘 아는 것보다 미지의 것이 얼마나 더 흥미진진한지, 글렙스키 씨는 모를 리 없으시겠죠? 미지의 것은 상상력에 불을 지피고, 혈관을 따라 피가 더 빠르게 돌게 하고, 놀라운 환상을 낳고, 약속하고, 유혹합니다. 미지의 것은 한밤의 칠흑 같은 심연 속에서 반짝이는 작은 불꽃과 비슷하죠."

이런 주장을 뒷받침하는 부분이 이 소설에서 줄을 서서 샤워를 기다리는 장면이다. 이 장면은 다른 소설에서 그려진 비슷한 장면보다 훨씬 뛰어나다. 단순히 이런 장면이 소설에 그리 많지 않기 때문만은 아니다. 글렙스키가 계속 기다릴지 말지 마음을 정하기 위해 구슬처럼 이어 나가는 생각의 타래는 망설임의 사랑스러운 작은 몽상이다. 그가 샤워장 **안에서** 뭔가 기이한 일이 벌어지고 있음을 깨닫는 순간은, 자신의 생각에 폭 젖어 있으므로 우스꽝스러우면서 으스스하다. '가만히 서 있는다, 이 말이 떠올랐다. 마시지도 먹지도 않고, 흔적만 남긴다.'

'그'는 아마도 죽은 등산가다. 스네바르가 창조했고 호텔의 투숙객들조차 전설 같은 이야기를 사실로 만드는 데 공범이 되어 버린 흥미진진하고 복잡한 신화 속 인물 말이다. 죽은 등산가의 영혼과 그가 죽은 후에도 호텔에서 살고 있는 개가 지성을 가졌다는 뉘앙스는 소설 첫 부분에서 독자에서 즐거움을 주는 두 가지 요소다. (이 두 가지는 글렙스키가 마술사의 조카의 성별을 알아내려고 유난히 집착하는 모습과 진부한 캐릭터인 문란한 메이드의 등장에서 느껴지는 불쾌한 어색함을 상쇄시켜 준다.)

스트루가츠키 형제는 분명히 좋아서 이런 장면들을 썼을 것이다. 그들은 이야기에 대한 이야기들을 무궁무진하게 만들어 내는 것도 좋아했다. 그런 장면들을 무대에 올려서 풀어 나가는 솜씨—인간의 상호 관계에서 드러나는 기벽을 표현하는 재주—는 보석 세공사처럼 정밀했다. 여기서 열쇠는 장면을 풀어내는 방식이다. 어설픈 손에 쓰였다면 호텔의 주인장이 풀어놓는 죽은 등산가의 전설은 생기를 잃고 칙칙해졌을 것이다. 형편없는 솜씨로 쓰였다면, 『죽은 등산가의 호텔』 내내 등장하는 거의 **소음이 제거된** 장난들은 서글프고, 납득할 수 없고, 사회적으로 용인되지 못했을 것이다. 이런 종류의 작품을 무대에 올리기는 쉽지 않다. '금지 구역'의 내적 논리를 보이기 위해 들이는 공만큼, 탁구공처럼 대화를 주고받는 경위가 여러 용의자들에게 질문을 하기 위해 복도로 나가는 시간을 맞추는 데도 똑같이 공을 들여야 한다. 작가에게는 어떤 밀실이건 독특한 도전이다. 당신이 호텔 직원들 사이의 기인이나 호텔의 투숙객들 사이에 더 깊이 숨은 기인 같은 고전적인 요소에 대한 이야기를 만들어 내는 중이라면 당신의 성공은 독창성보다 글의 명징함에 달려 있다.

샤워장 앞에서의 기묘한 순간. 사라진 시계. 뭔가가…… 든 여행 가방? 하나로 모인 이런 요소들이 우리의 상상력—가장 빛날 것 같은—을 포착할 때는 미스터리적인 때일까? 아니면 모든 설명이 이루어졌을 때일까? 대체로, 해답이 없는 미스터리를 독자는 비논리적이라 생각한다. 한편 SF에서는 뚜렷한 해석이 주어지리라는 기대가 없다.

눈사태가 일어나 외부 세계와 단절되면 이제 당신과

등장인물들밖에 없다. 그리고 어떤 의미로는 당신이 이야기를 어떻게 해석할지 선택해야 한다.

2

    작가에게는 누구나 자신의 경계가 있다. 그들이 글을 쓰며 맞서야 하는 제약이자 그들이 독자들에게 인식되는 방식이기도 하다. 스트루가츠키 형제의 경우, 그들이 발전하는 역사적 맥락이 자동적인 장애물을 만들었다―우리 같은 영어권 독자들과 그들 형제처럼 억압적인 체제하에서 존재하는 사람들 모두에게 말이다.

    아르카디 나타노비치 스트루가츠키(1925~1991)는 바투미에서 태어났지만 레닌그라드에서 성장했다. 1942년의 레닌그라드 봉쇄전을 제외하면 평생 한 번도 그곳을 떠나지 않았다. 그는 소련군에 복무했으며 군사언어학교에 들어가 일본어와 영어를 유창한 수준으로 익혔다. 1955년부터 글을 썼으며 1958년에는 동생과 협업을 시작했다. 형인 아르카디와 달리 보리스 스트루가츠키(1933~2012)는 봉쇄 기간 동안 레닌그라드에 있었으며 후에 천문학자 겸 컴퓨터 엔지니어가 되었다. 형제는 작가로서 활동하는 동안 러시아 SF에서는 물론이고 러시아 문학 전반에서 상징적인 존재가 되었다. 물론 유명세는 대체로 유럽에서 얻었다. 형제는 미국에서는 명성을 얻지 못했다.

스트루가츠키 형제에게 문학적인 영향을 끼친 사람으로 스타니스와프 렘이 있다. 그는 풍자나 사회적 해석을 많이 썼는데, 그의 글은 재미있다기보다 뛰어난 관찰력이 돋보였다. 그런데 문학만 문학적인 영향을 미치는 것은 아니다. 레닌그라드 봉쇄전은 제2차 세계대전 중에 벌어진 가장 야만적인 사건의 하나였다. 당시 아르카디가 레닌그라드에서 빠져나간 일은 일종의 비극임에 틀림없었다. 그 비극은 형제의 아버지가 사망하는 것으로 막을 내렸다. 비록 형제가 전쟁 중에 일어난 최악의 상황을 직접 겪지 않았다고는 해도 그들 주위에서 벌어지는 기아와 절망적인 행위까지 아무 영향을 끼치지 않았을 리 없다. 당대의 양심적인 작가들처럼 그들 역시 소련 당국의 검열로 고생을 했다. 게다가 일부 작품은 소련이 붕괴한 후에야 비로소 출간되었다. 그들의 소설을 보면 미래와 인류를 바라보는 비교적 낙천적인 시각은 세월이 흐르면서 디스토피아와 소외, 인간 제도에 대한 일반적인 냉소주의에 자리를 내주게 된다.

『죽은 등산가의 호텔』이 나온 지 고작 2년 후 스트루가츠키 형제는 전설이 된 『노변의 피크닉』을 출간했다. 이 소설은 후에 안드레이 타르콥스키 감독에 의해 〈잠입자〉라는 영화로 제작되었다. 『죽은 등산가의 호텔』과 『노변의 피크닉』은 이 이상 다를 수 없을 정도로 다르다.『노변의 피크닉』은 상징적인 책의 모루고『죽은 등산가의 호텔』은 시간과 부조리가 섬세한 거미줄처럼 엮여 있다.『노변의 피크닉』은 스트루가츠키 형제가 창조한 SF 색 짙은 작품군에 완벽하게 어울린다. 한편『죽은 등산가의 호텔』은 재미있는 스탠드 얼론처럼 보인다 ― 형제가 무엇보다 순수한 유희를 제대로 평가하려고 쓴 남은 작품들 중에서도 단연 말이다.

그렇다면『죽은 등산가의 호텔』은 정확히 어떻게 등장하게 되었을까? 러시아에서 1999년 출간된 보리스 스트루가츠키의 짧은 회상록『지난 일들에 관하여』에서 그는 형제가 렉스 스타우트, 얼 스탠리 가드너, 대실 해밋, 존 르카레 등의 유명 작가들에 대한 깊은 조예를 바탕으로 한동안 추리소설을 쓰고 싶어 했다고 밝혔다. 그들은 추리소설이라면 피할 수 없는 '태생적인 흠결'을 인식하고 있었다. '범죄를 일으키는 동기의 빈약함이 첫째고, 아무리 뛰어난 서술도 그 빛을 바래게 하고, 지루하고, 실망스러울 정도로 권태롭고 어설픈 설명이 어쩔 수 없이 따라온다는 점이 둘째다. 생각해 낼 수 있는 범죄 동기는 손으로 꼽을 정도다. […] 누가, 왜, 무엇을 위해 범죄를 저질렀는지 명확해지는 순간, 흥미가 뚝 떨어져 버리는 현상을 피할 수 없다.'

그래서 형제는 얼핏 기발해 보이는 겉모습 아래에 '역

설'이 살아 있으며 예기치 않은 반전으로 마무리되는 서사를 만들어 내려고 애를 썼다. 외부의 압력—즉, 소련의 검열—으로 작가의 위기를 한창 겪는 중이던 1968년에 형제는 해결책을 생각해 냈다. '글을 "잘" 쓰는 법을 궁리해 보되 돈을 위해서' 쓰는 것으로. 융통성이 없는 미스터리 장르의 규칙 탓에 그 노력이 소용이 없었음을 훗날 보게 되었지만 말이다. 밀실 미스터리가 아니었던 밀실 미스터리. 뭔가 다른 것이 되어 버리는 후더닛. 나중에 그들이 어떤 의구심을 품었든 두 사람은 『죽은 등산가의 호텔』을 쓰는 작업이 '몹시 즐겁다'는 사실을 깨달았다. 그리고 그 즐거움은 오늘의 독자에게로 전해진다.

　　같은 회상록에서 보리스는 원제가 '살인 사건, 추리 장르에 바치는 또 하나의 임종 기도'였던 『죽은 등산가의 호텔』을 출간하는 데 아무 문제가 없으리라고 생각했던 이야기를 술회한다. 그러나 자신들의 기대가 완전히 빗나가자 깜짝 놀라고 만다. 그렇게 된 것은 의심을 불러왔던 예전의 이데올로기적 '비행非行' 탓이었다. '알고 보니 우리 작품은 정치적이지도 않고 현실과 멀리 떨어져 있었다. 알고 보니 선임 편집자들은 소설 속 투쟁의 부족으로 고생하고 있었다—계급투쟁과 평화를 위한 투쟁, 이념 투쟁, 아무튼 투쟁이 부족했다.'

　　그 결과 마침내 소설이 출간되었을 때는 범죄 집단이

신나치주의자들로 바뀌어 있었다. 이런 개작을 스트루가츠키 형제는 몹시 탐탁하지 않게 여겼다. 후에 『죽은 등산가의 호텔』이 아동서로 출간되었는데 이번에는 또 다른 수정을 해야 했다. 당시 아동서에서는 음주를 언급할 수 없었기에 글렙스키는 데운 포트와인 대신 커피를 마셔야 했다. (나중에 이 소설은 비디오게임과 러시아 영화*로도 제작되었다.)

이 형제가 아무리 범죄소설에 영향을 받았다 해도 SF가 깃든 그들의 영혼은 모든 과도적 공간에 깃들인 어떤 종류의 긴장이든 즐기고 마는 소설인 『죽은 등산가의 호텔』 속 눈 덮인 장후들 위에서 뭉근하게 빛난다. 설명을 원하는 미스터리와 수수께끼를 모호하게 혹은 부연 설명 없이 놓아두기를 원하는 SF. 아직도 탐험한 적 없는 미지의 지평이나 인간 이해의 한계. 나는 형제가 두 가지 명분─질서에 대한 명분과 무질서에 대한 명분─을 하나씩 나누어 옹호하고, 드잡이 끝에 비로소 둘 사이에서 필요한 균형이 만들어지는 모습이 눈에 선하다.

소설의 앞부분, 그러니까 글렙스키와 호텔 주인이 눈사태로 세상으로부터 고립되기 전, 호텔 주인은 글렙스키에게 이렇게 말한다. "하지만 일단 아는 것이 되어 버리면

---

* 정확히 말해서 러시아가 아니라 소비에트 에스토니아에서 1979년 그리고리 크로마노프 감독에 의해 영화로 만들어졌다.

밋밋하고 단조로워지고 무미건조한 일상이라는 배경과 구별이 안 될 정도로 그 안으로 스며들어 버리죠."

아주 오랫동안 스트루가츠키 형제는 이 소설을 복잡하고 재미있고 역동적인 것으로 만들기 위해 노력을 아끼지 않았다.

지금 당신은 죽은 등산가의 호텔에 막 발을 들여놓으려 한다.

당신은 당신이 말한 그대로의 사람인가?

당신은 당신이 말한 그대로의 **무엇**인가?

글렙스키가 당신의 방문을 두드린다면 그에게 정확히 무슨 말을 할 텐가?

제프 밴더미어

옮긴이의 말

실패한 실험이자 성공한 소설,
『죽은 등산가의 호텔』

여기 한 남자가 있다. 그의 이름은 페테르 글렙스키. 연령은 정확히 알 수 없지만 '현대에 들어 인간의 가장 큰 재앙이 고독과 소외'란 말을 하는 정도의 아들이 있다고 하니 중년은 확실할 것이다. 직업은 경찰. 담당하는 범죄는 '공직자 범죄, 횡령, 사기, 국채 위조' 등 본인의 표현을 빌리자면, 동료인 강력계 즈구트 경위에 비해 '지루한 분야'다. 지루한 분야에서 지루한 수사를 지루할 정도로 성실하게 수행해 온 페테르 글렙스키는 지금 지쳤다. 중년의 위기 같은 거창한 문제는 아니다. 그저 언제나 똑같이 반복되는 생활이 조금 지겨워져 잠시 벗어나고 싶을 뿐이다. 그래서 2주 휴가를 받았고 친구 즈구트 경위가 추천한 깊은 산속에 있는 '죽은 등산가' 호텔에서 휴가를 보내기 위해 왔다. 간절히 원하는 것이 있으면 우주는 그 소원을 들어준다고 한다. 하지만 우주는 그 소원을 엉뚱하게 이해해 버리기도 한다.

처음에는 모든 것이 순조로웠다. 호텔은 아늑하고 휴가 기간 동안 스키는 원 없이 탈 수 있을 정도로 건강도 체력도 양호하다. 투숙객으로는 국제적인 명성을 얻고 있는 마술사(날카로운 페테르의 코는 그에게서 탈세의 냄새를 맡는다)와 중성적인 매력(이라고는 하지만 남자인지 여자인지 확실하지 않다)을 풍기는 마술사의 조카, 국제적인 명성을 얻고 있는 물리학자(지만 유머 감각과 웃음소리는 지독하다), 어마어마한 부를 소유한 상인이라고 자신을 소개한(그러나 뭐가 되었든 상인만은 아닌 것 같다) 갑부와 그 부에 맞먹을 미모의 소유자인 그의 아내뿐이다. 그리고 언제나 투숙객이 도착하면 죽은 등산가의 전설을 들려주며 오싹하게 만드는 호텔 주인 스네바르. 약간 아둔하고 남자의 꼬드김에 약하지만 메이드로서는 뛰어난 호텔 직원 카이사. 죽은 등산가와 함께 이 호텔에 왔지만, 주인인 등산가가 조난 사고로 목숨을 잃은 후에도 계속 호텔에서 살고 있는 세인트버나드 렐. 평화롭기만 했던 호텔을 혼란으로 몰고 들어간 장본인이라 할 수 있는 올라프, 힌쿠스, 루아르비크. 아울러 추리소설이라면 빠질 수 없는 밀실. 원인 불명의 눈사태로 '죽은 등산가' 호텔과 세상을 이어 주는 유일한 통로인 병목고개가 막혀 호텔은 완벽하고도 거대한 밀실이 된다. (헬리콥터가 없다면) 아무도 호텔까지 들어올 수도 나갈 수 없다. 마침내 훌륭한 추리소설의 조건이 모두 갖추어졌다.

옮긴이의 말

「후기」에서 보리스 스트루가츠키가 밝혔다시피, 형제는 추리소설의 열렬한 독자였지만 이 장르에 조예가 더 깊은 쪽을 꼽으라면 형인 아르카디였다. 아르카디는 군사언어학교에서 영어와 일본어를 유창한 수준으로 익혔고 이를 바탕으로 영어권의 추리소설을 다양하게 접했다. 그는 나쓰메 소세키와 아베 고보 같은 일본 작가의 작품을 번역했다고 하니 분명히 마쓰모토 세이초나 요코미조 세이시의 작품도 읽지 않았을까 싶다. '렉스 스타우트, 얼 스탠리 가드너, 대실 해밋, 존 르 카레를 비롯해 당시 러시아 독자에게 대중적이지 않은 거장들의 작품들에 정통했다'는 것으로 미루어, 아르카디 스트루가츠키는 고전 추리소설부터 하드보일드, 스파이물까지 장르물을 섭렵한 것으로 보인다. 작가인 형제가 똑같이 추리소설을 좋아하니 추리소설을 써 보고 싶은 것은 당연한 마음일 것이다. 이에 더해 형제는 추리소설에서 두 가지 단점을 찾아냈다. 첫째가 동기의 빈약함이고, 둘째가 결말에 등장하는 설명 부분으로 이 부분에서 형제는 모든 흥미가 뚝 떨어진다고 했다. 형제는 이 두 가지 단점을 해결하고 소련 정부의 검열도 걱정할 필요 없는 소설을 쓰고 싶었다. 형제는 그 시도를 '실험'이라 명명했으며 오랜 세월에 걸쳐 진행했고 결국 실패했다.

애초에 실패할 수밖에 없는 실험이었다. 형제가 추리소설의 단점이라고 주장한 요소를 살펴보자. 동기의 빈약함과 사건의 전모를 들려주는 결말 부분의 지루함. 그러면 이번에는 스트루가츠키 형제가 창조한『죽은 등산가의 호텔』과 그 호텔이 들어선 무대를 살펴보자. 병목고개를 지나서 호텔로 들어오면 더 이상 갈 곳이 없다. 왜냐하면 그곳은 일종의 막다른 골목에 세워져 있기 때문이다. 하늘로 솟은 병풍 같은 암벽이 그곳을 둘러싸고 있다. 눈사태가 아니었어도 반쯤은 밀실인 공간인데, 마침맞게 문제의 눈사태가 일어났다. 어마어마한 굉음을 내면서 지축을 뒤흔들며 페테르 글렙스키에게서 아늑한 호텔에서 보내는 호젓한 2주간의 휴가를 빼앗아 갔다. 이번에는 등장인물을 보자. 밀실 상태의 무대에 더해, 밀실이나 다름없는 호텔 방에서 투숙객이 변사체로 발견된다. 호텔 창문 아래로도 위로도 눈 위에는 아무런 흔적이 없고 사건 당시 방을 나선 사람도 들어간 사람도 없다. 그런데 마침 이 호텔에는 경찰이 머물고 있다. 그는 휴가 중이고 강력계 소속은 아니지만 어쨌든 경찰이다. 시민의 안전을 지켜야 할 의무가 있다. 투숙객들은 하나같이 뭔가를 숨기고 있는 듯하며 수상쩍기 그지없다. 수사에 적극적으로 협조하지 않는 사람도 수상하지만, 적극적으로 협조하는 사람도 수상쩍기는 마찬가지다. 모두가 범인 같고 모두가 범인이 아닌 것 같다. 이 설정은 그야말로 고전 추리의 핵심이다. 밀실, 탐정, 의문사. 그리고 그 모든 것을 에워싼 수상하고 불길한 분위기.

　　　　　　　옮긴이의 말

『죽은 등산가의 호텔』은 이런 요소들을 훌륭하게 갖추고 있다. 어느 모로 보나 추리소설이다. 그것도 트릭이 핵심인 고전 추리소설이다. 고전 추리소설에서 동기는 어차피 거기서 거기다. 인간의 탐욕 아니면 사람에게 해를 가하고 쾌락을 느끼는 마음의 병. 그리고 사건에 따라 범행 동기는 수도 없이 가지를 뻗어 가며 구체적인 형태를 갖추게 된다. 이 장르는 트릭이 중요하다. 트릭은 풀어야 제맛이다. 범인은 어떻게든 잡히지 않기 위해 알리바이 공작을 하고, 온갖 기술로 밀실을 만들고, 자신의 흔적을 지우려 한다. 의도적으로 만들어진 트릭도 있고 어쩌다 보니 트릭처럼 보이게 된 상황도 있다. 어쨌든 엉킨 실타래를 탐정 역할을 하는 인물은 풀어야 하고 사건 관계자(와 독자)의 속이 후련하도록 그 결과를 보여 줘야 한다. 고전 추리소설을 좋아하는 나는 이 부분에서 카타르시스를 느낀다. 이 부분에서 흥미가 떨어지다니 당치도 않다. 고전 추리소설의 팬이라면 탐정이 구구절절 들려주는 사건의 전말에 전율하고 트릭을 꿰뚫어 보지 못한 스스로의 아둔함에 웃음을 터트린다. 적어도 나는 그런 재미를 위해 추리소설을 읽는다.

스트루가츠키 형제는 고전 추리소설의 단점을 해결해 보이겠다면서 고전 추리소설의 정석을 그대로 따르는 소설을 썼다. 그러니 그들의 실험은 실패할 수밖에 없었다. 어떻게 해도 동기의 빈약함도 설명 부분도 피해 갈 수 없었다. 자신들이 단점이라고 지적한 부분을 답습하고 싶지 않았던 걸까? 고전 추리소설의 길을 따라가던 형제는 어느 부분에서 완전히 다른 길로 걷기 시작한다. 아마 그런 결정을 내린 순간 형제는 자신들이 쓰는 작품이 추리소설로 마무리되거나 말거나 아무래도 상관이 없어졌을 것이다. 그저 재미있는 소설로 완성되면 된다고 생각하지 않았을까? 실제로 형제는 실험에 실패했지만 소설은 재미있었다고 했다. 이 소설에 대한 감상으로 이만한 감상은 없을 것이다.

『죽은 등산가의 호텔』은 추리소설로는 실패작이지만, 소설로는 성공작이다. 사건이 어떤 식으로 전개될지 조바심을 내며 한 쪽 한 쪽 푹 빠져 읽었다. 한편으로는 책장을 넘길 때마다 남은 분량이 줄어든다는 사실이 안타까웠다. 그리고 마침내 당도한 결말 부분에서 나는 그 어떤 고전 추리소설에서도 느끼지 못한 또 다른 카타르시스를 느꼈다. 책을 덮은 후로도 한동안 여운은 사라지지 않았다. 사건에 관련된 사람들의 입장이 모두 이해되었기에 더 가슴이 아팠다. 페테르 글렙스키가 평생 짊어져야 했을 그 마음의 짐이 한없이 무겁게 느껴졌다. 그가 조금만 덜 성실했다면, 그가 조금만 더 무심한 사람이었다면 그렇게 고통을 겪지 않아도 되었을 것이다. 그는 지금쯤 마음의 짐을 모두 내려놓았을까? 지나가는 사람들 사이에서 낯익은 누군가를 찾

옮긴이의 말

아녔을까? 번역 작업을 모두 끝내고 몇 번을 다시 읽고 고친 원고를 편집자에게 넘기고 옮긴이로서 마지막 작업인 「옮긴이의 말」을 쓰는 지금도 나는 이 여운에서 빠져나올 수가 없다.

이경아

스트루가츠키 형제 작품 목록

· 중장편

1979	개미집의 딱정벌레*Жук в муравейнике/Zhuk v muraveinike*
1980	우정과 우정 아닌 것에 관한 이야기*Повесть о дружбе и недружбе/Povest' o druzhbe i nedruzhbe*
1985	파도가 바람을 잦아들게 한다*Волны гасят ветер/Volny gashyat veter*
1986	더러운 백조들*Гадкие лебеди/Gadkie lebedi* [집필 1967, 러시아어판 독일 발간 1972, 러시아어 완전판 1987]
	절뚝대는 운명*Хромая судьба/Khromaya sud'ba* [완전판 1989]
1987	저주받은 도시 *Град обреченный/Grad obrechennyi* [집필 1975]
1988	악의에 짓눌린 사람들, 혹은 40년 후*Отягощенные злом, или Сорок лет спустя/Otyagoshennye zlom, ili Sorok let spustya*
1990	불안*Беспокойство/Bespokoistvo* [집필 1965]

· 단편

1958	자동반사*Спонтанный рефлекс/Spontannyi refleks*
1959	잊힌 실험*Забытый эксперимент/Zabytyi eksperiment*
	SKIBR의 시험*Испытание СКИБР/Ispytanie SKIBR*
	개인적인 추측들*Частные предположения/Chastnye predpolozheniya*
	성냥개비 여섯 개*Шесть спичек/Shest' spichek*
1960	비상사태*Чрезвычайное происшествие/Chrezvychainoe proisshestvie*
1962	파시피다에서 온 사람*Человек из Пасифиды/Chelovek iz Pasifidy*
1968	첫 번째 배를 타고 온 첫 사람들*Первые люди на первом плоту/Pervye lyudi na pervom plotu* [집필 1963]
1989	가난하고 악한 사람들*Бедные злые люди/Bednye zlye lyudi* [집필 1963]

· 희곡

1989	무기 없음*Без оружия/Bez oruzhiya* [완전판 1991]
1990	페테르부르크에 사는 수전노들*Жиды города Питера/Zhidy goroda Pitera*

· 시나리오

1981	소원기계Машина желаний/Mashina zhelanii
1990	스토커Сталкер/Stalker [영화 1979]
1985	불로장생의 약 다섯 스푼Пять ложек эликсира/Pyat' lozhek eliksira [영화 1990]
1987	먹구름Туча/Tucha 일식의 날День затмения/Den' zatmeniya [영화 1988]
2005	마법사Чародеи/Charodei [영화 1982]

· S. 야로슬랍체프(아르카디 스트루가츠키 필명)

1974	지옥으로의 탐험Экспедиция в преисподнюю/Ekspedichiya v preispodnyuyu [완전판 1988]
1984	니키타 보론초프의 생애에 관한 자세한 이야기Подробности жизни Никиты Воронцова/Podrobnosti zhizni Nikity Voronchova
1993	인간들 사이의 악마Дьявол среди людей/D'yavol sredi lyudei [집필 1991]

· S. 비티츠키(보리스 스트루가츠키 필명)

1994	운명 찾기, 혹은 예절에 관한 스물일곱 가지 정리Поиск предназначения, или Двадцать седьмая теорема этики/Poisk prednaznacheniya, ili Dvadchat' sed'maya teorema etiki
2003	이 세계의 힘없는 자들Бессильные мира сего/Bessil'nye mira sego

* 작품 연도는 잡지 발표일을 기준으로 하되 바로 단행본으로 출간된 것은 단행본 발행일을 기준으로 삼았다. 검열로 인해 집필과 출간의 시차가 있는 경우 따로 표시하였다. 희곡은 작품 발표 없이 공연한 경우, 초연일을 기준으로 삼았다.

옮긴이 **이경아**

한국외국어대학교 러시아어과와 동 대학 통역번역대학원 한
노과를 졸업했다. 현재 전문 번역가로 활동 중이다. 옮긴 책으
로 조지프 브로드스키의 『베네치아의 겨울빛』과 류드밀라 페트
루솁스카야의 『이웃의 아이를 죽이고 싶었던 여자가 살았네』
를 비롯해 『버드 박스』 『맬로리』 『오시리스의 눈』 『영국식 살인』
『더 걸 비포』 『내가 무슨 짓을 했는지 봐』 『모두를 위한 페미니
즘』 외 다수가 있다.

죽은 등산가의 호텔

초판 1쇄 펴낸날 2021년 9월 13일
초판 3쇄 펴낸날 2023년 2월 7일

지은이 아르카디 스트루가츠키·보리스 스트루가츠키
옮긴이 이경아
펴낸이 김영정

펴낸곳 (주)**현대문학**
등록번호 제1-452호
주소 06532 서울시 서초구 신반포로 321(잠원동, 미래엔)
전화 02-2017-0280
팩스 02-516-5433
홈페이지 www.hdmh.co.kr

ISBN 979-11-90885-94-2 03890

* 책값은 뒤표지에 있습니다.
* 파본은 구입처에서 교환해 드립니다.